JN331265

築島 裕 編

學習院大學藏本 伊勢物語總索引

古典籍索引叢書 3

古典研究會

原本所藏

伊勢物語　學習院大學

「古典籍索引叢書」刊行に當つて

先般「古辭書音義集成」を編纂して、古典籍の影印を企畫した折には、專門的な典籍であるにも拘らず、江湖の士より多くの御支援を頂き、全二十册を刊行することが出來た。これは、古寫本といふ第一等資料が學界で重視され、活用されてゐる、何よりの證しであると思はれる。

近年、古典籍の索引の編纂刊行は、厖大な數に上つてゐる。その編集方針も、編者により千差萬別であるが、筆者は、「古辭書音義集成」編纂の趣旨を活かして、後世の轉寫本や活字本でなく、出來る限りの古い時代の、しかも信憑性の高い本文を備へた、資料的價値の高い寫本を選び、それに直接基づいた索引の類を集成して、索引叢書を編することを企畫した。本文については、近時刊行されて容易に見得るものはこれを省略したが、未刊行のものや、往年刊行されて、現在入手の困難なもの等については、その影印又は翻刻を併せて收載した。

本叢書に收めた文獻は、何れも國語學、國文學、國史學等の研究資料として、夙に定評のあるものであるが、凡て編者自身によつて、他の助力無しに親しく編纂されたものである。各册ごとに體裁は必ずしも統一されてゐないが、夫々に編者の創意工夫が盛り込まれた、努力研鑽の成果である。この叢書が、諸學の研究に聊かでも貢獻することが出來れば幸甚である。

この刊行に當っては、貴重なる文獻の影印・翻刻に關して、宮内廳書陵部、東京國立博物館、名古屋市博物館、石山寺、醍醐寺、高野山西南院、陽明文庫、德川黎明會、五島美術館、學習院大學、書藝文化院等より、格別の御高配、御允許を賜り、鷲尾隆輝猊下、鷲尾遍隆師、厤生文雄猊下、故和田有玄猊下、和田有伸師、岡田祐雄師、加來大忍師、名和修氏、大野晉博士、故木村正中教授、岡崎久司氏を始とする多くの方々には、種々御芳情を忝うした。又、古典研究會の會員諸氏から、多くの有益な御助言、御援助を賜つた。關係各位の御厚意に對し、深甚なる感謝の意を捧げる次第である。

平成五年一月

古典研究會代表者　米山寅太郎

同「古典籍索引叢書」監修者　築島裕

古典籍索引叢書　第三巻　目次

「古典籍索引叢書」刊行に當って……米山寅太郎・築島裕

學習院大學藏本伊勢物語總索引……築島裕編

凡例

本文影印……一

釋文……一八七

索引……二五一

あとがき……四九六

凡例

一、本索引は、學習院大學藏本伊勢物語の本文に基づいて、その中に現れた全ての語彙を五十音順に配列したものである。
但し、本文中の漢文による勘物（注）は、釋文には記載したが、索引では全て省略した。

一、本索引には、最初に本文全體を翻刻し、次に、見出し語を立て、その下に、該當の語を含む全文とその所在とを示した。

一、本文の釋文は、底本の假名遣（所謂「定家假名遣」に據つた所があるかと見られる）を忠實に翻字した。

一、見出し語は、清濁の區別を示し、歴史的假名遣による五十音順に配列して、その下に該當の語を、本文の假名遣の表記のまゝの形で示した。

一、該當の語は、その語のみでなく、その語を含む文節單位で載錄した。

一、同一の形を持つ語は、名詞・副詞・動詞・形容詞・助動詞・助詞の順に配列した。

一、動詞・助動詞等の活用を持つ語は、「未然形」「連用形」のやうな順序でなく、文中所用の活用形の五十音順に配列した。

一、勘物は、原文のまゝの形で、該當の箇所に翻字した。

一、漢字の字體は、現行のものに改めた。但し、「哥」「条」などの字體は、原文のまゝとした。

一、索引の本文では、會話に相當する部分には右傍に傍線を附し、和歌に相當する部分は［ ］印で圍んで、他と區別した。
また、掛詞は（△足）のやうに示した。

一、［9］［83］のやうに、［ ］に括つた數字は、本文の段數を示す。
一、「10ウ6」の「10」は本文の丁數、「6」は本文の行數を示す。
一、編者は、「凡例」「あとがき」は原稿作成・「釋文」は初校・「索引」は再校までを終えられた後、平成二十三（二〇一一）年四月十一日に逝去された。その後の校正作業等は汲古書院編集部が行つた。

學習院大學藏本 伊勢物語

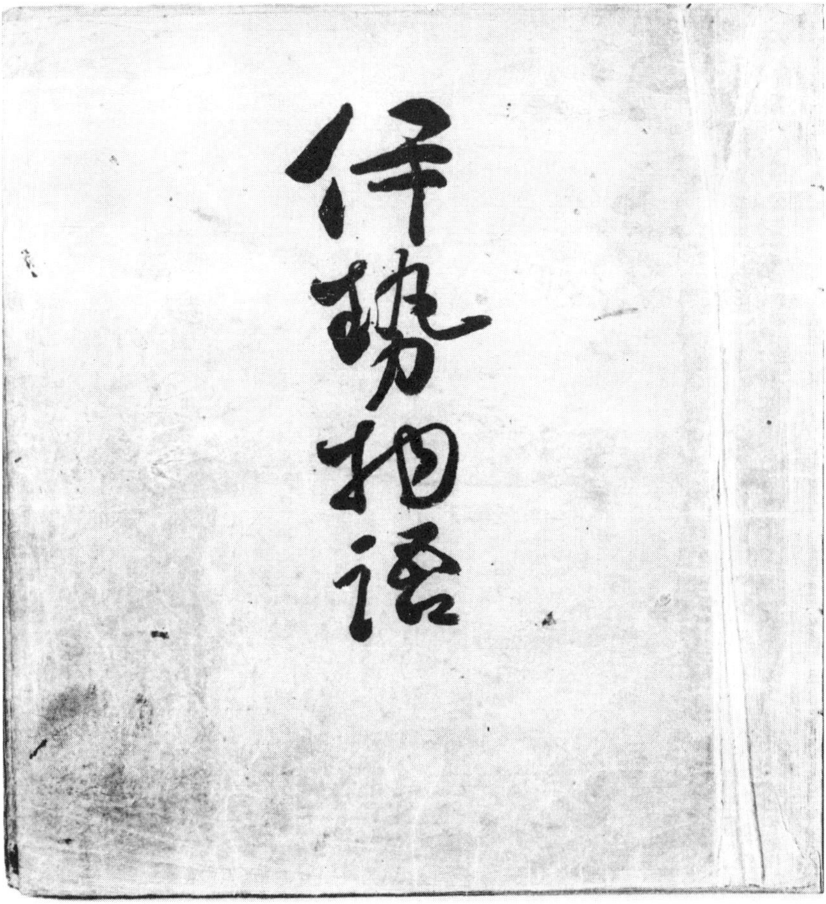
伊勢物語

（一）

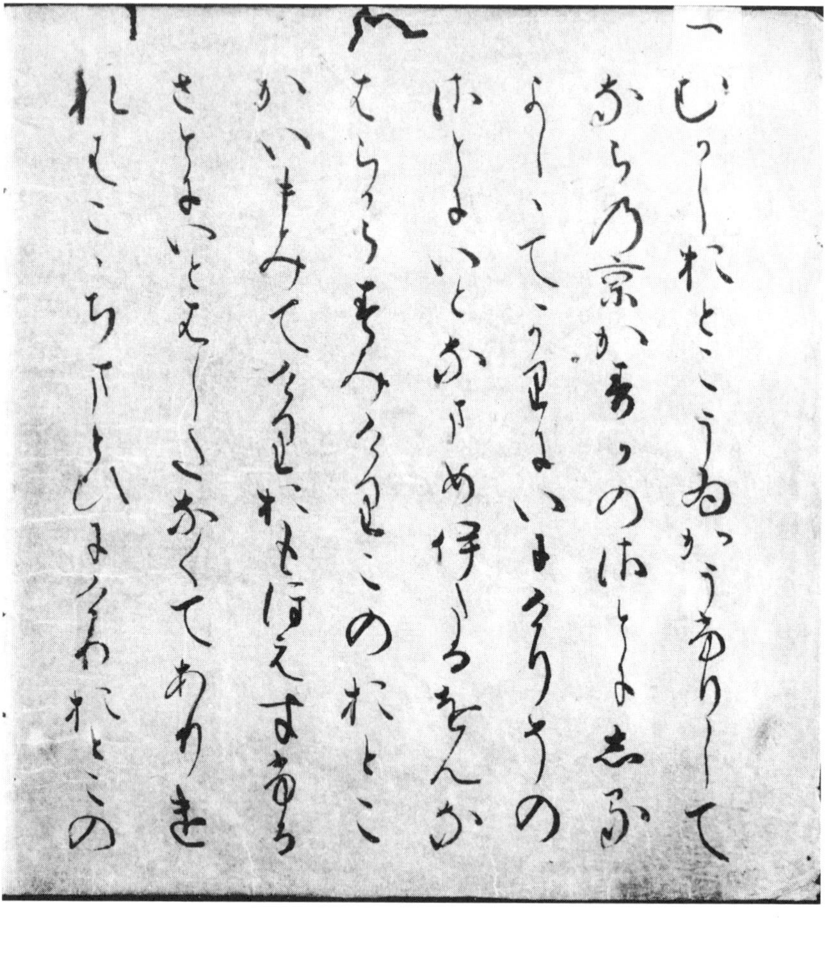
一 むかしおとこうゐかうふりして
ならの京かすかのさとにしる
よしゝてかりにいにけりその
さとにいとなまめいたるをんな
はらからすみけりこのおとこ
かいまみてけりおもほえすふる
さとにいとはしたなくてありけ
れはこゝちまとひにけりおとこの

きたりけるかりきぬのすそを
きりてうたをかきてやるその
をとこしのふすりのかりきぬをな
むきたりける

新古今

かすか乃ゝわかむらさきのすり衣
しのふのみたれかきりしられす
となむをいつきていひやりける
ついておもしろきことゝや思けん

古今

みちのくの忍ふもちすりたれゆへに
みたれそめにし我ならなくに

此うたの心はへなりむかし人
はかくいちはやきみやひをなん
しける
河原大臣是也 左大臣源融 寛平七年八月薨七十三 於在中将者先達也何

（二）

むかしおとこ有けりならの京は
はなれこの京は人の家また
さたまらさりける時にしの京
に女ありけりその女世人にまさ
れりけりその人かたちよりは心なん

〔三〕

三

まさりたりけるひとりのみもあら
さりけらしそれをかのまめおとこ
うちものかたらひてかへりきて
いかゝ思けん時はやよひのついたち
あめそほふるにやりける
古今
おきもせすねもせてよるをあかしては
春の物とてなかめくらしつ
むかしおとこありけりけさうし
ける女のもとにひしきもといふ
ものをやるとて

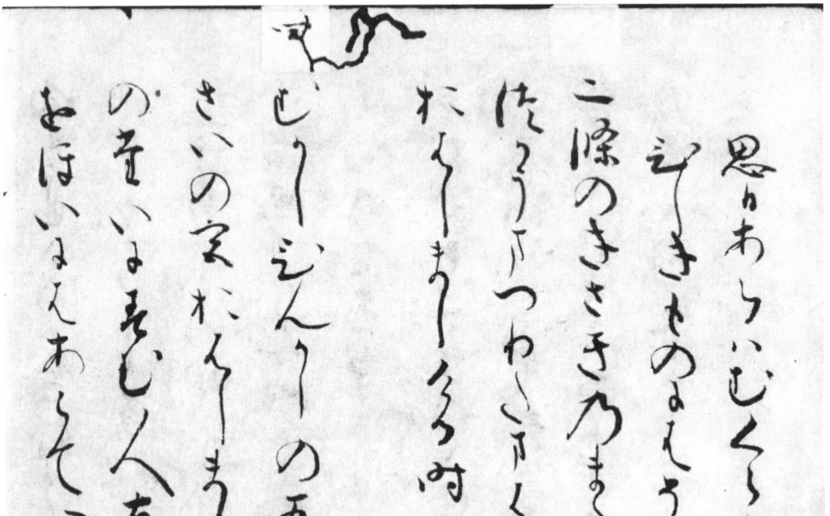

思ひあらはむくらのやとにねもしなん
ひしきものにはそてをしつゝも
二条のきさきのまたみかとに
つかうまつりたまはてたゝ人にて
おはしましける時のこと也

〔四〕

むかしひむかしの五条におほき
さいの宮おはしましけるにし
のたいにすむ人有けりそれ
をほいにはあらて心さしふかゝりける

ひとゆきもふりしなをしむ月の
十日もあまりのちはほどなかれ
よるよるあわとこゝろもきけと人の
いきかよふへき所よもあらされな
れんれうしと思ひつゝある人あり
なる人のとしのむ月よむめの
花さかりなるころをこひていき
てさちて見ぬそ見れところよ
にほつくもあらすうちなきてあから
かるゝさしくる月のかたふくまて

〔五〕

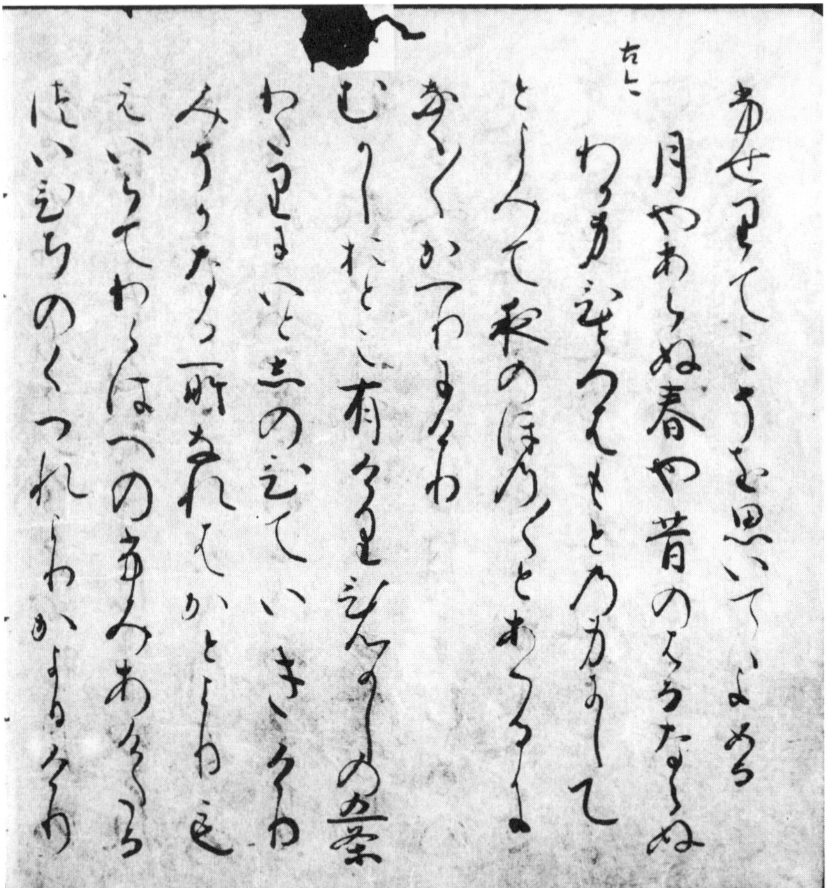
ふせりてこそを思いてよめる
月やあらぬ春や昔の春ならぬ
わか身ひとつはもとの身にして
とよみて夜のほのほのとあくるに
なくなくかへりにけり
むかしをとこ有けりひんかしの五条
わたりにいとしのひていきけり
みそかなる所なれはかとよりもえ
いらてわらはへのふみあけたる
ついひちのくつれよりかよひけり

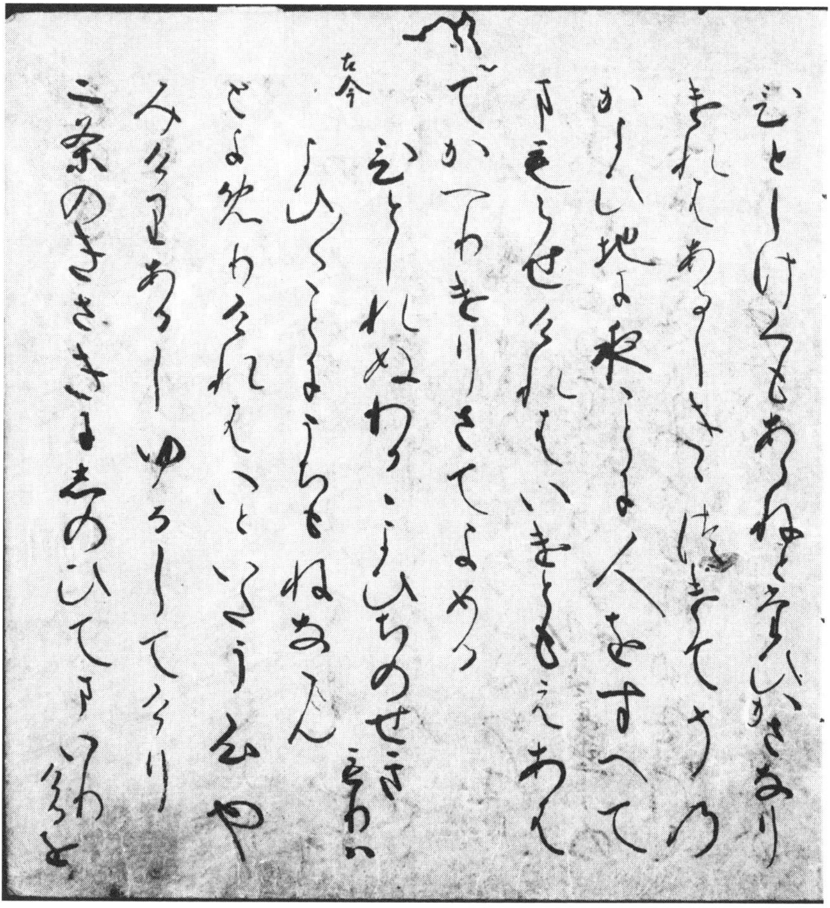

〔六〕

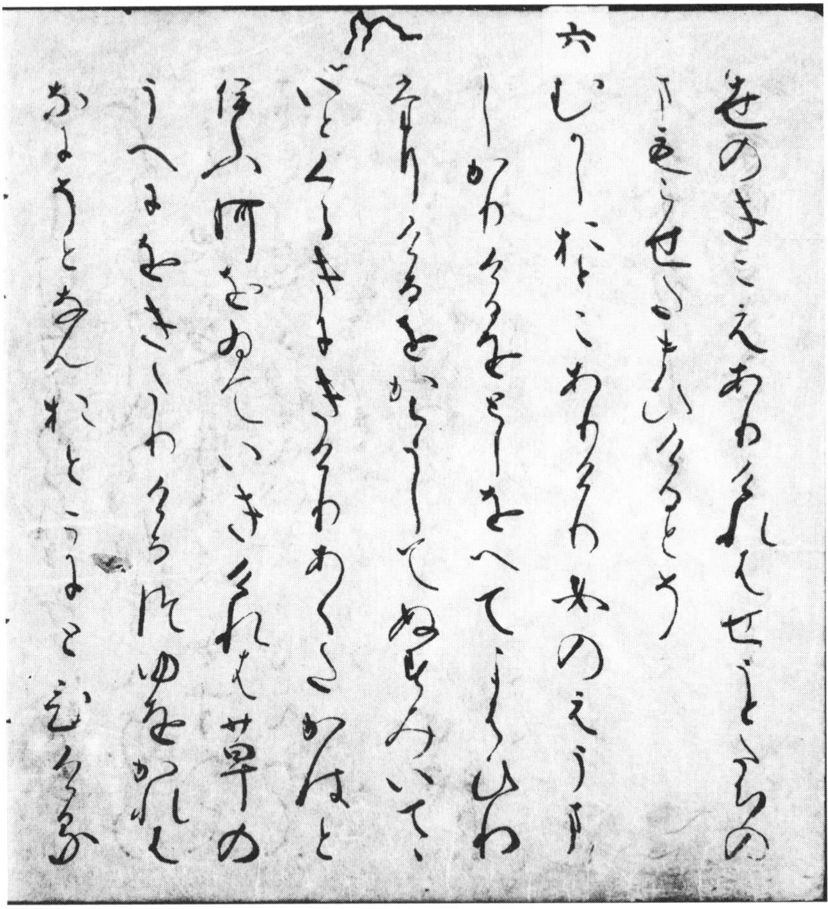
世のきこえありけれはせうとたちの
まもらせたまひけるとそ
六　むかしおとこありけり女のえう
ましかりけるをとしをへてよはひわ
たりけるをからうしてぬすみいて
ていとくらきにきけりあくたかはと
いふ河をゐていきけれは草の
うへにおきたりけるつゆをかれは
なにそとなんおとこにとひける

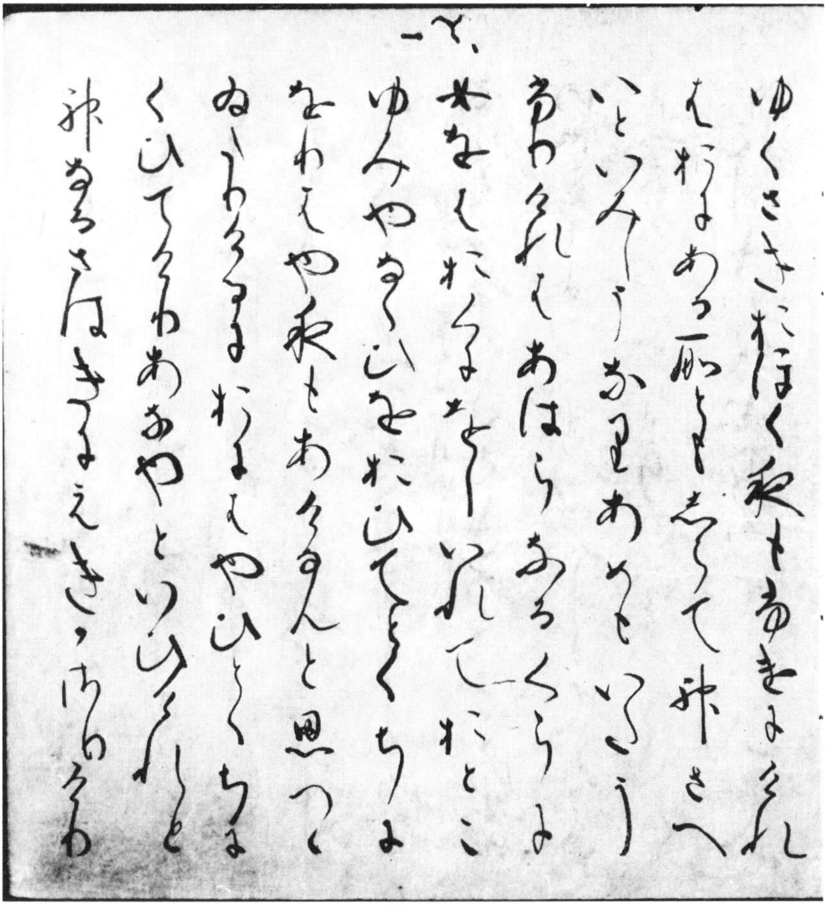

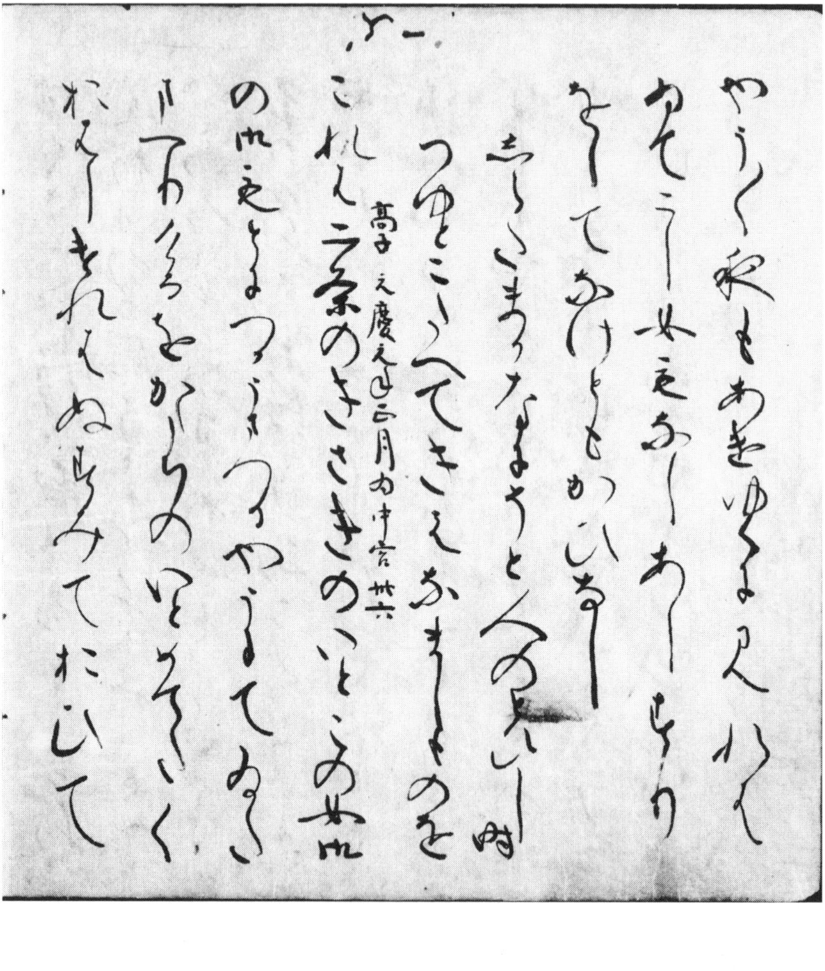
やうく秋もあきゆくよ人かく
かそうし女房なしあしもちり
なして なけともつゐなし
ちらくまうなまちと人のなし時
つゆをこへてきえなましものを
これ三条のきさきのいとこみ女
高子 元慶元年正月女中宮 卅六
のれ文とよつかつやうてゐて
〃わくるをかくらのほそさく
おなしきれてぬるみておいて

〔七〕

9　8　7　6　5　4　3　2　1

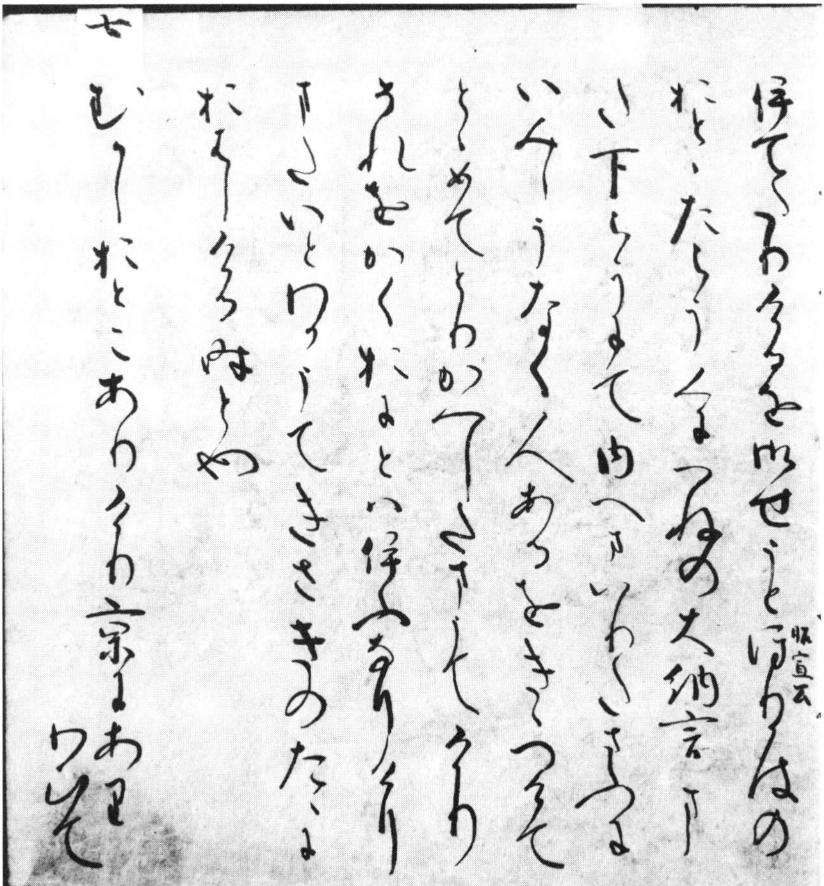
七
侍てゝわくるをかせうとほりなの
なと、たらうくよつねの大納言ナ　収宣云
さ下らりすて内へまいりわさゝさつる
いみうなくく人あるをきてつそ
とめてとわかつてさくそくり
されをかくかなといふ侍ふありけり
まさいとつりてききのたまよ
なたしくろみなもや
むしなとこあわくわ宗まあ里わいそ

〔八〕

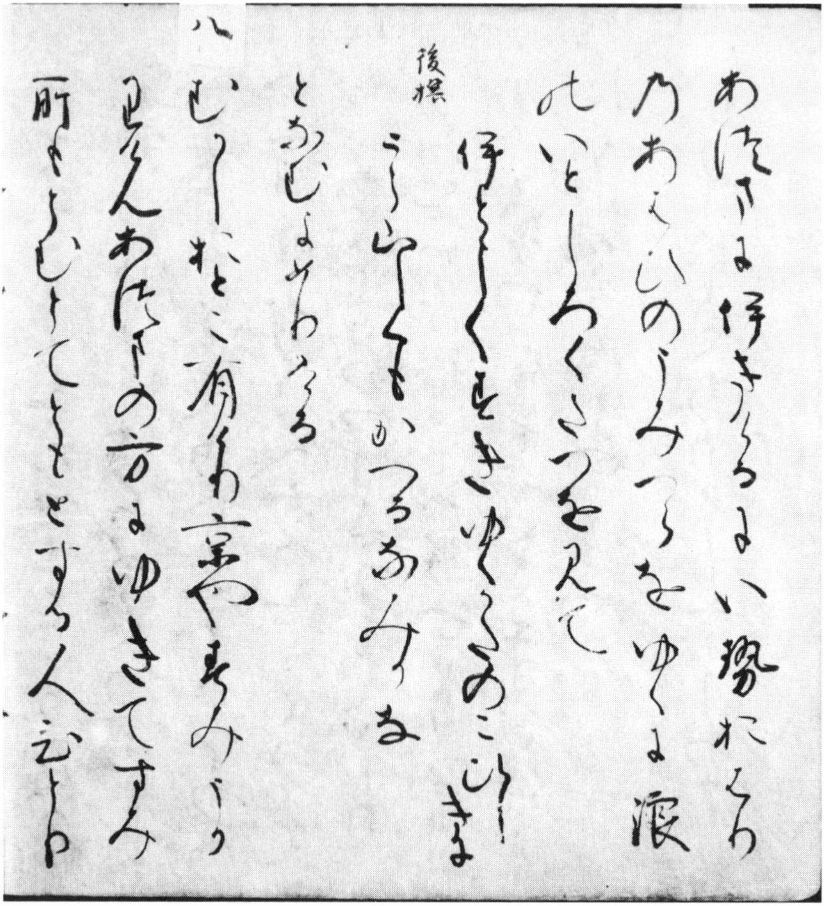

〔九〕

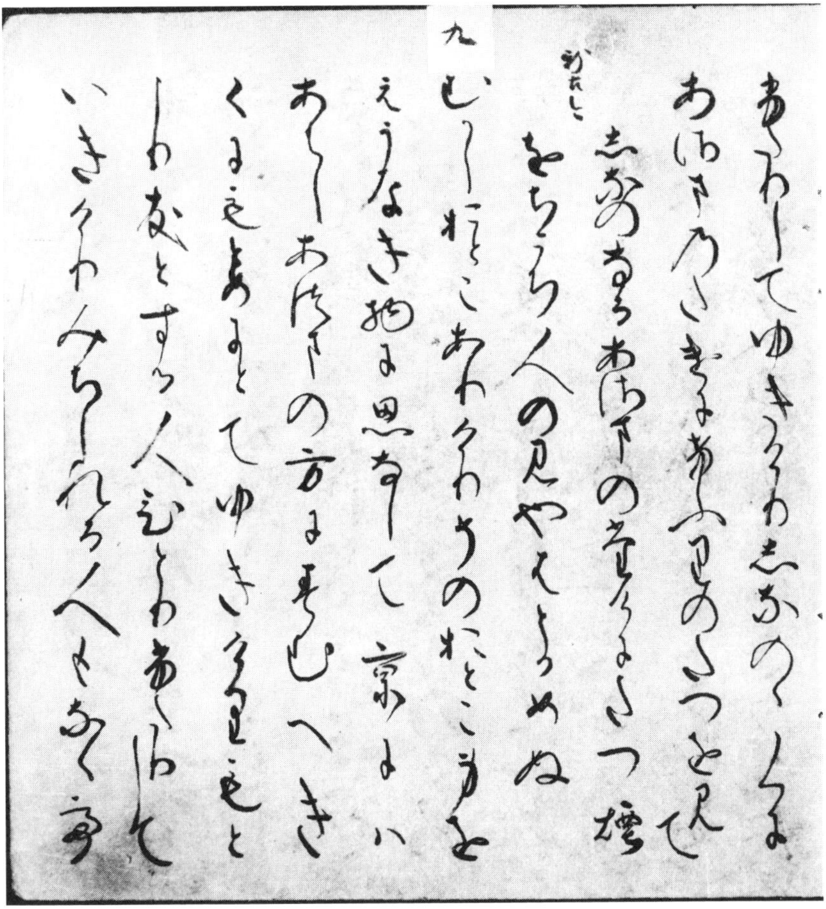
あそひしてゆきけるにしなのゝくにゝ
あさまのたけにけふりのたつを見て
しなのなるあさまのたけにたつ煙
をちこち人の見やはとかめぬ
九
むかしをとこありけりそのをとこ身を
えうなきものに思ひなして京にハ
あらしあつまの方にすむへき
くにもとめにとてゆきけりもと
よりともとする人ひとりふたりして
いきけりみちしれる人もなくまと

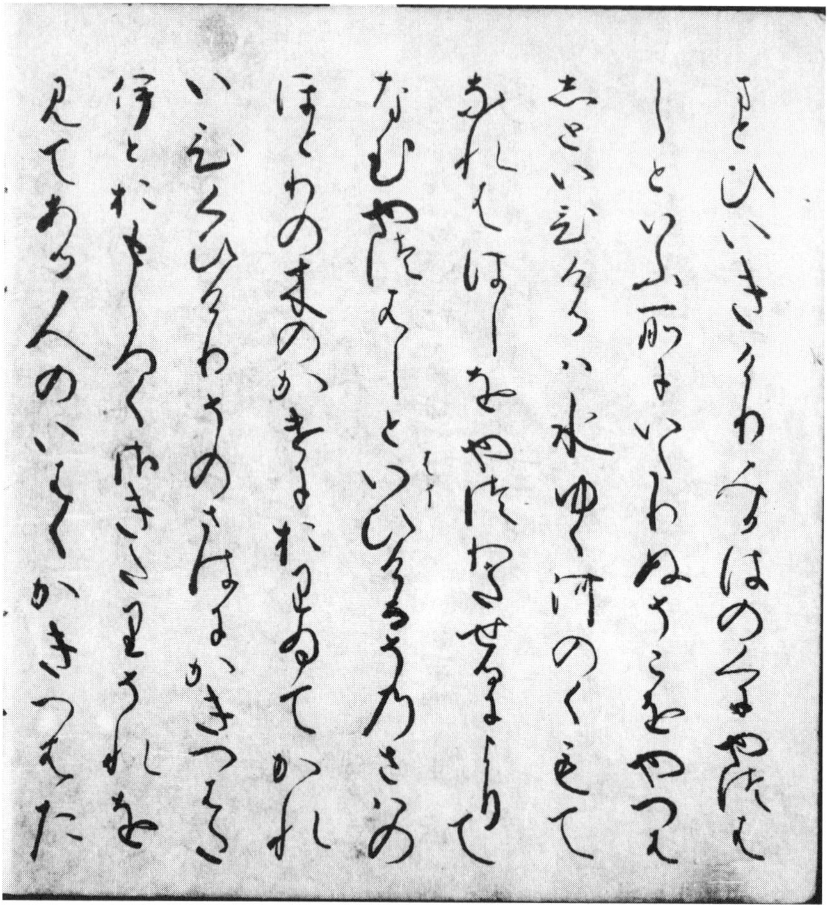

といふいつもしをくのかみにすへて
たひの心をよめといひけれはよめる
から衣きつゝなれにしつましあれは
古と
はる〳〵きぬるたひをしそ思
とよめりけれはみな人かれいひの
うへになみたおとしてほとひにけり
ゆき〳〵てするかのくにゝいたりぬ
うつの山にいたりてわかいらむと
するみちはいとくらうほそきに
つたかえてはしけり物心ほそく

すゝろなるめを見ることゝ思ふに
す行者あひたりかゝるみちはいかて
かいまするといふを見れは見し
人となりけれは京にその人の御もとに
にとてふみかきてつく
するかなるうつの山へのうつゝにも
ゆめにも人にあはぬなりけり
ふしの山を見れは五月のつこも
りに雪いとしろうふれり

時しらぬ山はふしのねいつとてか
かのこまたらに雪のふるらん
その山はこゝにたとへはひえの山
をはたちはかりかさねあけたらん
或説ニ塩尻臺塩と云地あり其尻似富山ニ特ニ習故
好事問年蓮珠信用此説　或本もしりほしめ
ほとしてなりはしほ尻のやう
になんありける　先人命説雖為塩尻凡卑也
不可用し　如云すとてありなん
此中有尋問人答旋不知也云々
猶ゆき〳〵て武蔵のくにとしもつふさ
のくにとの中にいとおほきなる河あり

うれしをもちゐる河といふちの河の
ほとりにむれゐておもひやれも
かきわなくさをくをきするれ
さわひあつるにわらしもわらや等
ねにのれはもえれぬといふにのり
てわらへとするにみれ人ねわり
しくて京に思ふ人へおきまし
あはれにふたりしもおろきもの
えしとありしとあるきしきのたれ
きさるみつのくにあすむつ、

〔十〕

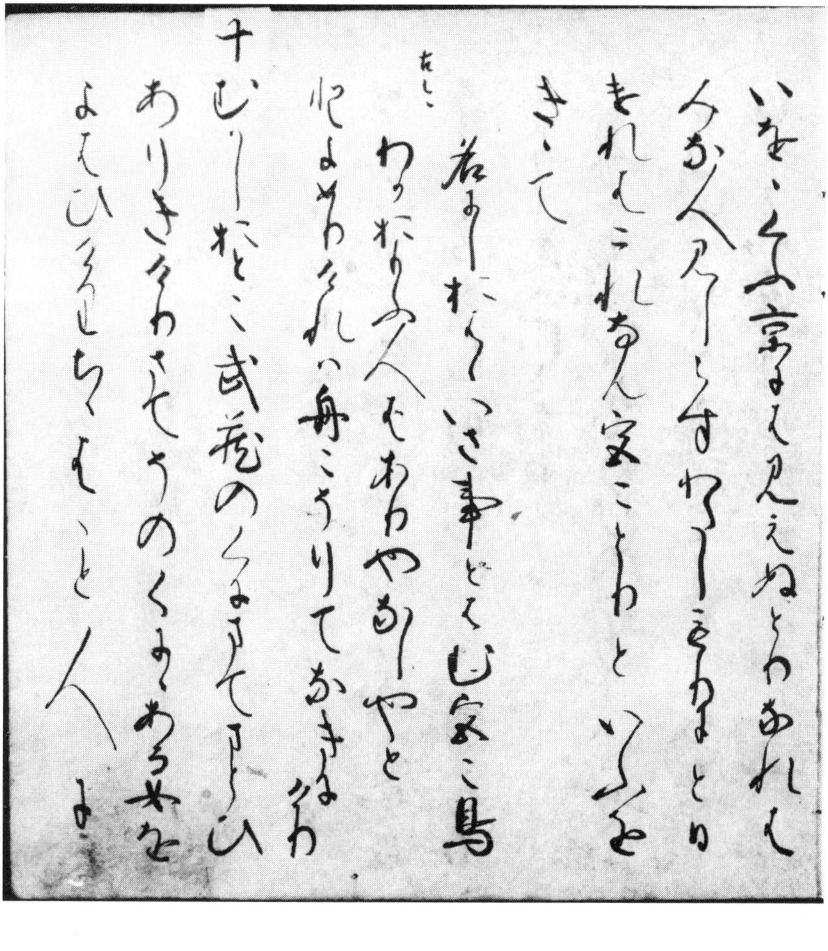

あはせむといひけるをはゝなんあて
なる人に心つけたりけるちゝは
なほひとにてはゝなんふちはら
なりけるさてなんあてなる人にと
思ひけるこのむこかねによみてをこせ
たりけるすむ所なむいるまのこほり
みよしのゝさとなりける
みよしのゝたのむのかりもひたふるに
きみかゝたにそよるとなくなる
むこかね返し

〔十一〕

〔十二〕

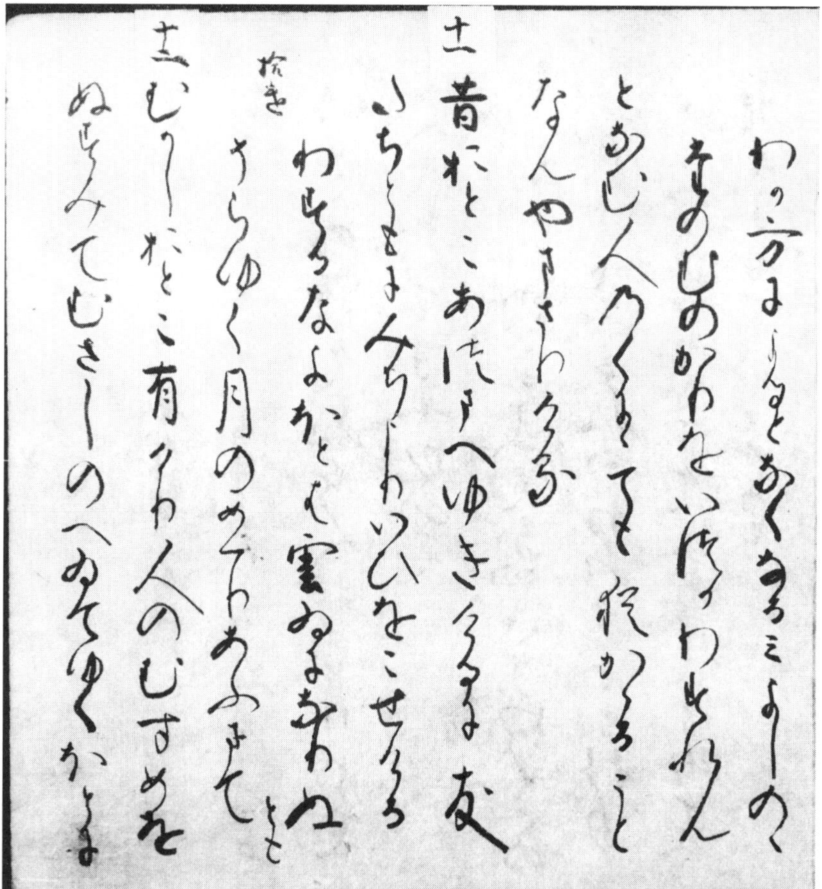

わか方によるとなくなるみよしの
のたのむのかりをいつかわすれん
となむ人のくにゝても猶かゝること
なんやまさりける
十一 昔おとこあつまへゆきけるに友
たちともにみちよりいひおこせける
わするなよほとは雲ゐになりぬとも
そらゆく月のめくりあふまて
十二 むかしおとこ有けり人のむすめを
ぬすみてむさしのへゐてゆくほとに

ぬす人なりけれはくにのかみに
められにけり女をはくさむらの
なかにをきてにけにけり
ひとこの野はぬす人あなりとて
火つけむとす女わひて
むさしのはけふはなやきそわかくさの
カスガノ
つまもこもれりわれもこもれり
とよみけるをききて女をはとりて
ともにゐていにけり

〔十三〕

十三昔武蔵なるおとこ京なる女のもとに
きこゆれははつかしきこえねはくる
しとかきてうはかきにむさしあふ
みとかきてをこせてのちをともせす
なりにけれは京より女
むさしあふみさすかにかくるたのむには
とはぬもつらしとふもうるさし
とあるを見てなむたへかたきこゝ
地しける
とへはいふとはねはうらむむさしあふみ

〔十四〕

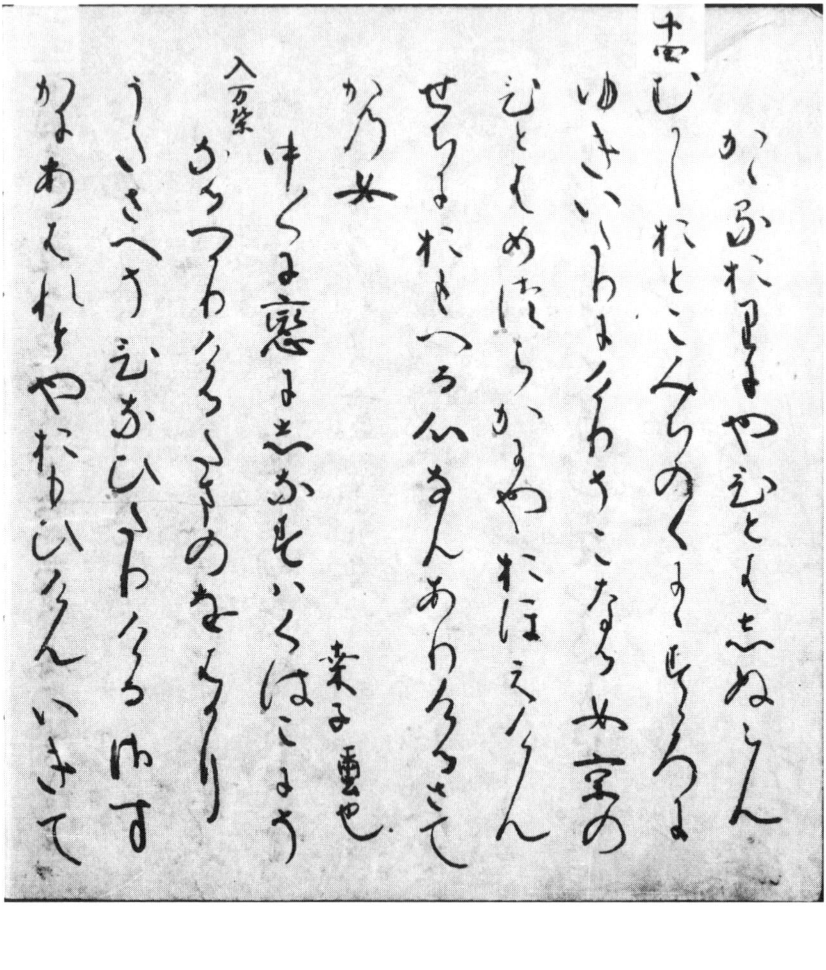

ねにけり夜ふかくいてにけれは女
夜もあけはきつにはめなて（東國ノ習家ヲクタト云）
くたかけのまたきになきて
（家鶏也）せなをやりつる
といへるにをとこ京へなんまかるとて
（わ一本）くりはらのあれ（ね）はの松の人ならは
みやこのつとにいさといはましを
といへりけれはよろこほひて
おもひけらしとそいひをりける

〔十五〕

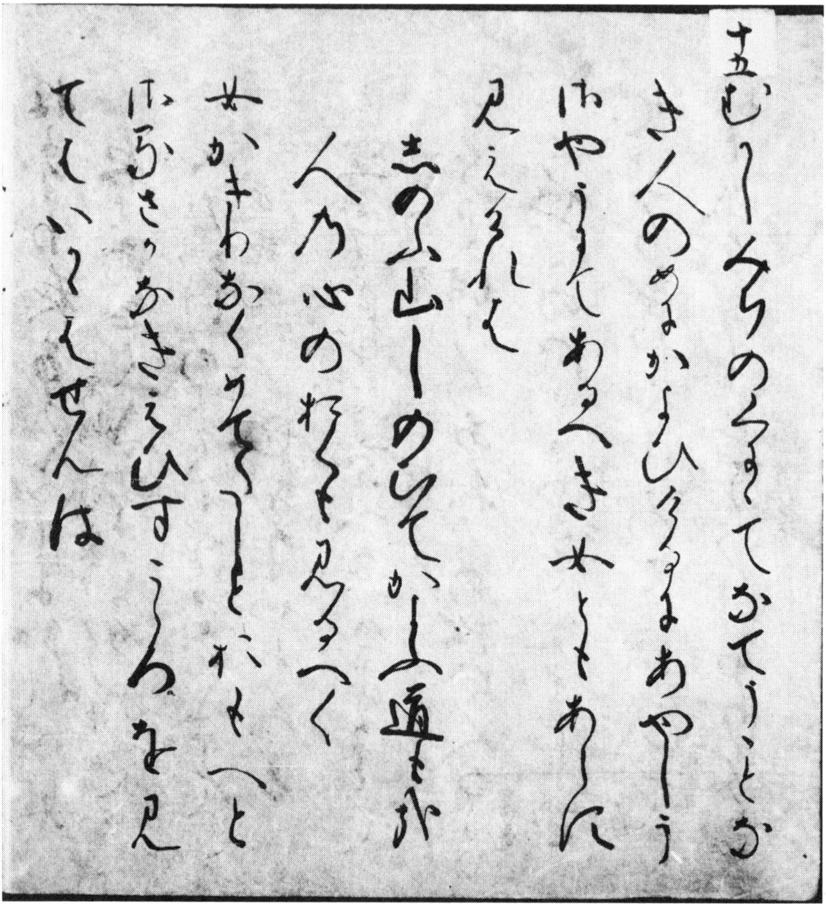

十五むかしみちのくにてなてうことな
き人のめにかよひけるにあやしう
さやうにてあるへきめともあらす
見えけれは
しのふ山しのひてかよふ道もか
な人乃心のおくも見るへく
女かきりなくめてたしとおもへと
さるさかなきえひすこゝろを見
てはいかゝはせんは

〔十六〕

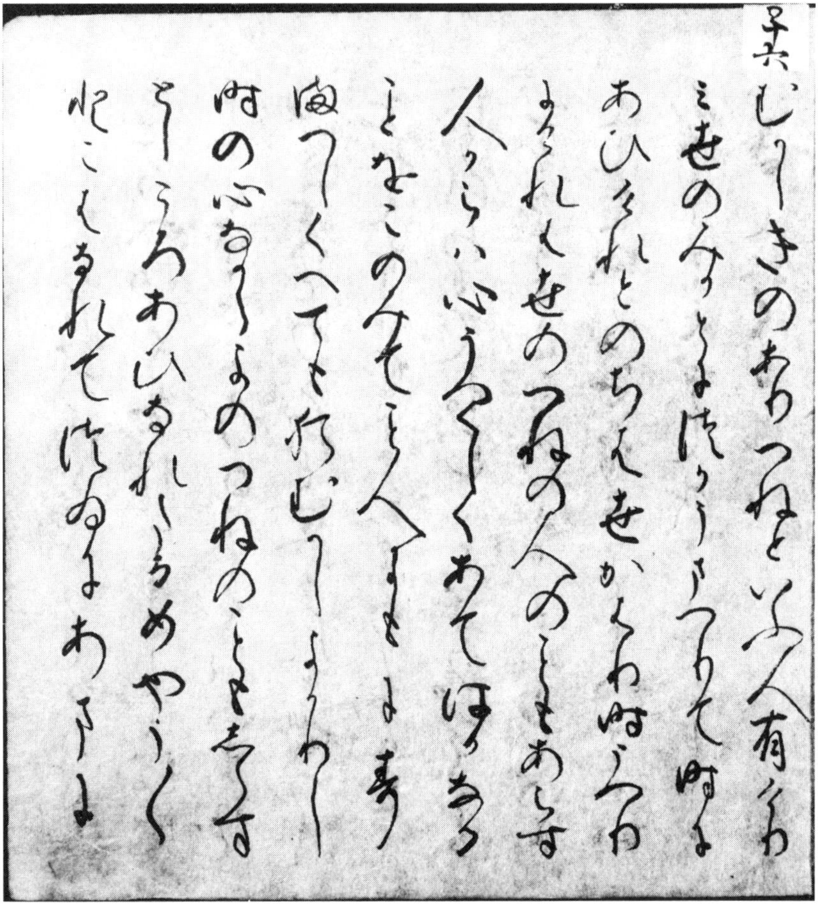

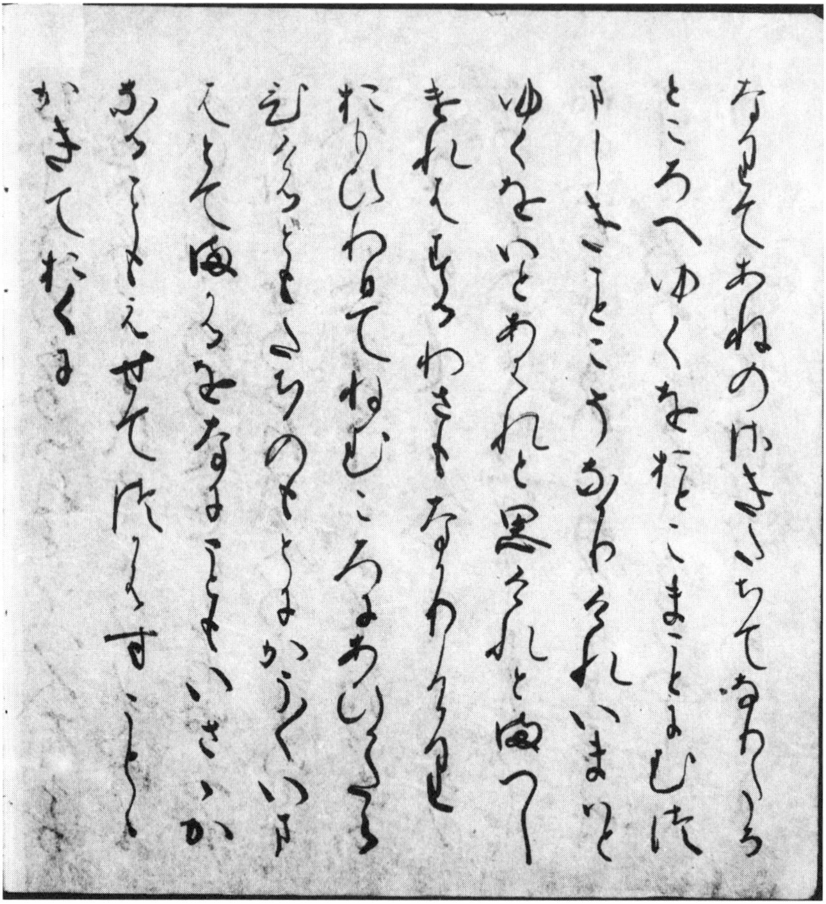

手をゝりてあひ見しことをかそふれは
とをといひつゝよつはへにけり
かのあるしこれを見ていとあはれ
れと思ひてよるの物まてをくりて
よめる
年たにもとをとてよつはへにけるを
いくたひきみをたのみきぬらん
かくいひやりたりけれは
これやこのあまの衣むへしこそ
きみかみけしとたてまつりけれ

〔十七〕

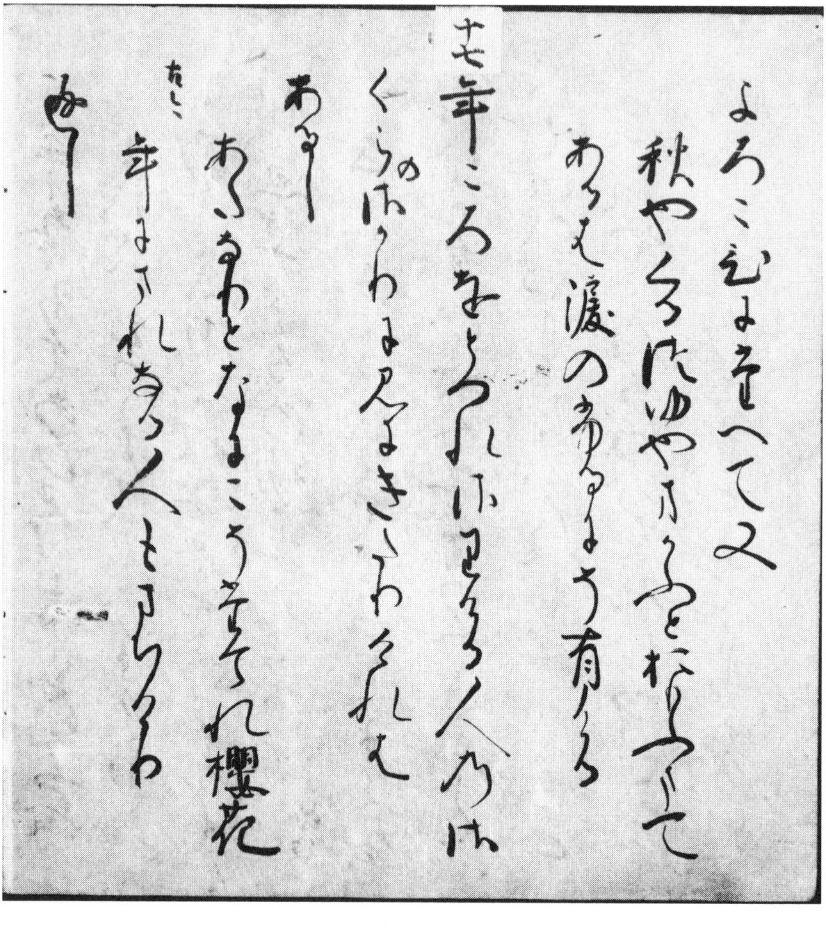

〔十八〕

まふこともあすく雪とちるなわな
たし こさえすてわかもと花と見えしや まし
六むしかし心ある女あわるゝた
とこちゃう有るわ女ふるもし人
かりされし心見とてきくの花の
うつろへるをわてたとこめもとへやろ
紅は、ほふもいつら白雪の
枝もとを～はあるらしも見ゆ
たとこしらすしみなよころ

〔十九〕

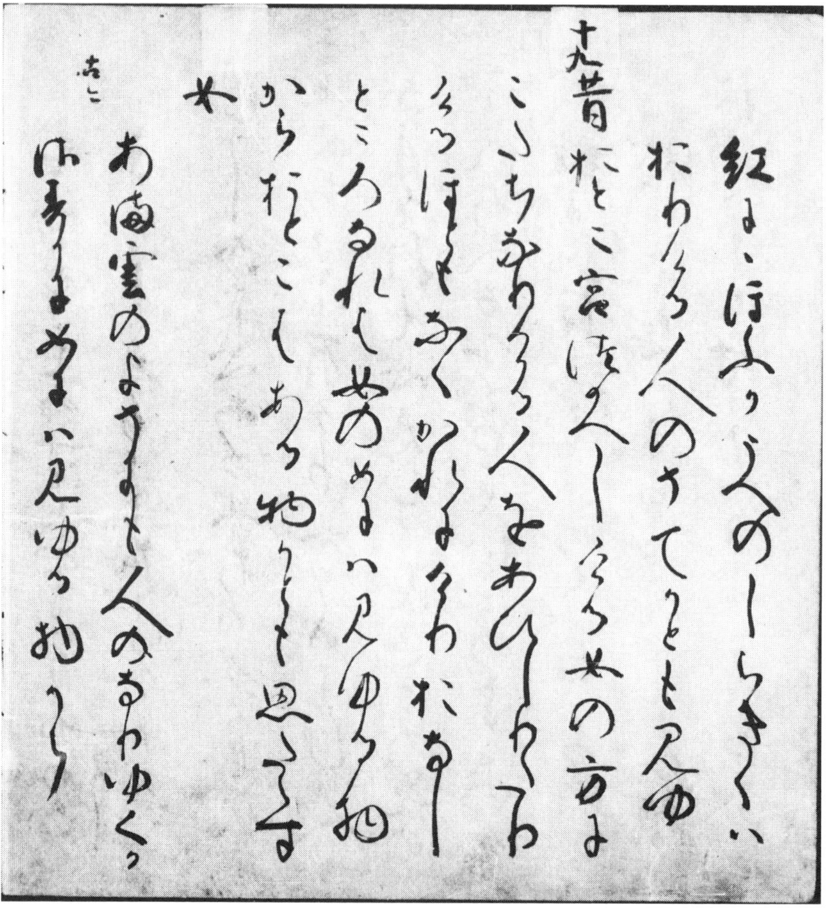

紅にゝほふかうへのしらきくは
をりける人のそてかとも見ゆ
十九昔おとこ宮つかへしける女の方に
こたちなりける人をあひしりたり
けるほともなくかれにけりおなし
ところなれは女のめには見ゆる物
からおとこはある物とも思ひたらす
女
あま雲のよそにも人のなりゆくか
さすかにめには見ゆる物から

〔二十〕

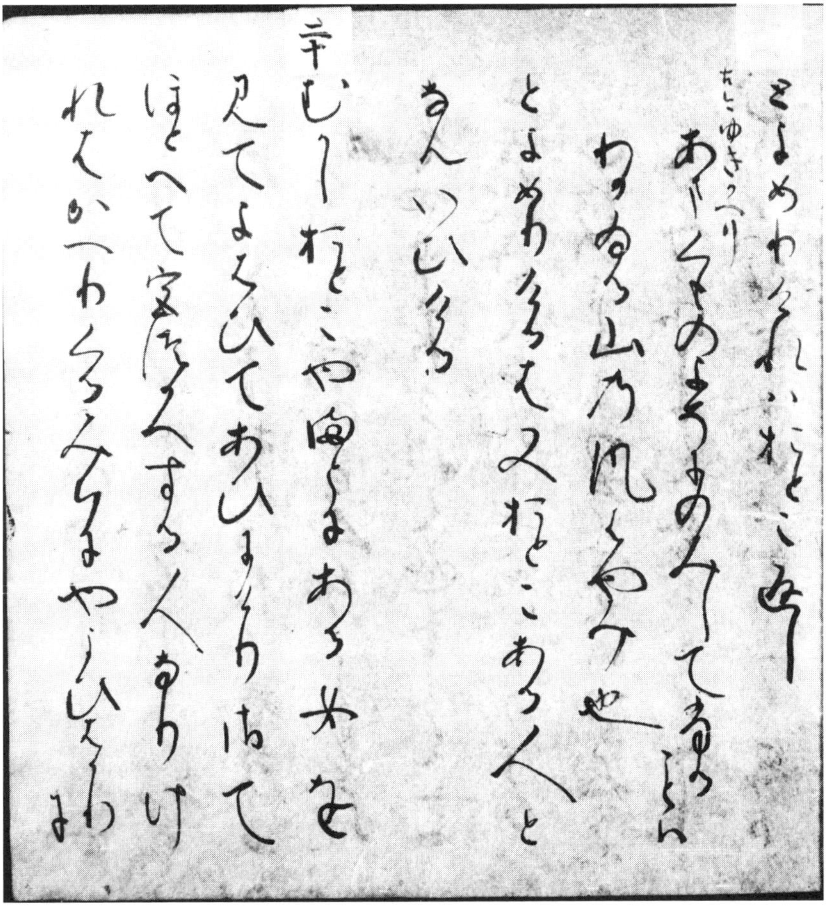

〔二十一〕

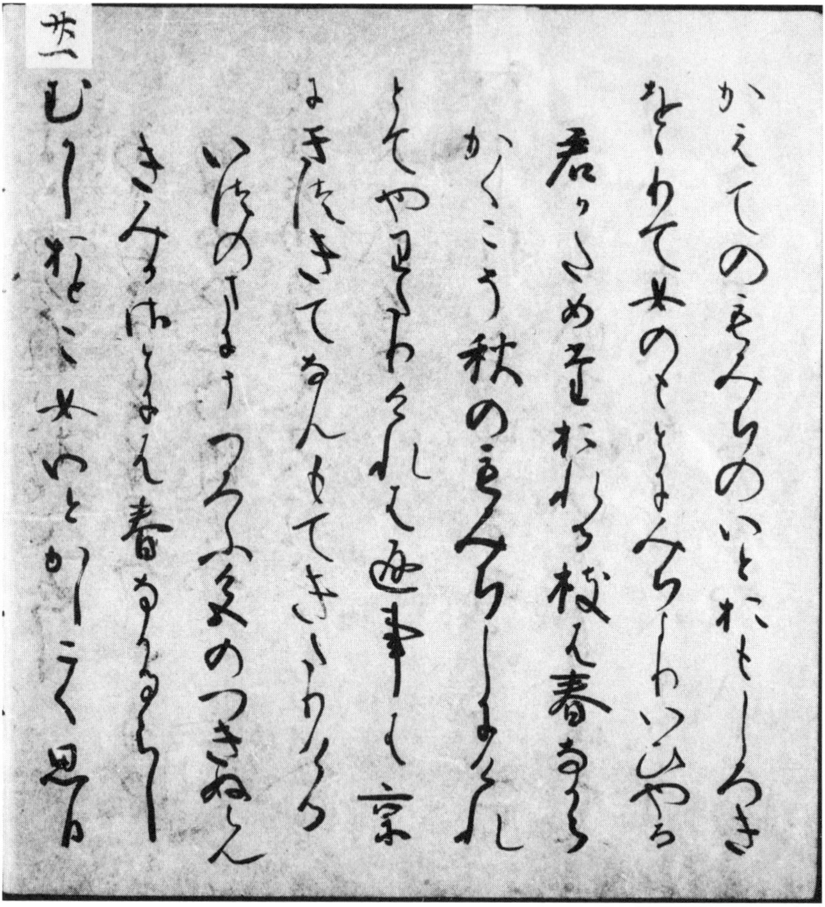

かえでのもみぢのいとおもしろき
ををりて女のもとにみちよりいひやる
君がためたおれる枝は春ながら
かくこそ秋のもみぢしにけれ
とてやりたりけれはかへし京
にきつきてなんもてきたりける
いつのまにうつろふ色のつきぬらん
君がさとには春なかるらし
廿一
むかし男女いとかしこく思ひ

いかしてことゝへなきわろわたるを
いなすらんあはれむはゝいさゝかなる
ことは清きて世中なをしと思ひ
ていていまんと思ひてかたらひを
なんよみそ物よかきつくる
侍ていなし心かなしといふやせん
世のあわさ海を人しきねへ
心しみなきていていつるわこの
世かくかきをきしるなけしう心
なくへきことはたかえぬるを

なによりてかゝらむといといたう
なきていつくにもとめゆかむと
かとに出てと見かう見ゝけれと
いつこをはかりともおほえさり
けれはかへりいりて
思ふかひなき世なりけり年月を
あたにちきりて我やすまひし
といひてなかめをり
人はいさ思ひやすらん玉かつら
おもかけにのみいとゝ見えつゝ

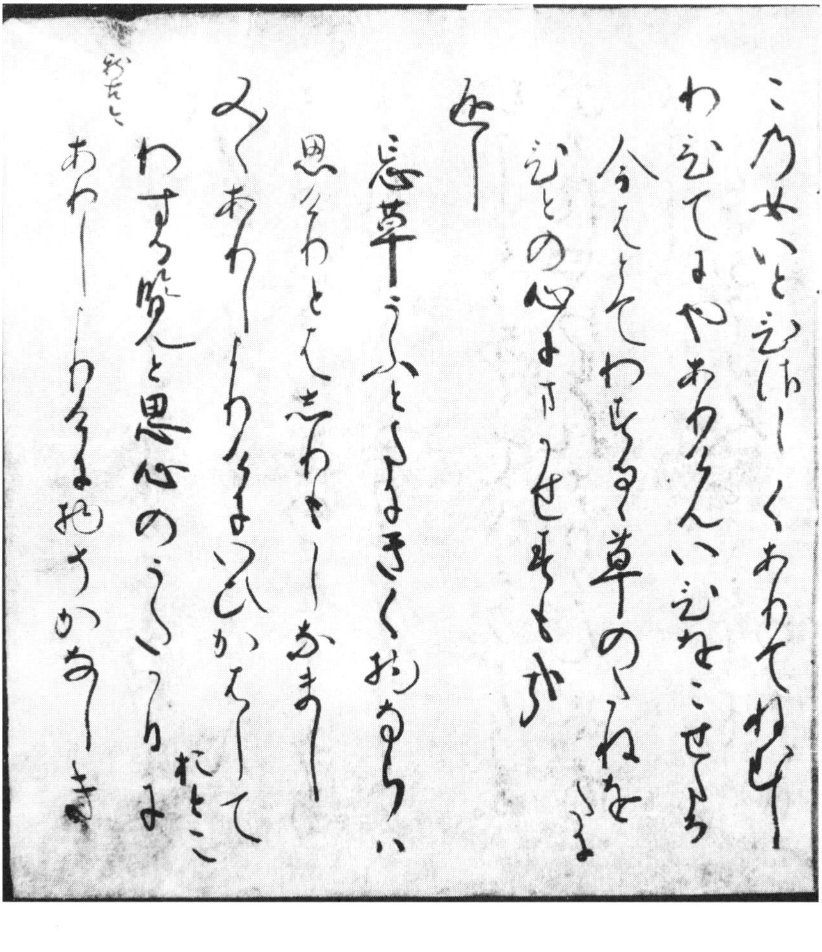

この女いとひさしくありてねむし
わひてにやありけんいひおこせたる
今はとてわするゝ草のたねをたに
人の心にまかせすもかな
返し
忘草うふとたにきくものならは
思ひけりとはしりもしなまし
又ありしよりけにいひかはして
わするらんと思心のうたかひに
ありしよりけにものそかなしき

返し
中そらにたちゐるくものあともなく
身のはかなくもなりにけるかな
といひけれとおのか世ゝになり
にけれはうとくなりにけり

〔二十二〕

廿二
むかしはかなくてたえにける
なかなほやわすれさりけん女の
もとより
うきなから人をはえしもわすれねは

かはらみつはすらひしき
はるかなれしされしともつひて
なとこ
あむ見てし心ひろつをかくしすの
水のなかれてさえしとう思
とてつひなれとその夜いまからもし
いよしへゆくさきのこともおといはて
秋の夜のちまたひとりよおすらへて
やちらしねくやあくはのあしん
なし

秋の夜のちよをひとよになせりとも
ことはのこりてとりやなきなん
伊すへよりもあはれにてなむ
かよひける

〔二十三〕

廿三 むかしゐなかわたらひしける人
のこともゐのもとにいてゝあそひ
けるをおとなになりにけれは
おとこも女も
はちかはしてありけれとおとこは
この女をこそえめとおもふ女は
このおとこをとおもひつゝおやの

あはすれときゝてなんありける
さてこのとなりのをとこのもとより
かくなん
つゝゐつのゐつゝにかけしまろかたけ すき
おひにけらしないもみさるまに
女返し
くらへこしふりわけかみもかたすきぬ
きみならすしてたれかあくへき
なといひ〳〵てつゐにほいのことく
あひにけり

さて年ころふるほとに女おやなく
たよりなくなるまゝにもろともに
いふかひなくてあらんやはとて
かうちのくにたかやすのこほりに
いきかよふ所いてきにけり
されとこのもとの女あしとおもへる
けしきもなくていたしやりけれは
おとここと心ありてかゝるにやあら
むと思ひうたかひてせんさいの中に

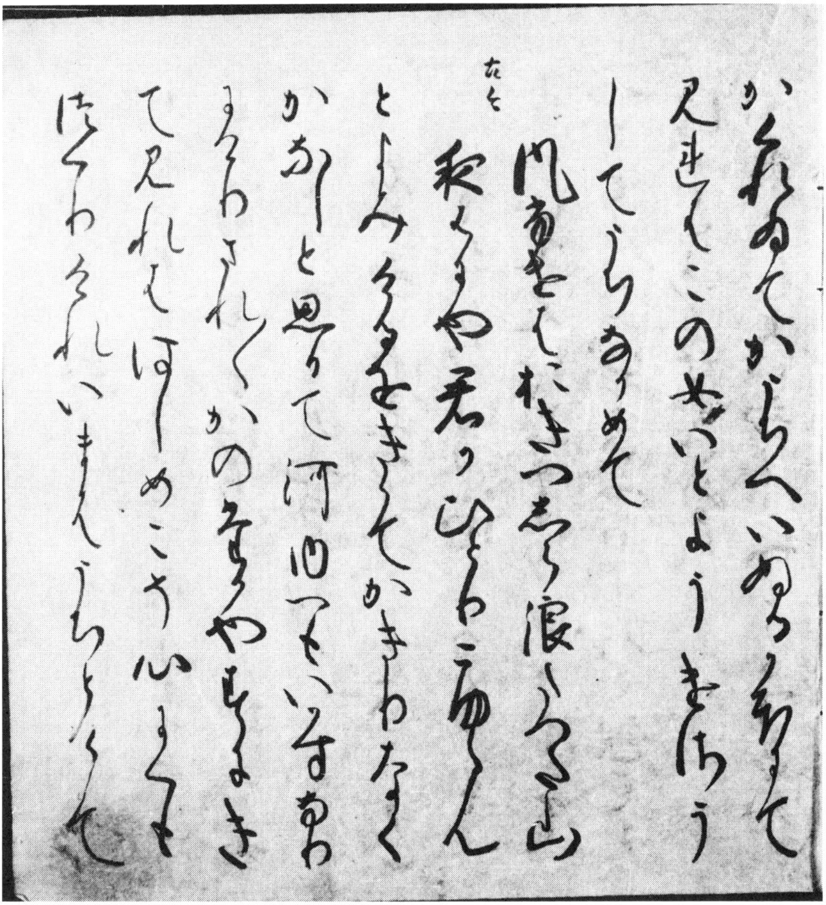
かはちへいぬるかほにて
見れはこの女いとようけさう
してうちなかめて
風ふけはおきつ浪たつた山
夜半にや君かひとりこゆらん
とよみけるをきゝてかきりなく
かなしと思て河内へもいかすなりに
まれ〳〵かのたかやすにき
て見れははしめこそ心にくゝも
つくりけれいまはうちとけて

てはらいぬひとりてけこのつわ
ねよるわるを見て心うわてい
とおもはまはわにわれいかの木
やさとの方を見やりて
君かあはれ見つゝをらん人はこそ
初そ　それかくゝう雨あふるも
いかにそ見はゝすまか（か）らうして
やさと人にこひといつはるころてき
はなさかくすきぬれは（し）
君こふといひし秋よすきぬれ（れし）

たのまぬ物のこひつゝそふる
といひけれとおとこすますなりにけり

〔二十四〕

廿四

むかしおとこかたゐなかにすみけり
おとこ宮仕へしにとてわかれお
しみてゆきけるまゝにみとせ
こさりけれはまちわひたりけるに
いとねむころにいひける人にこよ
ひあはむとちきりたりけるにこの
おとこきたりけりこのとあけたまへと

たゝきけれとあけてうたをなん
よみていたしたりける
あらたまの年のみとせをまちわひて
たゝこよひこそにゐまくらすれ
といひいたしたりけれは
あつさゆみまゆみつきゆみ年をへて
わかせしかことうるはしみせよ
といひて行なむとしけれは女
あつさ弓ひけとひかねと昔より
心はきみによりにし物を

といひけれとおとこかへりにけり女いと
かなしくてしりにたちておひゆけと
えおひつかてし水のある所にふし
にけりそこなりけるいはにお
よひのちしてかきつけける
あひおもはてかれぬる人をとゝめかね
わかみは今そきえはてぬめる
とかきてそこにいたつらになりにけり

〔二十五〕

むかしおとこ有けりあはしともいは
さりける女のさすかなりけるかもとに

（二十六）

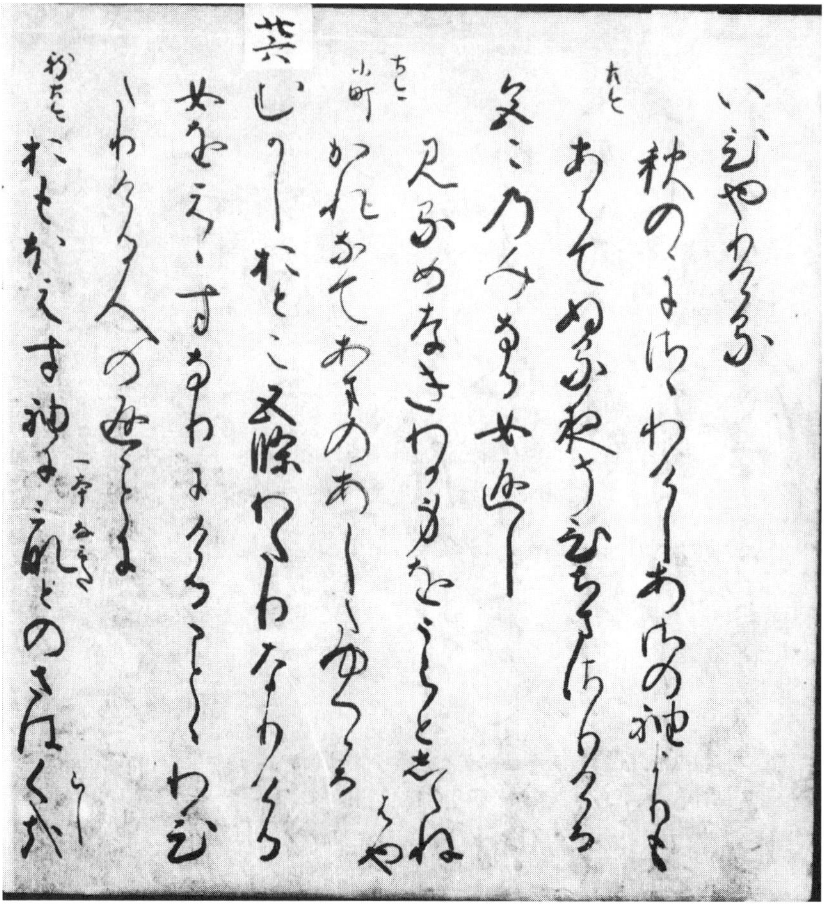
いふやかるらむ
秋のゝにさゝわけしあさの袖よりも
あはてこしよそひちまさりける
又このかへし女から
見るめなきわかみをうらとしらねはや
小町　かれなてあまのあしたゆくゝる
芸　むかしをとこ又除わるわなかりける
女をえゝすまはよろこしわむ
しわゝ人のぬしよ
おもかえす袖にぬれとのさねくた

〔二十七〕

もろこし舟のよりし許よ
廿七昔おとこ女のもとに一夜いきて
又もいかすなりけれは女の手
あらふ所にぬきすをうちやりて
たらひのかけに見えけるをみつから
我許物思人ハ又もあらし
とおもへハ水のしたにも有けり
とよむをこさりけるおとこたちきゝて
みなくちに我や見ゆらんかはつさへ
水のしたにてもろこゑになく

〔二十八〕 廿八 昔いろこのみなりける女いてゝいにけれは
なとてかくあふこかたみになりにけん
水もらさしとむすひしものを
貞観十一年二月貞明親王為皇太子于時高子女御
依春宮母儀号也去年十二月廿二日誕生高子年廿七

〔二十九〕 廿九 むかし春宮の女御の御方の花の
賀にめしあつけられたりけるに
花にあかぬなけきはいつもせしかとも
けふのこよひにゝる時はなし

〔三十〕 卅 むかし男はつかなりける女のもとに
あふことは玉のを許おもほえて

徒らき心のなかく見ゆらん

〔三十一〕

卅一 昔宮の中にてあるこたちのつほねの
まへをわたりけるになにのあた
にか思ひけんよしやくさはよならん
さか見むといふをとこ
つみもなき人をうけへは忘草
をのかうへにそおふといふなる
といふをねたむ女もありけり

〔三十二〕

卅二 むかしものいひける女に年ころありて
古しへ 江本者
伊にしへのしつのをたまきくりかへし

〔三十三〕

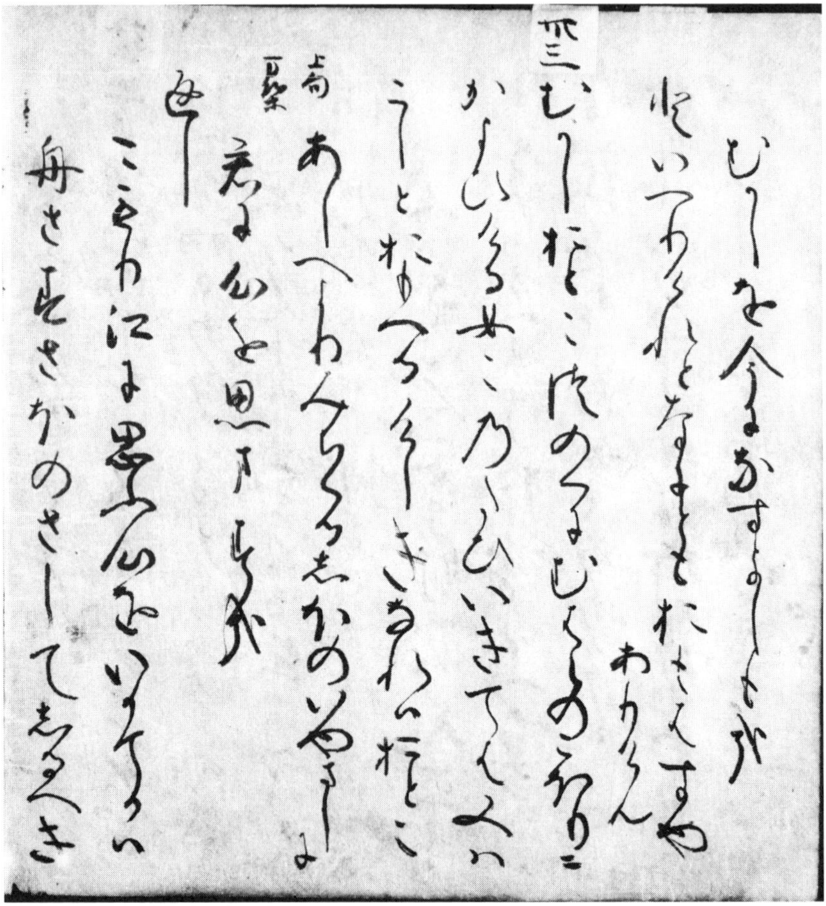
むかしを今になすよしもかな
といへとなにともおもはすや
ありけん
三十三 むかしをとこつのくにむはらのこほりに
かよひける女このたひいきてはまたはこし
とおもへるけしきなれはをとこ
上句 あしへよりみちくるしほのいやましに
下句 きみに心を思ひますかな
女
こもりえに思ふ心をいかてかは
舟さすさをのさしてしるへき

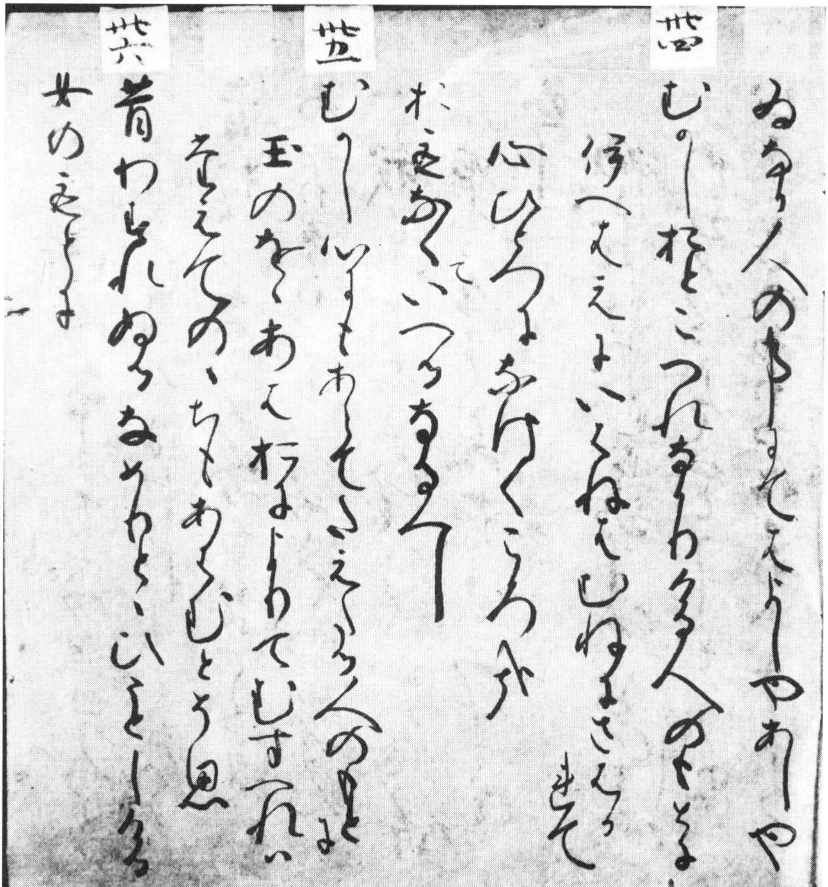

ゐなか人のことにてはよしやあしや

〔三十四〕
むかしをとこつれなかりける人のもとへ
いへはえにいはねはむねにさはかれて
心ひとつになけくころかな
おもなくていへるなるへし

〔三十五〕
むかし心にもあらてたえたる人のもとに
玉のをゝあわをによりてむすへれは
たえてのちもあはむとそ思

〔三十六〕
昔わすれぬるなめりととひことしける
女のもとに

谷せはみ峯まてはへる玉かつら
たえむと人にわかおもはなくに

〔三十七〕
昔をとこいろこのみなりける女に
あへりけりうしろめたくや思けん
我ならてしたひもとくなあさかほの
ゆふかけまたぬ花にはありとも
返し
ふたりしてむすひしひもをひとりして
あひみるまてはとかしとそ思

〔三十八〕
むかしきのありつねかりいきけるに

〔三十九〕

ありきてをそくきけるによみて
やりける
君によりおもひならひぬ世の中の
人はこれをやこひといふらん
返し
ならはねは世の人ことになにをかも
恋とはいふとゝひし我しも

〇三九
むかし西院のみかとゝ申すみかと（淳和天皇）
おはしましけりそのみかとのみこ
（崇子内親王 母橋船子 正四上清野女 承和十五年五月十五日薨）
たかいこと申すいまそかりけり

うのみこうせ給てたけんとうかめ
秋うの家のとまかならゝるをとこ
はるかなるひよて事ゝきよあむ
乃つそいてふりゝわいてとみ侍りう
ぬて侍てるそてさつゝそゝらふきて
やみぬつわゝるあむさるあめり
志さの文この源のつゝとふ人
これも丶のゝるよこれゝるをも事
ゝるさと入てしわきてさっくあさめ
ましあむゝるよかのいゝるにほうしゝるを

いかそ女のこゝろはいはれもせぬまゝに
なをさりなるゆふくれの人このかへの
こゝろなき身ゆへや見ゆへんとおもひしを
なしするまてかれかたきこのよかな
侍て、なく、きみなへみもし　ちち
年へぬるかとなくこゑをきけ
かのひとの女し
いとあはれなてうきこゑゆるともし　つら
きゆる袖も我くちもすな
あめのしたのたこのみのうへそへ
作りあかりく

（四十）

いたるはしたかふかおほちなり
ほいなし
四十 昔わかきおとこけしうはあらぬ女
を思ひけりさかしらするおやあ
りて思ひもそつくとてこの女をほ
かへをひやらむとすさこそいへま
たをいやらす人のこなれはまた心
いきおひなかりけれはとゝむるいき
おひなし女もいやしけれはすまふ
ちからなしさるあひたに

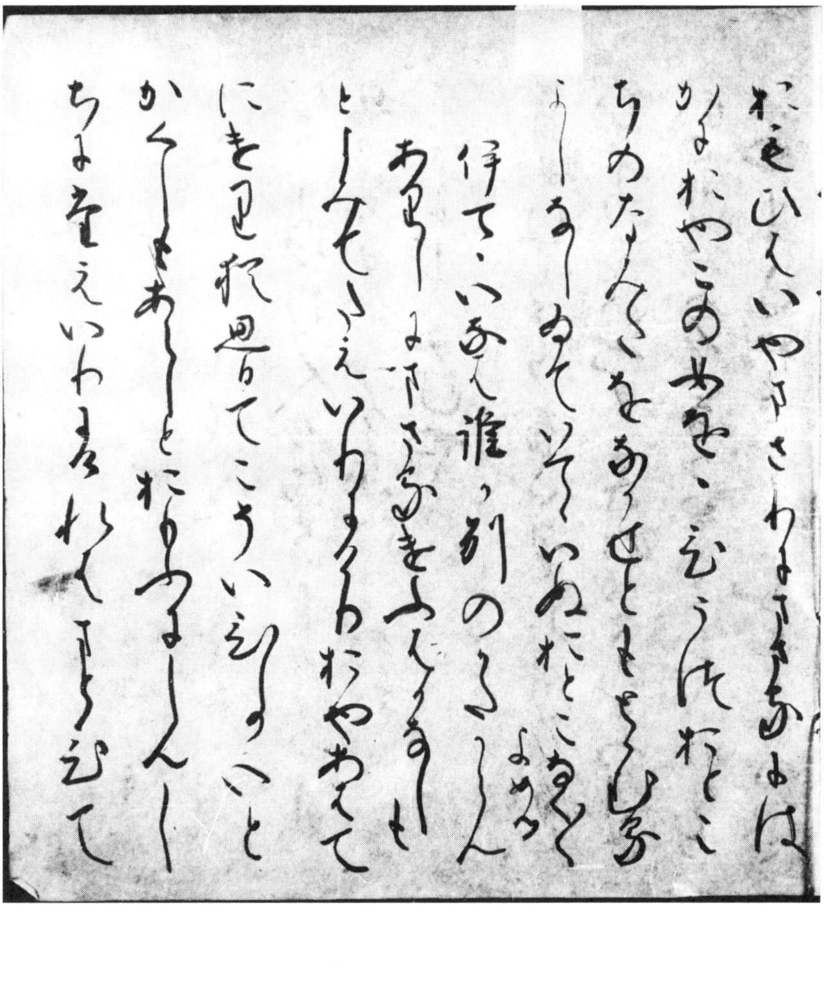

願なてたきよのいのちあり許
まさえいかてよのりれ侍ぬはくわよ
まんしうしていきそくりける
むしかわ人くちふまりける和
思をまんしかふいまのたきか
ゝさまし給むや

（四十二）

四十二
着せはらきたるおもかた
むかしいやきたるかつき
むさりいあそまるねところしわね
いやしきたところしろちくすのつこ

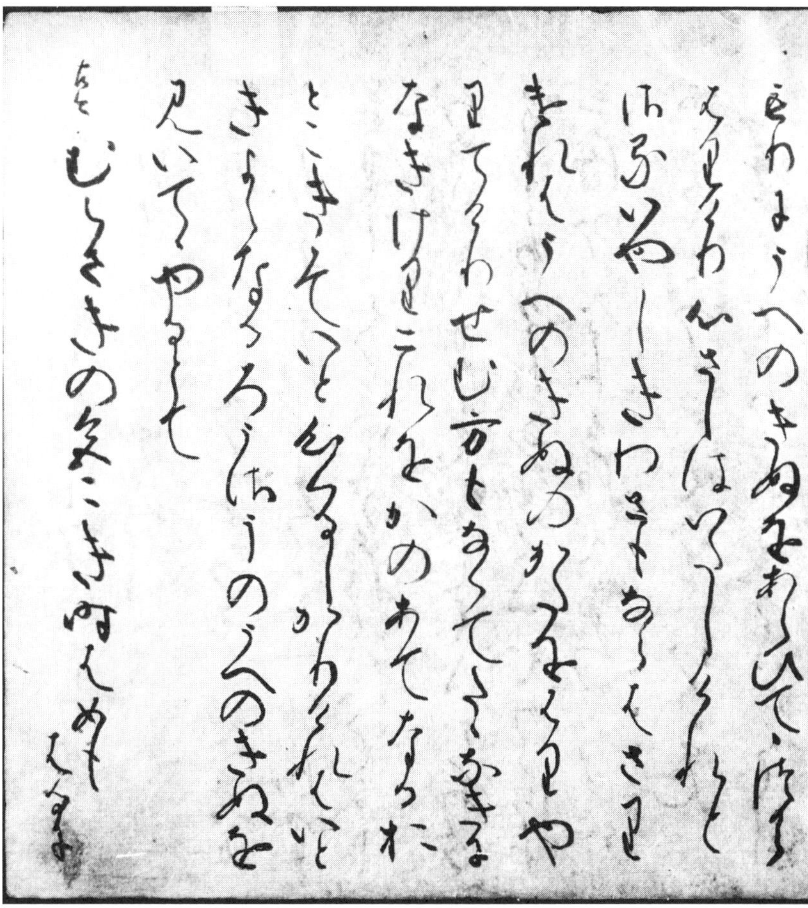

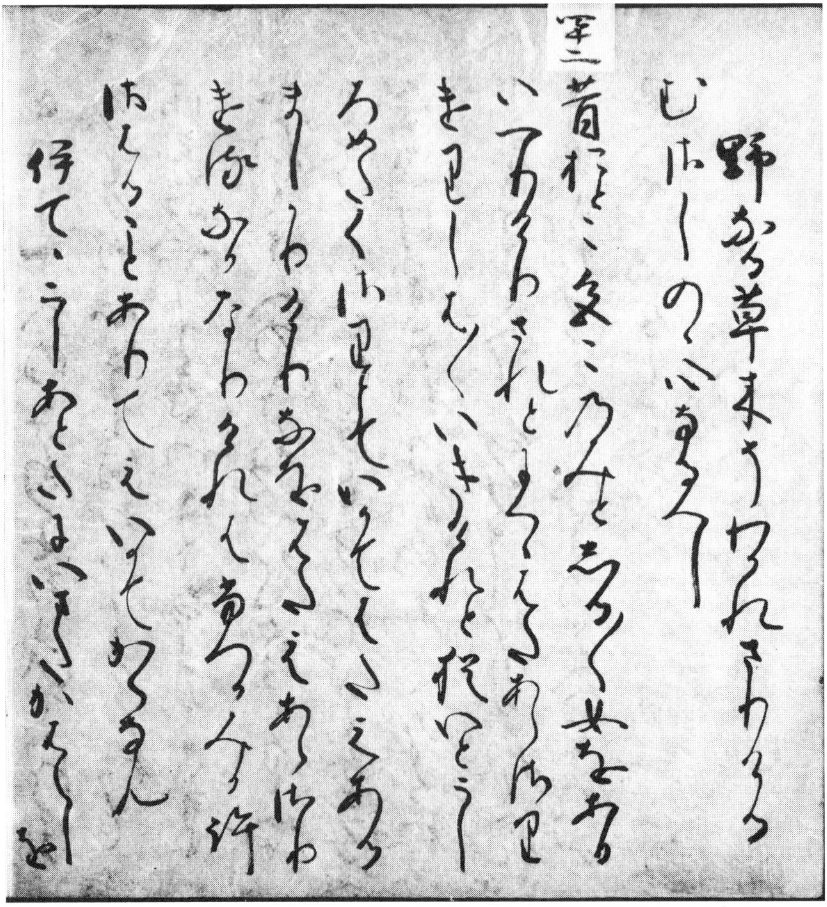

野なる草木そわかれさりける
むさしのゝ心なるへし
(四十二) 昔おとこ色このみとしる〳〵女をあ
ひいへりけりされとにくゝはたあらさりけ
りしは〳〵いきけれとなをいとうし
ろめたくさりとていかてはたえある
ましかりけりなをはたえあらさりける
なかなりけれはふつかみかはかりさ
はることありてえいかてかくなん
出てこしあとたにいまたかはらしを

（四十三）

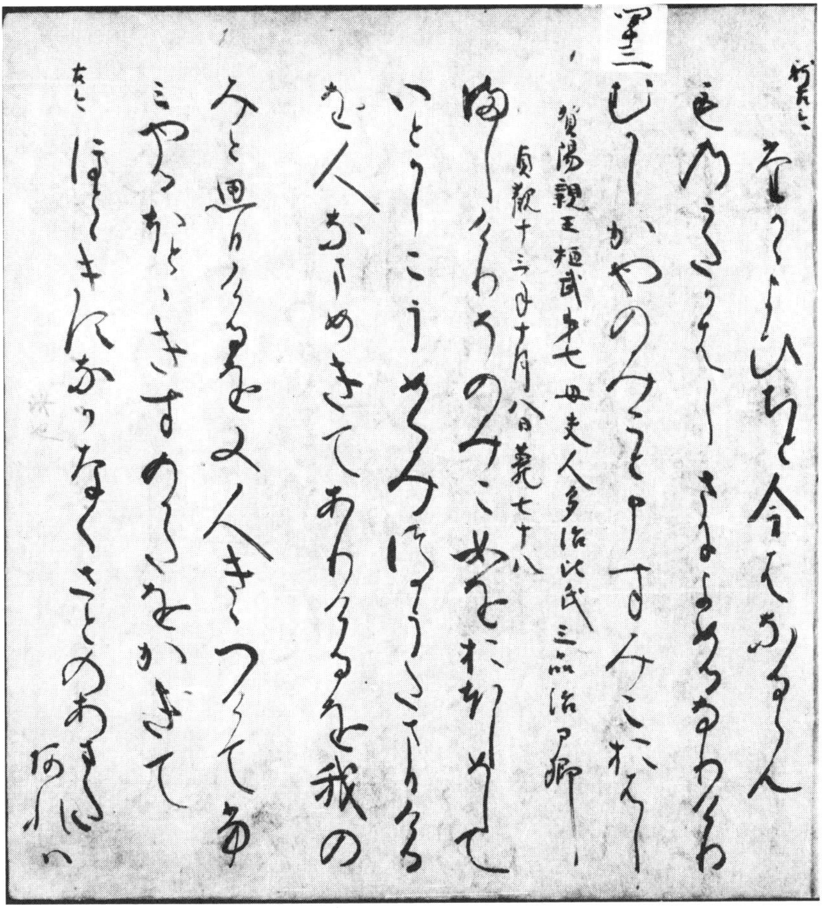
たかかよひちと今はなるらん
ものうたかはしさによめるなりけり
四三 むかしかやのみこと申すみこおはしけり
賀陽親王桓武第七 母夫人多治比氏 三品治部卿
貞観十三年十月八日薨七十八
そのしんわうのみこ女をおほしめして
いとかしこうめくみつかうたまひける
を人なまめきてありけるを我の
みと思けるを又人きゝつけて文
やるほとゝきすのかたをかきて
ほとゝきなかなくさとのあまたあれは

猶うとまれぬ思ものから
といへりこの女けしきをとりて
名のみたつしでのたをさはけさぞなく
いほりあまたとうとまれぬれば
時は五月になんありけるをとこ返し
いほりおほきしでのたをさは猶たのむ
わがすむさとにこゑしたえずは

〔四十四〕
むかしあがたへゆく人にむまのはな
むけせむとてよびてうとき人にしあ
らざりければいへとうじ

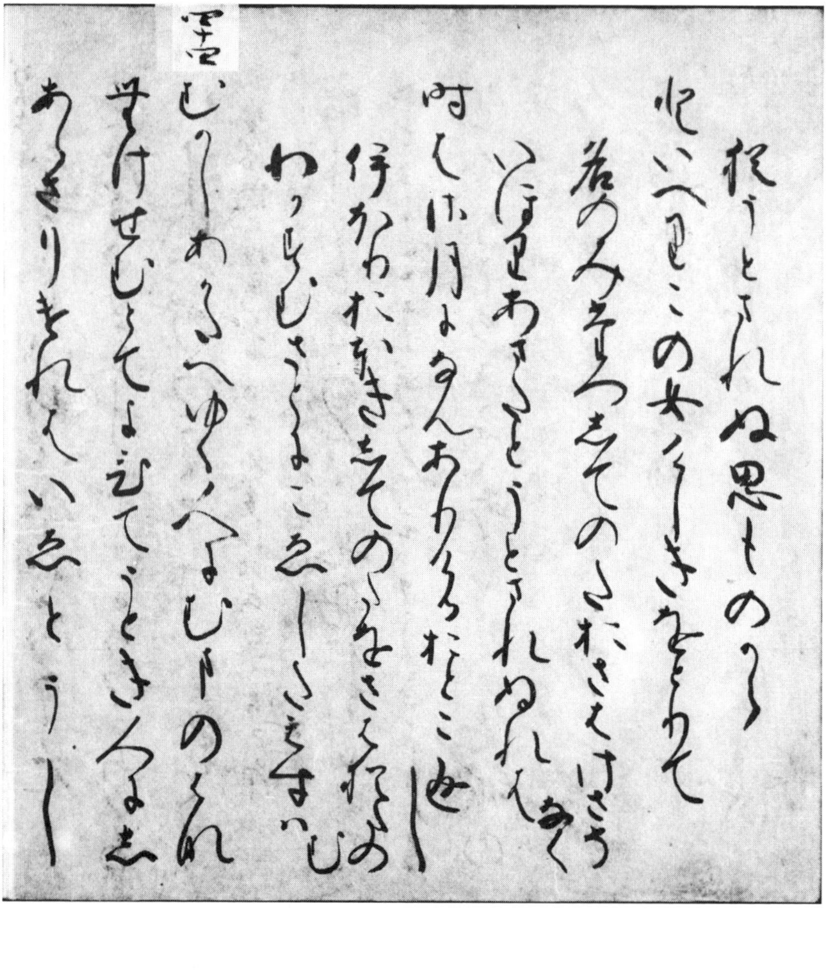

〔四十五〕

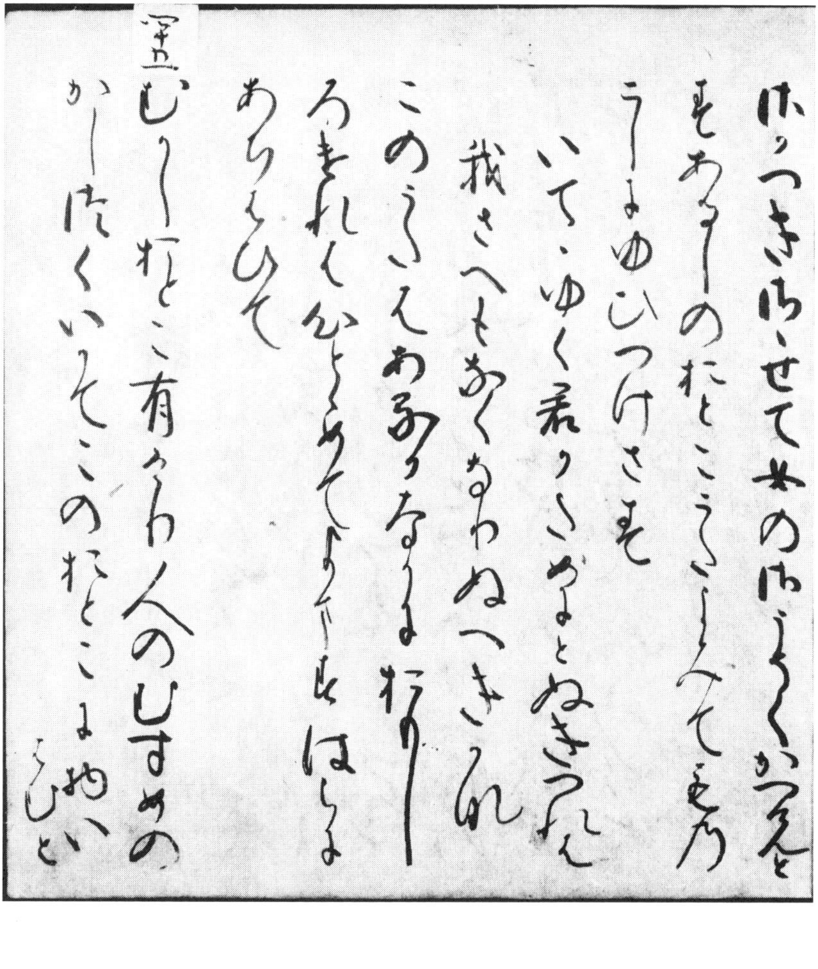
かつきさゝせて女のさうそくかつけむと
すあるしのをとこうたよみてもの
こしにゆひつけさす
いてゝゆく君かためにとぬきつれは
我さへもなくなりぬへきかな
このうたはあるかなかにおもし
ろけれは心とゝめてよますはらに
あちはひて
〔四五〕むかしをとこ有けり人のむすめの
かしつくいかてこのをとこにものいはむと

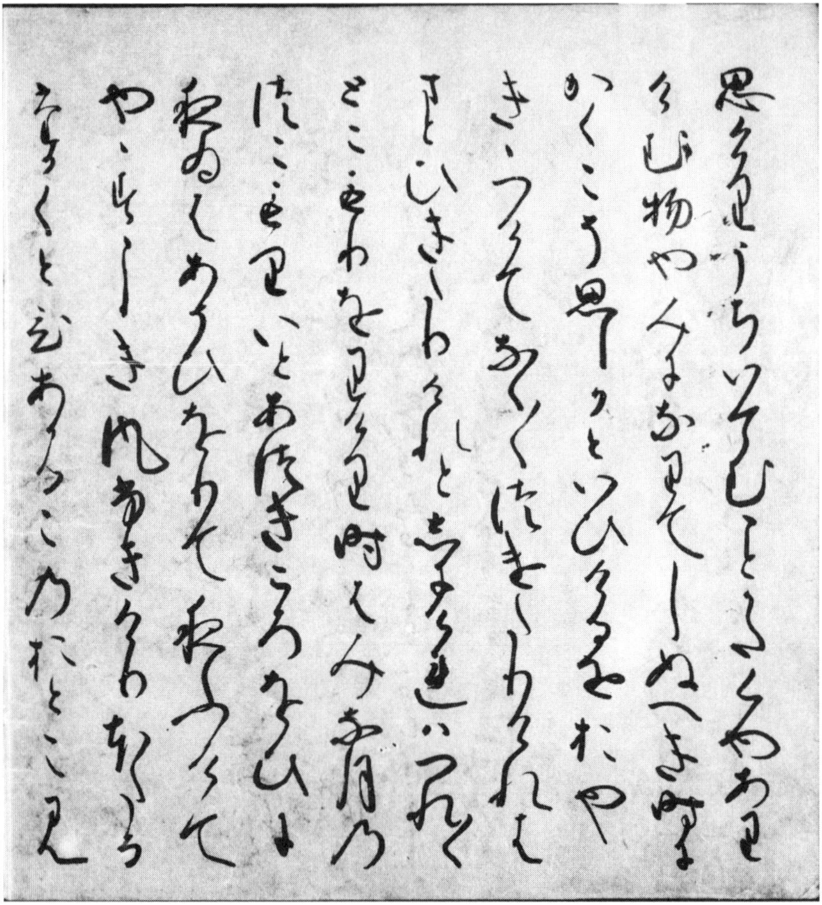

見ふせりて
後撰
ゆくほたる雲のうへまていぬへくは
秋風ふくとかりにつけこせ
くれかたき夏のひくらしなかむれは
そのことゝなく物そかなしき

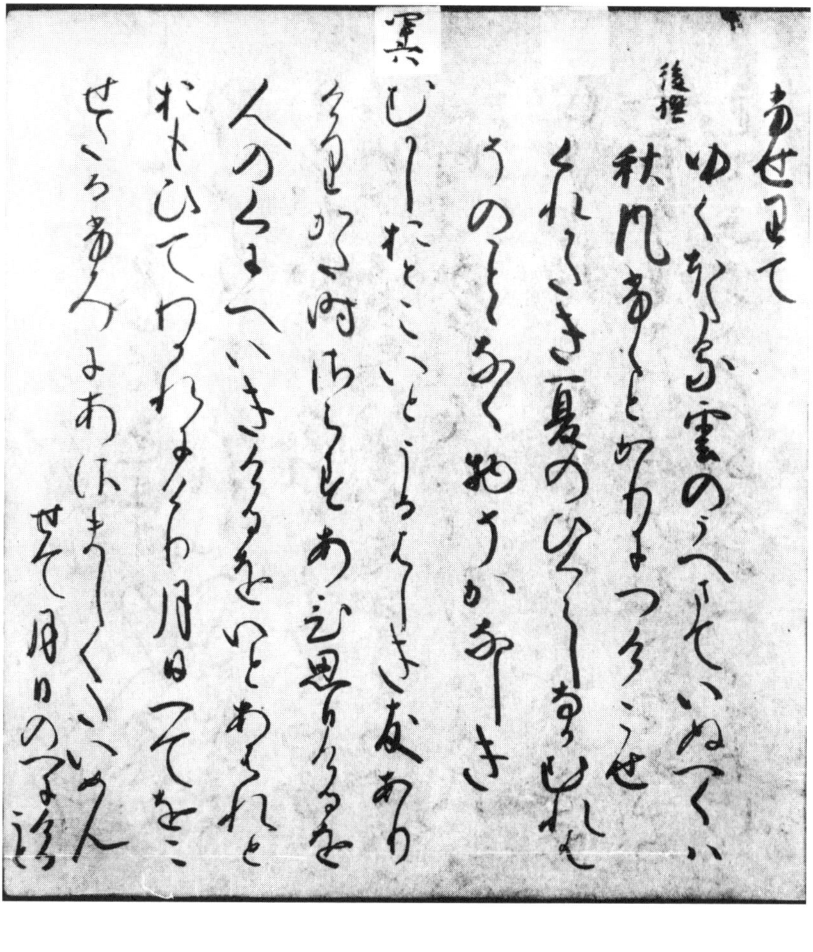

（四十六）

四十六
むかしおとこいとうるはしき友あり
けりかた時さらすあひ思けるを
人のくにへいきけるをいとあはれと
おもひてわかれにけり月日へておこ
せたる文にあさましくたいめん
せて月日のへにけること

（四十七）

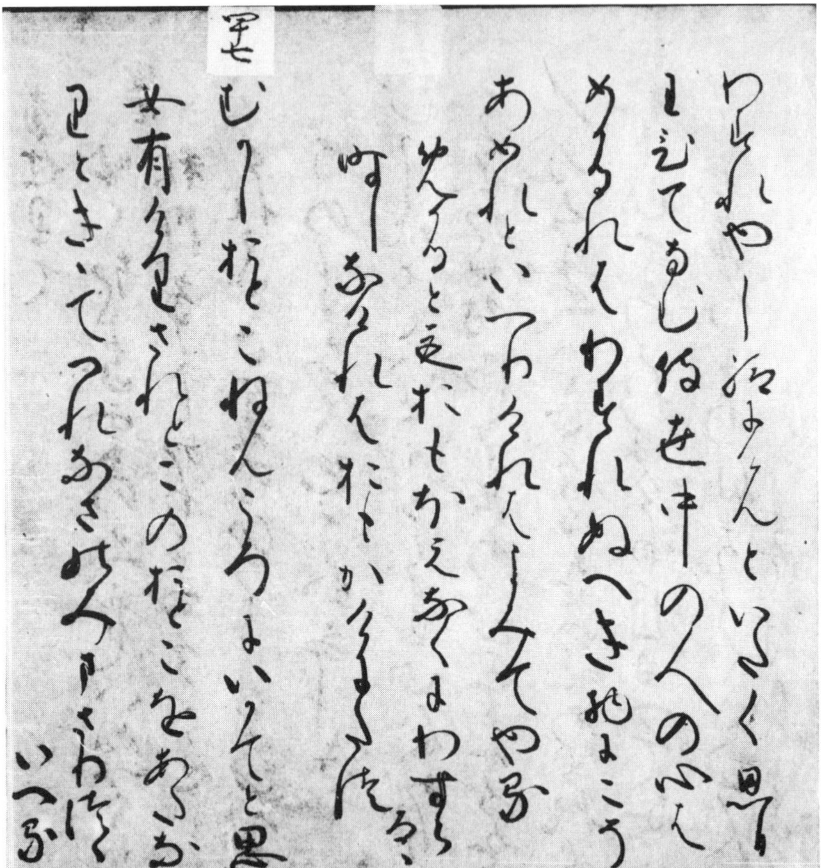

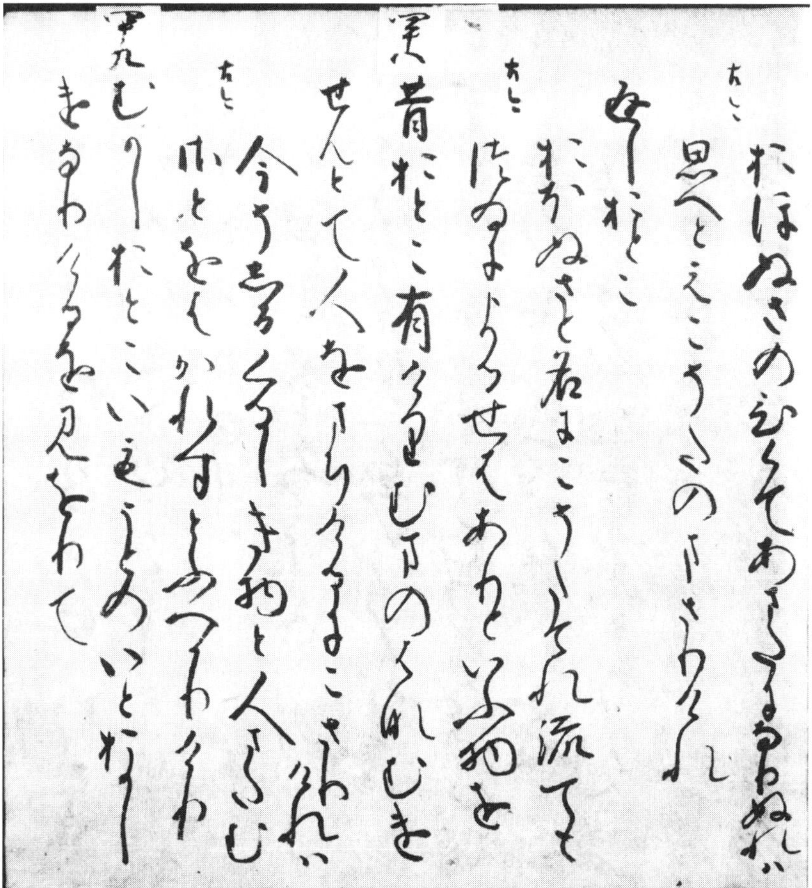

おとこ
おほぬさのひくてあまたになりぬれは
思へとえこそたのまさりけれ
女〳おとこ
おほぬさと名にこそたてれ流ても
おとこ
つゐによるせはありといふ物を

〈四十八〉
昔おとこ有けりむまのはなむけを
せんとて人をまちけるにこさりけれは
今そしるくるしき物と人またむ
おとこ
さとをはかれすとふへかりけり

〈四十九〉
むかしおとこいもうとのいとおかし
けなりけるを見をりて

〔五十〕

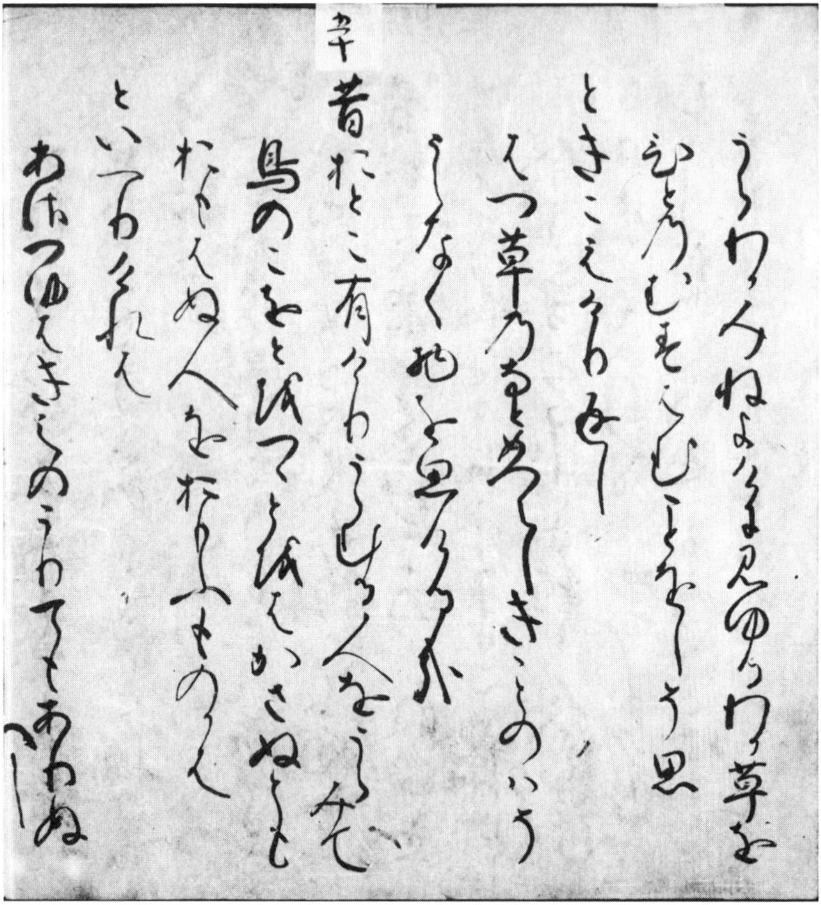

うらわかみねよけにみゆるわか草を
ひとのむすはむことをしそ思
ときこえけり返し
はつ草のなとめつらしきことのはそ
うらなく物をおもひけるかな
五十　昔おとこ有けりうらむる人をうらみて
鳥のこをとをつゝとをはかさぬとも
おもはぬ人をおもふものかは
といへりけれは
あさつゆはきえのこりてもありぬへし

それゝこの母をそのみ人にへき

又　おとこ

吹風によその櫻ちらすとも

あなさのみゝ人の心よ

又　めゝし

ゆく水にかすかくよりもはかなきは

古今　作者に　おもはぬ人を思ふなりけり

又　おとこ

ゆくみるとすくなくなりとちる花と

いつれてゝ世こゝろをきくしん

あさくれかくみなしつるおとこの

（五十二）　（五十一）

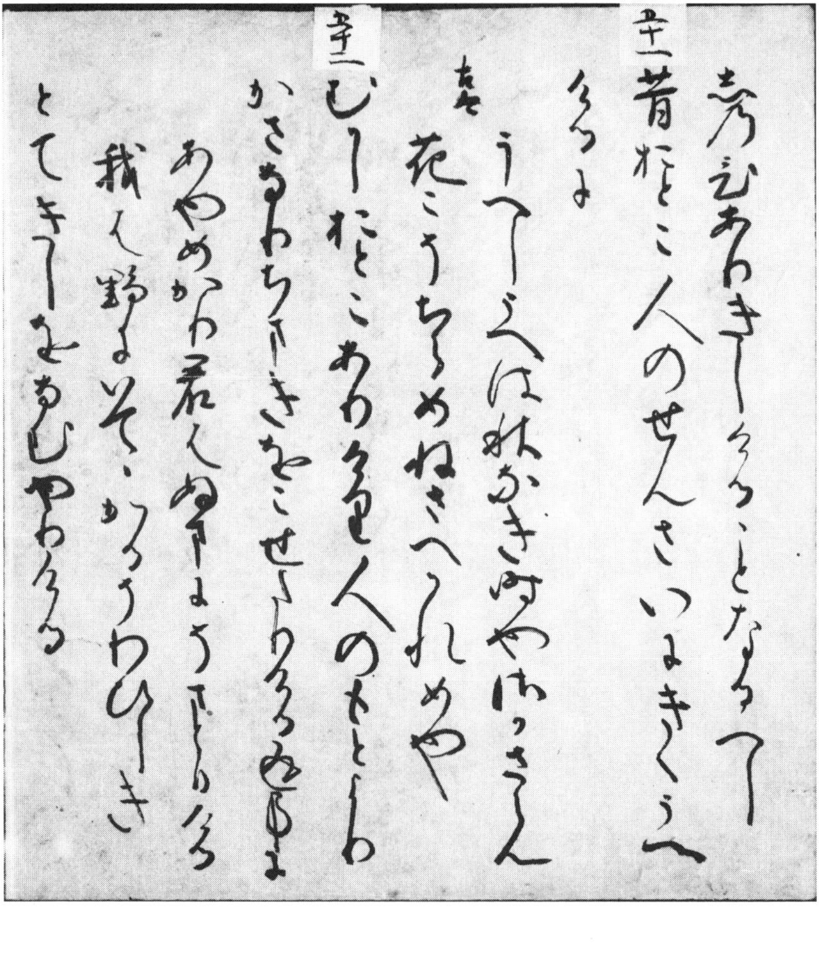

忍ありきしけることなるへし
五十一 昔おとこ人のせんさいにきくうへ
けるに
うへしうへはあきなきときやさかさらん
花こそちらめねさへかれめや
五十二 むかしおとこありけり人のもとより
かさりちまきをこせたりける返事に
あやめかり君はぬまにそまとひける
我は野にいてゝかるそわひしき
とてきしをなむやりける

（五十三）（五十四）（五十五）

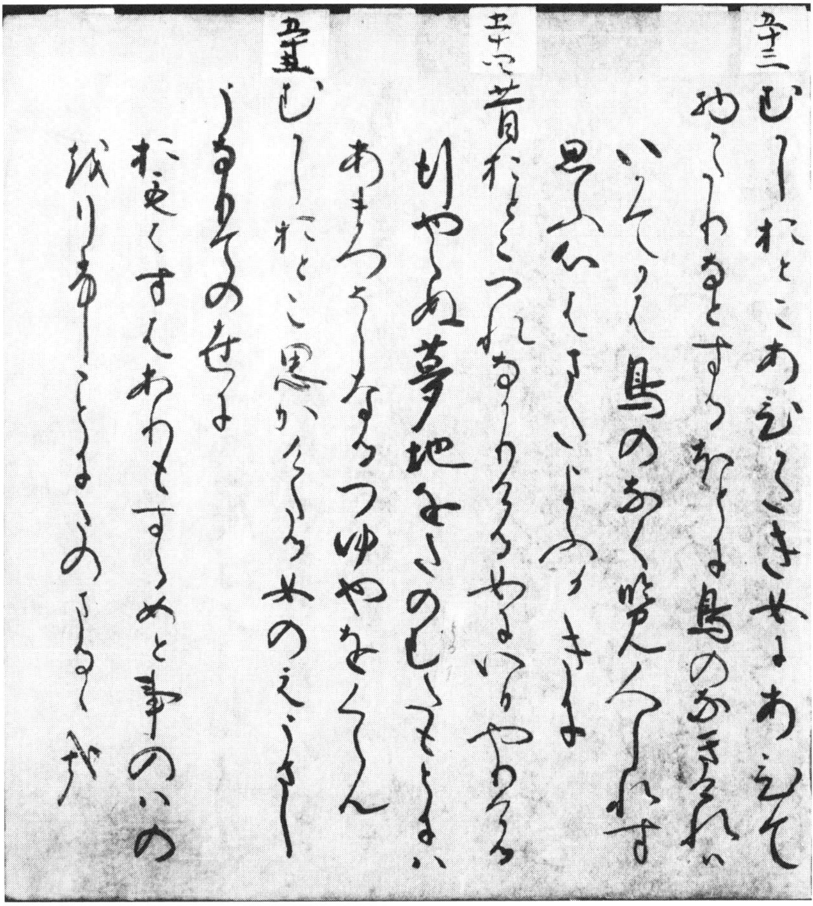

五十三
むかしおとこあひかたき女にあひて
ものかたりなとするほとに鳥のなきけれは
いかてかは鳥のなくらん人しれす
思ふ心はまたよふかきに

五十四
昔おとこつれなかりける女にいひやりける
ゆきやらぬ夢地をたのむたもとには
あまつそらなるつゆやおきけん

五十五
むかしおとこ思ひかけたる女のえうましう
なりての世に
おもはすはありもすへきを事のはの
おりふしことにたのまるゝかな

〔五十六〕
五十六むかしおとこふして思ひおきて思ひ
思ひあまりて
わかそては草の庵にあらねとも
くるれはつゆのやとりなりけり

〔五十七〕
五十七昔おとこ人しれぬ物思ひけりつれなき
人のもとに
こひわひぬあまのかるものにやとるてふ
我から身をもくたきつるかな

〔五十八〕
五十八むかし心つきて色このみなるおとこ
なかをかといふ所に家つくりてをりけり

すこのとをわたりける家はらまこと
まなき女とものぬすみわたりけれし
田かしんとてこのおとこのあるを見て
侍みけのもきゆのしわさやとて
あつまりて侍りきたれえこのおとこ
すゑしおくるかくれすくしい女
あれすゑわあくれしつくせのやとるおほ
おし
をみたんひとのなをつれもせね
といひてこの家はあはさわきあて
ありけれてこのおとこ

むくらおひてあれたるやとのうれたきは
かりにもおにのすたくなりけり
とてなむいたしたりけるこの女ともほ
ひろはむといひけれは
うちわひておちほひろふときかませは
我も田つらにゆかましものを

（五十九）

五十九

むかしおとこ京をいかゝ思けむ
ひかし山にすまむと思いりて
すみわひぬ今はかきりと山さとに
後撰
みをかくすへきやともとめてん

かくて物いたくやみてしにいりたりけれ
はおもてに水そゝきなとして
いきいてゝ
わかうへに露そをくなるあまの河
とわたる舟のかいのしつくか
となむいひていきいてたりける

〔六十〕

六十 むかしおとこ有けり宮つかへいそか
しく心もまめならさりけるほとの
いへとうしまめに思はむといふ人
につきて人のくにへいにけりこのおとこ

宇佐の使にていきけるにあるくにの
しそう（祗承）の官人のめにてなむあると
きゝて女あるしにかはらけとら
せよさらすはのましといひけれ
はかはらけとりていたしたりけるに
さかなゝりけるたちはなをとりて
さ月まつ花たちはなのかをかけは
むかしの人のそてのかそする
といひけるにそ思ひいてゝあまに
なりて山にいりてそありける

（六十一）

昔おとこつくしまていきたりけるに
これはいろこのむといふすきものと
すたれのうちなる人のいひけるを
きゝて

後撰
そめ河をわたらむ人のいかてかは
いろになるてふことのなからん

女返し

後撰
名にしおはゝあたにそあるへきたはれしま
浪のぬれきぬきるといふなり

（六十二）

昔年ころおとつれさりける女心
かしこくやあらさりけん

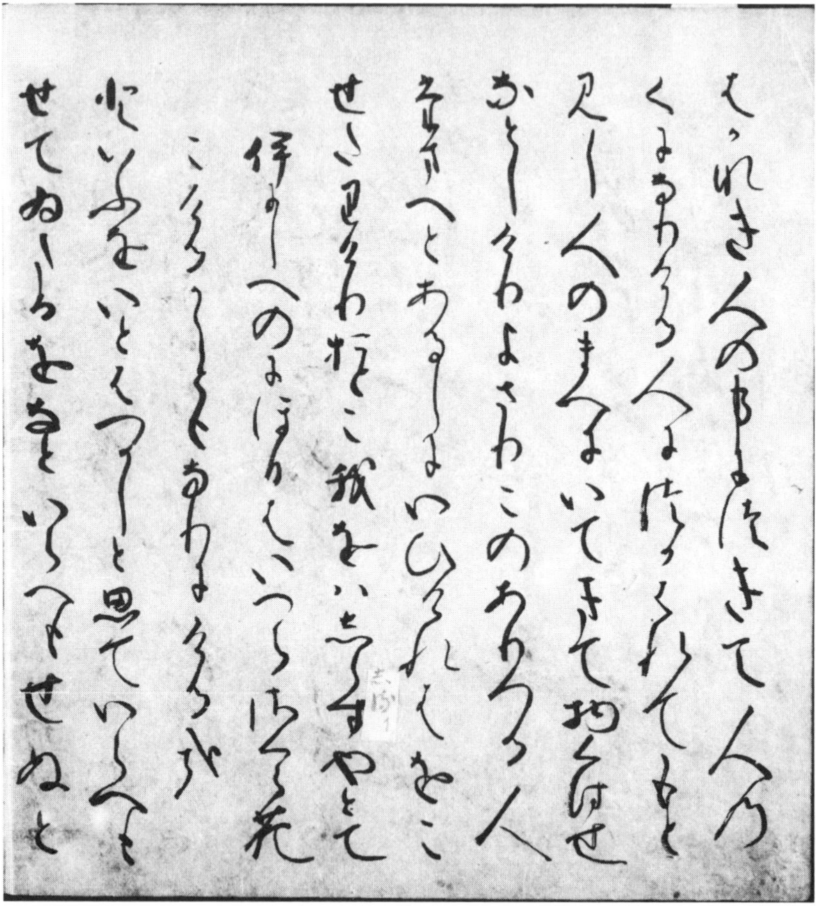

いへてなみたのこほるゝにめもみえす
ものもいはれすといふ
これやこの我にあふみをのかれつゝ
年月ふれとまさりかほなき
といひてきぬゝきてとらせけれと
すてゝにけにけりいつちいぬらむと
もしらす

〔六十三〕

むかし世こゝろつける女いかて心
なさけあらむおとこにあひえてしかな
とおもへといひいてむもたよりなさ

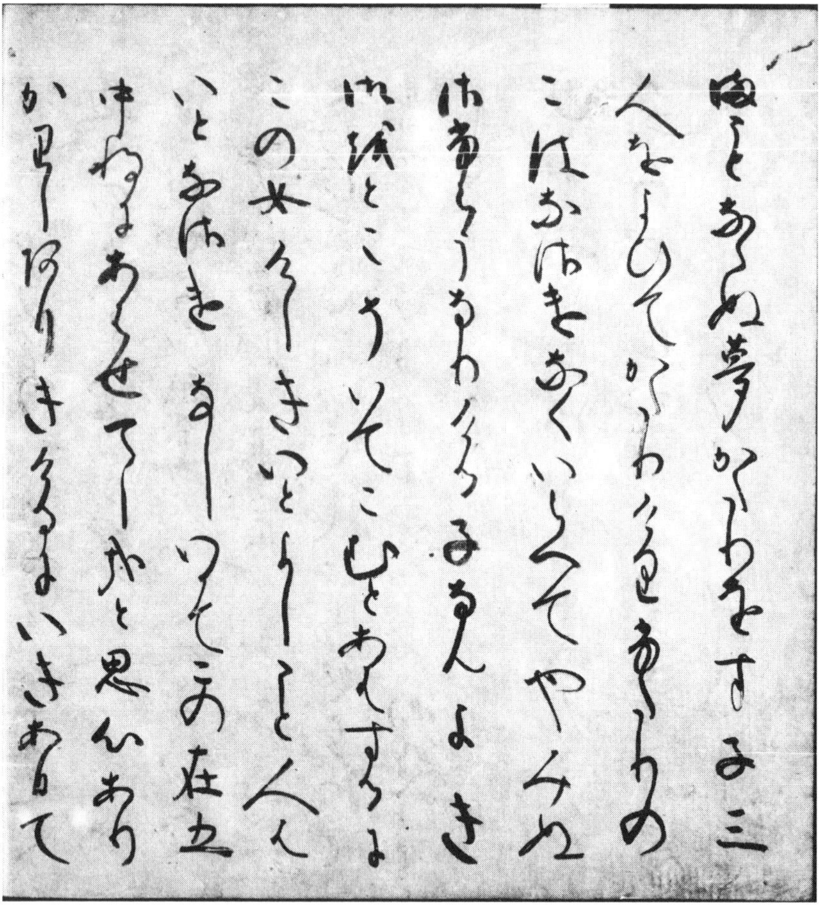

まことならぬ夢かたりをす子三
人をよひてかたりけりふたりの
こはなさけなくいらへてやみぬ
さふらうなりける子なんよき
御をとこそいてこむとあはするに
この女けしきいとよしこと人は
いとなさけなしいかてこの在五
中将にあはせてしかなと思ふ心あり
かりしありきけるにいきあひて

みちにてむかしのくちをとりてかうく
あひ思ていひかれたるあまりて
きてねよろしきそのちかきこえ
えさわかれしたるこの家にいき
てかいまみるにかとこほのつま
見て
まことせちにこもとせうるはしくも　うち
我をこひしからしかるに見ゆ
とていてうつくしきを見てむはら
からちなかにそ家にきそうら　南せわ

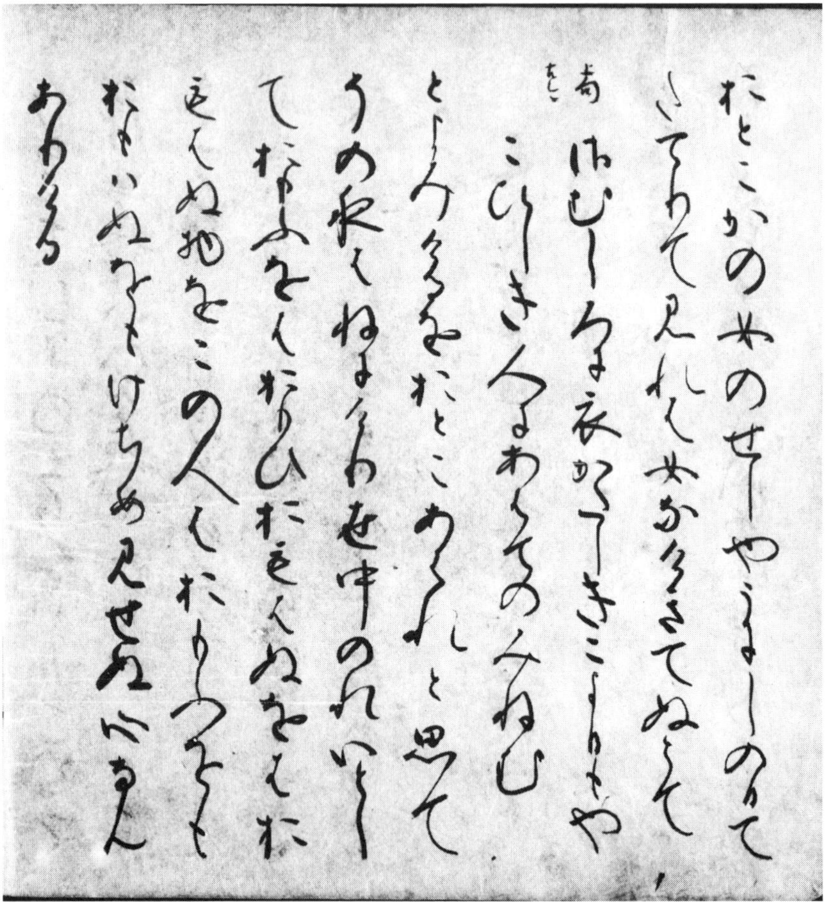

〔六十四〕　〔六十五〕

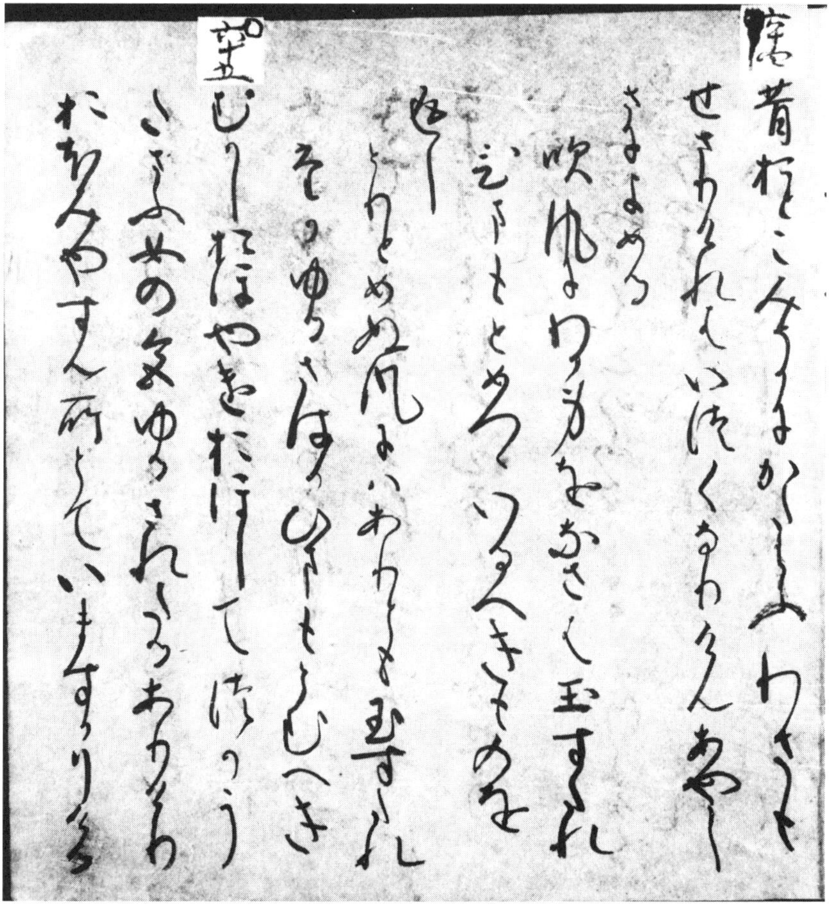
昔をとこみそかにかたらふわさも
せさりけれはいつくなりけんあやし
さによめる
吹風にわか身をなさは玉すたれ
ひまもとめつゝいるへきものを
返し
とりとめぬ風にはありとも玉すたれ
たかゆるさはかひまもとむへき
六十五　むかしおほやけおほしてつかう
たまふ女の色ゆるされたるありけり
おほみやすん所とていますかりける

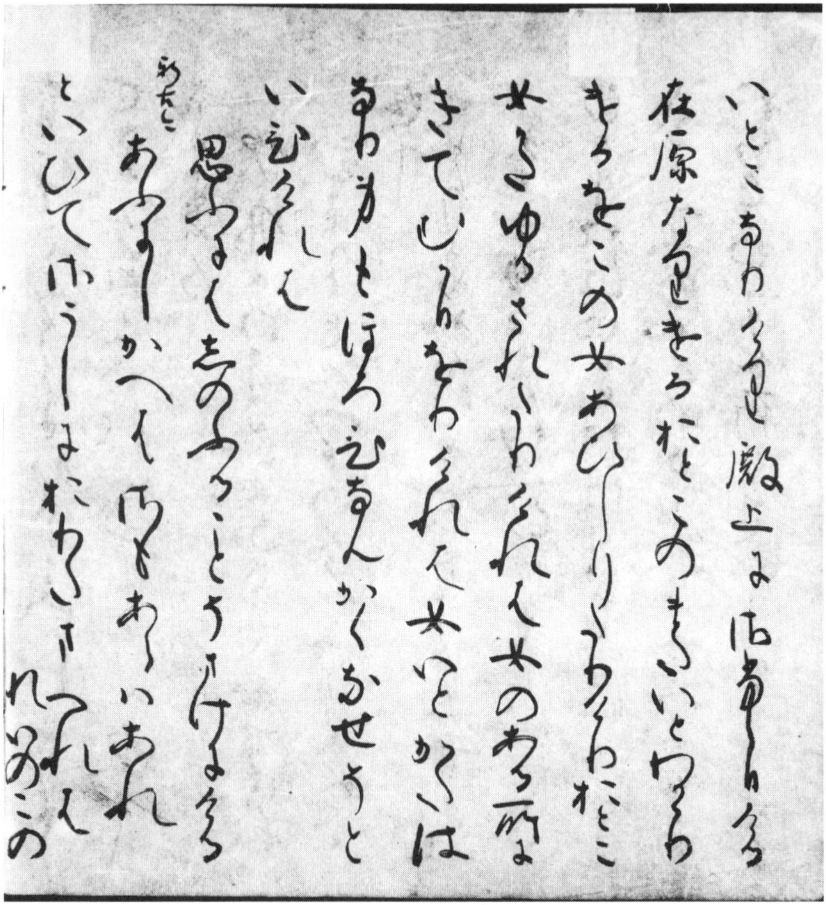
いとこなりける殿上にはさふらひける
在原なりけるをとこのまたいとわか
かりけるをこの女あひしりたりけりをとこ
女かたゆるされたりけれは女のある所に
きてむかひをりけれは女いとかたは
なりみもほろひなんかくなせそと
いひけれは
思ふにはしのふることそまけにける
あふにしかへはさもあらはあれ
といひてさうしにおりたまへれはれいのこの

みはうしよハ人のうへをもしらて
のほりぬるれんこの太思ひわひて侍
とへゆくされハなまのよきこと思て
いきかひしれたこれ人きらくハわ
らいわ侍とめてものもつさのかる
よく侍くとわて猶くなあそひわて
のほりぬかくかなはなし侍くあせわ
そるまかもいさつなるらぬされハ
侍るなほろひぬへしとてこのた
とこいなせんわかかるへやめしさへと

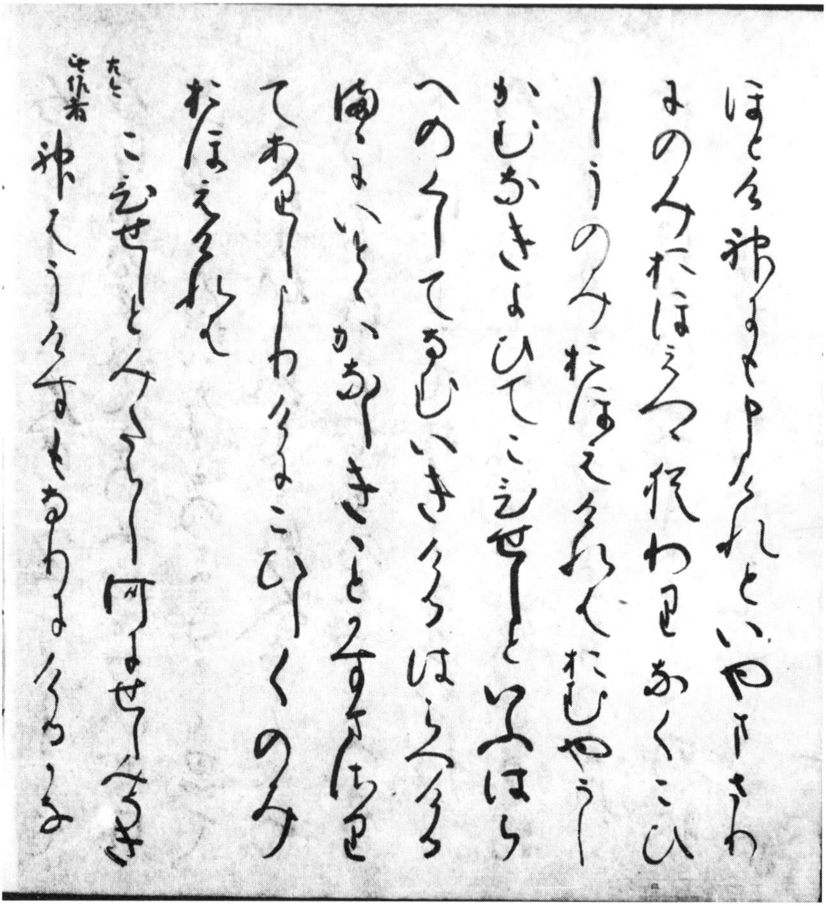

とひそあんいふなる
このみきしいかゝちよくたくふし
てほりのに君をめでなりそれに
ゑしいとさうしくてしるへをときそて
大くいふうあきゑわかろきみるつ
かうやつしてそしくせ侍らへあくかすし
きことこのたところかきさねそしそて
なんかきゐつかへるほとまみりと
きうしめし侍きてこのたところを、
ふし侍りくしてゑれしこのゐの
いところのみやすところ

女をしはれてはせてくるまこめて
しかりとふかふきれてとらまこも
りてなく
（古今）あきのゝうちもよらむしの我ると
（忠岑）（真字）わをこふるあるせぬもしく人し
とかきつけたりしこのたとこ人のくる
よる秋ことよきたるあつえをいと
おりしろくあきさてこ藤しおりし
うてうわられよひらかい
れしこの女えくるまこそわかなる

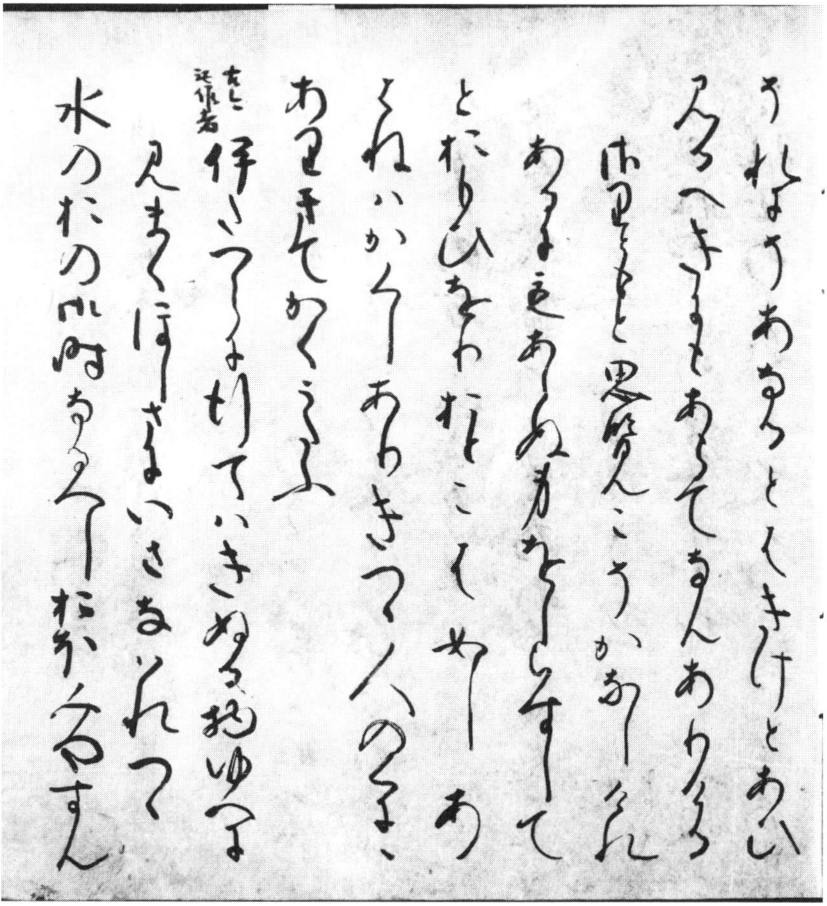

そめとのゝ后也五条の后とも
清和天皇鷹犬之遊漁猟之娯未嘗留意
風姿甚端厳如神性

〔六十六〕

むかしおとこ津のくにゝしる所あり
けるにあにおとゝともたちひきゐて
なにはの方にいきけりなきさ
を見れはふねともの有を見て
なにはつをけさこそみつのうらことに
後撰 これやこの世をうみわたるふね
これをあはれかりて人々かへりにけり

〔六十七〕

むかしをとこせうえうしに思ふとち
かいつらねていつみのくにへきさら
き許にいきけり河内のくにいこま
乃山を見れはくもりみはれたち
ゐるくもやますあしたより
くもりてひるはれたりゆきいと
しろう木のすゑにふりけり
それを見てかのゆく人のなかに
ひとりよみける
きのふけふくものたちまひかくろふは

花のしやしなうしとありけれ
〔六十八〕
着たきこいつみのくにへいきけれすみ
よしのこほりすみよしのさとはま
吉のらきをゆくにはたおれしわ
きれくたるぬつゆくある人すゝ
りしのくさとよめといふ
鷹がきて菊の花さく秋はあれど
春のうみへよをこしのくさ
とよめりけれはみなかくよまず
なりにけり

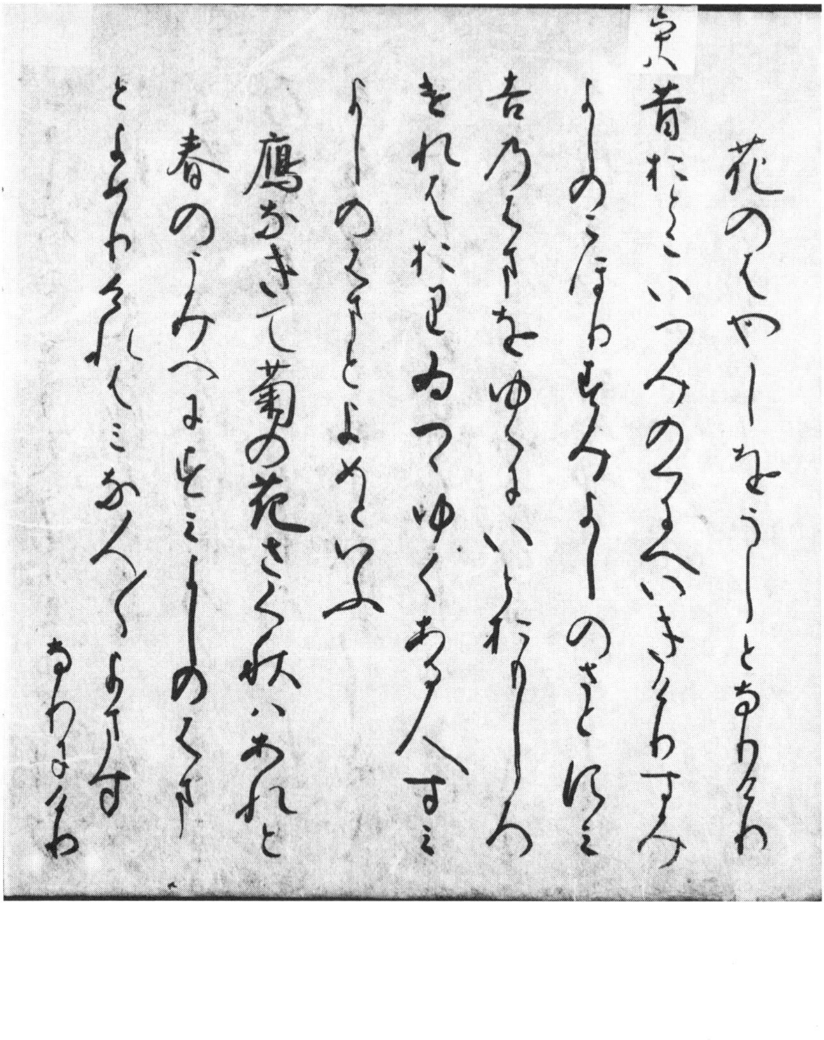

〔六十九〕

六九
むかしおとこ有けりそのおとこ伊
勢のくにゝかりの使にいきけるに
かの伊勢の斎宮なりける人のおや
つねのつかひよりはこの人よくいた
はれといひやれりけれはおやのこと
なりけれはいとねむころにいたはり
けりあしたにはかりにいたしたてゝ
やりゆふさりはかへりつゝそこにこさ
せけりかくてねむころにいたつき
けり二日といふ夜おとこわれて

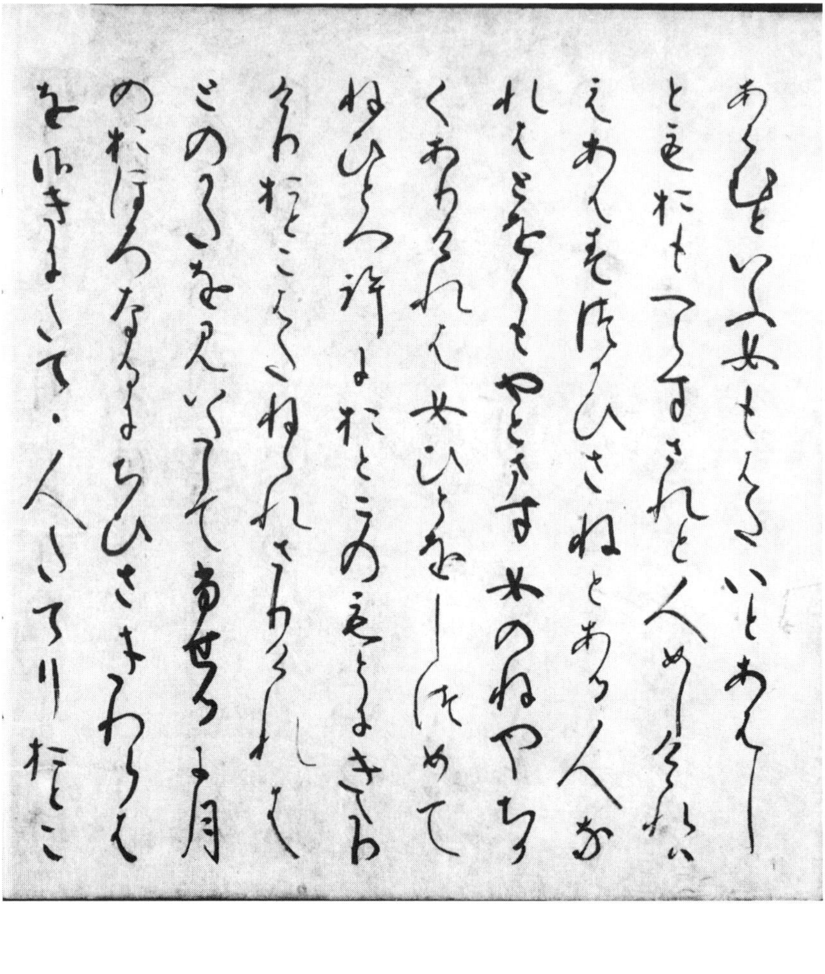

あはむといふ女もはたいとあはし
ともおもへらすされと人めしけゝれは
えあはすつかひさねとある人なれは
れはとをくもやとさす女のねやちか
くありけれは女ひとをしつめて
ねひとつ許にをとこのもとにきたり
けれはをとこはたねられさりけれは
とのかたを見いたしてふせるに月
のおほろなるにちひさきわらは
をさきにたてゝ人たてりをとこ

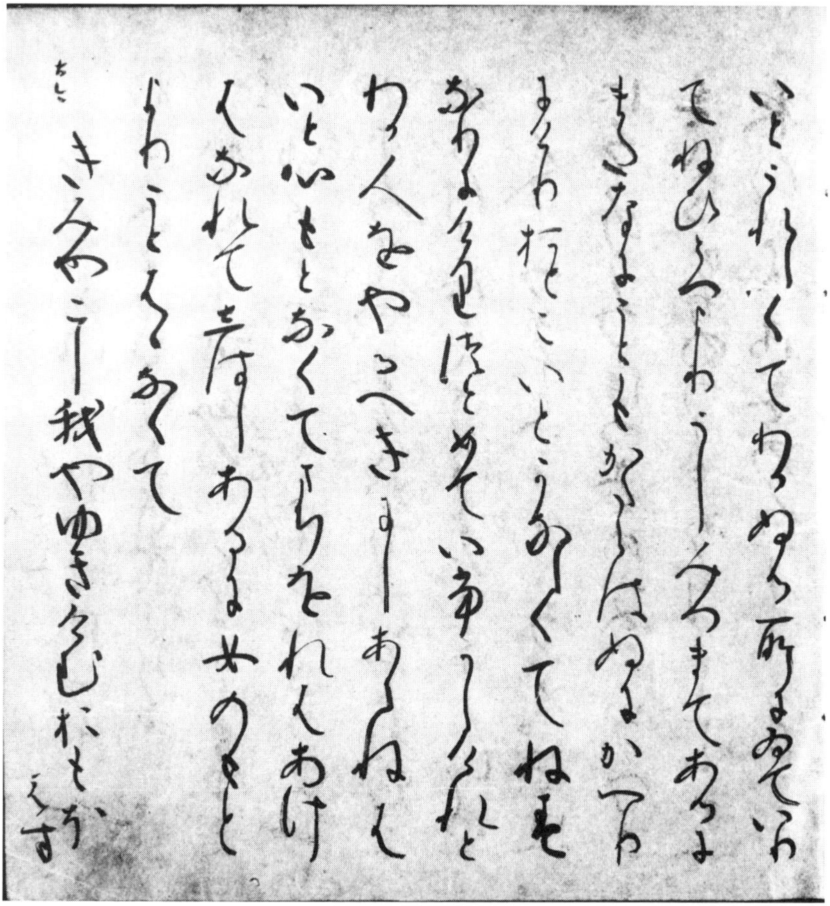
いとうれしくてわかぬる所にゐていり
てねひとつよりうしみつまてあるに
またなにこともかたらはぬにかへり
にけりをとこいとかなしくてねす
なりにけりつとめていふかしけれと
わか人をやるへきにしあらねは
いと心もとなくてまちをれはあけ
はなれてしはしあるに女のもと
よりことはなくて
きみやこし我やゆきけむおもほえす

夢かうつゝかねてかさめてか
をとこいといたうなきてよめる
かきくらす心のやみにまとひにき
ゆめうつゝとはこよひ（一説よひと）さためよ
とよみてやりてかりにいてぬ野に
ありけと心はそらにてこよひたに
に人しつめていととくあはむと思
にくにのかみいつきの宮のかみかけ
たるかりのつかひありとききて
夜ひとよさけのみしけれ

まけらあひゝとゝえませてあけて
なくわのうへにちるむをとまれい
ほとゝも人これそちのあくを
かせとえあくす衣やりくあけ
なむとまちほとまかさよまし
いさすきゝつきのはらまでをゆきて
ほそとしわしりそみれし
かち人のわれとわれぬえすし
とうきそすゑてあしきのさうつきあれい
乃さらまついさつのとみしてうの

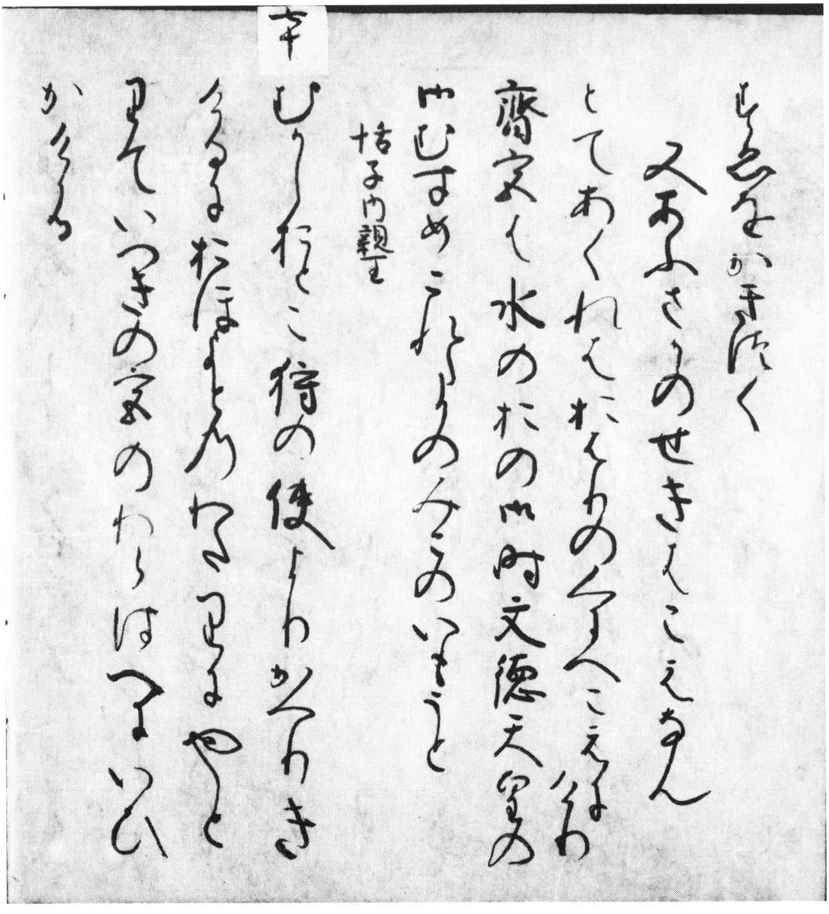

すゑをかいつく
又あふさかのせきはこえなん
とてあくれはおはりのくにへこえにけり
斎宮は水のおの御時文徳天皇の
御むすめこれたかのみこのいもうと
恬子内親王

〔七十〕

むかしおとこ狩の使よりかへりき
けるにおほよとのわたりにやとり
ていつきの宮のわらはへにいひ
かけゝる

（七十一）

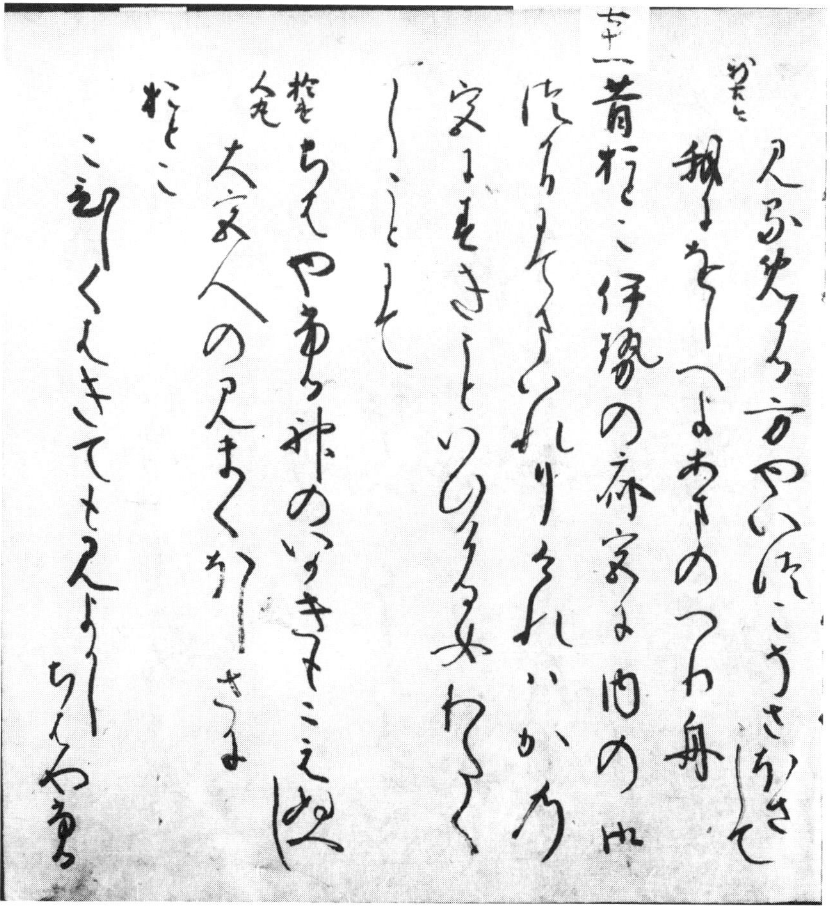

見るめかる方やいつこそさほさして
我にをしへよあまのつり舟
七十一 昔おとこ伊勢の斎宮に内の御
使にてまいれりけれはかの
宮にすきこといひける女わたく
しことにて
ちはやふる神のいかきもこえぬへし
大宮人の見まくほしさに
おとこ
恋しくはきても見よかしちはやふる

（七十二）

（七十三）

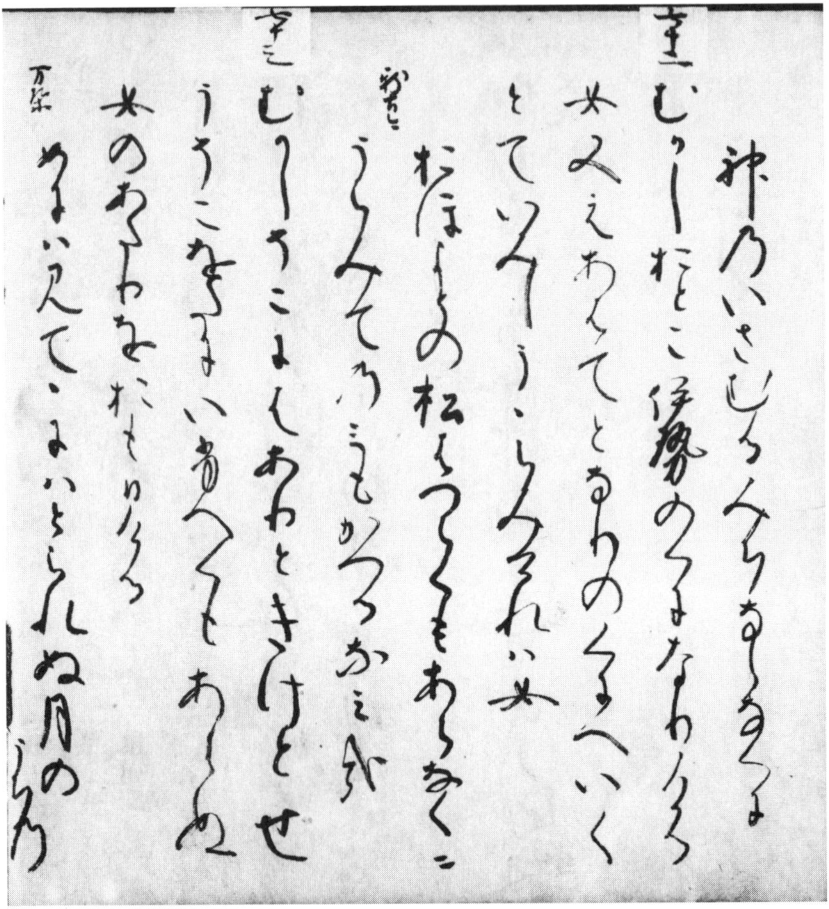

神のいさむるみちならなくに
むかしおとこ伊勢のくになりける
女又えあはてとなりのくにへいく
とていみしうゝらみけれは女
おほよとの松はつらくもあらなくに
うらみてのみもかへるなみかな
むかしそこにはありときけとせ
うそこをたにいふへくもあらぬ
女のあたりをおもひける
めには見てゝにはとられぬ月のうち

かつらのこときゝみにそありける

〔七十四〕

むかしおとこ女をいたうらみて
いはねふみかさなる山にあらねとも
あはぬひおほくこひわたるかな

〔七十五〕

昔おとこ伊勢のくにゝゐていきて
あらむといひけれは女
おほよとのはまにおふてふみるからに
心はなきぬかたらはねとも
といひてましてつれなかりけれはおとこ
袖ぬれてあまのかりほすわたつうみの

見るをあふにてやまむとやすらん

女

いはまよりおふるみるめしつれなくは
しほひしほみちかひもありなむ

又をとこ

なみたにそぬれつゝしほる世の人の
つらきこゝろはそてのしつくか

世にあふことかたき女になむ

〔七十六〕

むかし二條の后のまた春宮の（春宮母儀也）
みやす所と申ける時氏神に

〔七十七〕

まうて給けるにこのゑつかさには
へりけるおきな人〻のろく
たまはるついてに御くるまより
給はりてよみてたてまつりける
古今
大原やをしほの山もけふこそは
神世のことも思いつらめ
とて心にもかなしとや思けん
いかゝ思けんしらすかし
七十七むかしたむらのみかと申すみかと　文徳天皇
おはしましけりその時の女御

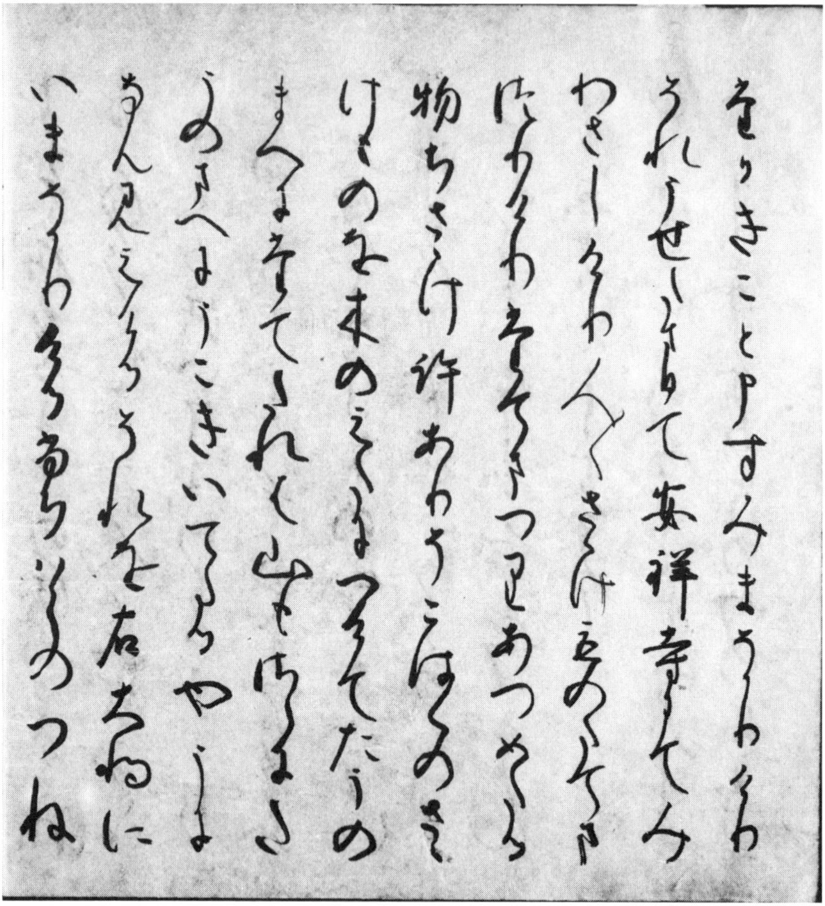
ありきことゝすみまうわなわ
うれしなせしかりて安祥寺にてみ
わさしなわくゝさうけるのぞや
はかなわきそゝきつ足あつめる
物ちさうけ給あはすこはるのき
けものな末のこゝはつゐてたうの
まくつなそてされし山をはるまさ
うめさへなうこきいてるらやうな
あん見えなるうるを右ちゐに
いまうわなる当ちゝのつね

ゆきとやすはまうりてかよのな
くらかとよういしくをめし
あはれそらのみわさを題にて
春の心しえあらうさゝてゝつせ
さらふ右のむやのかみあわらる
たきあめてはうひありしみ
くる
山乃ミれゝつかてきつゝあふやへ
くらのわれなふてあるく
としみさわらなといまてれはて

おほかたのかみはこれや
まさりけむあはれかりけり
女御従三位下藤多賀幾子右大臣良相女
嘉祥三年女御天安二年十一月十四日卒
安祥寺五条后順子建立寺也
常行貞観六年正月十六日卒歳八年十二月
西三条大臣良相一男　十六日右大将廿一叢年貞観七年三月大馬以
天安年女御沈子女御君後追善人

〔七十八〕

七十八むかしたかきこと申す女御おはし
ましけりうせ給て七日の
みわさ安祥寺にてしけり

右大将殿ばらのはゝきをいみ
人いまそかりけるのみなるさま
しそさりてかへさま山しあか
せんしのみこたちしまそすの山
しあの家よさきたとし水は
らせあとしてたりしろくはくれし
さるまゐりてさけてとしこしわよ
うるしつうさうれとちらくしいる
はうさつすこしいくこるさ
あらもむとやしるよみこしわこ
えいけて

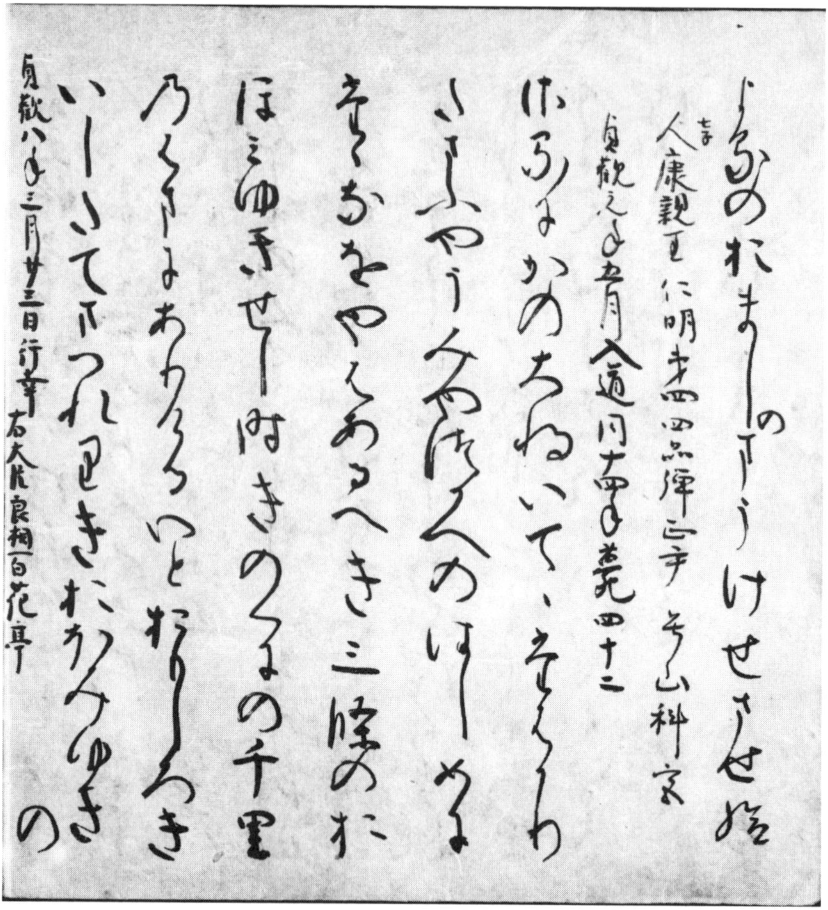
よゐの松ましのけうけせさせ給
人康親王 仁明第四 四品弾正尹 号山科宮
貞観元年五月入道 同十四年五月薨 四十二
はるかにかのちゐねいて、そこは
さふやうみやたらへのはしめ
そこなをやくあるへき三條の松
ほとゆきせしみきのくまの千里
乃くさはあちらつとなりしつき
いしさてふつれ留きたかみゆきの
貞観八年三月廿三日行幸 右大臣良相 白花亭

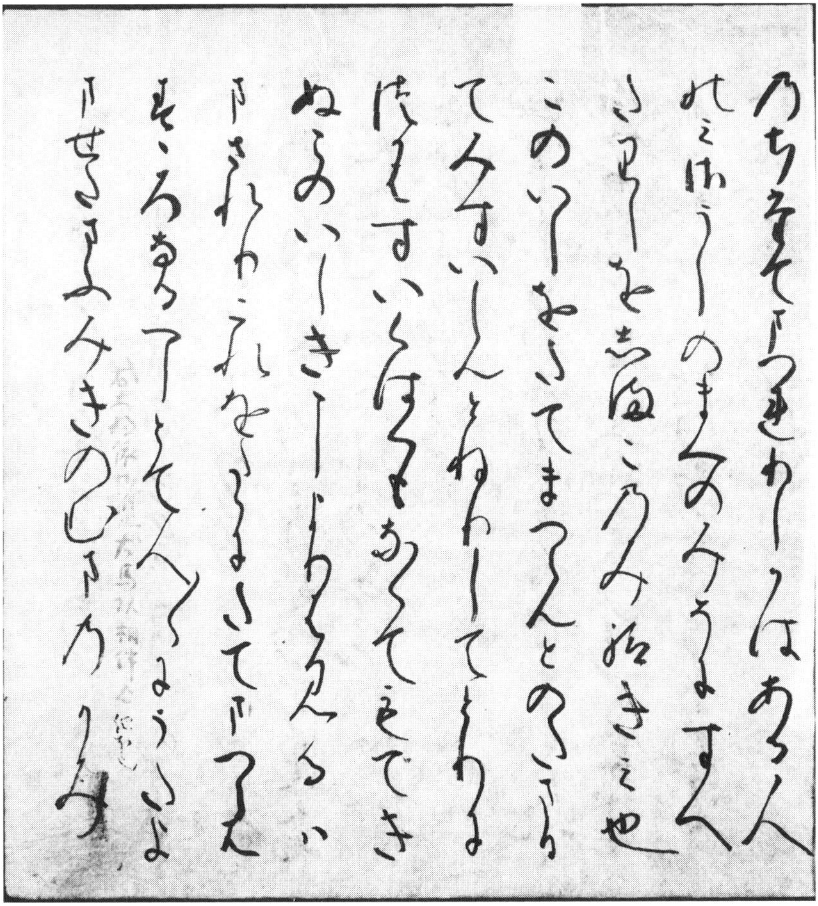

おほくの人のをなむあをきこけ
をきさみてまきゑのかたにこのうたを
つけてたてまつりける
あかねともいはにそかふるいろみえぬ
心をみせむよしのなけれは
となむよめりける

〔七十九〕

七十九
むかしうちのなかにみこうまれ
給へりけりうふやに人々哥
よみけりおほちかたなりける
おきなのよめる

〔八十〕

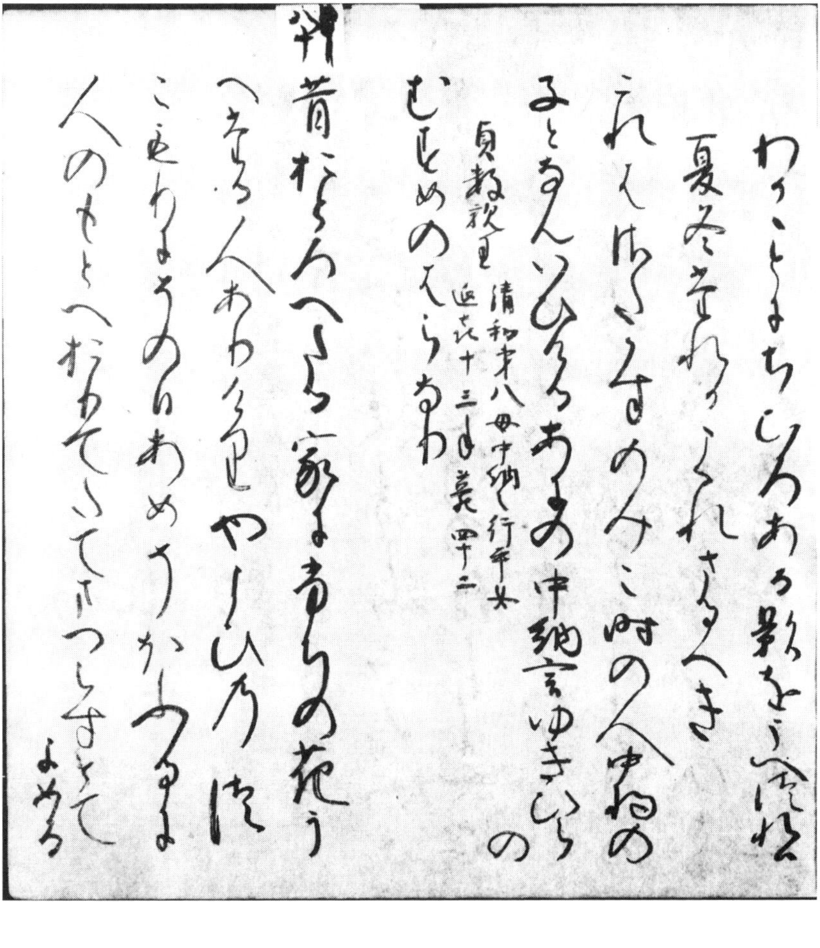

わかかとにちひろある影をうへつれは
夏冬たれかかくれさるへき
これはさたかすのみこ時の人中将の
ことなんいひけるあにの中納言ゆきひらの
貞数親王　清和第八母中納言行平女　延喜十三年薨　四十二
むすめのはらなり
昔おとろへたる家に藤の花う
へたる人ありけりやよひのつこもりに
その日あめそほふるに
人のもとへおりてたてまつらすとてよめる

〔八十一〕

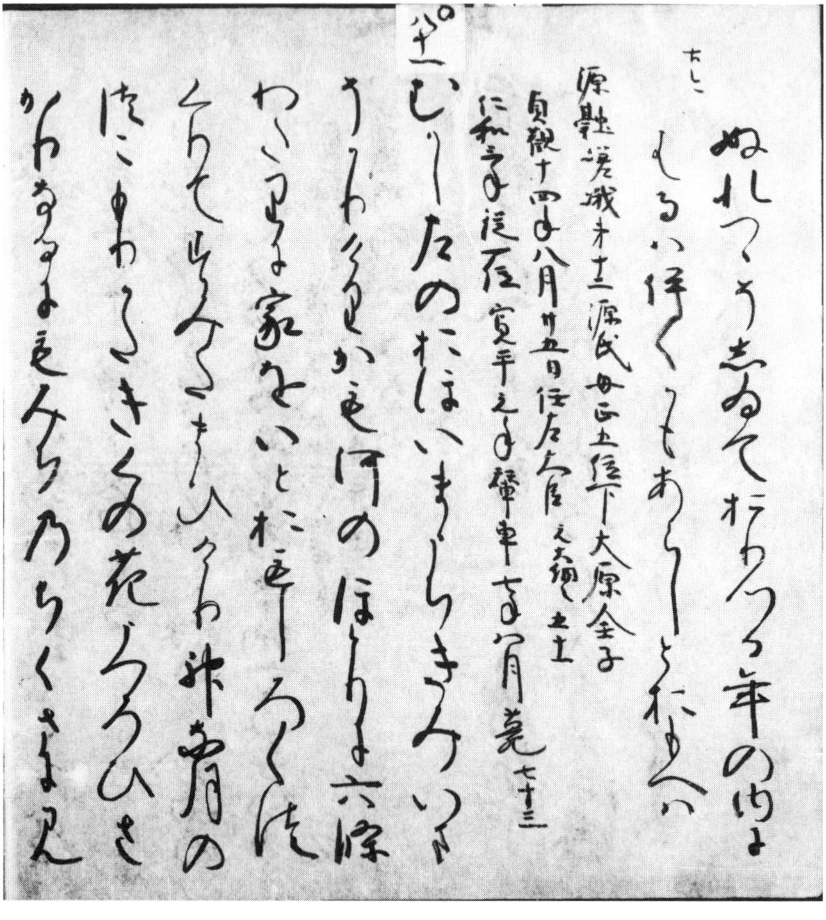

ぬれつゝそしゐておりつる年のうちに
はるは幾日もあらしとおもへは
源融 嵯峨天皇第十二源氏 母正五位下大原全子
貞観十四年八月廿五日任左大臣 元大納言 五十一
仁和三年従一位 寛平七年薨 七十三
八十一 むかし左のおほいまうちきみいま
そかりけり かものかはらのほとりに六條
わたりに家をいとおもしろく作
りてすみ給ひけり 神な月の
つこもりかた菊の花うつろひさ
かりなるにもみちのちくさに見

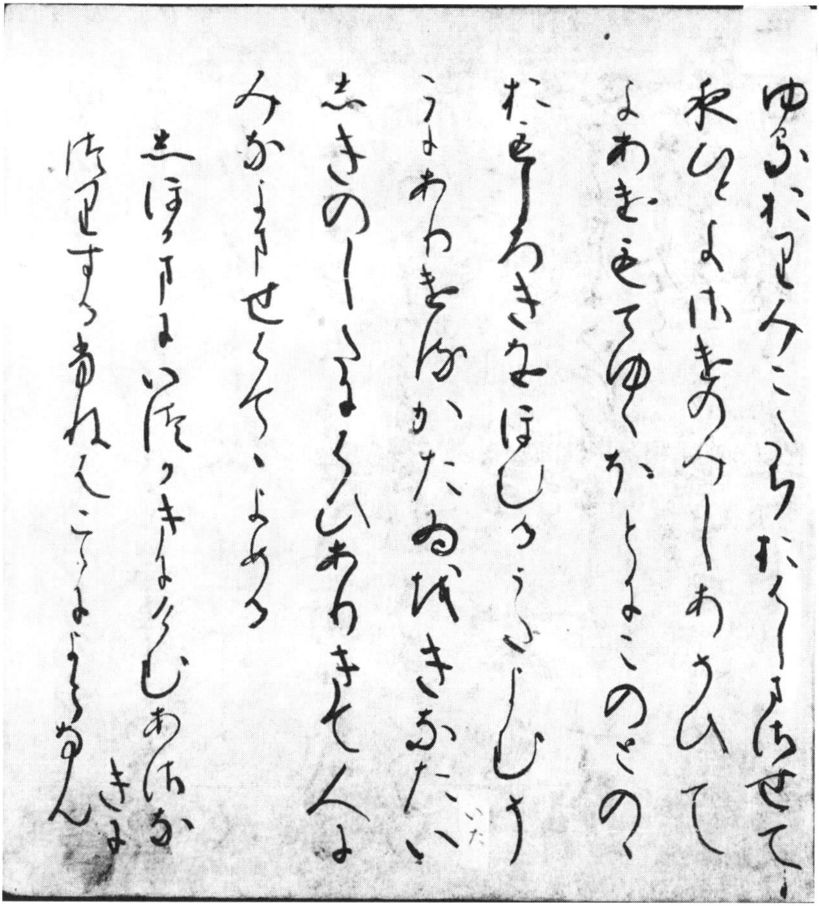

はかしみきゝしみちのくにいき
たりけるにあやしくおもしろき所く
おほかりけりわかみかと六十よこく
乃中にしほかまといふ所ににたる
ところなかりけりされはなむかの
おきなさらにこゝをめてゝ塩
しほかまにいつかきにけむと
よめりける
惟喬 文徳第一 母従五位上紀静子 名虎女 四品 号小野宮

〔八十二〕

八十二 むかしこれたかのみこと申すみこ

9 8 7 6 5 4 3 2 1

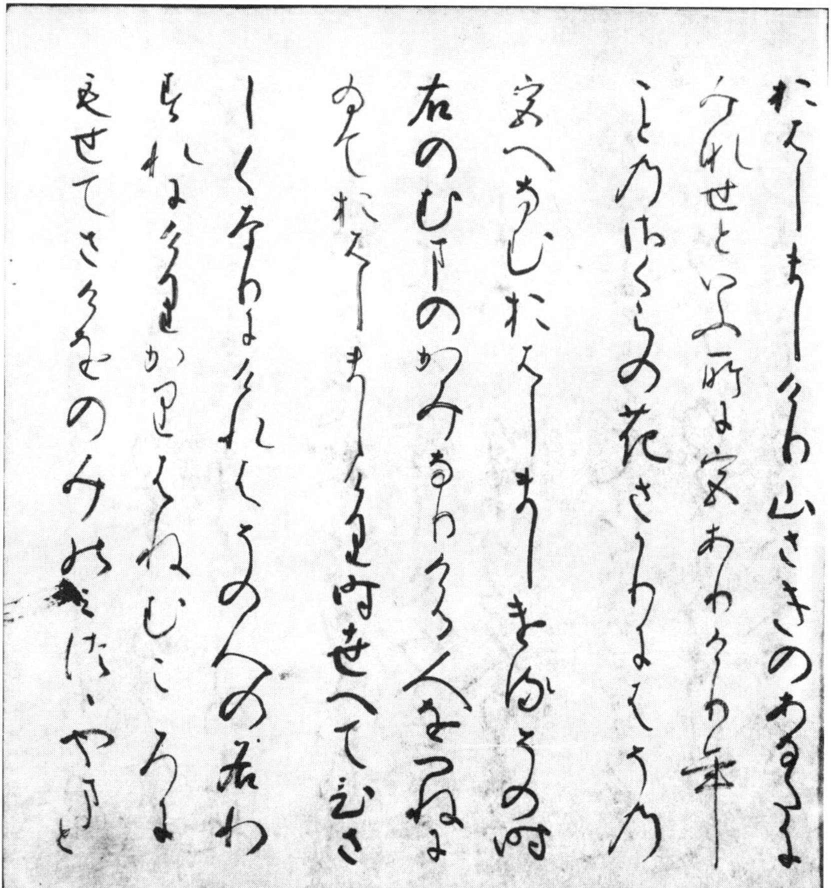

おはしましけり山さきのあなたに
みなせといふ所に宮ありけり年
ごとのさくらの花さかりにはその
宮へなむおはしましけるその時
右のむまのかみなりける人をつねに
ゐておはしましけり時世へてひさ
しくなりにけれはその人の名わ
すれにけりかりはねむころにも
せてさけをのみのみつゝやまと

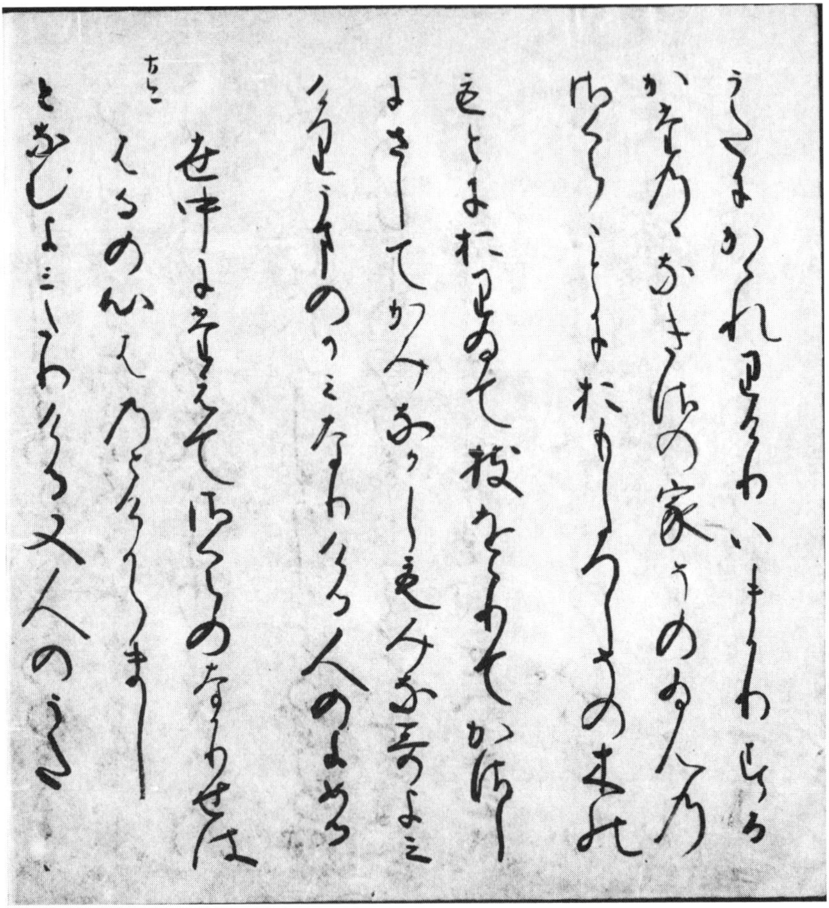

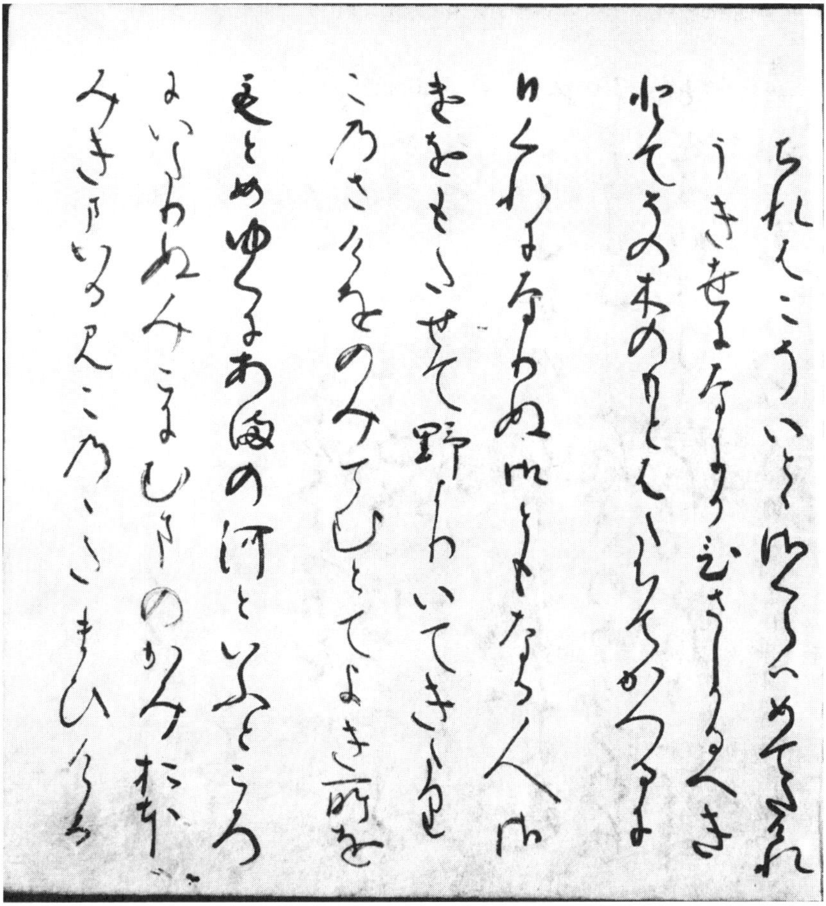

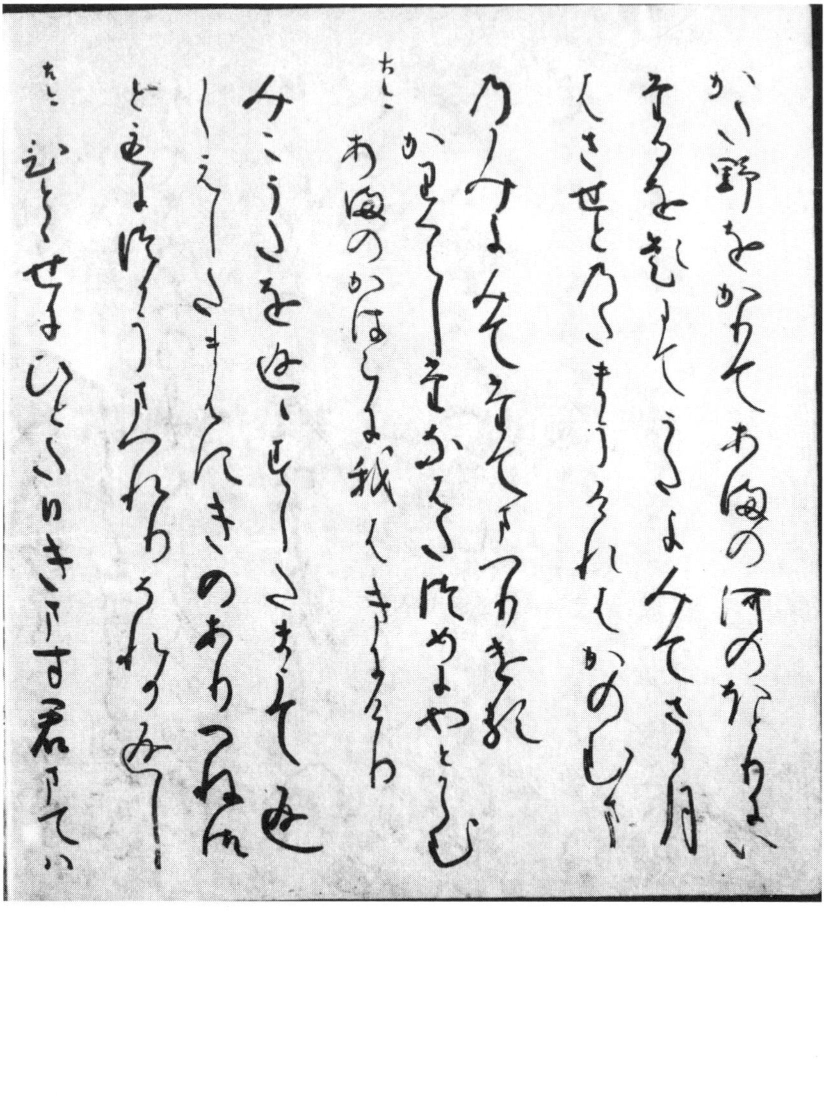

かた野をかりてあまの河のほとりにい
たるをたいにてうたよみてさか月
はさせとのたまうけれはかのむま
のかみよみてたてまつりける
かりくらしたなはたつめにやとからむ
あまのかはらにわれはきにけり
みこうたをかへすかへすすしたまうてかへ
しえしたまはすきのありつね御
ともにつかうまつれりそれかかへし
ひとゝせにひとたひきます君まては

やとかす人もあらしとそ思
かへりて宮にいらせ給ぬ夜ふくるまて
さけのみ物かたりしてあるしの
みこゑひていりたまひなむとす
十一日の月もかくれなむとすれはかの
むまのかみのよめる

古今
あかなくにまたきも月のかくるゝか
山のはにけていれすもあらなむ
みこにかはりたてまつりてきのありつね

後撰
上野岑雄
をしなへて峰もたひらになりなゝむ

山の端なくは月もいらじを

〔八十三〕むかしみなせにかよひ給しこれたかの
みこれいのかりしにおはしますともに
むまのかみなるおきなつかうまつれり
ひころへて宮にかへり給うけり
御おくりしてとくいなんとおもふに
おほみきたまひろくたまはむとて
つかはさゝりけりこのむまのかみ心
もとなかりて
まくらとて草ひきむすふこともせし

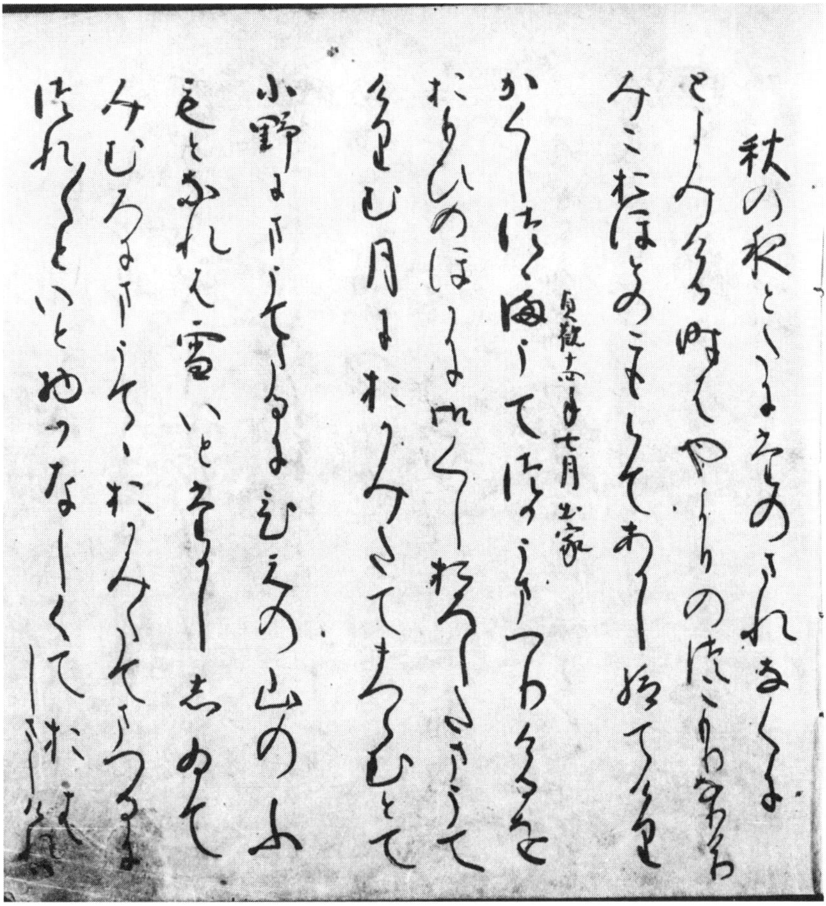
秋の夜とたにたのまれなくに
とよみける時はやよひのつこもりなりけり
みこおほとのこもらてあかし給てけり
かくしつゝまうてつかうまつりけるを　貞観十四年七月出家
おもひのほかにみくしおろし給てけり
む月におかみたてまつらむとて
小野にまうてたるにひえの山のふ
もとなれは雪いとたかししゐて
みむろにまうてゝおかみたてまつるに
つれ／＼といとものかなしくておはしま

やゝひさしくさふらひていにしへの
ことなと思ひいてきこえけりさても
さふらひてしかなとおもへとおほ
やけことゝもありけれはえさふらはて
ゆふくれにかへるとて
わすれては夢かとそ思ふおもひきや
ゆきふみわけて君をみんとは
とてなむなくなくきにける

〔八十四〕

むかしおとこ有けりみはいやしなから
はゝなん宮なりけるそのはゝ

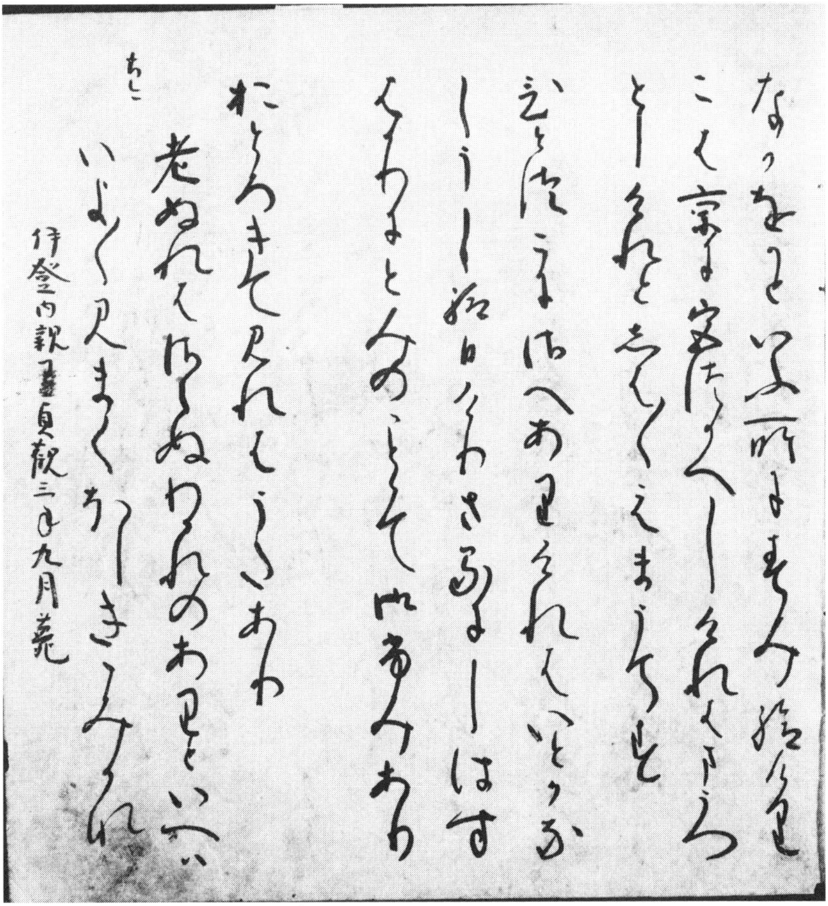

なかをかといふ所にすみ給けり
こは京に宮仕へしければまうづと
しけれどしばしばえまうでず
ひとつ子にさへありければいとかな
しうし給けりさるにしはす
ばかりにとみの事とて御ふみあり
おどろきて見ればうたあり
老ぬればさらぬわかれのありといへば
いよいよ見まくほしききみかな

伊登内親王貞観三年九月薨

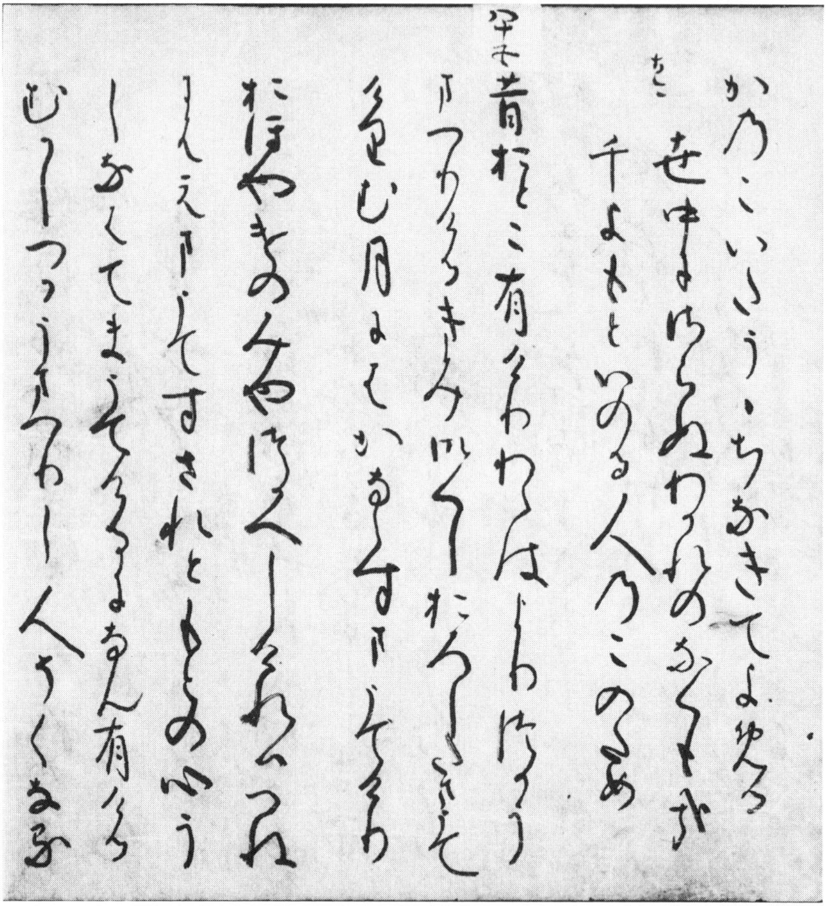

かのこいたうゝちなきてよめる
世中にさらぬわかれのなくもかな
千よもといのる人のこのため

〔八十五〕

昔をとこ有けりわらはよりつかう
まつりけるきみ御くしおろしたまうて
けりむ月にはかならすまうてけり
おほやけのみやつかへしけれはつね
にはえまうてすされともとの心う
しなはてまうてけるになん有ける
むかしつかうまつりし人そくなる

せんしゆあさきりはあれさはて
む月なれし事さつそ たかとき
そのさうはゆきこほみすことあれそ
むねとすやまをみれ人おもひて
雲はあわこめられさうをいふを
たいそうあるは
萬行方上句
松色つゝもかたしはそねはめられせぬ
ちとせ
ゆきの花ちうわかんある
心よわそれもみこゝをいふうおもて
れかわ

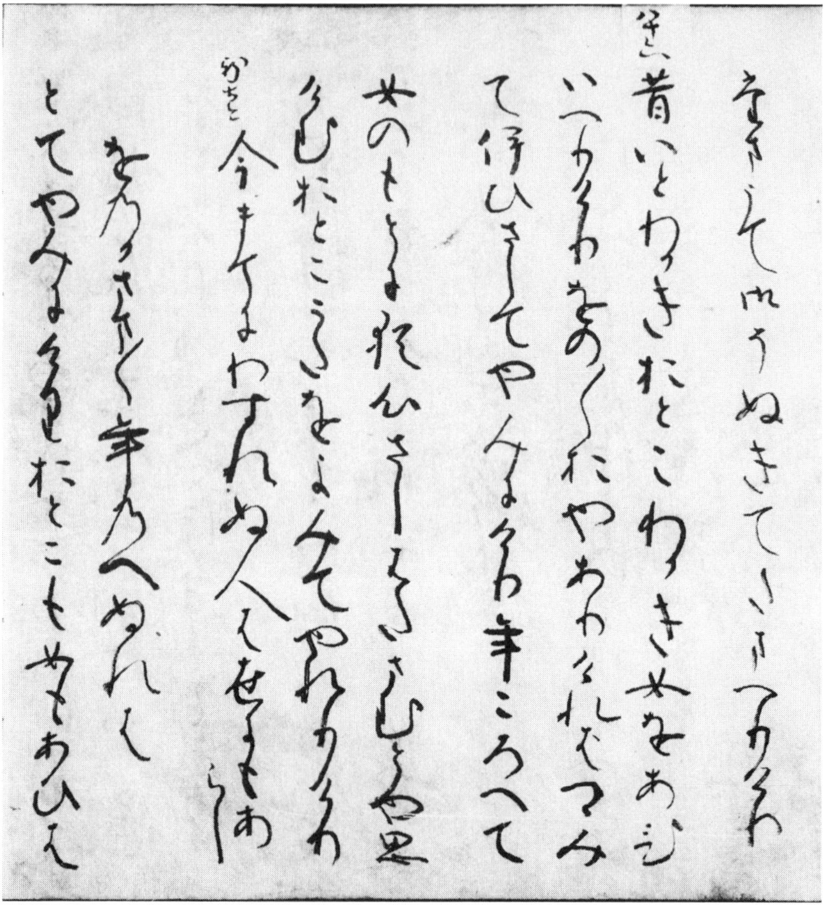

そきてれうぬきてたまへりけり

〔八十六〕

昔いとわかきおとこわかき女をあひ
いへりけりをのをのおやありければつゝみ
ていひさしてやみにけり年ころへて
女のもとに猶心さしはたさむとや思
ひけむおとこうたをよみてやれりけり
今まてにわすれぬ人は世にもあらし
をのかさまさま年のへぬれは
とてやみにけりおとこも女もあひはな

〔八十七〕

なれぬ家はくなんそすゝみる
八十七
むかしおとこ津のくにむはらのこほり
あしやの里にしるよしていきて
すみけりむかしのうたに
あしのやのなたのしほやきいとまなみ
はまのをくしもさゝすきにけり
とよみけるそこのさとをよみける
こゝをなむあしやのなたとはいひける
このおとこなまみやつかへしけれは

それをたよりて衛府のすけとも
あつまりきにけりこのをとこのこの
かみも衛府のかみなりけりその家
のまへの海のほとりにあそひありき
ていさこの山のかみにありといふ
ぬのひきのたきみにのほらんといひ
てのほりてみるにそのたきものより
こと也なかさ二十丈ひろさ五丈許
なるいしのおもてにしらきぬに

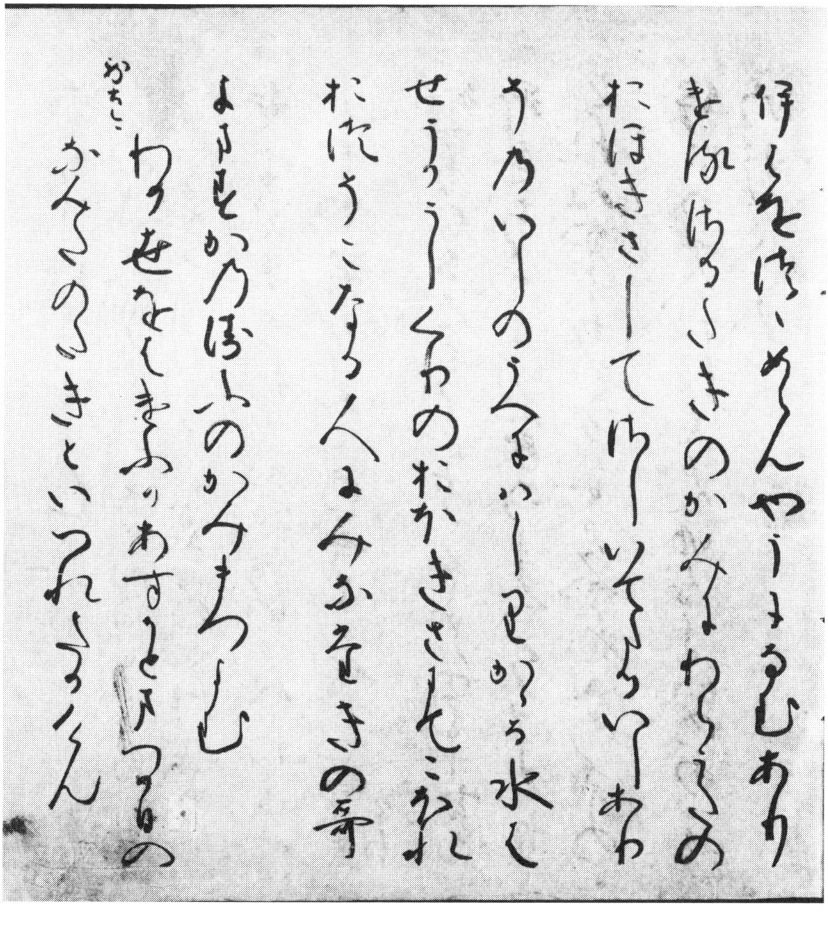

あるしつきによむ
ぬきみたる人こそあるらし白玉の
まなくもちるかそてのせはきに
とよめりけれはかたへの人わらふ
ことにや有けんこのうたにめてゝやみにけり
かへりくるみちとをくてうせにし宮内
卿もちよしか家のまへくるに日
くれぬやとりの方を見やれはあまの
いさり火おほく見ゆるにかのあるし
のおとこよむ

くらく秋のはしの河島の琴ちりも
わかむらのあ徳のさく火の
としそ家よかへりきぬすの夜
南の風ふきさて浪いとえらしつとめて
すれ家の火乃こと待ていふ人の
ふみなよせれくよりえりて島の行よ
也てきぬ米さしわたりの人るをさつ
きよきりそかしはをたにして
いくしらかへくるかわ
渡た海のかさいまさすいら

〈八十八〉〈八十九〉

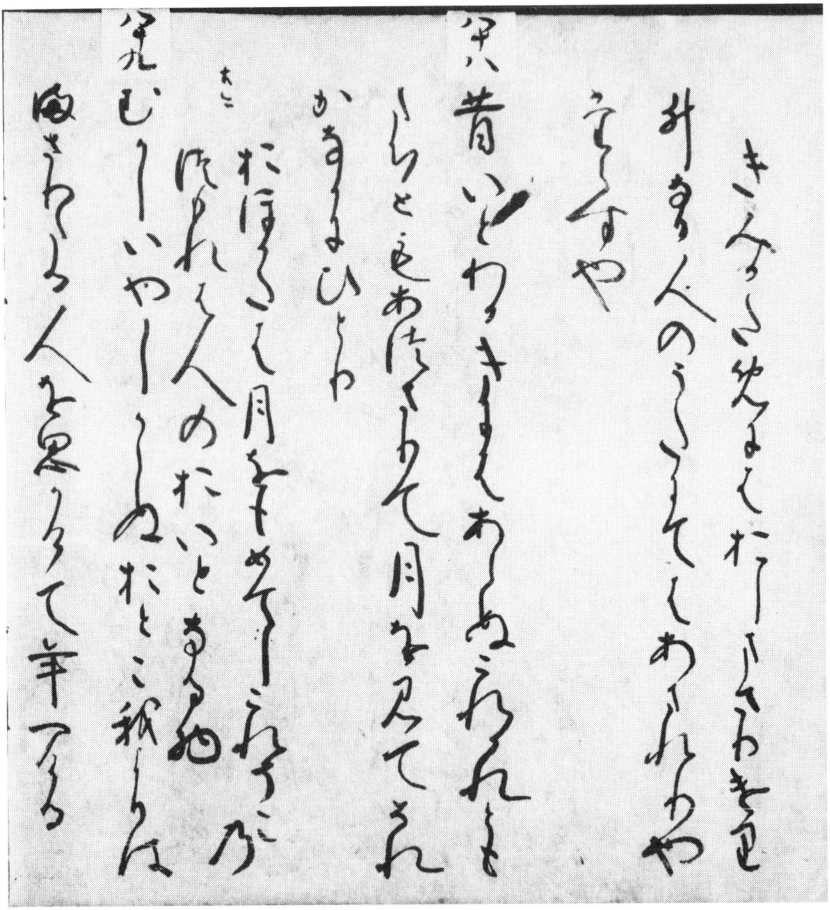

きみかためにはをしまさりけり
ゐなか人のうたにてはあまれりや
たらすや

八十八 昔いとわかきにはあらぬこれとも
たちともあつまりて月を見てそれ
かなかにひとり
おほかたは月をもめてしこれそこの
つもれは人のおいとなる物

八十九 むかしいやしからぬおとこ我よりは
まさりたる人を思かけて年へける

〔九十〕

しれす我こひしなはあちきなく
いつれの神になきなおほせん
九十
むかしつれなき人をいかてと思わ
けれはあはれとや思けんさらはあす
ものこしにてもといへりけるをか
きりなくうれしく又うたかは
しかりけれはおもしろかりけるさくら
につけて
桜花けふこそかくもにほふとも
あなたのみかたあすのよのこと

（九十一）　（九十二）　（九十三）

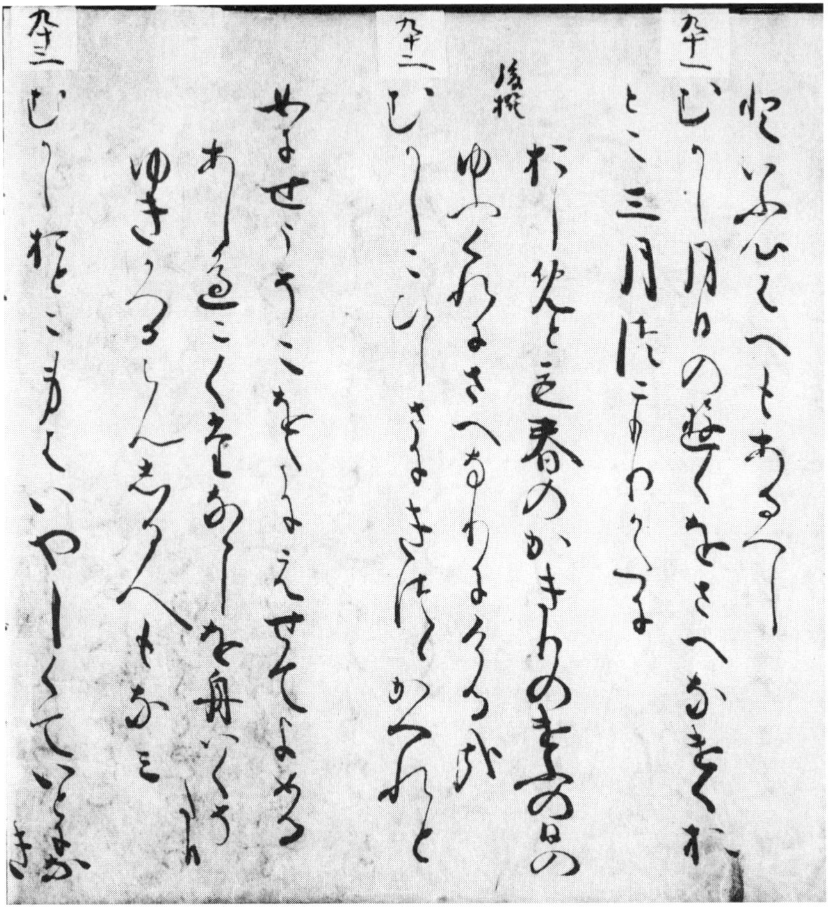

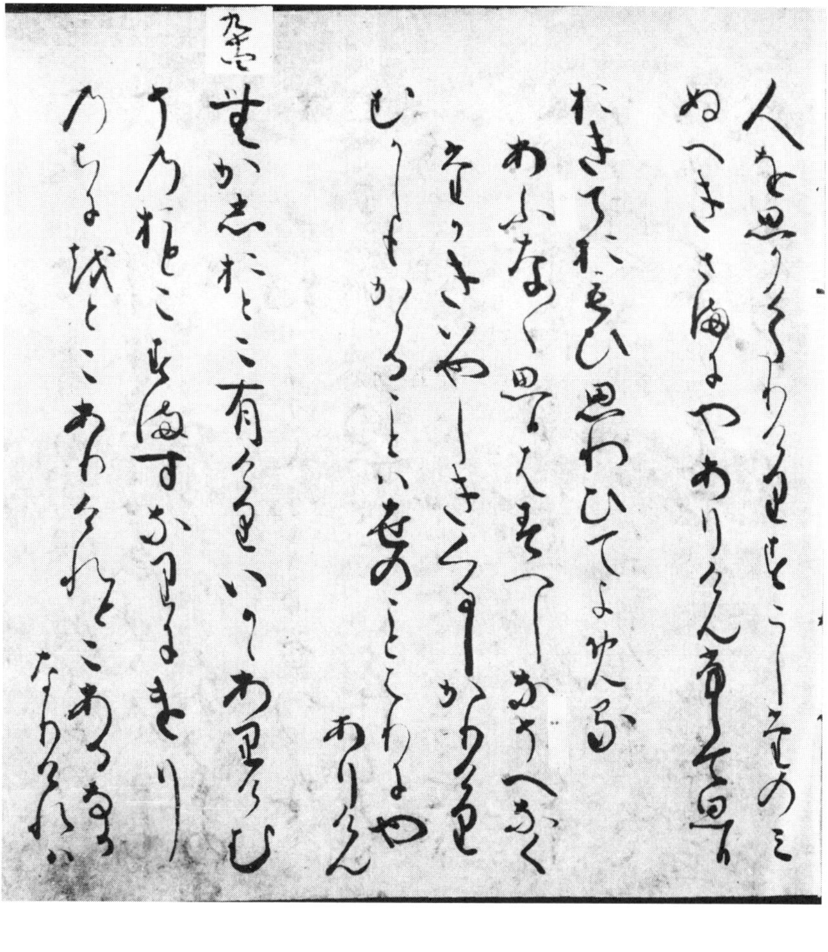

人を思ひかけたりけりすこしたのみ
ぬへきさまにやありけんふして思ひ
おきておもひ思わひてよめる
あふな〳〵思ひはすへしなそへなく
たかきいやしきくるしかりけり
むかしもかゝることは世のことわりにや
ありけん

（九十四）

九十四
むかしをとこ有けりいかゝありけむ
そのをとこすますなりにけり
のちにをとこありけれとこあるなかなりけれは

こゝろにこそあらねと時々さのいひけ
なこせられけるなまめく人なり
まれてかきにやりけるをいふの
なとこの物すとてひとりあつかひなこ
せさせけれはのなといとはらく
なかのきこゆるにとくいまてなか
くねもとはわかたもつと人をとう
らみはへきものなんありけるとて
ろうしてしみてやれわかけるほと
枕よなんありける

秋の夜は春日わするゝ物なれや
かすみにきりやちへまさるらん
となんよめりける女返し

千ゝの秋ひとつの春にむかはめや
もみちも花もともにこそちれ

〔九十五〕

むかし二条の后につかうまつるをとこ
有けり女のつかうまつるをつねに
見かはしてよはひわたりけりいか
てものこしにたいめんしておほつかなく

〔九十六〕

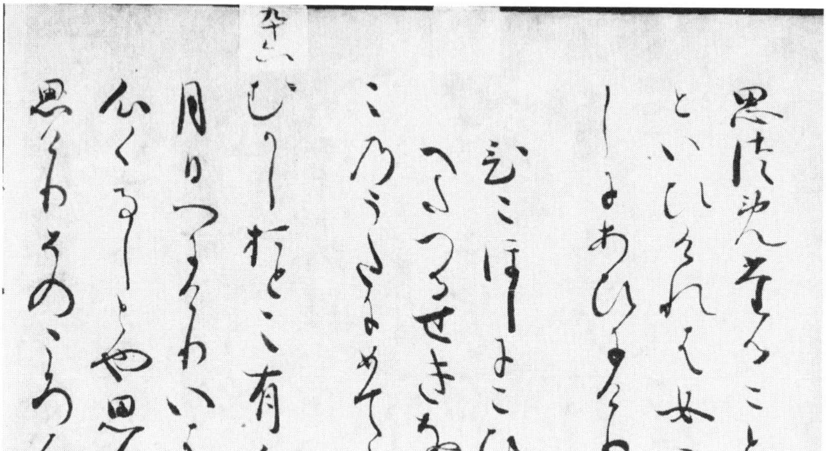

思はれんことすこしはるかさん
といひけれは女いとしのひて
ものこしにあひにけり物かたりなとして をとこ
ひこほしにこひはまさりぬあまの河
へたつるせきをいまはやめてよ
この哥にめてゝあひにけり
むかしをとこ有けり女をとかくいふこと
月日へにけりいはきにしあらねは
心くるしとや思ひけんやうやうあはれと
思ひけりそのころみな月のもちはかり

おもはれし女男よりさきにしにけれは
はいてきよりも女いとこひなけゝる
合えなきめ聲あり男よりかさも
にとはなきついてつわゆもいとおはれ
しすこし秋風なきしらなる時
かあはれあはれといつわねたつ
ころなきよここかしこわたりの人の
あしくいはしすなわちそくせちい
てきよわかりしく女のせうと

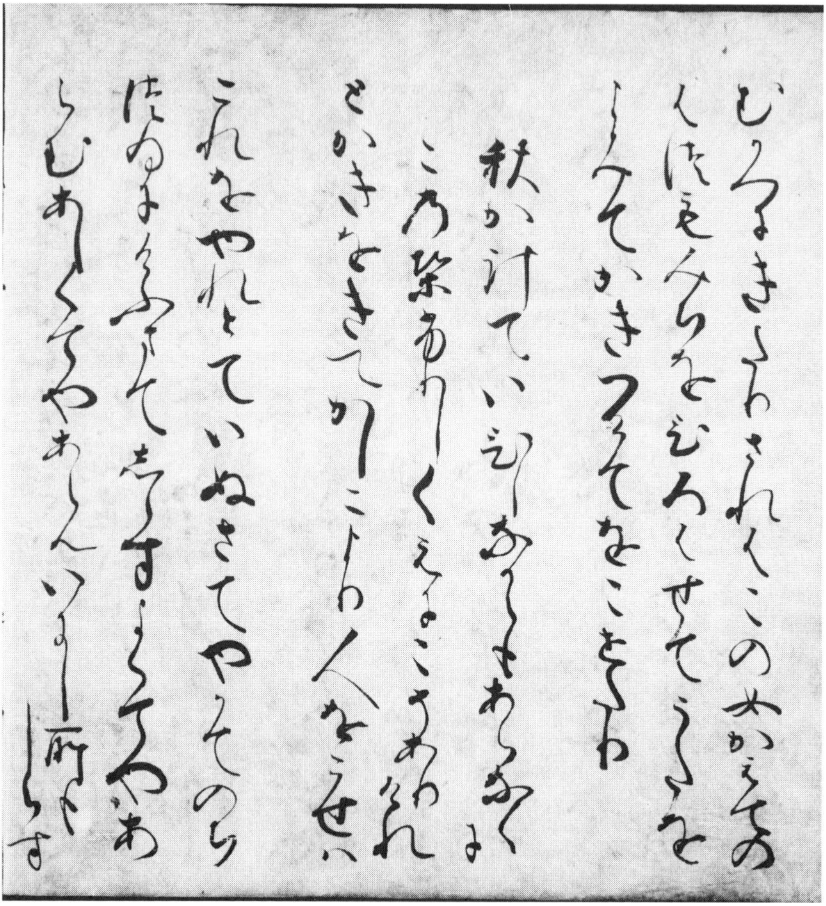

〔九十七〕

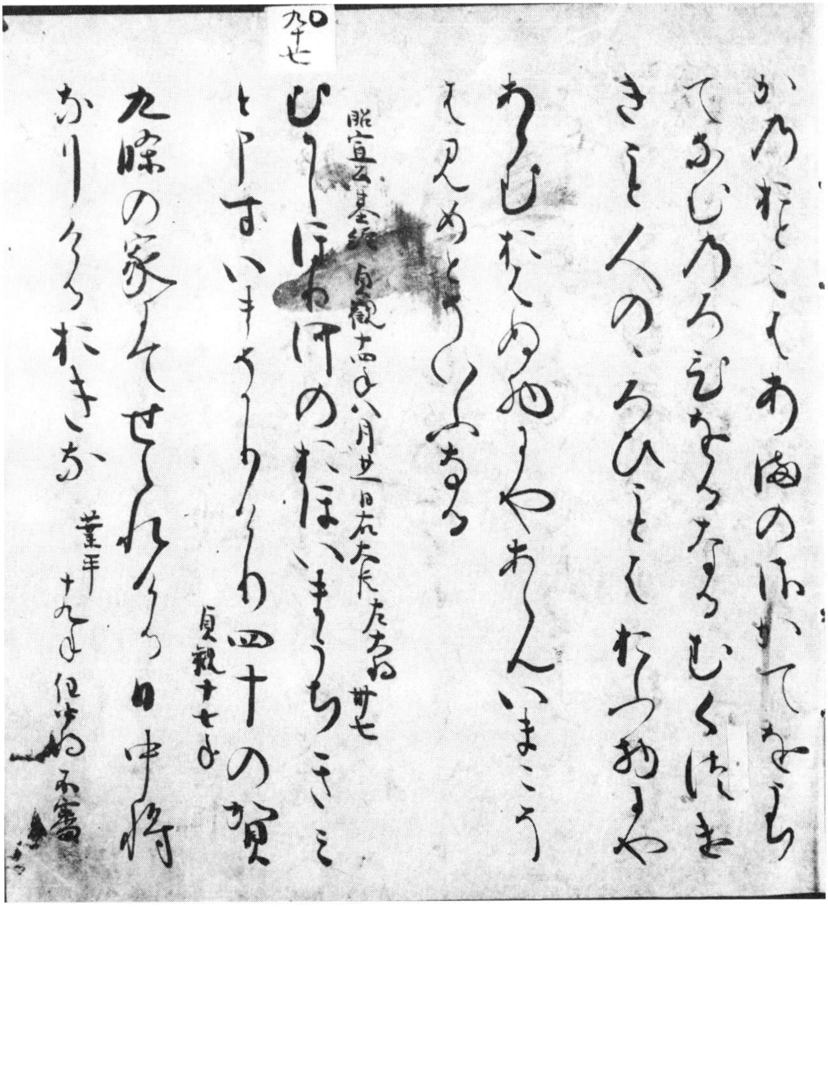

かのをとこはあまのさかてをうち
てなむのろひをるなるむくつけ
きこと人ののろひことはおふものにや
あらむおはぬものにやあらむいまこそ
は見めとそいふなる

昭宣公基経　貞観十四年八月廿五日右大臣左大将　卅七

九十七
むかしほりかはのおほいまうちきみと申
すいまそかりけり四十の賀

貞観十七年

九條の家にてせられける日中将
なりけるおきな

業平　十九年　但中将不審

九七
さくら花ちりかひくもれおいらくの
こむといふなるみちまかふかに
忠仁公 天安元年二月十九日太政大臣 五十四 四月叙従一位
二年十一月摂政 清和外祖

〔九十八〕

九十八 昔おほきおほいまうちきみときこ
ゆるおはしけりつかうまつるおとこ
なか月許むめのつくりえたにきし
をつけてたてまつるとて
九八
わかたのむ君かためにとおる花は
太政大臣 良房公
ときしもわかぬものにそ有ける
とよみてたてまつりたりけれは

〔九十九〕

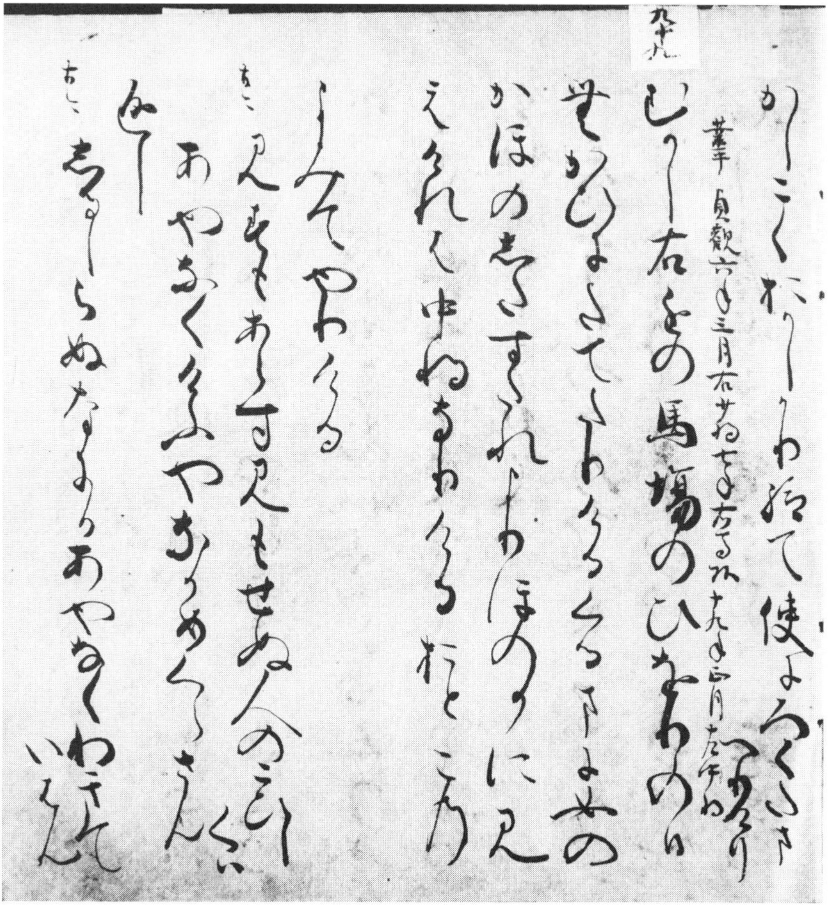

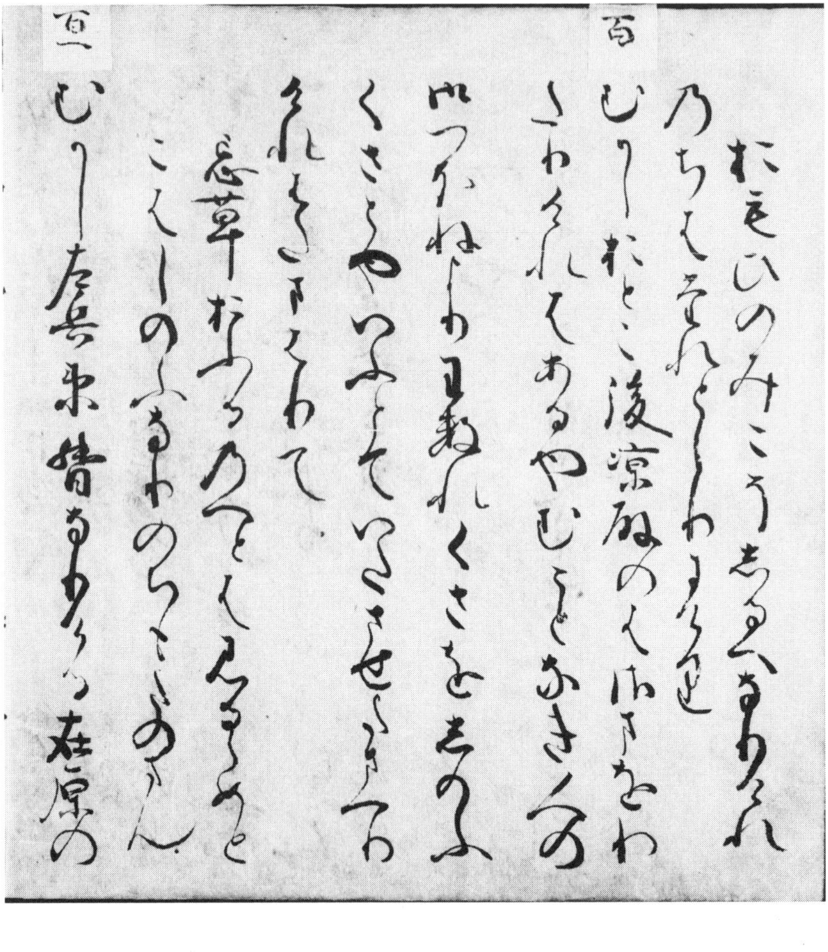

おもひのみこそしるへなりけれ
のちはたれとしりにけり
〔百〕
むかしおとこ後涼殿のはさまをわ
たりけれはあるやむことなき人の
御つほねよりわすれくさをしのふ
くさとやいふとていたさせ給へ
りけれはたまはりて
忘草おふるのへとはみるらめと
こはしのふなりのちもたのまん
〔百一〕
むかし左兵衛督なりける在原の

ゆきひらといふありけりその人の家
によきさけありときゝてうへにあり
ける左中弁藤原のまさちかと
いふをなむまらうとさねにてその
藤原良近貞観十三年正月右中弁十六年正月転左中弁
ひはあるしまうけしたりける
なさけある人にてかめに花を
させりその花のなかにあやしき
ふちの花ありけり花のしなひ
三尺六寸はかりなむありける
それをたいにてよむよみはてか

あるしのはらからなるあるし、
したまふときゝてきたりけれはとら
へてよませけるもとより哥のことは
しらさりけれはすまひけれとしひて
よませけれはかくなん
さく花のしたにかくるゝ人をおほみ
ありしにまさるふちのかけかも
なとかくしもよむといひけれはお
ほきおとゝのゑい花のさかりにみま
そかりて藤氏のことにさかゆるを

〔百二〕

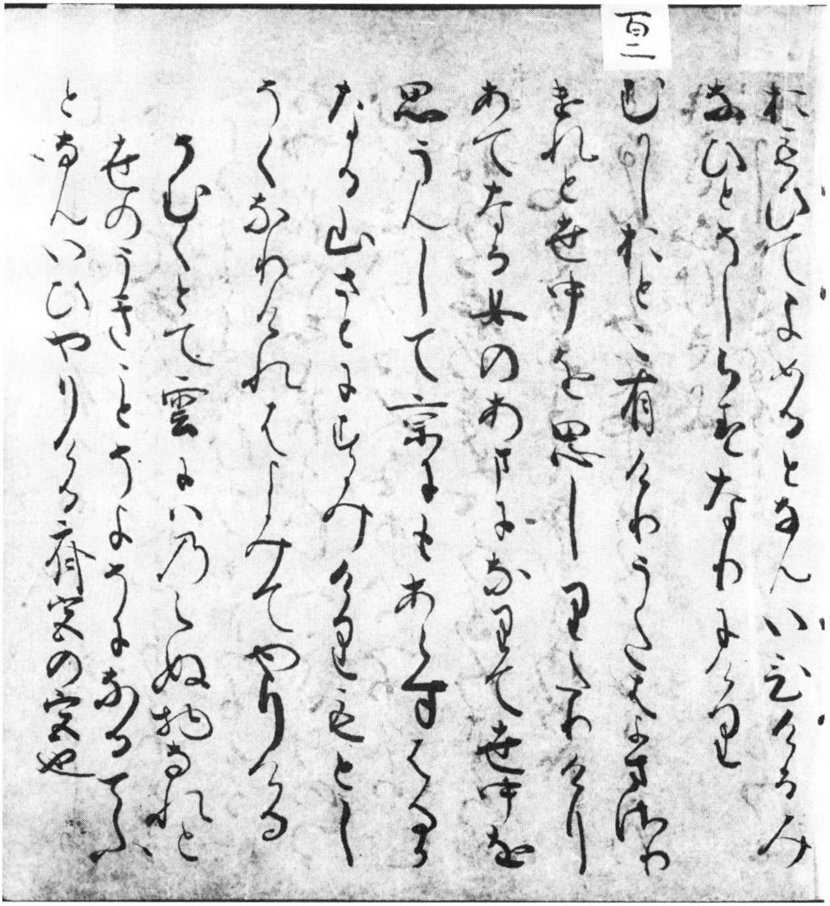
おもひてよめるとなんいひけるみ
な人そしらすなりにけり
百二
むかしおとこ有けりうたはよまさりけ
れと世中を思しりたりけり
あてなる女のあまになりて世中を
思うんして京にもあらすはるか
なる山さとにすみけりもとしそく
なりけれはよみてやりける
そむくとて雲にはのらぬ物なれと
世のうきことそよそになるてふ
となんいひやりける斎宮の宮也

〔百三〕

〔百四〕

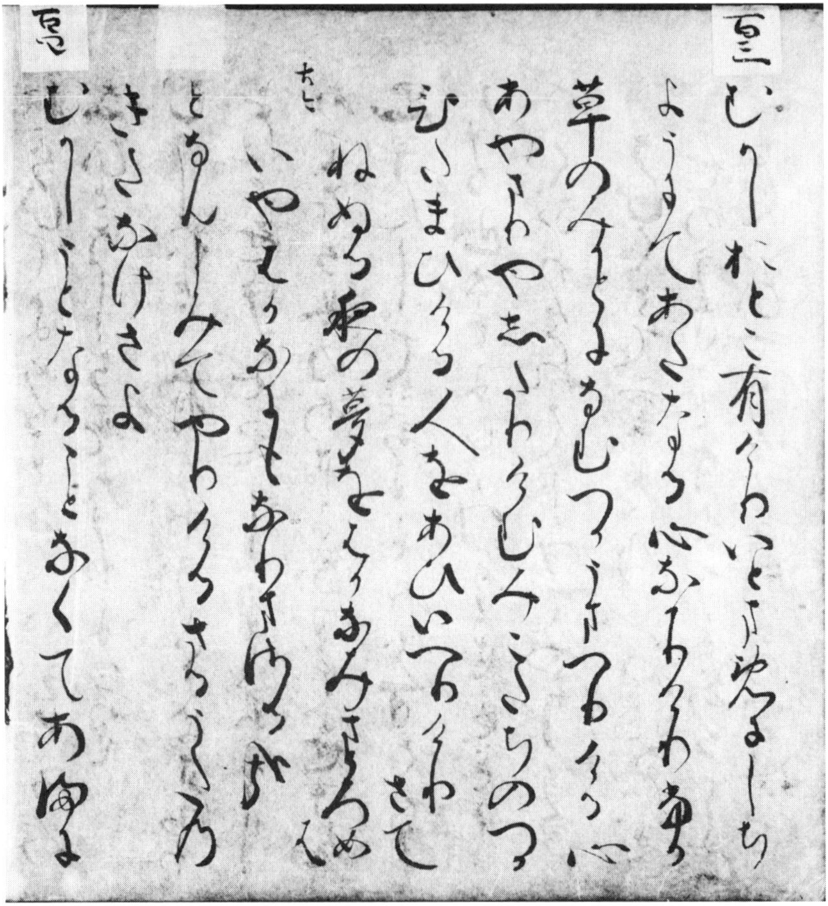

百三
むかしおとこ有けりいとまめにしち
ようにてあたなる心なかりけりふか
草のみかとになむつかうまつりける心
あやまりやしたりけむみこたちのつ
かひたまひける人をあひいへりけりさて
ねぬる夜の夢をはかなみまとろめは
いやはかなにもなりまさるかな
となんよみてやりけるさる歌の
きたなけさよ
百四
むかしことなる事なくてあまにな

なれる人有けりかたちをやつした
れとものやゆかしかりけむかものまつり
見にいてたりけるをおとこうたよみて
やる
世をうみのあまとし人を見るからに
めくはせよともたのまるゝかな
これは斎宮のもの見たまひける
車にかくきこえたりけれは見さし
てかへり給にけりとなん

〔百五〕

百五
むかしおとこかくてはしぬへしといひ
やりけれは女

白露はけなはけなゝむきえすとも
玉にぬくへき人もあらしを
といへりけれはいとなめしと思けれと
心さしはいやまさりけり

〔百六〕

百六 昔おとこみこたちのせうえうし
給所にまうてゝたつたかはのほとりにて
ちはやふる神よもきかすたつた河
からくれなゐに水くゝるとは

〔百七〕

百七 むかしあてなるおとこありけりその
おとこのもとなりける人を内記に

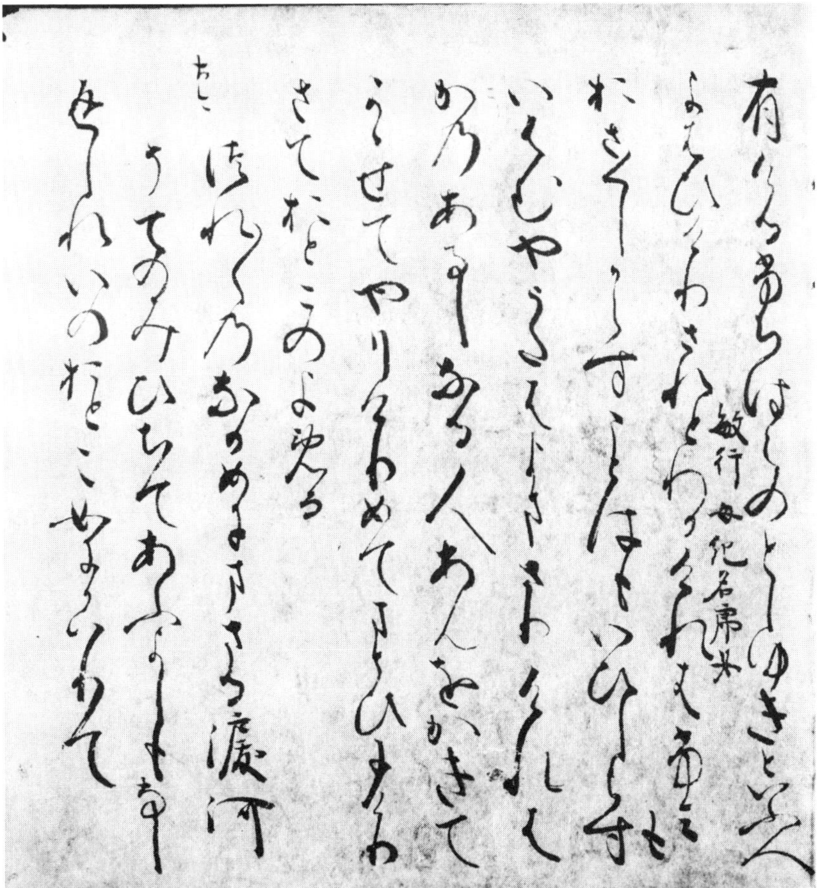

有ける男はしめとしゆきと云人（敏行母紀名虎女）
よはひけれとわかけれは文も
おさ／＼しからすことはもいひしらす
いはむやうたはよまさりけれは
かのあるしなる人あんをかきて
かゝせてやりけりめてまとひにけり
さておとこのよめる
つれ／＼のなかめにまさる涙河
そてのみひちてあふよしもなし
かへしれいのおとこ女にかはりて

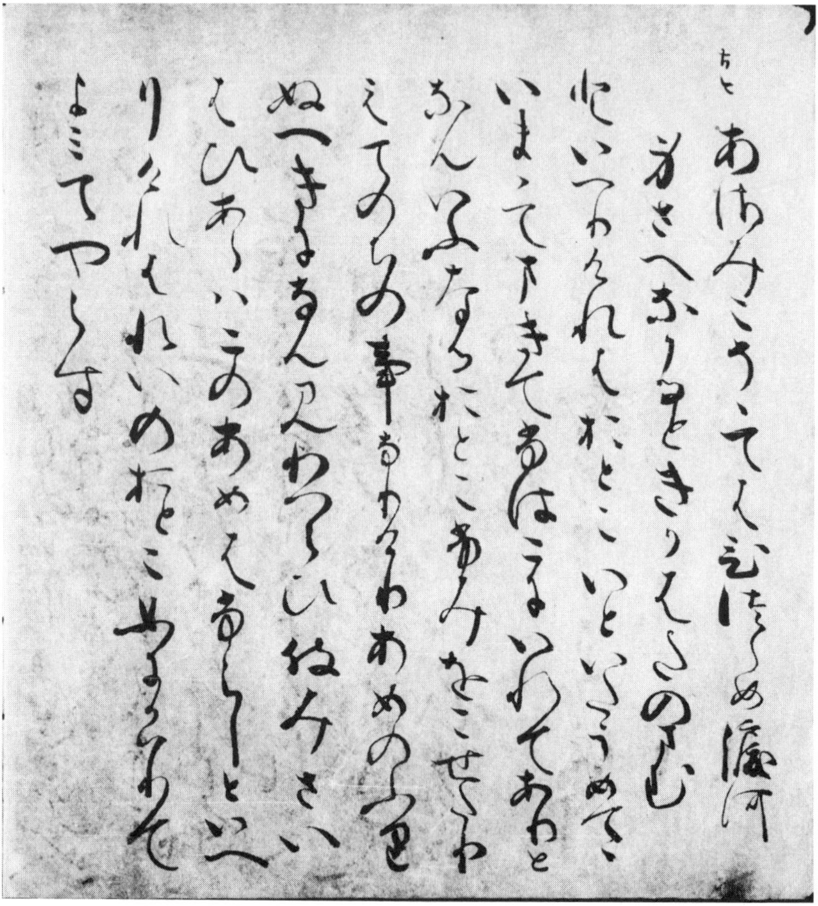

ちと
あはれこうてくにはたゝめ給へ
なさへふりをきりてこのむ
はいつかるれてたとこいとはさうめて、
いまこてたきそてあはこなりてあれと
ちんはふなすらたとこあみなこせらわ
えてあらめ事おわるわあめのこと
ぬへきなあん見わつらひねなさい
えひあらいこあめてあらしとこへ
りなれもれいめなとこせまりて
よミてやらな

かすくに思ひおもはすとひかたみ
みをしる雨はふりそまされる
とよみてやれりけれはみのもかさ
もとりあへてしとゝにぬれてまとひ
きにけり

〔百八〕

百八 むかし女ひとの心をうらみて
風ふけはとはに浪こすいはなれや
わか衣手のかはくときなき
とつねのことくさにいひけるを
きゝおひけるおとこ
夜ゐことにかはつのあまたなく

〔百九〕　〔百十〕

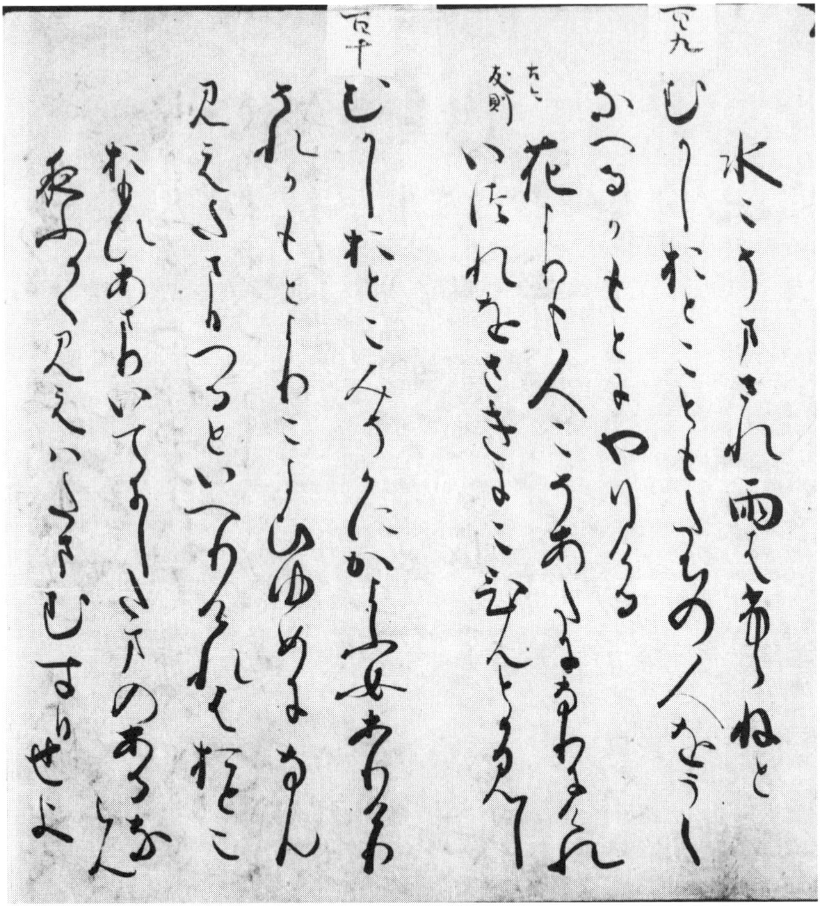
水こそまされ雨はふらねと
（百九）むかしおとこともたちの人をうし
なへるかもとにやりける
花よりも人こそあたになりにけれ
いつれをさきにこひんとか見し
（百十）むかしおとこみそかにかよふ女ありけり
それかもとよりこよひゆめになん
見えたまひつるといへりけれはおとこ
おもひあまりいてにしたまのあるならん
夜ふかく見えはたまむすひせよ

〔百十一〕

〔百十二〕

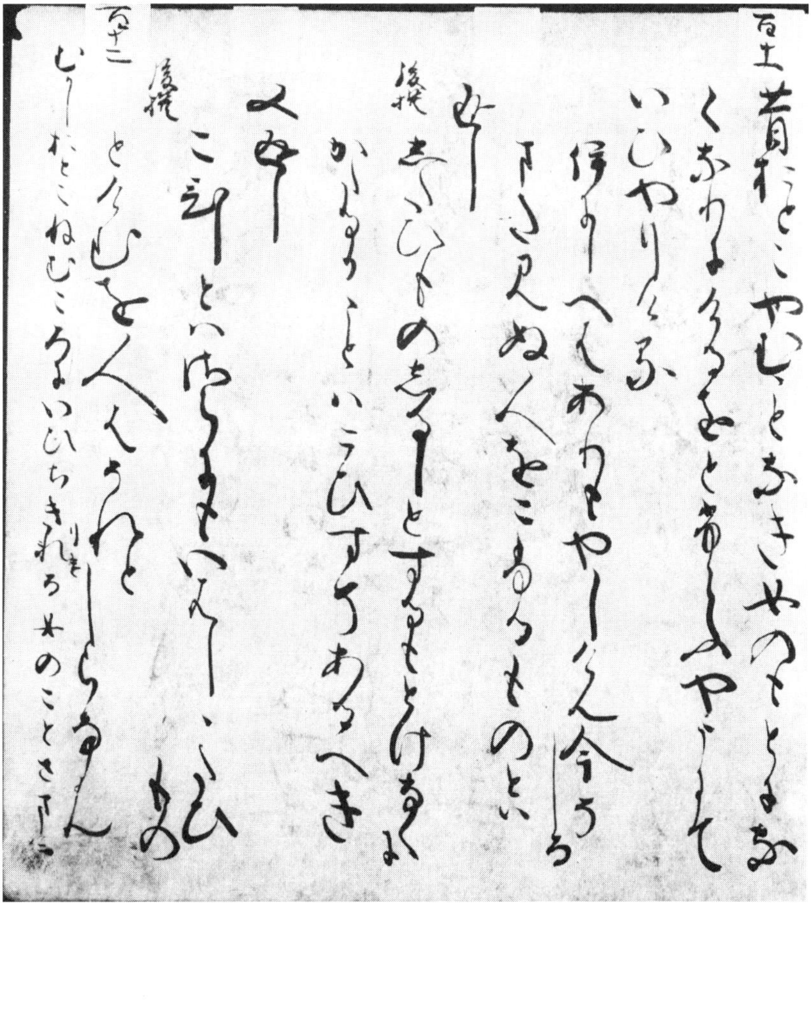

百十一
昔おとこやむことなき女のもとになく
なりにけるをとふらふやうにて
いひやりける
いにしへはありもやしけん今そしる
まだ見ぬ人をこふるものとは
返し
後撰
したひものしるしとするもとけなくに
かたるかことはこひすそあるへき
又返し
後撰
こひしとはさらにもいはし下ひもの
とけむを人はそれとしらなむ
百十二
むかしおとこねむころにいひちきりける女のことさまに

〔百十三〕

〔百十四〕

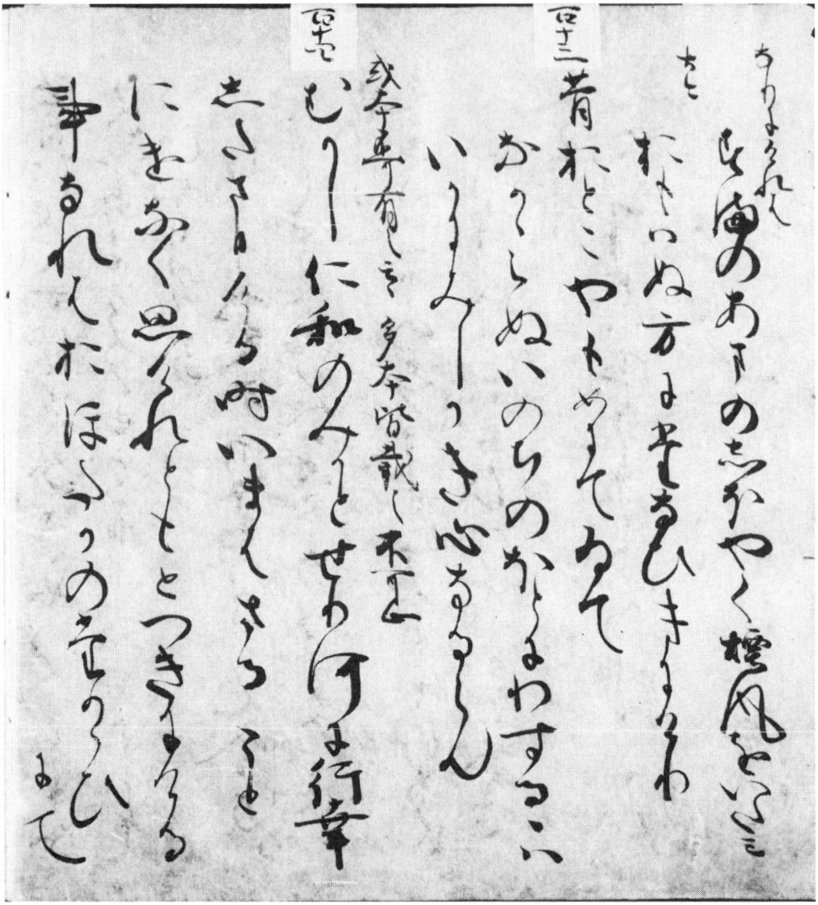

はなしてせさせ給ひけるすりかりきぬ
のたもとにかきつけゝる
後撰
おきなさひ人なとかめそかり衣
けふはかりとそたつもなくなる
おほやけの御けしきあしかりけり
をのかよはひを思ひけれとわかゝらぬ
人はきゝおひけりとや

〔百十五〕

百十五
むかしみちのくにゝておとこ女すみ
けりおとこ宮こへいなんといふこの女
いとかなしうてうまのはなむけを

をたにせむとておきのゐてみやこ
しまといふ所にてさけのませてよめる
をきのゐてみをやくよりもかなしき
宮こしまへのわかれなりけり

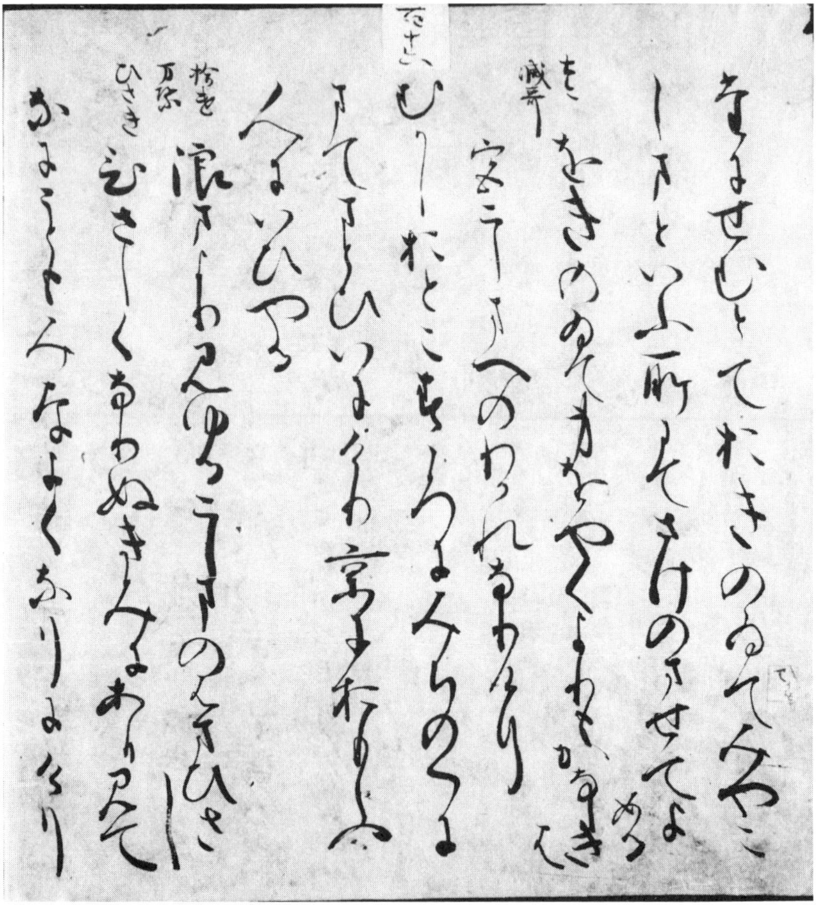

〔百十六〕

むかしおとこすゝろにみちのくにま
てまとひいにけり京におもふ人に
いひやる
浪まよりみゆるこしまのはまひさし
ひさしくなりぬきみにあひみて
なにこともみなよくなりにけり

〔百十七〕

〔百十八〕

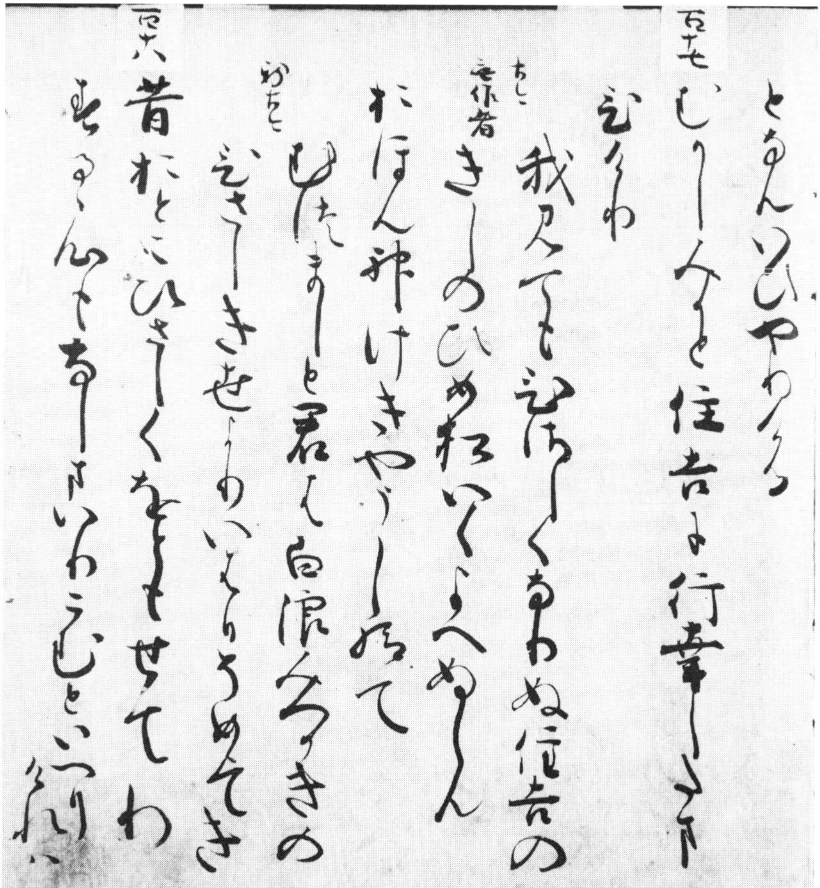
となんいひやりける
百十七 むかしみかと住吉に行幸し給
ひけり
我見ても久しくなりぬ住吉の
きしのひめ松いく代へぬらん
おほん神けきやうしたまひて
むつましと君は白浪みつかきの
ひさしき世よりいはひそめてき
百十八 昔おとこひさしくおともせてわ
すするゝ心もなしまいりこむといへり

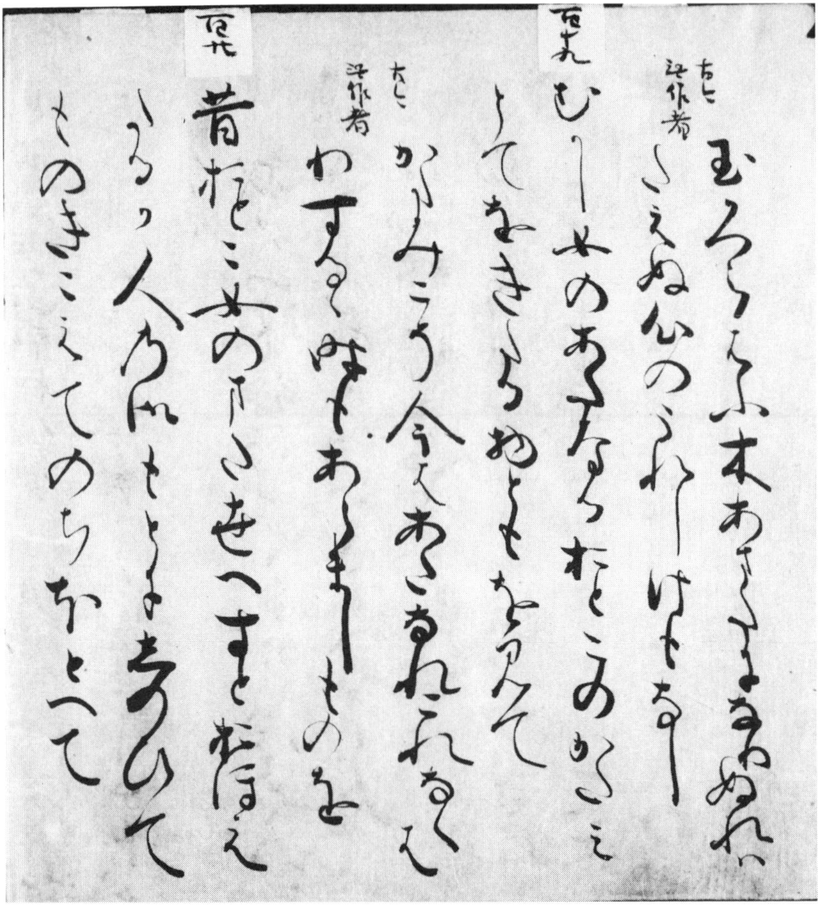

玉かつらはふ木あまたになりぬれは
古六 不作者
たえぬ心のうれしけもなし

〔百十九〕

百十九 むかし女のあたなる男のかたみ
とておきたりける物ともをみて
古六
かたみこそ今はあたなれこれなくは
不作者
わするゝ時もあらましものを

〔百廿〕

百廿 昔おとこ女のまたよへすとおほえ
たる人の御もとにしのひて
ものきこえてのちほとへて

〔百廿一〕

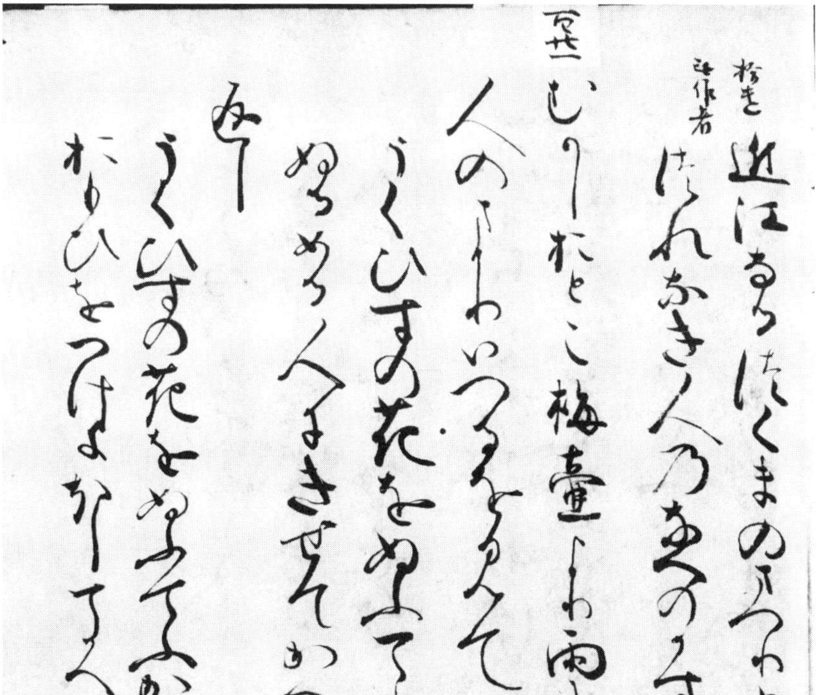

近江なるつくまのまつりとくせなん
つれなき人のなへのかすみむ
むかしおとこ梅壺より雨にぬれて
人のまかりいつるを見て
うくひすの花をぬふてふかさもかな
ぬるめる人にきせてかへさん
返し
うくひすの花をぬふてふかさはいな
おもひをつけよほしてかへさん

（百廿二）

百廿二

むかしおとこちきれることあやまれる
人に
山しろのゐてのたま水てにむすひ
たのみしかひもなきよなりけり
といひやれといらへもせす

（百廿三）

百廿三

むかしおとこありけり深草にすみ
けるをんなをやうやうあきかたにや
思けんかゝるうたをよみけり
年をへてすみこしさとをいてゝいなは

いとゝ深草野とやなりなん
女返し
野とならはうつらとなりてなきをらん
たに
かりにまゝやは君はこさらむ
とよめりけるにめてゝゆかむと
思心なくなりにけり

（百廿四）

むかしおとこいかなりける事を
思ひけるおりにかよめる
おもふこといはてそたゝにやみぬへき

〔百廿五〕

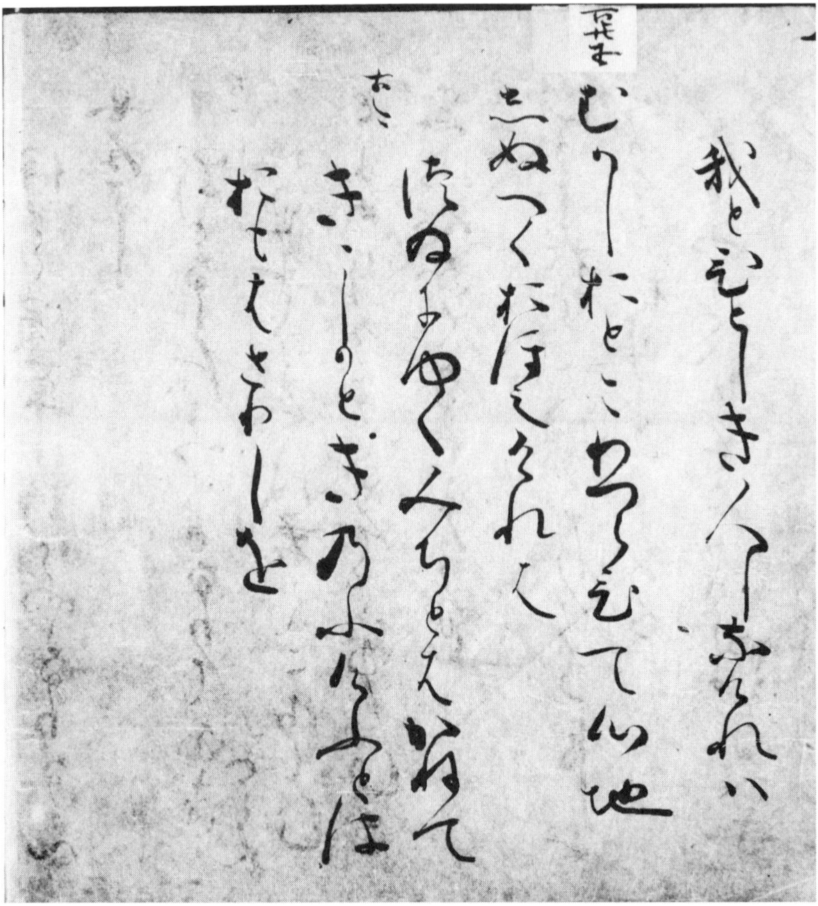

我とひとしき人しなけれハ
〔百廿五〕
むかしおとこわつらひて心地
しぬへくおほえけれハ
つゐにゆくみちとはかねて
きゝしかときのふけふとは
おもはさりしを

業平朝臣　三品弾正尹阿保親王五男（平城天皇之子）
母伊登内親王桓武第八皇女　母藤南子
従三位乙叡女
年　月　日任左近将監
承和十四年正月補蔵人　嘉祥二年正月七日従
五位下　貞観四年正月七日従五位上　五年
二月十日左兵衛権佐　六年三月八日遷左少将
七年三月九日右馬権頭　十三年正月七日正五位下
十五年正月七日従四位下　元慶元年正月十五日
右近権中将　十二月廿一日従四位上
二年正月十一日相模権守　三年十月兼蔵人頭
四年正月十一日美濃権守　同廿八日卒

親王　平城第三　母正五位下蕃良藤継女
承和九年十月薨　贈一品

行平卿　阿保親王一男
天長三年仲平行平守平業平賜姓在原朝臣
承和七年正月蔵人　十二月辞退　廿日従五下　廿四　十年二月
侍従　十三年正月従五上　但左兵衛佐　五月　右少将
仁寿三年正五下　斉衡二年正月従四下　同月播磨守
出羽大甫　天安二年二月中務大甫　同月左馬頭　三年
正月播磨守　貞観二年六月内匠頭　八月廿六日左京大
夫　同年四月信乃守　同月従四上　四年三月大蔵大甫
貞観十二年二月十三日参議　五十三　廿五日左兵衛督
八月廿日蔵人頭（?）
十四年左衛門督　十五年　従三位　大宰帥
元慶元年治部卿　六年正月中納言　六十五
十月十四日別当
八年正三位　民部卿　仁和元年按察
仁和三年四月十三日致仕　寛平五年薨
六年正月十六日備前権守　三月八日遷左兵衛督（?）
八年正月正四位下　十年五月兼備中守

紀有常
承和十一年正月十一日右兵衛大尉　嘉祥三年
四月二日左近将監　四月蔵人（同仁和）　五月十七日兼
近江権大掾　仁寿元年十一月廿一日兼左馬助
十一月甲子従五位下　二年二月廿八日兼但馬介
三年正月十六日右兵衛佐　四年正月十六日兼讃
岐介将左兵衛　斉衡二年正月従五位上
同五日左少将　天安元年九月廿七日兼少納言
二年二月五日兼肥後権介
貞観七年三月九日任刑部権大輔　九年二月十一日
任下野権守　十五年正月七日正五下　十七年
二月十七日任雅楽頭　十八年正月七日従四位下

十九年正月廿三日卒。年六十三

二條后　中納言左衛門督贈太政大臣長良女　母紀伊守総継女

貞観八年十二月女御宣旨九年正月八日従五位下

。貞観十年十二月十六日生第一宮子　廿七　帝年十九

十一年二月三日為皇太子　十三年正月八日従三位

元慶元年正月三日即位日立為中宮　卅六

六年正月七日為皇太后宮

寛平八年九月廿二日停后位

延喜十年三月薨　六十九

天慶六年五月追復后位

貞観元年十一月廿日従五位下　五節舞姫

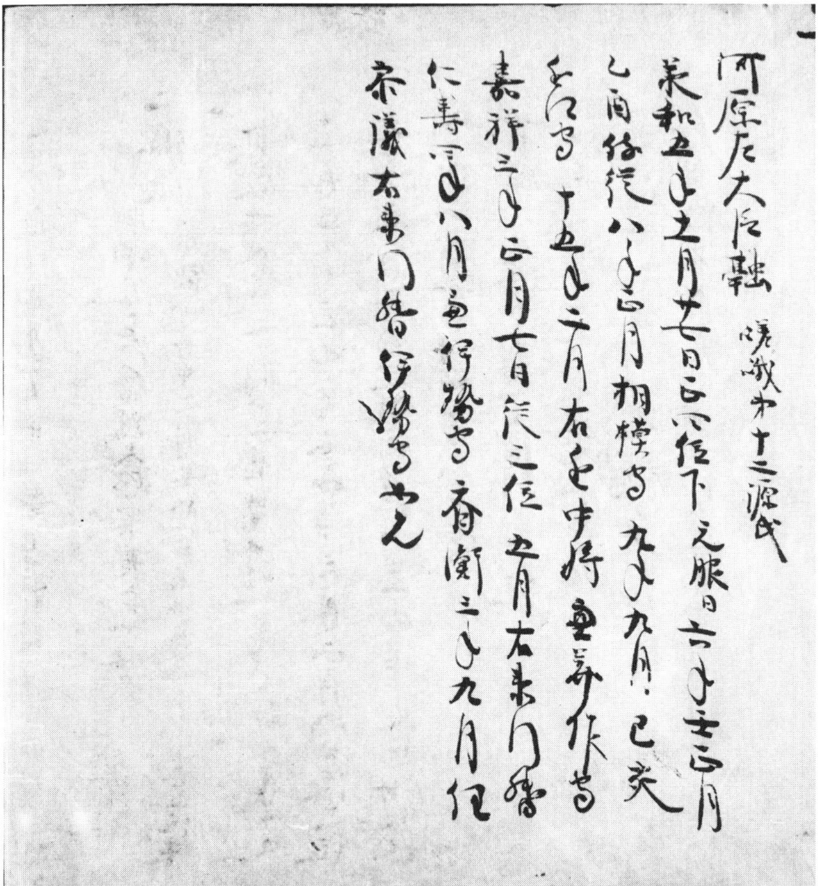
河原左大臣融　嵯峨第十二源氏
承和五年十一月廿七日正四位下元服日六年壬正月
乙酉侍従　八年正月相模守　九年九月己兼
近江守　十五年二月右近中将　兼美作守
嘉祥三年正月七日従三位　五月右衛門督
仁寿三年八月兼伊勢守　斉衡三年九月任
参議右衛門督伊勢守如元

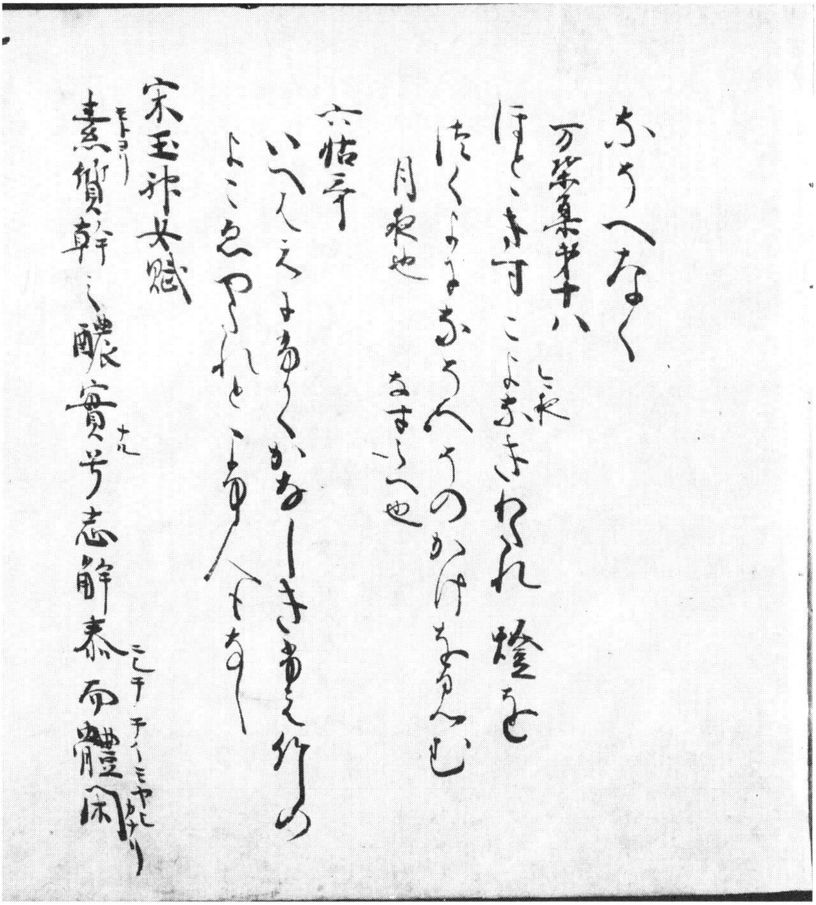

かちへなく
万葉集第十八
ほとゝきすこよなきわたれ燈を
つくよになそへそのかけもみむ
月夜也　なすらへ也
六帖第
いへゝえよあくかなしき妻を行の
よこゑやふれとゝめもなし
宋玉神女賦
素質幹之醲實兮志解泰而體閑

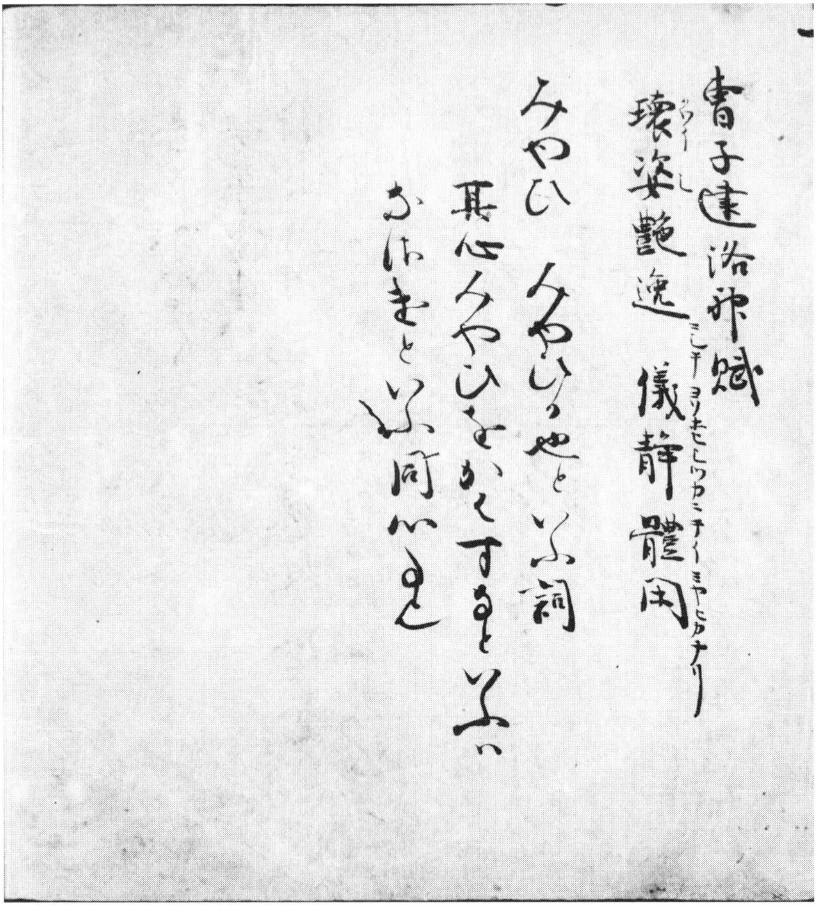
曹子建洛神賦
瓌姿艶逸　儀静體閑
みやひ　みやひの也といふ詞
其心みやひをかくするといふハ
おほまといふ詞い見え

天福二年正月廿日己未申剋凌桑門
之盲目連日風雪之中遂此書寫
為授鍾愛之孫女也
同廿二日校了

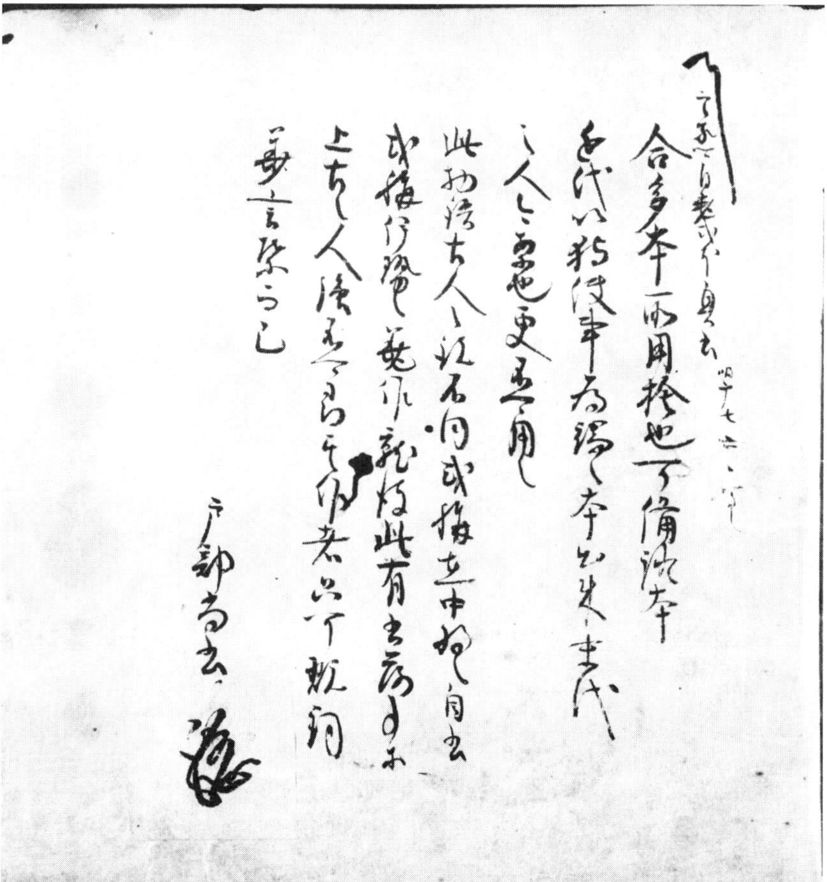

24.4.1
昭和

釋文

（表紙一）（表）（中央）「伊勢物語」
（表紙一見返）（白　紙）
（表紙二表）（白　紙）
（表紙二裏）（白　紙）
（1オ）（右下）（單廓朱方印）「學習院　圖書館印」

〔一〕

（1ウ）
むかしおとこうゐかうふりして
ならの京かすかのさとにしる
よしゝてかりにいにけりその
さとにいとなまめいたるをんな
はらからすみけりこのおとこ
かいまみてけりおもほえすふる
さとにいとはしたなくてありけ
れはこゝちまとひにけりおとこの
（2オ）
きたりけるかりきぬのすそを
きりてうたをかきてやるそのお
とこしのふすりのかりきぬをな
むきたりける
新古今　かすかのゝわかむらさきのすり衣
しのふのみたれかきりしられす
となむをいつきていひやりける
ついておもしろきことゝもや思けん
古今　みちのくの忍もちすりたれゆへに
みたれそめにし我ならなくに
（2ウ）
といふうたの心はへなりむかし人
はかくいちはやきみやひをなん
しける
河原大臣哥也　左大臣源融　寛平七年八月薨（朱）「廿八日」七十三
於在中將非幾先達如何

〔二〕

むかしおとこ有けりならの京は

はなれこの京は人の家また
さたまらさりける時にゝしの京
に女ありけりその女世人にはま
されりけりその人かたちよりは心なん
（3オ）
まさりたりけるひとりのみもあら
さりけらしそれをかのまめをと
こうちものかたらひてかへりきて
いかゝ思ひけん時はやよひのついたち
あめそをふるにやりける
　おきもせすねもせてよるをあかしては
古今　春の物とてなかめくらしつ

〔三〕

むかしおとこありけりけさうし
ける女のもとにひしきもといふ
ものをやるとて
（3ウ）
　思ひあらはむくらのやとにねもしなん
　ひしきものにはそてをしつゝも
二條のきさきのまたみかとにも
つかうまつりたまはてたゝ人にて
おはしましける時のこと也

〔四〕

むかしひんかしの五条におほき
さいの宮おはしましけるにし
のたいにすむ人有けりそれ
をほいにはあらて心さしふかゝりける
（4オ）
ひとゆきとふらひけるをむ月の
十日はかりのほとにほかにかくれ
にけりありところはきけと人の
いきかよふへき所にもあらさりけ
れは猶うしと思ひつゝなんあり

ける又のとしのむ月にむめの
花さかりにこそをこひていき
てたちて見ゐて見ゝれとこそに
にるへくもあらすうちなきてあはら
なるいたしきに月のかたふくまて
(4ウ)
ふせりてこそを思いてゝよめる
古今
　月やあらぬ春や昔のはるならぬ
　わか身ひとつはもとの身にして
とよみて夜のほの〳〵とあくるに
なく〳〵かへりにけり

〔五〕

むかしおとこ有けりひんかしの五条
わたりにいとしのひていきけり
みそかなる所なれはかとよりも
えいらてわらはへのふみあけたる
ついひちのくつれよりかよひけり
(5オ)
ひとしけくもあらねとたひかさなり
けれはあるしきゝつけてその
かよひ地に夜ことに人をすへて
まもらせけれはいけともえあは
てかへりけりさてよめる
古今
　ひとしれぬわかゝよひちのせきもりは
　よひ〳〵ことにうちもねなゝん
とよめりけれはいといたう心や
みけりあるしゆるしてけり
二条のきさきにしのひてまいりけるを
(5ウ)
世のきこえありけれはせうとたちの
まもらせたまひけるとそ

〔六〕

むかしおとこありけり女のえうま

しかりけるをとしをへてよはひわ
たりけるをからうしてぬすみいてゝ
いとくらきにきけりあくたかはと
いふ河をゐていきけれは草の
うへにをきたりけるつゆをかれは
なにそとなんおとこにとひける

(6オ)

ゆくさきおほく夜もふけにけれ
はおにある所ともしらて神さへ
いといみしうなりあめもいたう
ふりけれはあはらなるくらに
女をはおくにをしいれておとこ
ゆみやなくひをおひてとくちに
をりはや夜もあけなんと思つゝ
ゐたりけるにおにはやひとくちに
くひてけりあなやといひけれと
神なるさはきにえきかさりけり

(6ウ)

やう〳〵夜もあけゆくに見れは
ゐてこし女もなしあしすり
をしてなけともかひなし
　しらたまかなにそと人のとひし時
　つゆとこたへてきえなましものを
これは二条（高子）のきさき（元慶元年正月爲中宮　卅六）のいとこの女御
の御もとにつかうまつるやうにてゐた
まへりけるをかたちのいとめてたく
おはしけれはぬすみておひて

(7オ)

いてたりけるを御せうとほりかは（昭宣公）の
おとゝたらうくにつねの大納言ま
た下らうにて内へまいりたまふに
いみしうなく人あるをきゝつけて
とゝめてとりかへしたまうてけり
それをかくおにとはいふなりけり
またいとわかうてきさきのたゝに

おはしける時とや

〔七〕

むかしおとこありけり京にありわひて
(7ウ)
あつまにいきけるにいせおはり
のあはひのうみつらをゆくに浪
のいとしろくたつを見て
いとゝしくすきゆくかたのこひしきに
後撰　うら山しくもかへるなみかな
となむよめりける

〔八〕

むかしおとこ有けり京やすみうか
りけんあつまの方にゆきてすみ
所もとむとてともとする人ひとり
(8オ)
ふたりしてゆきけりしなのゝくに
あさまのたけにけふりのたつを見て
新古今　しなのなるあさまのたけにたつ煙
をちこち人の見やはとかめぬ

〔九〕

むかしおとこありけりそのおとこ身を
えうなき物に思なして京には
あらしあつまの方にすむへき
くにもとめにとてゆきけりもと
より友とする人ひとりふたりして
いきけりみちしれる人もなくて
(8ウ)
まとひいきけりみかはのくにやつは
しといふ所にいたりぬそこをやつは
しといひけるは水ゆく河のくもて
なれははしをやつわたせるによりて
なむやつはしとい（はイ）ひけるそのさはの

ほとりの木のかけにおりゐてかれ
いひくひけりそのさはにかきつはた
いとおもしろくさきたりそれを
見てある人のいはくかきつはた
(9オ)
といふいつもしをくのかみにすへて
たひの心をよめといひけれはよめる
古今
　から衣きつゝなれにしつましあれは
　はる〳〵きぬるたひをしそ思
とよめりけれはみな人かれいひの
うへになみたおとしてほとひにけり
ゆき〳〵てするかのくにゝいたりぬ
うつの山にいたりてわかいらむと
するみちはいとくらうほそきに
つたかえてはしけり物心ほそく
(9ウ)
すゝろなるめを見ることゝ思ふに
す行者あひたりかゝるみちはいかて

かいまするといふを見れは見し
ひとなりけり京にその人の御もと
にとてふみかきてつく
新古今
　するかなるうつの山へのうつゝにも
　ゆめにも人にあはぬなりけり
ふしの山を見れはさ月のつこも
りに雪いとしろうふれり
(10オ)
新古今
　時しらぬ山はふしのねいつとてか
　かのこまたらにゆきのふるらん
その山はこゝにたとへはひえの山
をはたちはかりかさねあけたらん
或説云塩尻壺塩といふ物あり其尻似此山此語之習故
好卑詞寂蓮殊信用此説或本はしりほしの
ほとしてなりはしほしりのやう
になんありける先人命縦雖為塩事凡卑也
不可用之　心えすとてありなん
往年有尋問人答慥不知由　云々
猶
ゆき〳〵て武蔵のくにとしもつふさ

のくにとの中にいと おほきなる河あり
（10ウ）
それをすみた河といふその河の
ほとりにむれゐておもひやれは
かきりなくとをくもきにけるかな
とわひあへるにわたしもりはやふ
ねにのれ日もくれぬといふにのり
てわたらんとするにみな人物わひ
しくて京に思ふ人なきにしも
あらすさるおりしもしろきとりの
はしとあしとあかきしきのおほ
きさなるみつのうへにあそひつゝ
（11オ）
いをゝくふ京には見えぬとりなれは
みな人見しらすわたしもりにとひ
けれはこれなん宮ことりといふを
きゝて
　名にしおはゝいさ事とはむ宮こ鳥
古今　わかおもふ人はありやなしやと
とよめりけれは舟こそりてなきにけり

〔十〕

むかしおとこ武蔵のくにまてまとひ
ありきけりさてそのくにゝある女を
よはひけりちゝはこと人に
（11ウ）
あはせむといひけるをはゝなんあて
なる人に心つけたりけるちゝは
なおひとにてはゝなんふちはら
なりけるさてなんあてなる人にと
思ひけるこのむこかねによみてをこせ
たりけるすむ所なむいるまのこほり
みよしのゝさとなりける
　みよしのゝたのむのかりもひたふるに
きみかゝたにそよるとなくなる

むこかね返し
（12オ）
わか方によるとなくなるみよしのゝ
たのむのかりをいつかわすれん
となむ人のくにゝても猶かゝること
なんやまさりける

〔十一〕

昔おとこあつまへゆきけるに友
たちともにみちよりいひをこせける
（拾遺）わするなよほとは雲ゐになりぬとも
そらゆく月のめくりあふまて

〔十二〕

むかしおとこ有けり人のむすめを
ぬすみてむさしのへゐてゆくほとに
（12ウ）
ぬす人なりけれはくにのかみにから
められにけり女をはくさむらの
なかにをきてにけにけりみちくる
ひとこの野はぬす人あなりとて
火つけむとす女わひて
（古今）むさしのはけふはなやきそわかくさの
（カスカノ）つまもこもれりわれもこもれり
とよみけるをきゝて女をはとりて
ともにゐていにけり

〔十三〕

（13オ）
昔武蔵なるおとこ京なる女のもとに
きこゆれはゝつかしきこえねはくる
しとかきてうはかきにむさしあふ
みとかきてをこせてのちをともせす
なりにけれは京より女
むさしあふみさすかにかけてたのむには

とはぬもつらしとふもうるさし
とあるを見てなむたへかたき心
地しける
とへはいふとはねはうらむゝさしあふみ
（13ウ）
かゝるおりにやひとはしぬらん

〔十四〕
むかしおとこみちのくにゝすゝろに
ゆきいたりにけりそこなる女京の
ひとはめつらかにやおほえけん
せちにおもへる心なんありけるさて
かの女
中〳〵に戀にしなすはくはこ（桑子 蠶也）にそ
なるへかりけるたまのをはかり（入萬葉）
うたさへそひなひたりけるさす
かにあはれとやおもひけんいきて
（14オ）
ねにけり夜ふかくいてにけれは女
夜もあけはきつ（東國之習家ヲクタト云）にはめなて
くたかけ（家鶏也）のまたきになきて
せなをやりつる
といへるにおとこ京へなんまかるとて
くりはら（わ一本）のあれ（ね）はの松の人ならは
みやこのつとにいさといはましを
といへりけれはよろこほひて
おもひけらしとそいひをりける

〔十五〕
（14ウ）
むかしみちのくにゝてなてうことな
き人のめにかよひけるにあやしう
さやうにてあるへき女ともあらす
見えけれは
しのふ山しのひてかよふ道も哉

人の心のおくも見るへく
女かきりなくめてたしとおもへと
さるさかなきえひすこゝろを見
てはいかゝはせんは

〔十六〕

（15オ）
むかしきのありつねといふ人有けり
み世のみかとにつかうまつりて時に
あひけれとのちは世かはり時うつり
にけれは世のつねの人のこともあらす
人からは心うつくしくあてはかなる
ことをこのみてこと人にもにす
まつしくへても猶むかしよかりし
時の心なからよのつねのこともしらす
としころあひなれたるめやう〳〵
とこはなれてつゐにあまに

（15ウ）
なりてあねのさきたちてなりたる
ところへゆくをおとこまことにむつ
ましきことこそなかりけれいまはと
ゆくをいとあはれと思けれとまつし
けれはするわさもなかりけり
おもひわひてねむころにあひかたら
ひけるともたちのもとにかう〳〵いま
はとてまかるをなにこともいさゝか
なることもえせてつかはすことゝ
かきておくに

（16オ）
　手をゝりてあひ見し事をかそふれは
とおといひつゝよつはへにけり
かのともたちこれを見ていとあは
れと思ひてよるの物までをくりてよめる
　年たにもとおとてよつはへにけるを
いくたひきみをたのみきぬらん

かくいひやりたりければ
これやこのあまのは衣むへしこそ
きみかみけしとたてまつりけれ
(16ウ)
よろこひにたへて又
秋やくるつゆやまかふとおもふまて
あるは涙のふるにそ有ける

〔十七〕

年ころをとつれさりける人のさ
くら(の)さかりに見にきたりければ
あるし
古今 あたなりとなにこそたてれ櫻花
年にまれなる人もまちけり
返し
(17オ)
古今 けふこすはあすは雪とそふりなまし
きえすはありとも花と見ましや

〔十八〕

むかしなま心ある女ありけりお
とこちかう有けり女うたよむ人
なりければ心見むとてきくの花の
うつろへるをゝりておとこのもとへやる
紅にゝほふはいつら白雪の
枝もとをゝにふるかとも見ゆ
おとこしらすよみによみける
(17ウ)
紅にゝほふかうへのしらきくは
おりける人のそてかとも見ゆ

〔十九〕

昔おとこ宮つかへしける女の方に
こたちなりける人をあひしりたり
けるほともなくかれにけりおなし

ところなれは女のめには見ゆる物
からおとこはある物かとも思たらす
女
（古今）あま雲のよそにも人のなりゆくか
さすかにめには見ゆる物から
（18オ）
とよめりけれはおとこ返し
（古今）あまくもの（ゆきかへり）よそにのみしてふることは
わかゐる山の風はやみ也
とよめりけるは又おとこある人と
なんいひける

〔二十〕
むかしおとこやまとにある女を
見てよはひてあひにけりさて
ほとへて宮つかへする人なりけ
れはかへりくるみちにやよひはかりに

（18ウ）
かえてのもみちのいとおもしろき
をゝりて女のもとにみちよりいひやる
君かためたおれる枝は春なから
かくこそ秋のもみちしにけれ
とてやりたりけれは返事は京
にきつきてなんもてきたりける
いつのまにうつろふ色のつきぬらん
きみかさとには春なかるらし

〔二十一〕
むかしおとこ女いとかしこく思ひ
（19オ）
かはしてこと心なかりけりさるを
いかなる事かありけむいさゝかなる
ことにつけて世中をうしと思ひ
ていてゝいなんと思ひてかゝるうたを
なんよみて物にかきつけゝる

いてゝいなは心かるしといひやせん
　世のありさまを人はしらねは
とよみをきていてゝいにけりこの
女かくかきをきたるをけしう心
をくへきこともおほえぬを

(19ウ)
なにゝよりてかかゝらむといとといたう
なきていつかたにもとめゆかむと
かとにいてゝと見かう見ゝけれと
いつこをはかりともおほえさり
けれはかへりいりて
　思ふかひなき世なりけり年月を
　あたにちきりて我やすまひし
といひてなかめをり
　人はいさ思ひやすらん玉かつら
　おもかけにのみいとゝ見えつゝ

(20オ)
この女いとひさしくありてねむし
わひてにやありけんいひをこせたる
　今はとてわするゝ草のたねをたに
　ひとの心にまかせすも哉
返し
　忘草うふとたにきく物ならは
　思けりとはしりもしなまし
又〳〵ありしよりけにいひかはしておとこ
新古今　わする覽と思心のうたかひに
　ありしよりけに物そかなしき

(20ウ)
返し
新古今　中そらにたちゐるくものあともなく
　身のはかなくもなりにける哉
とはいひけれとをのか世ゝになり
にけれはうとくなりにけり

〔二十二〕

むかしはかなくてたえにける
なか猶やわすれさりけん女の
もとより
うきなから人をはえしもわすれねは

（21オ）

新古今
かつうらみつゝ猶そこひしき
といへりけれはされはよといひて
おとこ
あひ見ては心ひとつをかはしまの
水のなかれてたえしとそ思
とはいひけれとその夜いにけり
いにしへゆくさきのことゝもなといひて
秋の夜のちよをひとよになすらへて
やちよしねはやあく時のあらん
返し

（21ウ）

秋の夜のちよをひとよになせりとも
ことはのこりてとりやなきなん
いにしへよりもあはれにてなむかよひける

〔二十三〕

むかしゐなかわたらひしける人
の子とも井のもとにいてゝあそひ
けるをおとなになりにけれは
おとこも女も
はちかはしてありけれとおとこは
この女をこそえめとおもふ女は
このおとこをとおもひつゝおやの

（22オ）

あはすれともきかてなんありける
さてこのとなりのおとこのもとより
かくなん
つゝゐつのゐつゝにかけしまろかたけ
すきにけらしないも見さるまに
女返し
くらへこしふりわけかみもかたすきぬ

きみならすしてたれかあくへき
なといひ〳〵てつゐにほいのことくあひにけり
(22ウ)
さて年ころふるほとに女おやなく
たよりなくなるまゝにもろともに
いふかひなくてあらんやはとて
かうちのくにたかやすのこほりに
いきかよふ所いてきにけりさり
けれとこのもとの女あしとおもへる
けしきもなくていたしやりけれは
おとこゝと心ありてかゝるにやあら
むと思ひうたかひてせんさいの中に
(23オ)
かくれゐてかうちへいぬるかほにて
見れはこの女いとようけさう
してうちなかめて
古今　風ふけはおきつしら浪たつた山
夜はにや君かひとりこゆらん

とよみけるをきゝてかきりなく
かなしと思ひて河内へもいかすなり
にけりまれ〳〵かのたかやすにき
て見れははしめこそ心にくも
つくりけれいまはうちとけて
(23ウ)
てつからいゐかひとりてけこのうつわ
物にもりけるを見て心うかりていか
すなりにけりさりけれはかの女
やまとの方を見やりて
新古今　君かあたり見つゝをゝらんいこま山
くもなかくしそ雨はふるとも
といひて見いたすにからうして
やまと人こむといへりよろこひてま
つにたひ〳〵すきぬれは
君こむといひし夜ことにすきぬれは
(24オ)
たのまぬ物のこひつゝそふる

といひけれとおとこすますなりにけり

〔二十四〕

むかしおとこかたゐなかにすみけり
おとこ宮つかへしにとてわかれお
しみてゆきにけるまゝに三とせ
こさりけれはまちわひたりけるに
いとねむころにいひける人にこよひ
あはむとちきりたりけるにこの
おとこきたりけりこのとあけたまへと
(24ウ)
たゝきけれとあけてうたをなん
よみていたしたりける
　あらたまの年の三とせをまちわひて
　たゝこよひこそにゐまくらすれ
といひいたしたりけれは
あつさゆみま弓つき弓年をへて
　わかせしかことうるはしみせよ
といひていなむとしけれは女
　あつさ弓ひけとひかねと昔より
　心はきみによりにし物を
(25オ)
といひけれとおとこかへりにけり女いと
かなしくてしりにたち(て)をひゆけと
えをいつかてし水のある所にふ
しにけりそこなりけるいはにお
よひのちしてかきつけゝる
　あひおもはてかれぬる人をとゝめかね
　わか身は今そきえはてぬめる
とかきてそこにいたつらになりにけり

〔二十五〕

むかしおとこ有けりあはしともいは
さりける女のさすかなりけるかもとに

（25ウ）
いひやりける
古今 秋のゝにさゝわけしあさの袖よりも
あはてぬる夜そひちまさりける
色このみなる女返し
古今小町 見るめなきわか身をうらとしらねはや
かれなてあまのあしたゆくゝる

〔二十六〕

むかしおとこ五條わたりなりける
女をえゝすなりにけることゝわひ
たりける人の返ことに
新古今 おもほえす袖にみなとのさはく哉（一本なみた／らし）
（26オ）
もろこし舟のよりし許に

〔二十七〕

昔おとこ女のもとにひと夜いきて
又もいかすなりにけれは女の手
あらふ所にぬきすをうちやりて
たらひのかけにみえけるをみつから
我許物思人は又もあらし
とおもへは水のしたにも有けり
とよむをこさりけるおとこたちきゝて
みなくちに我や見ゆらんかはつさへ
水のしたにてもろこゑになく

〔二十八〕

（26ウ）
昔いろこのみなりける女いてゝいにけれは
なとてかくあふこかたみになりにけん
水もらさしとむすひしものを
貞觀二年二月貞明親王爲皇太子于時高子爲女御
依春宮母儀号也去年十二月廿六日誕生高子年廿七

〔二十九〕

むかし春宮の女御の御方の花の
賀にめしあつけられたりけるに
花にあかぬなけきはいつもせしかとも（新古今）
けふのこよひにゝる時はなし

〔三十〕

むかしおとこはつかなりける女のもとに
あふことはたまのを許おもほえて
（27オ）
つらき心のなかく見ゆらん

〔三十一〕

昔宮の内にてあるこたちのつほねの
まへをわたりけるになにのあた
にか思けんよしやくさ葉よならん
さか見むといふおとこ
つみもなき人をうけへは忘草
をのかうへにそおふといふなる
といふをねたむ女もありけり

〔三十二〕

むかし物いひける女に年ころありて
いにしへのしつのをたまきくりかへし（古今 無作者）
（27ウ）
むかしを今になすよしも哉
といへりけれとなにともおもはすやありけん

〔三十三〕

むかしおとこつのくにむはらのこほりに
かよひける女このたひいきては又は
こしとおもへるけしきなれはおとこ
あしへよりみちくるしほのいやましに（上句 萬葉）
君に心を思ます哉
返し

こもりえに思ふ心をいかてかは
舟さすさほのさしてしるへき

（28ｵ）
ゐなか人の事にてはよしやあしや

〔三十四〕
むかしおとこつれなかりける人のもとに
いへはえにいはねはむねにさはかれて
心ひとつになけくころ哉
おもなく（て）いへるなるへし

〔三十五〕
むかし心にもあらてたえたる人のもとに
玉のをゝあはおによりてむすへれは
たえてのゝちもあはむとそ思

〔三十六〕
昔わすれぬるなめりとゝひことしける
女のもとに

（28ｳ）
谷せはみ峯まてはへる玉かつら
たえむと人にわかおもはなくに

〔三十七〕
昔おとこ色このみなりける女に
あへりけりうしろめたくや思けん
我ならてしたひもとくなあさかほの
ゆふかけまたぬ花にはありとも
返し
ふたりしてむすひしひもをひとりして
あひ見るまてはとかしとそ思

〔三十八〕
むかしきのありつねかりいきたるに

（29オ）

ありきてをそくきけるによみて
やりける
君により思ならひぬ世中の
人はこれをやこひといふらん
返し
ならはねは世の人ことになにをかも
戀とはいふとゝひし我しも

〔三十九〕

むかし西院（淳和天皇）のみかとゝ申すみかとお
はしましけりそのみかとのみこ
崇子内親王母橘（橘ノ誤カ）船子正四上清野女承和十五年五月十五日薨
たかいこと申すいまそかりけり

（29ウ）

そのみこうせ給ておほんはふりの
夜その宮のとなりなりけるおとこ
御はふり見むとて女くるまにあひ
のりていいてたりけりいとひさしう
ゐていてたてまつらすうちなきて
やみぬへかりけるあひたにあめの
したの色このみ源のいたるといふ人
これもゝの見るにこのくるまを女
くるまと見てよりきてとかくなまめ
くあひたにかのいたるほたるを

（30オ）

とりて女のくるまにいれたりける
をくるまなりける人このほたるの
ともす火にや見ゆらんともしけち
なむするとてのれるおとこのよめる
いてゝいなはかきりなるへみともしけち
年へぬるかとなくこゑをきけ
かのいたる返し
いとあはれなくそきこゆるともしけち
きゆる物とも我はしらすな
あめのしたの色このみのうたにては猶そありける

(30ウ) いたるはしたかふかおほち也みこのほいなし

〔四十〕

昔わかきおとこけしうはあらぬ女を思ひけりさかしらするおやありて思ひもそつくとてこの女をほかへをひやらむとすさこそいへまたをいやらす人のこなれはまた心いきおひなかりけれはと丶むるいきおひなし女もいやしけれはすまふちからなしさるあひたに(31オ)おもひはいやまさりにまさるにはかにおやこの女を丶ひうつおとこちのなみたをなかせともと丶むるよしなしゐていて丶いぬおとこなく〳〵よめる

　いて丶いなは誰か別のかたからん
　ありしにまさるけふはかなしも

とよみてたえいりにけりおやあはてにけり猶思ひてこそいひしかいとかくしもあらしとおもふにしんしちにたえいりにけれはまとひて(31ウ)願たてけりけふのいりあひ許にたえいりて又の日のいぬの時はかりになんからうしていきいてたりけるむかしのわか人はさるすける物思ひをなんしけるいまのおきなまさにしなむや

〔四十一〕

昔女はらからふたりありけりひとりはいやしきおとこのまつしき

9 ひとりはあてなるおとこもたりけり
10 いやしきおとこもたるしはすのつこ
（32オ）
1 もりにうへのきぬをあらひて丶つから
2 はりけり心さしはいたしけれと
3 さるいやしきわさもならはさり
4 けれはうへのきぬのかたをはりや
5 りてけりせむ方もなくてた丶なきに
6 なきけりこれをかのあてなるお
7 とこき丶ていと心くるしかりけれはいと
8 きよらなるろうさうのうへのきぬを
9 見いて丶やるとて
10 古今 むらさきの色こき時はめもはるに
（32ウ）
1 野なる草木そわかれさりける
2 むさしの丶心なるへし

〔四十二〕

3 昔おとこ色このみとしる〱女をあひ
4 いへりけりされとにく丶はたあらさり
5 けりしは〱いきけれと猶いとうし
6 ろめたくさりとていかてはたえある
7 ましかりけりなをはたえあらさり
8 けるなかなりけれはふつかみか許
9 さはることありてえいかてかくなん
10 いて丶こしあとたにいまたかはらしを
（33オ）
1 新古今 たか丶よひちと今はなるらん
2 ものうたかはしさによめるなりけり

〔四十三〕

3 むかしかやのみこと申すみこおはし
4 賀陽親王桓武第七母夫人多治比氏三品治部卿　貞観十三年十月八日薨七十八
5 ましけりそのみこ女をおほしめして
6 いとかしこうめくみつかうたまひける

を人なまめきてありけるを我の
みと思ひけるを又人きゝつけてふ
みやるほとゝきすのかたをかきて
古今 ほとゝきすなかなくさとのあまたあれは
（33ウ）
猶うとまれぬ思ものから
といへりこの女けしきをとりて
名のみたつしてのたおさはけさそなく
いほりあまたとうとまれぬれは
時はさ月になんありけるおとこ返し
いほりおほきしてのたをさは猶たのむ
わかすむさとにこゑしたえすは

〔四十四〕

むかしあかたへゆく人にむまのはな
むけせむとてよひてうとき人にし
あらさりけれはいゑとうし

（34オ）
さかつきさゝせて女のさうそくかつけんと
すあるしのおとこうたよみてもの
こしにゆひつけさす
いてゝゆく君かためにとぬきつれは
我さへもなくなりぬへきかな
このうたはあるかなかにおもし
ろけれは心とゝめてよますはらに
あちはひて

〔四十五〕

むかしおとこ有けり人のむすめの
かしつくいかてこのおとこに物いはむと
（34ウ）
思けりうちいてむことかたくやあり
けむ物やみになりてしぬへき時に
かくこそ思しかといひけるをおや
きゝつけてなく〳〵つけたりけれは

まとひきたりけれとしにけれはつれ〳〵
とこもりをりけり時はみな月の
つこもりいとあつきころをひに
夜ゐはあそひをりて夜ふけて
やゝすゝしき風ふきけりほたる
たかくとひあかるこのおとこ見

（35オ）

ふせりて
ゆくほたる雲のうへまていぬへくは
後撰　秋風ふくとかりにつけこせ
くれかたき夏のひくらしなかむれは
そのことゝなく物そかなしき

〔四十六〕

むかしおとこいとうるはしき友あり
けりかた時さらすあひ思ひけるを
人のくにへいきけるをいとあはれと
おもひてわかれにけり月日へてをこ
せたるふみにあさましくたいめんせて月日のへにけること

（35ウ）

わすれやし給にけんといたく思ひ
わひてなむ侍世中の人の心は
めかるれはわすれぬへき物にこそ
あめれといへりけれはよみてやる
めかるともおもほえなくにわすらるゝ
時しなけれはおもかけにたつ

〔四十七〕

むかしおとこねんころにいかてと思
女有けりされとこのおとこをあたな
りときゝてつれなさのみまさりつゝいへる

（36オ）

古今　おほぬさのひくてあまたになりぬれは
思へとえこそたのまさりけれ
返しおとこ

おほぬさと名にこそたてれ流ても
古今　つゐによるせはありといふ物を

〔四十八〕

昔おとこ有けりむまのはなむけ
せんとて人をまちけるにこさりけれは
今そしるくるしき物と人またむ
古今　さとをはかれすとふへかりけり

〔四十九〕

むかしおとこいもうとのいとおかし
けなりけるを見をりて
（36ウ）
うらわかみねよけにみゆるわか草を
ひとのむすはむことをしそ思
ときこえけり返し
はつ草のなとめつらしきことのはそ
うらなく物を思ける哉

〔五十〕

昔おとこ有けりうらむる人をうらみて
鳥のこをとをつゝとをはかさぬとも
おもはぬ人をおもふものかは
といへりけれは
あさつゆはきえのこりてもありぬへし
（37オ）
たれかこの世をたのみはつへき
又おとこ
吹風にこその櫻はちらすとも
あなたのみかた人の心は
又女返し
ゆく水にかすかくよりもはかなきは
古今無作者　おもはぬ人を思ふなりけり
又おとこ

ゆくみつとすくるよはひとちる花と
いつれまてゝふことをきくらん
あたくらへかたみにしけるおとこ女の
(37ウ)
しのひありきしけることなるへし

〔五十一〕

昔おとこ人のせんさいにきくうへ
けるに
　うへしうへは秋なき時やさかさらん
古今　花こそちらめねさへかれめや

〔五十二〕

むかしおとこありけり人のもとより
かさなりちまきをこせたりける返事に
あやめかり君はぬまにそまとひける
我は野にいてゝかるそわひしき

とてきしをなむやりける

〔五十三〕

(38オ)
むかしおとこあひかたき女にあひて
物かたりなとするほとに鳥のなきけれは
　いかてかは鳥のなく覧人しれす
思ふ心はまたよふかきに

〔五十四〕

昔おとこつれなかりける女にいひやりける
　行やらぬ夢地をたのむたもとには
あまつそらなるつゆやをくらん

〔五十五〕

むかしおとこ思かけたる女のえうまし
　うなりての世に

おもはすはありもすらめと事のはの
をりふしことにたのまるゝ哉

〔五十六〕

（38ウ）
むかしおとこふして思ひおきて思ひ
思ひあまりて
わかそては草の庵にあらねとも
くるれはつゆのやとりなりけり

〔五十七〕

昔おとこ人しれぬ物思ひけりつれなき
人のもとに
こひわひぬあまのかるもにやとるてふ
我から身をもくたきつる哉

〔五十八〕

むかし心つきて色このみなるおとこ
なかをかといふ所に家つくりてをりけり
（39オ）
そこのとなりなりける宮はらにこと
もなき女とものゐなかなりけれは
田からんとてこのおとこのあるを見て
いみしのすき物のしわさやとて
あつまりていりきけれはこのおとこ
にけておくにかくれにけれは女
古今　あれにけりあはれいく世のやとなれや
すみけんひとのをとつれもせぬ
といひてこの宮にあつまりきゐて
ありけれはこのおとこ
（39ウ）
むくらおひてあれたるやとのうれたきは
かりにもおにのすたくなりけり
とてなむいたしたりけるこの女ともほ
ひろはむといひけれは

うちわひておちほひろふときかませは
我も田つらにゆかましものを

〔五十九〕

むかしおとこ京をいかゝ思ひけんひむ
かし山にすまむと思ひいりて
すみわひぬ今はかきりと山さとに
後撰　身をかくすへきやともとめてん
（40ｵ）
かくて物いたくやみてしにいりたり
けれはおもてに水そゝきなとして
いきいてゝ

〔六十〕

わかうへに露そをくなるあまの河
古今無作者　とわたるふねのかいのしつくか
となむいひていきいてたりける

むかしおとこ有けり宮つかへいそ
かしく心もまめならさりけるほとの
いへとうしまめにおもはむといふ人
につきて人のくにへいにけりこのおとこ
（40ｳ）
宇佐の使にていきけるにあるくにの
祇承　しそうの官人のめにてなむあると
きゝてをんなあるしにかはらけとら
せよさらすはのましといひけれは
かはらけとりていたしたりけるに
さかなゝりけるたちはなをとりて
さ月まつ花たちはなのかをかけは
古今無作者　むかしの人のそてのかそする
といひけるにそ思ひいてゝあまに
なりて山にいりてそありける

〔六十一〕

(41オ)
昔おとこつくしまていきたりける
にこれは色このむといふすき物と
すたれのうちなる人のいひけるを
きゝて
そめ河をわたらむ人のいかてかは（拾遺）
色になるてふことのなからん
女返し
名にしおはゝあたにそあるへきたはれしま（後撰）
浪のぬれきぬきるといふなり

〔六十二〕

むかし年ころをとつれさりける女心かしこくやあらさりけん
(41ウ)
はかなき人の事につきて人の
くになりける人につかはれてもと
見し人のまへにいてきて物くはせ
なとしけりよさりこのありつる人
たまへとあるしにいひけれはをこ
せたりけりおとこ我をはしらすやとて
いにしへのにほひはいつらさくら花
こけるからともなりにける哉
といふをいとはつかしと思ていらへも
せてゐたるをなといらへもせぬと
(42オ)
いへはなみたのこほるゝにめも見え
すものもいはれすといふ
これやこの我にあふみをのかれつゝ
年月ふれとまさりかほなき
といひてきぬゝきてとらせけれと
すてゝにけにけりいつちいぬらんとも
しらす

〔六十三〕

むかし世こゝろつける女いかて心

なさけあらむおとこにあひえてし
かなとおもへといひいてむもたよりなさに
(42ウ)
まことならぬ夢かたりをす子三
人をよひてかたりけりふたりの
こはなさけなくいらへてやみぬ
さふらうなりける子なんよき
御をとこそいてこむとあはするに
この女けしきいとよしこと人は
いとなさけなしいかてこの在五
中將にあはせてし哉と思心あり
かりしありきけるにいきあひて
(43オ)
みちにてむまのくちをとりてかう〱
なむ思ふといひけれはあはれかりて
きてねにけりさてのちおとこ見
えさりけれは女おとこの家にいき
てかいまみけるをおとこほのかに

見て
　もゝとせにひとゝせたらぬつくもかみ
　我をこふらしおもかけに見ゆ
とていてたつけしきを見てむはら
からたちにかゝりて家にきてうちふせり
(43ウ)
おとこかの女のせしやうにしのひて
たてりて見れは女なけきてぬとて
上句古今　さむしろに衣かたしきこよひもや
　こひしき人にあはてのみねむ
とよみけるをおとこあはれと思て
その夜はねにけり世中のれいとし
ておもふをはおもひおもはぬをはお
もはぬ物をこの人はおもふをも
おもはぬをもけちめ見せぬ心なん
ありける

〔六十四〕

(44オ)
昔おとこみそかにかたらふわさも
せさりけれはいつくなりけんあやし
さによめる
　吹風にわか身をなさは玉すたれ
　ひまもとめつゝいるへきものを
返し
　とりとめぬ風にはありとも玉すたれ
　たかゆるさはかひまもとむへき

〔六十五〕

むかしおほやけおほしてつかう
たまふ女の色ゆるされたるありけり
おほみやすん所とていますかりける
(44ウ)
いとこなりけり殿上にさふらひける
在原なりけるおとこのまたいとわかゝり
けるをこの女あひしりたりけりおとこ
女かたゆるされたりけれは女のある所に
きてむかひをりけれは女いとかたは
なり身もほろひなんかくなせそと
いひけれは
　思ふにはしのふることそまけにける
新古今　あふにしかへはさもあらはあれ
といひてさうしにおりたまへれはれいのこの
(45オ)
みさうしには人の見るをもしらて
のほりゐけれはこの女思ひわひてさ
とへゆくされはなにのよきことゝ思て
いきかよひけれはみな人きゝてわ
らひけりつとめてとのもつかさの見る
にくつはとりておくになけいれて
のほりぬかくかたはにしつゝありわ
たるに身もいたつらになりぬへけれは

つゐにほろひぬへしとてこのお
とこいかにせんわかかゝる心やめたまへと

（45ウ）

ほとけ神にも申けれといやまさり
にのみおほえつゝ猶わりなくこひ
しうのみおほえけれはおむやうし
かむなきよひてこひせしといふはら
へのくしてなむいきけるはらへける
まゝにいとゝかなしきことかすまさり
てありしよりけにこひしくのみ
おほえけれは
　こひせしとみたらし河にせしみそき
（古今 無作者）神はうけすもなりにけるかな

（46オ）

といひてなんいにける
このみかとはかほかたちよくおはしまし
てほとけの御名を御心にいれて御こ
ゑはいとたうとくて申たまふをきゝて
女はいたうなきけりかゝるきみにつ
かうまつらてすくせつたなくかなし
きことこのおとこにほたされてとて
なんなきけるかゝるほとにみかと
きこしめしつけてこのおとこをは
なかしつかはしてけれはこの女のいとこのみやすところ

（46ウ）

女をはまかてさせてくらにこめて
しおりたまふけれはくらにこも
りてなく
　あまのかるもにすむゝしの我からと
（古今 典侍 直子）ねをこそなかめ世をはうらみし
となきをれはこのおとこ人のくに
より夜ことにきつゝふえをいと
おもしろくふきてこゑはおかし
うてそあはれにうたひけるかゝ
れはこの女はくらにこもりなから

(47オ)
それにそあなるとはきけとあひ
見るへきにもあらてなんありける
さりともと思覧こそかなしけれ
あるにもあらぬ身をしらすして
とおもひをりおとこは女しあ
はねはかくしありきつゝ人のくにゝ
ありきてかくうたふ
（古今無作者）いたつらに行てはきぬる物ゆへに
見まくほしさにいさなはれつゝ
水のおの御時なるへしおほみやすん
(47ウ)
所もそめとのゝ后也五条の后とも
清和天皇鷹犬之遊漁獵之娯未嘗留意風姿甚端嚴如神性

〔六十六〕
むかしおとこつのくにゝしる所あり
けるにあにおとゝ友たちひきゐて
なにはの方にいきけりなきさ
を見ればふねとものあるを見て
なにはつをけさこそみつのうらことに
（後撰）これやこの世をうみわたるふね
これをあはれかりて人〳〵かへりにけり

〔六十七〕
(48オ)
むかしおとこせうえうしに思ふとち
かいつらねていつみのくにへきさら
き許にいきけり河内のくにいこま
の山を見れはくもりみはれみ
たちゐるくもやますあしたよ
りくもりてひるはれたりゆきいと
しろう木のすゑにふりたり
それを見てかのゆく人のなかにたゝ
ひとりよみける

きのふけふくものたちまひかくろふは
(48ウ)
花のはやしをうしとなりけり

〔六十八〕

昔おとこいつみのくにへいきけりすみ
よしのこほりすみよしのさとすみ
吉のはまをゆくにいとおもしろ
けれはおりゐつゝゆくある人すみ
よしのはまとよめといふ
　鴈なきて菊の花さく秋はあれと
　春のうみへにすみよしのはま
とよめりけれはみな人〳〵よますなりにけり

〔六十九〕

(49オ)
むかしおとこ有けりそのおとこ伊
勢のくにゝかりの使にいきけるに
かの伊勢の齋宮なりける人のおや
つねのつかひよりはこの人よくいた
はれといひやれりけれはおやのこと
なりけれはいとねむころにいたはり
けりあしたにはかりにいたしたてゝ
やりゆふさりはかへりつゝそこにこさ
せけりかくてねむころにいたつき
けり二日といふ夜おとこわれて
(49ウ)
あはむといふ女もはたいとあはし
ともおもへらすされと人めしけゝれは
えあはすつかひさねとある人な
れはとをくもやとさす女のねやちか
くありけれは女ひとをしつめて
ねひとつ許におとこのもとにきたり
けりおとこはたねられさりけれは
とのかたを見いたしてふせるに月

のおほろなるにちひさきわらは
をさきにたて丶人たてりおとこ

(50オ)

いとうれしくてわかぬる所にゐていり
てねひとつよりうしみつまてあるに
またなにこともかたらはぬにかへり
にけりおとこいとかなしくてねす
なりにけりつとめていふかしけれと
わか人をやるへきにしあらねは
いと心もとなくてまちをれはあけ
はなれてしはしあるに女のもと
よりことは丶なくて
古今 きみやこし我やゆきけむおもほえす

(50ウ)

夢かうつ丶かねてかさめてか
おとこいといたうなきてよめる
古今 かきくらす心のやみにまとひにき（一説よひと）
ゆめうつ丶とはこよひさためよ

とよみてやりてかりにいてぬ野に
ありけと心はそらにてこよひた
に人しつめていと丶くあはむと思
にくにのかみいつきの宮のかみか
けたるかりのつかひありとき丶て
夜ひとよさけのみしけれは

(51オ)

もはらあひこともえせてあけは
おはりのくにへたちなむとすれは
をとこも人しれすちのなみたを
なかせとえあはす夜やう／＼あけ
なむとするほとに女かたより
いたすさかつきのさらに哥をかきて
いたしたりとりてみれは
かち人のわたれとぬれぬえにしあれは
とかきてすゑはなしそのさかつき
のさらについまつのすみしてうたの

（51ウ）

すゑをかきつく
　又あふさかのせきはこえなん
とてあくれはおはりのくにへこえにけり
齋宮は水のおの御時文徳天皇の
御むすめ恬子內親王これたかのみこのいもうと

〔七十〕

むかしおとこ狩の使よりかへりき
けるにおほよとのわたりにやと
りていつきの宮のわらはへにいひ
かけゝる

（52オ）

新古今
　見るめかる方やいつこそさほさして
我にをしへよあまのつり舟

〔七十一〕

昔おとこ伊勢の齋宮に內の御
つかひにてまいれりけれはかの
宮にすきことといひける女わたく
しことにて

拾遺人丸
　ちはやふる神のいかきもこえぬへし
大宮人の見まくほしさに
おとこ
　こひしくはきても見よかしちはやふる

（52ウ）

神のいさむるみちならなくに

〔七十二〕

むかしおとこ伊勢のくになりける
女又えあはてとなりのくにへいく
とていみしうゝらみけれは女

新古今
　おほよとの松はつらくもあらなくに
うらみてのみもかへるなみ哉

〔七十三〕

むかしそこにはありときけとせ
うそこをたにいふへくもあらぬ
女のあたりをおもひける
（萬葉）めには見てゝにはとられぬ月のうちの
(53ｵ)
かつらのことき、みにそありける

〔七十四〕

むかしおとこ女をいたうゝらみて
（萬葉 拾遺）いはねふみかさなる山にあらねとも
あはぬ日おほくこひわたる哉

〔七十五〕

昔おとこ伊勢のくにゝゐていきて
あらむといひけれは女
おほよとのはまにおふてふ見るからに
心はなきぬかたらはねとも
といひてましてつれなかりけれはおとこ
袖ぬれてあまのかりほすわたつうみの
(53ｳ)
見るをあふにてやまむとやする
女
いはまよりおふる見るめしつれなくは
しほひしほみちかひもありなん
又おとこ
なみたにそぬれつゝしほる世の人の
つらき心はそてのしつくか
世にあふことかたき女になん

〔七十六〕

むかし二條の后のまた春宮（春宮母儀也）の
みやすん所と申ける時氏神に
(54ｵ)
まうて給けるにこのゑつかさにさ

ふらひけるおきな人〳〵のろく
たまはるついてに御くるまより
たまはりてよみてたてまつりける
古今　大原やをしほの山もけふこそは
神世のことも思いつらめ
とて心にもかなしとや思ひけん
いかゝ思ひけんしらすかし

〔七十七〕

むかしたむら（文徳天皇）のみかとゝ申すみかと
おはしましけりその時の女御
（54ウ）
たかきこと申すみまそかりけり
それうせたまひて安祥寺にてみ
わさしけり人〳〵さゝけものたてま
つりけりたてまつりあつめたる
物ちさゝけ許ありそこはくのさゝ
けものを木のえたにつけてたうの
まへにたてたれは山もさらにた
うのまへにうこきいてたるやうに
なん見えけるそれを右大将に
いまそかりけるふちはらのつね
（55オ）
ゆきと申すいまそかりてかうのを
はるほとにうたよむ人〳〵をめし
あつめてけふのみわさを題にて
春の心はえあるうたゝてまつらせ
たまふ右のむまのかみなりける
おきなめはたかひなからよみ
ける
山のみなうつりてけふにあふ事は
はるのわかれをとふとなるへし
とよみたりけるをいま見れはよくも
（55ウ）
あらさりけりそのかみはこれや

まさりけむあはれかりけり

女御従四位下藤多賀幾子右大臣良相女
嘉祥三年女御天安二年十一月十四日卒
安祥寺五条后順子建立寺也
常行貞觀六年正月十六日參議八年十二月
十六日右大將　卅一　業平貞觀七年三月右馬頭
西三條右大臣良相一男　天安卒女御法事如何若後追善歟

〔七十八〕

むかしたかきこと申す女御おは
しましけりうせ給てなゝ七日の
みわさ安祥寺にてしけり

（56オ）

右大將ふちはらのつねゆきといふ
人いまそかりけりそのみわさにま
うてたまひてかへさに山しなの
せんしのみこ（朱）「禪師」おはしますその山
しなの宮にたきおとし水はし
らせなとしておもしろくつくられ
たるにまうてたまうてとしころよ
そにはつかうまつれとちかくはいまた
つかうまつらすこよひはこゝにさ
ふらはむと申たまふみこよろこひたまふて

（56ウ）

よるのおまし（の）まうけせさせ給
人康親王仁明第四（七子）四品彈正尹　号山科宮
貞觀元年五月入道同十四年薨四十二
さるにかの大將いてゝたはかり
たまふやうみやつかへのはしめに
たゝなをやはあるへき三條のお
ほみゆきせし時きのくにの千里
のはまにありけるいとおもしろき
いしたてまつれりきおほみゆきの
貞觀八年三月廿三日行幸　右大臣良相百花亭

（57オ）

のちたてまつれりしかはある人
のみさうしのまへのみそにすへ
たりしをしまこの給きみ也

このいしをたてまつらんとのたまひ
てみすいしんとねりしてとりに
つかはすいくはくもなくてもてき
ぬこのいしき丶しよりは見るは
まされりこれをた丶にたてまつらは
す丶ろなるへしとて人〳〵にうたよ
（朱）「右大将依御□也右馬頭相伴歟　他本也」
ませたまふみきのむまのかみ
（57ウ）
なりける人のをなむあおきこけ
をきさみてまきゑのかたにこのうたを
つけてたてまつりける
あかねともいはにそかふる色見えぬ
心を見せむよしのなけれは
となむよめりける

〔七十九〕

むかしうちのなかにみこうまれ
給へりけり御うふやにひと〳〵哥
よみけり御おほちかたなりける
おきなのよめる
（58オ）
わか丶とにちひろある影をうへつれは
夏冬たれか丶くれさるへき
これはさたかすのみこ時の人中將の
子となんいひけるあにの中納言ゆきひらの
貞數親王　清和第八母中納言行平女
延喜十三年薨四十二
むすめのはらなり

〔八十〕

昔おとろへたる家にふちの花う
へたる人ありけりやよひのつ
こもりにその日あめそほふるに
人のもとへおりてたてまつらすとてよめる
（58ウ）
ぬれつ丶そしゐておりつる年の內に

古今
はるはいくかもあらしとおもへは
源融嵯峨第十二源氏母正五位下大原全子（「全」ハ「金」ノ誤カ）
貞観十四年八月廿五日任左大臣元大納言　五十一
仁和三年従一位寛平元年輦車七年八月薨七十三

〔八十一〕

むかし左のおほいまうちきみいま
そかりけりかも河のほとりに六條
わたりに家をいとおもしろくつ
くりてすみたまひけり神な月の
つこもりかたきくの花うつろひさ
かりなるにもみちのちくさに見
（59オ）
ゆるおりみこたちおはしまさせて
夜ひとよさけのみしあそひて
よあけもてゆくほとにこのとの、
おもしろきをほむるうたよむそ
こにありけるかたゐをきなたい

しきのしたにはひありきて人に
みなよませはて、よめる
しほかまにいつかきにけむあさなきに
つりするふねはこゝによらなん
（59ウ）
となむよみけるはみちのくに、いき
たりけるにあやしくおもしろき所〳〵
おほかりけりわかみかと六十よこく
の中にしほかまといふ所ににたる
ところなかりけりされはなむかの
おきなさらにこゝをめて、みほ（ミセケチ）
しほかまにいつかきにけむと
よめりける

〔八十二〕

惟喬　文徳第一母従五位上紀静子名虎女四品号小野宮
むかしこれたかのみこと申すみこ

(60オ)
おはしましけり山さきのあなたに
みなせといふ所に宮ありけり年
ことのさくらの花さかりにはその
宮へなむおはしましけるその時
右のむまのかみなりける人をつねに
ゐておはしましけり時世へてひさ
しくなりにければその人の名わ
すれにけりかりはねむころに
もせてさけをのみのみつゝやまと

(60ウ)
うたにかゝれりけりいまかりする
かたのゝなきさの家そのゐんの
さくらことにおもしろしその木の
もとにおりゐて枝をゝりてかさし
にさしてかみなかしもみな哥よみ
けりうまのかみなりける人のよめる
　世中にたえてさくらのなかりせは
古今
　はるの心はのとけからまし
となむよみたりける又人のうた

(61オ)
　ちれはこそいとゝさくらはめてたけれ
　うき世になにかひさしかるへき
とてその木のもとはたちてかへるに
日くれになりぬ御ともなる人さ
けをもたせて野よりいてきたり
このさけをのみてむとてよき所を
もとめゆくにあまの河といふところ
にいたりぬみこにむまのかみおほ
みきまいるみこのゝたまひける

(61ウ)
かた野をかりてあまの河のほとりにい
たるを題にてうたよみてさか月
はさせとのたまうけれはかのむま
のかみよみてたてまつりける
　かりくらしたなはたつめにやとからむ

古今 あまのかはらに我はきにけり
みこうたを返〻すしたまうて返
しえしたまはすきのありつね御
ともにつかうまつれりそれか返し
古今 ひと〻せにひとたひきます君まては

(62ｵ)
やとかす人もあらしとそ思
かへりて宮にいらせ給ぬ夜ふくるま
てさけのみ物かたりしてあるしの
みこゑひていりたまひなむとす
十一日の月もかくれなむとすれはかの
むまのかみのよめる
古今 あかなくにまたきも月のかくる〻か
山のはにけていれすもあらなん
みこにかはりたてまつりてきのありつね
後撰 上野岑雄 をしなへて峯もたひらになりな〻む

(62ｳ)
山のはなくは月もいらしを

〔八十三〕
むかしみなせにかよひ給しこれたかの
みこれいのかりしにおはしますともに
うまのかみなるおきなつかうまつれり
日ころへて宮にかへりたまうけり
御をくりしてとくいなんとおもふに
おほみきたまひろくたまはむとて
つかはさ〻りけりこのむまのかみ心
もとなかりて
まくらとて草ひきむすふこともせし

(63ｵ)
秋の夜とたにたのまれなくに
とよみける時はやよひのつこもりなりけり
みこおほとのこもらてあかし給てけり
貞観十四年七月出家 かくしつ〻まうてつかうまつりけるを
おもひのほかに御くしおろしたまうて

けりむ月におかみたてまつらむとて
小野にまうてたるにひえの山のふ
もとなれは雪いとたかししゐて
みむろにまうてゝおかみたてまつるに
つれ〳〵といと物かなしくておはしましけれは
（63ウ）
やゝひさしくさふらひていにしへの
ことなと思ひいてきこえけりさても
さふらひてしかなとおもへとおほ
やけことゝもありけれはえさふらはて
ゆふくれにかへるとて
古今　わすれては夢かとそ思おもひきや
　ゆきふみわけて君を見むとは
とてなむなく〳〵きにける

〔八十四〕

むかしおとこ有けり身はいやしなから
はゝなん宮なりけるそのはゝ
（64オ）
なかをかといふ所にすみ給けり
こは京に宮つかへしけれはまうつ
としけれとしは〳〵えまうてす
ひとつこにさへありけれはいとかな
しうし給ひけりさるにしはす
はかりにとみのことゝて御ふみあり
おとろきて見れはうたあり
古今　老ぬれはさらぬわかれのありといへは
　いよ〳〵見まくほしきゝみかな
伊登内親王貞観三年九月薨
（64ウ）
かのこいたうゝちなきてよめる
　世中にさらぬわかれのなくも哉
古今　千よもといのる人のこのため

〔八十五〕

昔おとこ有けりわらはよりつかう

まつりけるきみ御くしおろしたまうて
けりむ月にはかならすまうてけり
おほやけのみやつかへしけれはつね
にはえまうてすされともとの心う
しなはてまうてけるになん有ける
むかしつかうまつりし人そくなる
（65オ）
せんしなるあまたまいりあつまりて
む月なれは事たつとておほみき
たまひけりゆきこほすかことふりて
ひねもすにやますみな人ゑひて
雪にふりこめられたりといふを
たいにてうたありけり
篤行哥上句
おもへとも身をしわけねはめかれせぬ
古今
ゆきのつもるそわか心なる
とよめりけれはみこいといたうあはれかり
（65ウ）
たまうて御そぬきてたまへりけり

〔八十六〕
昔いとわかきおとこわかき女をあひ
いへりけりをの〳〵おやありけれはつゝみ
ていひさしてやみにけり年ころへて
女のもとに猶心さしはたさむとや思
けむおとこうたをよみてやれりけり
新古今
今までにわすれぬ人は世にもあらし
をのかさま〳〵年のへぬれは
とてやみにけりおとこも女もあひは
（66オ）
なれぬ宮つかへになんいてにける
〔八十七〕
むかしおとこ津のくにむはらのこほり
あしやのさとにしるよしゝていきて
すみけりむかしのうたに

新古今
　あしのやのなたのしほやきいとまなみ
　つけのをくしもさゝすきにけり
とよみけるそこのさとをよみける
こゝをなむあしやのなたとはいひ
けるこのおとこなまみやつかへしけれは

（66ウ）
それをたよりにてゑ（ふイ）うのすけとも
あつまりきにけりこのおとこのこの
かみもゑふのかみなりけりその家
のまへの海のほとりにあそひありき
ていさこの山のかみにありといふ
ぬのひきのたき見にのほらんといひ
てのほりて見るにそのたき物より
こと也なかさ二十丈ひろさ五丈許
なるいしのおもてしらきぬに

（67オ）
いはをつゝめらんやうになむあり
けるさるたきのかみにわらうたの
おほきさしてさしいてたるいしあり
そのいしのうへにはしりかゝる水は
せうかうしくりのおほきさにてこほれ
おつそこなる人にみなたきの哥
よますかのゑふのかみまつよむ

新古今
　わか世をはけふかあすかとまつかひの
　なみたのたきといつれたかけん

（67ウ）
あるしつきによむ
　ぬきみたる人こそあるらし白玉の
　まなくもちるかそてのせはきに
とよめりけれはかたへの人わらふ
ことにや有けんこの哥にめてゝやみにけり
かへりくるみちとをくてうせにし宮内
卿もちよしか家のまへくるに日
くれぬやとりの方を見やれはあまの
いさり火おほく見ゆるにかのあるし

のおとこよむ
(68オ)
新古今 はるゝ夜のほしか河邊の螢かも
わかすむかたのあまのたく火か
とよみて家にかへりきぬその夜
南の風ふきて浪いとたかしつとめて
その家のめのこともいてゝうきみるの
なみによせられたるひろひていゑの内に
もてきぬ女かたよりそのみるをたかつ
きにもりてかしはをおほひて
いたしたるかしはにかけり
渡つ海のかさしにさすといはふもゝ
(68ウ)
きみかためにはおしまさりけり
ゐなか人のうたにてはあまれりや
たらすや

〔八十八〕

昔いとわかきにはあらぬこれかれとも
たちともあつまりて月を見てそれ
かなかにひとり
古今 おほかたは月をもめてしこれそこの
つもれは人のおいとなる物

〔八十九〕

むかしいやしからぬおとこ我よりは
まさりたる人を思かけて年へける
(69オ)
ひとしれす我レこひしなはあちきなく
いつれの神になきなおほせん

〔九十〕

むかしつれなき人をいかてと思わたり
けれはあはれとや思けんさらはあす
ものこしにてもといへりけるをか

きりなくうれしく又うたかはし
かりけれはおもしろかりけるさくら
につけて
さくら花けふこそかくもにほふとも
あなたのみかたあすのよのこと
(69ウ)
といふ心はへもあるへし

〔九十一〕

むかし月日のゆくをさへなけくお
とこ三月つこもりかたに
後撰 おしめとも春のかきりのけふの日の
ゆふくれにさへなりにける哉

〔九十二〕

むかしこひしさにきつゝかへれと
女にせうそこをたにえせてよめる
あしへこくたなゝしを舟いくそたひ
ゆきかへるらんしる人もなみ

〔九十三〕

むかしおとこ身はいやしくていとになき
(70オ)
人を思かけたりけりすこしたのみ
ぬへきさまにやありけんふして思ひ
おきておもひ思わひてよめる
あふな〳〵思ひはすへしなそへなく
たかきいやしきくるしかりけり
むかしもかゝることは世のことはりにやありけん

〔九十四〕

むかしおとこ有けりいかゝありけむ
そのおとこすますなりにけり
のちにをとこありけれとこあるなかなりけれは

(70ウ)
こまかにこそあらねと時〳〵ものいひ
をこせけり女かたにゐかく人なり
けれはかきにやれりけるをいまの
おとこの物すとてひとひふつかをこ
せさりけりかのおとこいとつらく
をのかきこゆる事をはいまゝてたま
はねはことはりとおもへと（猶）人をはう
らみつへき物になんありけるとて
ろうしてよみてやれりける時は
秋になんありける

(71オ)
秋の夜は春ひわするゝ物なれや
かすみにきりやちへまさるらん
となんよめりける女返し
千ゝの秋ひとつの春にむかはめや
もみちも花もともにこそちれ

〔九十五〕
むかし二條の后につかうまつるおとこ
有けり女のつかうまつるをつねに
見かはしてよはひわたりけりいか
て物こしにたいめんしておほつかなく

(71ウ)
思つめたることすこしはるかさん
といひけれは女いとしのひてものこ
しにあひにけり物かたりなとしておとこ
ひこほしにこひはまさりぬあまの河
へたつるせきをいまはやめてよ
このうたにめてゝあひにけり

〔九十六〕
むかしおとこ有けり女をとかくいふこと
月日へにけりいは木にしあらねは
心くるしとや思けんやう〳〵あはれと

思けりそのころみな月のもちはかり
（72オ）
なりけれは女身にかさひとつふた
ついてきにけり女いひをこせたる
今はなにの心もなし身にかさも
ひとつふたついてたり時もいとあつ
しすこし秋風ふきたちなん時
かならすあはむといへりけり秋まつ
ころをひにこゝかしこよりその人の
もとへいなむすなりとてくせちい
てきにけりさりけれは女の（このイ）せうとにはかに
（72ウ）
むかへにきたりされはこの女かえての
はつもみちをひろはせてうたを
よみてかきつけてをこせたり
　秋かけていひしなからもあらなくに
　この葉ふりしくえにこそありけれ
とかきをきてかしこより人をこせは
これをやれとていぬさてやかてのち
つゐにけふまてしらすよくてやあ
らむあしくてやあらんいにし所もしらす
（73オ）
かのおとこはあまのさかてをうち
てなむのろひをるなるむくつけ
きこと人のゝろひことはおふ物にや
あらむおはぬ物にやあらんいまこそ
は見めとそいふなる

〔九十七〕

むかしほり河のおほいまうちきみ（昭宣公基經貞觀十四年八月廿一日右大臣　左大將卅七）
と申すいまそかりけり四十の賀（貞觀十七年）
九條の家にてせられける日中將
なりけるおきな（業平　十九年任中將不審）
（73ウ）
（古今）さくら花ちりかひくもれおいらくの
こむといふなるみちまかふかに

忠仁公　天安元年二月十九日太政大臣五十五四月九日従一位
二年十一月攝政清和外祖

〔九十八〕

昔おほきおほいまうちきみときこ
ゆるおはしけりつかうまつるおとこ
なか月許にむめのつくりえたに
きしをつけてたてまつるとて
わかたのむ君かためにとおる花は
古今 太政大臣 哥ト書　ときしもわかぬ物にそ有ける
とよみてたてまつりたりけれはいと

(74オ)

かしこくおかしかり給て使にろくたまへりけり

〔九十九〕

業平 貞観六年三月右少将七年右馬頭十九年正月左中將　むかし右近の馬場のひをりの日
むかひにたてたりけるくるまに女の
かほのしたすたれよりほのかに見
えけれは中將なりけるおとこの
よみてやりける
古今　見すもあらす見もせぬ人のこひしくは
あやなくけふやなかめくらさん
返し
古今　しるしらぬなにかあやなくわきていはん

(74ウ)

おもひのみこそしるへなりけれ
のちはたれとしりにけり

〔百〕

むかしおとこ後涼殿のはさまをわ
たりけれはあるやむことなき人の
御つほねよりわすれくさをしのふ
くさとやいふとていたさせたまへり
けれはたまはりて
忘草おふるのへとは見るらめと

こはしのふなりのちもたのまん

〔百一〕

むかし左兵衛督なりける在原の
（75ｵ）
ゆきひらといふありけりその人の家
によきさけありときゝてうへにあり
ける左中弁ふちはらのまさちかと
いふをなむまらうとさねにてその
藤原良近貞観十二年正月右中弁十六年轉左中弁
日はあるしまうけしたりける
なさけある人にてかめに花を
させりその花のなかにあやしき
ふちの花ありけり花のしなひ
三尺六寸はかりなむありける
それをたいにてよむよみはてかたに
（75ｳ）
あるしのはらからなるあるしゝ
たまふときゝてきたりけれはとら
へてよませけるもとよりうたのことは
しらさりけれはすまひけれとしゐて
よませけれはかくなん
　さく花のしたにかくるゝ人をほみ
　ありしにまさるふちのかけかも
なとかくしもよむといひけれはお
ほきおとゝのゑい花のさかりにみま
そかりて藤氏のことにさかゆるを
（76ｵ）
おもひてよめるとなんいひけるみ
なひとそしらすなりにけり

〔百二〕

むかしおとこ有けりうたはよまさり
けれと世中を思しりたりけり
あてなる女のあまになりて世中を
思うんして京にもあらすはるか

なる山さとにすみけりもとし
そくなりけれはよみてやりける
　そむくとて雲にはのらぬ物なれと
　世のうきことそよそになるてふ
となんいひやりける斎宮の宮也

〔百三〕

（76ウ）
むかしおとこ有けりいとまめにしち
ようにてあたなる心なかりけりふか
草のみかとになむつかうまつりける心
あやまりやしたりけむみこたちのつか
ひたまひける人をあひいへりけりさて
　ねぬる夜の夢をはかなみまとろめは
古今　いやはかなにもなりまさる哉
となんよみてやりけるさるうたの
きたなけさよ

〔百四〕

むかしことなることなくてあまに
（77オ）
なれる人有けりかたちをやつした
れと物やゆかしかりけむかものまつり
見にいてたりけるをおとこうたよみて
やる
　世をうみのあまとし人を見るからに
　めくはせよともたのまるゝ哉
これは斎宮の物見たまひけるくる
まにかくきこえたりけれは見さし
てかへり給にけりとなん

〔百五〕

むかしおとこかくてはしぬへしといひ
やりたりけれは女

(77ウ)

白露はけなはけなゝんきえすとて
たまにぬくへき人もあらしを
といへりけれはいとなめしと思けれと
心さしはいやまさりけり

〔百六〕

昔おとこみこたちのせうえうし
給所にまうてゝたつた河のほとりにて
（古今）ちはやふる神世もきかすたつた河
からくれなゐに水くゝるとは

〔百七〕

むかしあてなるおとこありけりその
おとこのもとなりける人を内記に

(78オ)

有けるふちはらのとしゆき（敏行母紀名虎女）といふ人
よはひけりされとわかけれはふみも
おさ〳〵しからすことはもいひしらす
いはむやうたはよまさりけれは
かのあるしなる人あんをかきて
かゝせてやりけりめてまとひにけり
さておとこのよめる
（古今）つれ〳〵のなかめにまさる涙河
そてのみひちてあふよしもなし
返しれいのおとこ女にかはりて

(78ウ)

（古今）あさみこそゝてはひつらめ涙河
身さへなかるときかはたのまむ
といへりけれはおとこいといたうめてゝ
いまゝてまきてふはこにいれてありと
なんいふなるおとこふみをこせたり
えてのちの事なりけりあめのふり
ぬへきになん見わつらひ侍みさい
はひあらはこのあめはふらしといへ

りけれはれいのおとこ女にかはりて
よみてやらす

（79オ）
古今
かす〳〵に思ひおもはすとひかたみ
身をしる雨はふりそまされる
とよみてやれりけれはみのもかさ
もとりあへてしとゝにぬれてまとひ
きにけり

〔百八〕

むかし女ひとの心をうらみて
風ふけはとはに浪こすいはなれや
わか衣手のかはく時なき
とつねのことくさにいひけるをきゝ
おひけるおとこ
夜ゐことにかはつのあまたなくたには

（79ウ）
水こそまされ雨はふらねと

〔百九〕

むかしおとこともたちの人をうし
なへるかもとにやりける
古今 友則
花よりも人こそあたになりにけれ
いつれをさきにこひんとか見し

〔百十〕

むかしおとこみそかにかよふ女ありけり
それかもとよりこよひゆめになん
見えたまひつるといへりけれはおとこ
おもひあまりいてにしたまのあるならん
夜ふかく見えはたまむすひせよ

〔百十一〕

（80オ）
昔おとこやむことなき女のもとにな

くなりにけるをとふらふやうにて
いひやりける
　いにしへはありもやしけん今そしる
　また見ぬ人をこふるものとは
返し
　したひものしるしとするもとけなくに
後撰　かたるかことはこひすそあるへき
又返し
　こひしとはさらにもいはしゝたひもの
後撰　とけむを人はそれとしらなん

〔百十二〕
むかしおとこねむころにいひちきれる（りけ）女のことさまに
（80ウ）
なりにけれは
　すまのあまのしほやく煙風をいたみ
古今　おもはぬ方にたなひきにけり

〔百十三〕
昔おとこやもめにてゐて
　なかゝらぬいのちのほとにわするゝは
　いかにみしかき心なるらん

〔百十四〕
或本不可有之云々　多本皆載之不可止
むかし仁和のみかとせり河に行幸
したまひける時いまはさること
にけなく思けれともとつきにける
事なれはおほたかのたかゝひにて
（81オ）
さふらはせたまひけるすりかりきぬ
のたもとにかきつけゝる
　おきなさひ人なとかめそかり衣
後撰　けふはかりとそたつもなくなる
おほやけの御けしきあしかりけり

をのかよはひを思けれとわかゝらぬ
人はきゝおひけりとや

〔百十五〕

むかしみちのくにゝておとこ女すみ
けりおとこ宮こへいなんといふこの女
いとかなしうてうまのはなむけを
(81ウ)
たにせむとておきのゐてみやこ
しまといふ所にてさけのませてよめる
をきのゐて身をやくよりもかなしきは
古今 滅哥
宮こしまへのわかれなりけり

〔百十六〕

むかしおとこすゝろにみちのくに
まてまとひいにけり京におもふ
人にいひやる

拾遺 萬葉
浪まより見ゆるこしまのはまひさし
ひさき
ひさしくなりぬきみにあひ見て
なにこともみなよくなりにけり
(82オ)
となんいひやりける

〔百十七〕

むかしみかと住吉に行幸したま
ひけり
我見てもひさしくなりぬ住吉の
古今 無作者
きしのひめ松いくよへぬらん
おほん神けきやうし給て
むつましと君は白浪みつかきの
新古今
ひさしき世よりいはひそめてき

〔百十八〕

昔おとこひさしくをともせてわ

するゝ心もなしまいりこむといへりけれは

（82ウ）

（古今・無作者）玉かつらはふ木あまたになりぬれは
たえぬ心のうれしけもなし

〔百十九〕

むかし女のあたなるおとこのかたみ
とてをきたる物ともを見て

（古今・無作者）かたみこそ今はあたなれこれなくは
わするゝ時もあらましものを

〔百廿〕

昔おとこ女のまた世へすとおほえ
たるか人の御もとにしのひて
ものきこえてのちほとへて

（83オ）

（拾遺・無作者）近江なるつくまのまつりとくせなん
つれなき人のなへのかす見む

〔百廿一〕

むかしおとこ梅壺より雨にぬれて
人のまかりいつるを見て

うくひすの花をぬふてふかさも哉
ぬるめる人にきせてかへさん

返し

うくひすの花をぬふてふかさはいな
おもひをつけよほしてかへさん

〔百廿二〕

（83ウ）

むかしおとここちきれることあやまれる
人に

山しろのゐてのたま水てにむすひ
（新古今）たのみしかひもなきよなりけり

といひやれといらへもせす

〔百廿三〕
むかしおとこありけり深草にすみ
ける女をやう〳〵あきかたにや
思けんかゝるうたをよみけり
古今 年をへてすみこしさとをいてゝいなは
(84オ)
いとゝ深草野とやなりなん
女返し
野とならはうつらとなりてなきをらん
古今 かりにたにやは君はこさらむ
とよめりけるにめてゝゆかむと
思ふ心なくなりにけり

〔百廿四〕
むかしおとこいかなりける事を
思ひけるおりにかよめる
おもふこといはてそたゝにやみぬへき
(84ウ)
我とひとしき人しなけれは

〔百廿五〕
むかしおとこわつらひて心地
しぬへくおほえけれは
古今 つゐにゆくみちとはかねて
きゝしかときのふけふとは
おもはさりしを

(85オ)
（白紙）

(85ウ)
業平朝臣 平城天皇々子 三品彈正尹阿保親王五男 母伊登内親王桓武第八皇女母藤南子 従三位乙叡女
年　月　日　任左近將監
承和十四年正月補藏人　嘉祥二年正月七日從
五位下　貞觀四年正月七日從五位上　五年

（86オ）

二月十日左兵衛權佐　六年三月八日右近少將
七年三月九日右馬權頭　十一年正月七日正五位下
十五年正月七日從四位下　元慶元年正月十五日
左近權中將　十一月廿一日從四位上
二年正月十一日相模權守　三年十月藏人頭
四年正月十一日美濃權守　同廿八日卒
親王平城第三　母正五位下　蕃良藤繼女　承和九年十月薨　贈一品
行平卿　阿保親王一男
天長三年　仲平　行平　守平　業平　賜　姓　在原朝臣
承和七年正月藏人　十二月辭退　廿日從五下廿四　十年二月
侍從　十三年正月從五上任左兵衛佐　五月右近少將
仁壽三年正五下　齊衡二年正月四位　因幡守　四年
兵部大甫（輔）　天安二年二月中務大甫（輔）　四月左馬頭　三年
正月播广（磨）守　貞觀二年六月內匠頭　八月廿六日左京大
夫　四年正月信乃守　同月從四上　五年二月大藏大甫（輔）
。

（86ウ）

貞觀十二年二月十三日參議五十三廿六日左兵衛督
十四年左衛門督八月廿一日藏人頭　十五年從三位大宰帥
元慶元年治部卿十月十四日別當六年正月中納言六十五
八年正三位民部卿　仁和元年　按察
仁和三年四月十三日致仕　寛平五年薨
／六年正月十六日備前才（權）守　三月八日兼左兵衛督
八年正月正四位下　十年五月兼備中守
紀有常
承和十一年正月十一日右兵衛大尉　嘉祥三年
四月二日左近將監　四月藏人＼日歟私　五月十七日兼
（?）近江權大掾　仁壽元年七月廿六日兼左馬助
十一月甲子從五位下　二年二月廿八日兼但馬介
三年正月十六日右兵衛佐　四年正月十六日兼讚
岐介轉左兵衛　齊衡二年正月從五位上
同十五日左近少將　天安元年九月廿七日兼少納言
二年二月五日兼肥後權守
。

貞觀七年三月九日任刑部權大輔　九年二月十一日
任下野權守　十五年正月七日正五下　十七年
二月十七日任雅樂頭　十八年正月七日從四位下

（87オ）

十九年正月廿三日卒　年六十三

二條后 中納言左衞門督贈太政大臣長良女 母紀伊守綱繼女 貞觀八年十二月女御宣旨　九年正月八日正五位下

。

貞觀十年十二月廿六日生第一皇子 廿七 帝御年十九
十一年二月立爲皇太子　十三年正月八日從三位
元慶元年正月三日卽位日立爲中宮 卅六
六年正月七日爲皇太后宮
寛平八年九月廿一日停后位
延喜十年十二月薨六十九
天慶六年五月追復后位
／貞觀元年十一月廿日從五位下 五節舞妓

（87ウ）

河原左大臣融 嵯峨第十二源氏

承和五年十一月廿七日正四位下 元服日　六年壬正月
乙酉侍從　八年正月相模守　九年九月己亥
近江守　十五年二月右近中將兼美作守
嘉祥三年正月七日從三位　五月右衞門督
仁壽四年八月兼伊勢守　齊衡三年九月任
參議右衞門督伊勢守如元

（88オ）

なそへなく
萬葉集第十八
ほとゝきすこよ（今夜）なきわたれ　燈を
つくよ（月夜也）になそへ（なすらへ也）そのかけを見む
六帖本
いへはえにふかくかなしきふえ竹の
よこゐやたれとゝふ人もなし
宋玉神女賦
素質（モトヨリ）幹之醲實兮（ナル）　志解泰（ニシテ）而體閑（テイミヤヒカナリ）

（88ウ）

曹子建洛神賦

瓌姿（クワイシ）豔逸　儀　靜　體閑（ニシテヨソホヒシツカニテイミヤヒカナリ）

みやひ　みやひか也といふ詞

其心みやひをかはすなといふは

なさけといふ同心事也

（89オ）

（白　紙）

（89ウ）

天福二年正月廿日己未　申刻凌桑門

之盲目連日風雪之中遂此書寫

爲授鐘愛之孫女也

同廿二日校了

（90オ）

〈定家卿自筆或本奥書广（應）七六月寫之

合多本所用捨也　可備證本

近代以狩使事爲端之本出來末代

之人令案也更不可用之

此物語古人之説不同或稱在中將之自書

或稱伊勢之筆作就彼此有書落事等

上古之人強不可尋其作者只可翫詞

華言葉而已

戸部尚書（花押）

（90ウ）

（單廓横長楕圓形印）、

（原文横書）「學習院大學圖書館藏書印」

（91オ）

（白　紙）

（91ウ）

（白　紙）

（92オ）

（白　紙）

（裏表紙）（白　紙）

索引

あ

あかし（赤）
あかき ［9］10ウ9
あかす（明）
あかし給てけり ［83］63オ3
［あかしては ［2］3オ6
あがた（縣）
あかたへ ［44］33ウ8
あがる（上）
とひあかる ［45］34ウ10
あき（秋）
秋 ［96］72オ6
［秋 ［51］37ウ4、［94］71オ4、［96］72ウ4
秋になんありける ［94］70ウ10
［秋の ［20］18ウ4、［22］21オ8、［22］21ウ1、［25］25ウ2、［83］63オ1、［94］71オ1
［秋はあれと ［68］48ウ7
［秋や ［16］16ウ2
あきかぜ（秋風）
秋風 ［96］72オ5
［秋風 ［45］35オ3
あきがた（飽方）
あきかたにや ［123］83ウ7
あく（飽）→あきがた
［あかなくに ［82］62オ7
［あかぬ ［29］26ウ7
［あかねとも ［78］57ウ4
［あく ［22］21オ9
［あくへき］など ［23］22オ8
あく（開）〈下二段〉
あけたまへと ［24］24オ9
ふみあけたる ［5］4ウ9
あけて ［24］24ウ1
あく（明）〈下二段〉
あくるに ［4］4ウ4
あくれは ［69］51ウ3
あけなむとする ［69］51オ4
あけなんと ［6］6オ7
あけは ［69］51オ1
［あけは ［14］14オ2
あけはなれて ［69］50オ7
あけもてゆく ［81］59オ3
あけゆくに ［6］6ウ1
あぐ（上）
かさねあけたらん ［9］10オ4
あくたがは（芥川）
あくたかはと ［6］5ウ6
あさ（朝）
［あさの ［25］25ウ2
あさがほ（朝顔）

「あさかほの　［37］28ウ5
あさつゆ（朝露）
「あさつゆは　［50］36ウ10
あさなぎ（朝凪）
「あさなきに　［81］59オ8
あさま（浅間）
あさまのたけに　［8］8オ2
「あさまのたけに　［8］8オ3
あさまし
あさましく　［46］35オ10
あさし（浅）
「あさみこそ　［107］78ウ1
あし（足）
「あし　［25］25ウ6（△葦）
あしと　［9］10ウ9
あし（葦）
「あし　［25］25ウ6（△足）
「あしのやの　［87］66オ5

あし（悪）
あしと　［23］22ウ6
よしやあしや　［33］28オ1
あしかりけり　［114］81オ5
よくてやあらむあしくてやあらん　［96］72ウ9
あしずり（足摺）
あしすりをして　［6］6ウ2
あした（朝）
あしたには　［69］49オ7
あしたより　［67］48オ5
あしべ（葦辺）
「あしへ　［92］69ウ8
「あしへより　［33］27ウ6
あしや（葦屋）
あしやのさとに　［87］66オ3
あしやのなたとは　［87］66オ8
あす（明日）

あす　［90］69オ4
「けふかあすかと　［87］67オ8
「あすの　［90］69オ10
「あすは　［17］17オ1
あそぶ（遊）
あそひありきて　［87］66ウ4
あそひけるを　［23］21ウ5
あそひつ、　［9］10ウ10
さけのみしあそひて　［81］59オ2
あそひをりて　［45］34ウ8
あた（仇）
あたにか　［31］27オ3
あだ（徒）
あたなりと　［47］35ウ8
「あたなりと　［17］16ウ7
あたなる　［103］76ウ2、［119］82ウ3
「あたなれ　［119］82ウ5
「あたに　［21］19ウ7、［109］79ウ4

［あたにそ　[61] 41オ8

あたくらべ（仇競）

あたくらへ　[50] 37オ11

あたり（辺）

［あたり　[23] 23ウ5

あたりを　[73] 52ウ9

あぢきなし

［あちきなく　[89] 69オ1

あぢはふ（味）

あちはひて　[44] 34オ8

あづく（預）

めしあつけられたりけるに　[29] 26ウ6

あづさゆみ（梓弓）

［あつさゆみ　[24] 24ウ6

［あつさ弓　[24] 24ウ9

あつし（暑）

あつき　[45] 34ウ7

あつし　[96] 72オ4

あづま（東）

あつまに　[7] 7ウ1

あつまの　[8] 7ウ8、[9] 8オ7

あつまへ　[11] 12オ5

あつまる（集）

あつまりきにけり　[87] 66ウ2

あつまりきゐて　[58] 39オ9

あつまりて　[58] 39オ5、[88] 68ウ5

まいりあつまりて　[85] 65オ1

あつむ（集）

たてまつりあつめたる　[77] 54ウ4

めしあつめて　[77] 55オ3

あて（貴）

あてなる　[10] 11ウ1、[10] 11ウ4、[41] 31ウ9、[41] 32オ6、[102] 76オ5、[107] 77ウ9

あてはか（貴）

あてはかなる　[16] 15オ5

あと（跡）

［あとたに　[42] 32ウ10

［あとも　[21] 20ウ2

あな（嗟）

［あな　[50] 37オ4、[90] 69オ10

あなやと　[6] 6オ9

あなた（彼方）

あなたに　[82] 60オ1

あに（兄）

あにおとゝ　[66] 47ウ4

あにの　[79] 58オ4

あね（姉）

あねの　[16] 15ウ1

あはす（逢）→あふ

あはせてし哉と　[63] 42ウ8

あはひ（間）

あはひの　[7] 7ウ2

あばら（荒）
あばらなる　[4]4オ9、[6]6オ4
あはれ（哀）
［あはれ　[39]30オ8、[58]39オ7
あはれと　[16]15ウ4、[16]16オ3、
[46]35オ8、[63]43ウ5、
[96]71ウ9
あはれとや　[14]13ウ10、[90]69オ4
あはれに　[65]46ウ9
あはれにてなむ　[22]21ウ3
あはれがる（哀）
あはれかりける　[77]55ウ2
あはれかりたまうて　[85]65オ9
あはれかりて　[63]43オ2、[66]47ウ9
あひごと（逢事）
あひこともえせて　[69]51オ1
あひだ（間）
あひたに　[39]29ウ6、[39]29ウ10、
[40]30ウ10
あふ（相・會）→あはす・いりあひ
あはしとも　[25]25オ9、[69]49ウ1
えあはす　[69]49ウ3、[69]51オ4
あはするに　[63]42ウ5
あはすれとも　[23]22オ1
あはせむと　[10]11ウ1
えあはて　[5]5オ4、[72]52ウ3
［あはて　[25]25ウ3
［あはてのみ　[63]43ウ4
［あはぬ　[74]53オ4
［あはぬなりけり］　[9]9ウ7
あはねは　[65]47オ5
あはむと　[24]24オ8、[69]50ウ7
あはむと　[69]49ウ1、[96]72オ6
［あはむとそ　[35]28オ8
あひいへりけり　[103]76ウ5
あひいへりける　[42]32ウ3、[86]65ウ2
あひえてしかなと　[63]42オ9
［あひおもはて　[24]25オ6
あひ思ひけるを　[46]35オ7
あひかたき　[53]38オ1
あひかたらひける　[16]15ウ6
あひけれと　[16]15オ3
あひしりたりけり　[65]44ウ3
あひしりたりける　[19]17ウ4
あひたり　[9]9ウ2
あひて　[53]38オ1
いきあひて　[63]42ウ9
あひなれたる　[16]15オ9
あひにけり　[20]18オ7、[23]22オ9、[95]71ウ3、
[95]71ウ6
あひのりて　[39]29ウ3

あひはなれぬ　[86]65ウ9
[あひ見し　[16]16オ1
[あひ見て]　[116]81ウ9
[あひ見ては　[22]21オ4
あひ見るへきにも　[65]47オ1
[あひ見るまては　[37]28ウ9
あふ　[75]53ウ8
[あふ　[30]26ウ10、[62]42オ3、[77]55オ8、[107]78オ9
[あふこ　[28]26ウ2（△朸）
[あふにし　[65]44ウ9
[あふにて　[75]53ウ1
[めくりあふまて]　[11]12オ8
あへりけり　[37]28ウ4
わひあへるに　[9]10ウ4

あふ（敢）
とりあへて　[107]79オ4

あふご（朸）
あふこ　[28]26ウ2（△會期）

あふさか（逢坂）
[あふさかの　[69]51ウ2

あふなあふな
[あふな〳〵　[93]70オ4

あふみ（近江）
[近江なる　[120]83オ1

あぶみ（鐙）→むさしあぶみ

あま（尼）
[あまとし　[104]77オ5
あまに　[16]15オ10、[60]40ウ9、[102]76オ5、[104]76ウ10
[あまの　[16]16オ8（△天）

あま（海士）
あまの　[87]67ウ8
[あまの　[25]25ウ6、[57]38ウ7、[65]46ウ4、[70]52オ2、[75]53オ10、[87]68オ2、[112]80ウ2

あまぐも（天雲）
[あまくもの　[19]18オ2
[あま雲の　[19]17ウ9

あまた（數多）
あまた　[85]65オ1
[あまた　[43]33オ10、[108]79オ11
[あまたと　[43]33ウ4
[あまたに　[47]36オ1、[118]82ウ1

あまつそら（天つ空）
[あまつそらなる　[54]38オ7

あまのがは（天の河）
[あまの河　[59]40オ4、[95]71ウ4
あまの河と　[82]61オ7
あまの河の　[82]61ウ1

あまのかはら（天河原）
[あまのかはらに　[82]61ウ6

あまのさかて（天逆手）

あまのさかてを [96]73オ1
あまのはごろも（天羽衣）
「あまのは衣 [16]16オ8
あまる（余）
「おもひあまり [110]79ウ9
思ひあまりて [56]38ウ2
あまれりやたらすや [87]68ウ2
あめ（雨）
あめ [2]3オ5、[80]58オ9
雨に [121]83オ3
あめの [107]78ウ6
あめは [107]78ウ8
「雨は [23]23ウ6、[107]79オ2、[108]79ウ1
あめも [6]6オ3
あめのした（天下）
あめのしたの [39]29ウ6、[39]30オ10

あやし（怪）
あやしう [15]14ウ2
あやしき [101]75オ7
あやしくおもしろき [81]59ウ2
あやしさに [64]44オ2
あやなし（文無）
「あやなく [99]74オ8、[99]74オ10
あやまる（誤）→こころあやまり
あやまれる [122]83ウ1
あやめ（文目）
「あやめ [52]37ウ8
あらたまの（新玉）
「あらたまの [24]24ウ3
あらふ（洗）
あらひて [41]32オ1
あらふ [27]26オ4
あり（有）→きのありつね・さり・ざり・たり・なり・もたり

あなりとて [12]12ウ4
あなるとは [65]47オ1
あめれと [46]35ウ4
かしこくやあらさりけん [62]41オ10
あらさりけらし [2]3オ1
あらさりけり [42]32ウ4
よくもあらさりけり [77]55ウ1
えあらさりける [42]32ウ7
所にもあらさりけれは [4]4オ4
人にしあらさりけれは [44]33ウ10
あらし [9]8オ7
「あらし [86]65ウ7
あらしと [40]31オ9
「あらしと [80]58ウ2
「又もあらしと [27]26オ6
「あらしとそ [82]62オ1
「あらしを」と [105]77ウ2

京にもあらす [102] 76オ6
こともあらす [16] 15オ4
なきにしもあらす [9] 10ウ8
にるへくもあらす [4] 4オ9
女ともあらす [15] 14ウ3
「見すもあらす [99] 74オ7
心にもあらて [35] 28オ6
ほいにはあらて [4] 3ウ9
あらてなん [65] 47オ2
「いひしながらもあらなくに [96] 72ウ4
「つらくもあらなくに [72] 52ウ5
「いれすもあらなん [82] 62オ8
いふへくもあらぬ [73] 52ウ8
けしうはあらぬ [40] 30ウ3
わかきにはあらぬ [88] 68ウ4
「あらぬ [4] 4ウ2
「あるにもあらぬ [65] 47オ4

こまかにこそあらねと [94] 70ウ1
しけくもあらねと [5] 5オ1
「かさなる山にあらねとも [74] 53オ3
「庵にあらねとも [56] 38ウ3
いは木にしあらねは [96] 71ウ8
やるへきにしあらねは [69] 50オ6
あらは [107] 78ウ8
「あらは [3] 3ウ1
「さもあらはあれ」と [65] 44ウ9
「あらましものを」 [119] 82ウ6
あらむ [63] 42オ9
物にやあらむ [96] 73オ4
物にやあらん [96] 73オ4
「あらん」 [22] 21オ9
よくてやあらむあしくてやあらむ [96] 72ウ8
あらむと [75] 53オ6

かゝるにやあらむと [23] 22ウ8
あらんやはとて [23] 22ウ3
あり [9] 10オ10、[63] 42ウ8、
[77] 54ウ5、[84] 64オ6、
[84] 64オ7、[87] 67オ3
ありけむ [21] 19オ2、[45] 34ウ1、
[94] 70オ7
おもはすやありけん [32] 27ウ2
ことはりにやありけん [93] 70オ6
さまにやありけん [93] 70オ2
ねむしわひてにやありけん [21] 20オ2
有けん [87] 67ウ5
ありけり [2] 2ウ8、[3] 3オ8、
[6] 5ウ3、[7] 7オ9、
[9] 8オ5、[18] 17オ3、
[31] 27オ8、[41] 31ウ7、
[46] 35オ6、[52] 37ウ6、

[65]44オ10、 [80]58オ8、
[82]60オ2、 [85]65オ6、
[101]75オ1、 [101]75オ8、
[107]77ウ9、 [110]79ウ6、
[123]83ウ6
有けり [2]2ウ5、 [4]3ウ8、
[5]4ウ6、 [8]7ウ7、
[12]12オ9、 [16]15オ1、
[18]17オ4、 [25]25オ9、
[45]34オ9、 [47]35ウ8、
[48]36オ6、 [50]36ウ6、
[60]40オ7、 [69]49オ1、
[84]63ウ9、 [85]64ウ4、
[94]70オ7、 [95]71オ7、
[96]71ウ7、 [102]76オ3、
[103]76ウ1、 [104]77オ1
「有けり」と [27]26オ7
ありける [4]4オ5、 [14]13ウ5、
[39]30オ10、 [60]40ウ10、
[63]43ウ10、 [65]47オ2、
[81]59オ5、 [101]75オ2、
[101]75オ9
秋になんありける [94]70ウ10
きかてなんありける [23]22オ1
さ月になんありける [43]33ウ5
やうになむありける [87]67オ1
やうになんありける [9]10オ7
有ける [107]78オ1
まうてけるになん有ける
[85]64ウ9
ありける [78]56ウ7
「ゝ(き)みにそありける」
[73]53オ1
「有ける」 [16]16ウ3
「物にそ有ける」と [98]73ウ9
物になんありけるとて [94]70ウ8
ありけるに [66]47ウ3
ありけるを [43]33オ7
「えにこそありけれ」と [96]72ウ5
ありけれと [23]21ウ7、 [94]70オ9
ありけれは [1]1ウ7、
[5]5ウ1、 [58]39オ10、
[69]49ウ5、 [83]63ウ4、
[86]65ウ3
ひとつこにさへありけれは
[84]64オ4
「ありしに [40]31オ6、 [101]75ウ7
ありしより [21]20オ8、 [65]45ウ7
「ありしより [21]20オ10
ありつる [62]41ウ4
ありて [21]20オ1、 [32]27オ9、
[40]30ウ4、 [42]32ウ9
ありて [23]22ウ8
ありと [69]50ウ9、 [73]52ウ7、

ありと 〔101〕75オ2　〔87〕66ウ5
〔ありと 〔47〕36オ5、〔84〕64オ8
ありとなん 〔107〕78ウ4
〔風にはありとも 〔64〕44オ7
〔きえすはありとも 〔17〕17オ2
〔花にはありとも 〔37〕28ウ6
〔ありなん 〔75〕53ウ4
〔ありぬへし 〔50〕36ウ10
〔ありもすらめと 〔55〕38オ10
〔ありもやしけん 〔111〕80オ4
〔ありやなしやと〕と 〔9〕11オ6
ありわたるに 〔65〕45オ7
ありわひて 〔7〕7オ9
ある 〔6〕6オ2、〔10〕11オ9、〔18〕17オ3、〔20〕18オ6、〔24〕25オ3、〔65〕44ウ4、〔77〕55オ4、〔94〕70オ9、〔101〕75オ6
つかひさねとある 〔69〕49ウ3
おとこある 〔19〕18オ4
〔ちひろある 〔79〕58オ1
めにてなむあると 〔60〕40ウ2
あるかなかに 〔44〕34オ6
〔あるならん 〔110〕79ウ9
あるに 〔69〕50オ2
しはしあるに 〔69〕50オ8
〔あるにもあらぬ 〔65〕47オ4
〔あるは 〔16〕16ウ3
あるへき 〔15〕14ウ3
なをやはあるへき 〔78〕56ウ5
〔あるへき 〔61〕41オ8
〔こひすそあるへき〕 〔111〕80オ8
あるへし 〔90〕69ウ1
えあるましかりけり 〔42〕32ウ6
ある物かとも 〔19〕17ウ7
〔あるらし 〔87〕67ウ2
あるを 〔6〕7オ4、〔13〕13オ8、〔58〕39オ3、〔66〕47ウ6
〔さもあらはあれ〕と 〔65〕44ウ9
〔秋はあれと 〔68〕48ウ7
〔あれは 〔9〕9オ3、〔43〕33オ10
〔えにしあれは〕と 〔69〕51オ8
ありく(歩)→しのびありき
まとひありきけり 〔10〕11オ9
かりしありきけるに 〔63〕42ウ9
しありきつゝ、 〔65〕47オ6
はひありきて 〔81〕59オ6
ありきて 〔38〕29オ1、〔65〕47オ7
あそひありきて 〔87〕66ウ4
はひありきて 〔81〕59オ6
ありけと 〔69〕50ウ6
ありさま(有様)
〔ありさまを 〔21〕19オ7

ありつね（在常）↓きのありつね
きのありつねと [16]15オ1
きのありつねかり [38]28ウ10
きのありつね [82]61ウ8、[82]62オ9
ありどころ（在所）
ありところは [4]4オ3
ありはら（在原）
在原なりける [65]44ウ2
在原のゆきひらと [101]74ウ10
ある（或）
ある [9]8ウ9、[31]27オ2、[60]40ウ1、[68]48ウ5、[100]74ウ4
ある [78]57オ1
ある（荒）
［あれたる [58]39ウ1
［あれにけり [58]39オ7

あるじ（主）↓をんなあるじ
あるし [5]5オ2、[5]5オ9、[17]16ウ6、[87]67ウ1
あるしゝたまふと [101]75ウ1
あるしなる [107]78オ5
あるしに [62]41ウ5
あるしの [44]34オ2、[82]62オ3、[87]67ウ9、[101]75ウ1
あるじまうけ（饗）
あるしまうけしたりける [101]75オ5
あれは（荒羽）
［あれはの [14]14オ6
あわつ（慌）
あはてにけり [40]31オ7
あわを（沫渚）
［あはおに [35]28オ7
あをし（青）
あおき [78]57ウ1

あん（案）
あんを [107]78オ5
あんじやうじ（安祥寺）
安祥寺にて [77]54ウ2、[78]55ウ8

い

いか（如何）↓いかが・いかで
いかなりける [124]84オ7
いかなる [21]19オ2
［いかに [113]80ウ6
いかにせん [65]45オ10
いかが（如何）
いかゝ [2]3オ4、[59]39ウ7、[76]54オ8、[94]70オ7
いかゝはせんは [15]14ウ9
いがき（齋垣）
［いかきも [71]52オ7

いかで（如何）
いかて [42]32ウ6、[45]34オ10、[63]42オ8
いかて [63]42ウ7、[95]71オ8
いかてか [9]9ウ2
[いかてかは [33]27ウ9、[53]38オ3、[61]41オ5
いかてと [47]35ウ7、[90]69オ3
いきほひ（勢）→こころいきほひ
いきおひ [40]30ウ8
いく（行）→ゆく
いかす [23]23オ7、[23]23ウ2、[27]26オ3
えいかて [42]32ウ9
いきあひて [63]42ウ9
いきかよひければ [65]45オ4
いきかよふ所 [23]22ウ5
いきかよふへき [4]4オ4

いきけり [5]4ウ7、[9]8オ10、[66]47ウ5、[67]48オ3、[68]48ウ2
まとひいきけり [9]8ウ1
いきける [65]45ウ5
いきけるに [7]7ウ1、[60]40ウ1、[69]49オ2
いきけるを [46]35オ8
いきけれと [42]32ウ5
いきければ [6]5ウ7
いきたりけるに [61]41オ1、[81]59ウ1
いきたるに [38]28ウ10
いきて [4]4オ7、[14]13ウ10、[27]26オ2、[63]43オ4、[75]53オ5、[87]66オ3
いきては [33]27ウ4
いくとて [72]52ウ3

いけとも [5]5オ4
いく（生）
いきいてたりける [40]31ウ3、[59]40オ6
いきいて、 [59]40オ3
いくか（幾日）
[いくかも [80]58ウ2
いくそたび（幾十度）
[いくそたひ [92]69ウ8
いくたび（幾度）
[いくたひ [16]16オ6
いくばく（幾何）
いくはくも [78]57オ6
いくよ（幾代）
[いくよ [117]82オ5
[いく世の [58]39オ7
いこま（生駒）
いこまの山を [67]48オ3

いこまやま（生駒山）
［いこま山　［23］23ウ5
いさ（不知）
［いさ　［21］19ウ9
いざ（率）
｜いさ　［87］66ウ5
［いさ　［9］11オ5
［いさと　［14］14オ7
いささか（聊）
いさゝかなる　［21］19オ2
｜いさゝかなる　［16］15ウ8
いざなふ（誘）
［いさなはれつゝ］　［65］47オ9
いさむ（禁）
［いさむる　［71］52ウ1
いさりび（漁火）
いさり火　［87］67ウ9
いし（石）
いし　［78］57オ7、［87］67オ3
｜いし　［78］56ウ8
いしの　［87］66ウ9、［87］67オ4
いしを　［78］57オ4
いせ（伊勢）
いせ　［7］7ウ1
伊勢の　［69］49オ3
伊勢の齋宮に　［71］52オ3
伊勢のくになりける　［72］52ウ2
伊勢のくにゝ　［69］49オ2、［75］53オ5
いそがし（忙）
いそかしく　［60］40オ7
いたじき（板敷）
いたしきに　［4］4オ10
いたし（甚）
いたう　［6］6オ3、［65］46オ5、［74］53オ2、［84］64ウ1、［85］65オ9、［107］78ウ3
いといたう　［5］5オ8、［21］19ウ1、［69］50ウ2
いたく　［59］40オ1
｜いたく　［46］35ウ1
［いたみ　［112］80ウ2
いたす（致）
いたしけれと　［41］32オ2
いだす（出）
いたさせたまへりけれは　［100］74ウ6
いたしたてゝ　［69］49オ7
いたしたり　［69］51オ7
いたしたりける　［24］24ウ2、［58］39ウ3
いたしたりけるに　［60］40ウ5
いひいたしたりけれは　［24］24ウ5
いたしたる　［87］68オ9
見いたして　［69］49ウ8

いたしやりければ　[23]22ウ7
いたす　[69]51オ6
　見いたすに　[23]23ウ7
いたづく（労）
いたつきけり　[69]49オ9
いたづら（徒）
いたつらに　[24]25オ8、[65]45オ8
［いたつらに　[65]47オ8
いたはる（労）
いたはりけり　[69]49オ6
いたはれと　[69]49オ4
いたる（至）〈人名〉
いたる　[39]29ウ10、[39]30オ7
　源のいたると　[39]29ウ7
いたるは　[39]30ウ1
いたる（至）
いたりて　[9]9オ8
　ゆきいたりにけり　[14]13ウ3

いたりぬ　[9]8ウ2、[9]9オ7、
　[82]61オ8
いたるを　[82]61ウ1
いち（一）→じふいちにち
いちはやし（劇）
いちはやき　[1]2ウ2
いつ（何時）
［いつか　[10]12オ2、[81]59オ8、
　[81]59ウ7
［いつとてか　[9]10オ1
［いつの　[20]18ウ7
［いつも　[29]26ウ7
いづ（出）→おもひで・で・まうづ・
　まかづ
［思いつらめ］とて　[76]54オ6
　まかりいつるを　[121]83オ4
　思ひいてきこえけり　[83]63ウ2
いてきたり　[82]61オ5

いてきて　[62]41ウ3
いてきにけり　[23]22ウ5、
　[96]72オ2、[96]72オ8
いてこむと　[63]42ウ5
いてたつ　[63]43オ9
いてたてまつらす　[39]29ウ5
いてたり　[96]72オ4
いてたりけり　[39]29ウ4
　いきいてたりける　[40]31ウ3、[59]40オ6
いてたりけるを　[6]7オ1、[104]77オ3
　うこきいてたる　[77]54ウ8
　さしいてたる　[87]67オ3
いて丶　[21]19オ4、[21]19オ8、
　[21]19ウ3、[23]21ウ5、
　[28]26ウ1、[40]31オ4、
　[78]56ウ3、[87]68オ5

いきいて丶 ［59］40オ3
思ひいて丶 ［60］40ウ9
思いて丶 ［4］4ウ1
ぬすみいて丶 ［6］5ウ5
見いて丶 ［41］32オ9
［いて丶 ［21］19オ6、［39］30オ5、［40］31オ5、［42］32ウ10、［44］34オ4、［52］37ウ9、［123］83ウ9
いてにける ［86］66オ1
いてにければ ［14］14オ1
［いてにし ［110］79ウ9
いひいてむも ［63］42オ10
うちいてむ ［45］34ウ1
いてぬ ［69］50ウ5

いづかた（何方）
いつかたに ［21］19ウ2

いつきのみや（齋宮）
伊勢の齋宮に ［71］52オ3
いつきの宮の ［70］51ウ9
いつきの宮のかみ ［69］50ウ8
齋宮は ［69］51ウ4

いづく（何處）
いつくなりけん ［64］44オ2

いづこ（何處）
［いつこそ ［70］52オ1
いつこをはかりとも ［21］19ウ4

いづち（何方）
いつち ［62］42オ6

いづみ（和泉）
いつみのくにへ ［67］48オ2、［68］48ウ2

いつもじ（五文字）
いつもしを ［9］9オ1

いづら（何）
［いつら ［18］17オ7、［62］41ウ7

いづれ（何）
［いつれ ［50］37オ10、［87］67オ9
［いつれの ［89］69オ2
［いつれを ［109］79ウ5

いと（甚）
いと ［1］1ウ4、［1］1ウ7、［5］4ウ7、［6］5ウ6、［6］6ウ8、［6］7オ7、［7］7ウ3、［9］8ウ8、［9］9オ9、［9］9ウ9、［9］10オ10、［16］15ウ4、［16］16オ3、［20］18ウ1、［21］18ウ9、［21］20オ1、［23］23オ2、［24］24オ7、［24］25オ1、［39］29ウ4、［41］32オ7、［41］32オ7、［42］32ウ5、［43］33オ6、［45］34ウ7、［46］35オ6、

[46]35オ8、[49]36オ10、[63]42ウ6、[63]42ウ7、[65]44ウ2、[65]46オ4、[65]46ウ7、[67]48オ6、[68]48ウ4、[69]49オ6、[69]49ウ1、[69]50オ1、[69]50オ4、[69]50オ7、[69]50ウ7、[81]58ウ7、[83]63オ8、[83]63オ10、[84]64オ4、[85]65オ9、[86]65ウ2、[87]68オ4、[88]68ウ4、[93]69ウ10、[94]70ウ5、[95]71ウ2、[98]73ウ10、[103]76ウ1、[105]77ウ3、[107]78ウ3、[115]81オ10

いと [40]31オ8、[65]44ウ5、[78]56ウ7、[96]72オ4

[いと [39]30オ8、[62]41ウ9

いといたう [5]5オ8、[21]19ウ1、[69]50ウ2

いといみしう [6]6オ3

いとこ（従弟）

いとこなりけり [65]44ウ1

いとこの [6]6ウ6、[65]46オ10

いとど

いと丶 [65]45ウ6

[いと丶 [21]19ウ10、[82]61オ1、[123]84オ1

いとどし

[いと丶しく [7]7ウ4

いとま（暇）

[いとまなみ [87]66オ5

いな（否）

[いな [121]83オ8

いにしへ（古）

いにしへの [83]63ウ1

[いにしへの [32]27オ10、[62]41ウ7

[いにしへは [111]80オ4

いにしへよりも [22]21ウ3

いにしへゆくさきの [22]21オ7

いぬ（戌）

いぬの時はかりになん [40]31ウ2

いぬ（去）

[いなは [21]19オ6、[39]30オ5、[40]31オ5、[123]83ウ9

いなむすなりとて [96]72オ8

いなんと [21]19オ4、[83]62ウ6、[115]81オ9

いなむとしけれは [24]24ウ8

いにけり [1]1ウ3、[12]12ウ9、[21]19オ8、[22]21オ6、[60]40オ10

まとひいにけり [116]81ウ6

いにける [65]46オ1
いにければ [28]26ウ1
いにし [96]72ウ9
いぬ [40]31オ4、[96]72ウ7
「いぬへくは [45]35オ2
いぬらんとも [62]42オ6
いぬる [23]23オ1
いのち（命）
「いのちの [113]80ウ5
いのる（祈）
「いのる [84]64ウ3
いは（岩）
「いはなれや [108]79オ7
いはに [24]25オ4
「いはにそ [78]57ウ4
いはを [87]67オ1
いはき（岩木）
いは木にしあらねは [96]71ウ8
いはね（岩根）
「いはね [74]53オ3
いはふ（祝）
「いはひそめてき」 [117]82オ8
「いはふ [87]68オ10
いはま（岩間）
「いはまより [75]53ウ3
いはむや→いふ
いひ（飯）→かれいひ
いひがひ（飯匙）
いゐかひ [23]23ウ1
いふ（言）→てふ・ものいふ
いはく [9]8ウ9
いはさりける [25]25オ9
「いはし [111]80オ10
「いはてそ [124]84オ9
「いはねは [34]28オ3
「いはましを」と [14]14オ7
「いはん [99]74オ10
いはむと [45]34オ10
いはむや [107]78オ4
いはれすと [62]42オ2
いひいたしたりければ [24]24ウ5
いひいてむも [63]42オ10
いひ〳〵て [23]22オ9
いひをこせける [11]12オ6
いひをこせけり [94]70ウ1
いひをこせたる [21]20オ2、[96]72オ2
いひかけゝる [70]51ウ9
いひかはして [21]20オ8
いひける [9]8ウ5、[19]18オ5、[24]24オ7、[71]52オ5、[79]58オ4、[87]66オ8、[101]76オ1
いひけるにそ [60]40ウ9

いひけるは　[9]8ウ3
いひけるを　[10]11ウ1、[45]34ウ3、[61]41オ3、[108]79オ9
いひけれと　[6]6オ9、[21]20ウ4、[22]21オ6、[23]24オ2、[24]25オ1
いひけれは　[9]9オ2、[58]39ウ4、[60]40ウ4、[62]41ウ5、[63]43オ2、[65]44ウ7、[75]53オ6、[95]71ウ2、[101]75ウ8
いひさして　[86]65ウ4
［いひし　[23]23ウ10
いひしか　[40]31オ8
［いひしなからもあらなくに　[96]72ウ4
いひしらす　[107]78オ3

いひちきりける　[112]80オ12
［いひつゝ　[16]16オ2
いひて　[21]19ウ8、[22]21オ2、[22]21オ7、[23]23ウ7、[24]24ウ8、[58]39オ9、[59]40オ6、[62]42オ5、[65]44ウ10、[75]53オ9、[87]66ウ6
いひ〳〵て　[23]22オ9
いひてなん　[65]46オ1
［いひやせん　[21]19オ6
いひやりける　[1]2オ7、[25]25ウ1、[54]38オ5、[102]76オ11、[111]80オ3、[116]82オ1
いひやりたりければ　[16]16オ7、[105]77オ10
いひやる　[20]18ウ2、[116]81ウ7

いひやれと　[122]83ウ5
いひやれりければ　[69]49オ5
いひをりける　[14]14オ9
いふ　[1]2ウ1、[3]3オ9、[6]5ウ7、[9]8ウ2、[9]10ウ1、[16]15オ1、[31]27オ5、[39]29ウ7、[58]38ウ10、[60]40オ9、[62]42オ2、[65]45ウ4、[68]48ウ6、[69]49オ10、[69]49ウ1、[78]56オ1、[81]59ウ4、[82]60オ2、[82]61オ7、[84]64オ1、[90]69ウ1、[96]71ウ7、[101]75オ1、[107]78オ1、[115]81オ9、[115]81ウ2
いふ　[9]9オ1、[61]41オ2、[87]66ウ5

［いふ　〔13〕13オ10
［いふと　〔38〕29オ7
いふとて　〔100〕74ウ6
［いふなり］　〔61〕41オ9
いふなりけり　〔6〕7オ6
いふなる　〔96〕73オ5、〔107〕78ウ5
［いふなる　〔97〕73ウ2
［いふなる］と　〔31〕27オ7
いふに　〔9〕10ウ5
いふへくもあらぬ　〔73〕52ウ8
［いふ物を］　〔47〕36オ5
［いふらん］　〔38〕29オ4
いふを　〔9〕9ウ3、〔9〕11オ3、〔31〕27オ8、〔62〕41ウ9、〔85〕65オ5
いふをなむ　〔101〕75オ4
いへ　〔40〕30ウ6
いへは　〔62〕42オ1
［いへは　〔84〕64オ8
［いへはえに　〔34〕28オ3
いへり　〔23〕23ウ8、〔43〕33ウ2
いへりけり　〔96〕72オ6
あひいへりけり　〔42〕32ウ4、〔86〕65ウ3、〔103〕76ウ5
いへりけるを　〔90〕69オ5
いへりけれと　〔32〕27ウ2
いへりけれは　〔14〕14オ8、〔22〕21オ2、〔46〕35ウ4、〔50〕36ウ9、〔105〕77ウ3、〔107〕78ウ3、〔107〕78ウ8、〔110〕79ウ8、〔118〕82オ10
いへる　〔47〕35ウ9
いへるなるへし　〔34〕28オ5
いへるに　〔14〕14オ5

いふかし（不審）
いふかしけれと　〔69〕50オ5

いふかひなし
いふかひなくて　〔23〕22ウ3

いへ（家）
家　〔2〕2ウ6、〔58〕38ウ10、〔82〕60ウ2
家に　〔63〕43オ4、〔63〕43オ10、〔80〕58オ7、〔87〕68オ3、〔101〕75オ1
家にて　〔97〕73オ8
いゑの　〔87〕68オ6
家の　〔87〕66ウ3、〔87〕67ウ7、〔87〕68オ5
家を　〔81〕58ウ7

いへとうじ（家刀自）
いへとうし　〔60〕40オ9
いゑとうし　〔44〕33ウ10

いほり（庵）
［いほり　〔43〕33ウ4、〔43〕33ウ6

［庵にあらねとも ［56］38ウ3

いま（今）

いま ［77］55オ10、［82］60ウ1
いまこそは ［96］73オ4
［今そ ［24］25オ7、［48］36オ8、［111］80オ4
［今に ［32］27ウ1
いまの ［40］31ウ5、［94］70ウ3
いまは ［23］23オ10、［114］80ウ8
今は ［96］72オ3
［いまは ［95］71ウ5
［今は ［42］33オ1、［59］39ウ9、［119］82ウ5
いまはと ［16］15ウ3
いまはとて ［16］15ウ7
［今はとて ［21］20オ3
いまゝて ［107］78ウ4
いまゝて ［94］70ウ6

［今までに ［86］65ウ7

います（在）

いますると ［9］9ウ3

いますがり（在）

いますかりける ［65］44オ11

いまそがり（在）

いまそかりけり ［39］29オ10、［78］56オ2、［81］58ウ5、［97］73オ7
いまそかりける ［77］54ウ10
いまそかりて ［77］55オ1

いまだ（未）

いまた ［78］56オ8
［いまた ［42］32ウ10

いみじ（甚）

いみしう ［6］7オ4、［72］52ウ4
　いといみしう ［6］6オ3
いみしの ［58］39オ4

いも（妹）

［いも ［23］22オ5

いもうと（妹）

いもうと ［69］51ウ5
いもうとの ［49］36オ10

いや（彌）

いや ［40］31オ1、［105］77ウ4
［いや ［103］76ウ7
いやまさりにのみ ［65］45ウ1
［いやましに ［33］27ウ6

いやし（卑）

いやしなから ［84］63ウ9
いやしからぬ ［89］68ウ9
いやしき ［41］31ウ8、［41］31ウ10、［41］32オ3
［たかきいやしき ［93］70オ5
いやしくて ［93］69ウ10
いやしけれは ［40］30ウ9

いよいよ(彌)
［いよ〱 [84]64オ9
いらふ(答)
いらへて [63]42ウ3
いらへもせす [122]83ウ5
いらへもせて [62]41ウ9
いらへもせぬと [62]41ウ10
いりあひ(入相)
いりあひ許に [40]31ウ1
いる(入)
［いらしを］ [82]62ウ1
えいらて [5]4ウ9
いらせ給ぬ [82]62オ2
いらむとする [9]9オ8
いりきけれは [58]39オ5
いりたまひなむとす [82]62オ4
しにいりたりけれは [59]40オ1
いりて [69]50オ1
思ひいりて [59]39ウ8
かへりいりて [21]19ウ5
たえいりて [40]31ウ2
いりてそ [60]40ウ10
たえいりにけり [40]31オ7
たえいりにけれは [40]31オ10
［いるへきものを］ [64]44オ5
［いれすもあらなん］ [82]62オ8
いれたりけるを [39]30オ1
いれて [65]46オ3、[107]78ウ4
をしいれて [6]6オ5
なけいれて [65]45オ6
いるま(入間)
いるまのこほり [10]11ウ6
いろ(色)
色 [65]44オ10
［色 [41]32オ10、[78]57ウ4
［色に [61]41オ6
色このむと [61]41オ2
［色の [20]18ウ7
いろごのみ(好色)
色このみ [39]29ウ7
色このみと [42]32ウ3
いろこのみなりける [28]26ウ1
色このみなりける [37]28ウ3
色このみなる [25]25ウ4、[58]38ウ9
色このみの [39]30オ10
いを(魚)
いをゝ [9]11オ1

う

う(得)
えうましう [55]38オ8
えうましかりけるを [6]5ウ3

えゝす [26]25ウ8
えて [107]78ウ6
あひえてしかなと [63]42オ9
[いへはえに [34]28オ3
えめと [23]21ウ8

うう(植)
[うふとたに [21]20オ6
うへけるに [51]37ウ2
[うへしうへは [51]37ウ4
うへたる [80]58オ7
[うへつれは [79]58オ1
[うへしうへは [51]37ウ4

うがる(憂)→こころうがる

うきみる(浮海松)
うきみるの [87]68オ5

うく(受)
[うけすも [65]45ウ10

うぐひす(鶯)
[うくひすの [121]83オ5、[121]83オ8

うけふ
[うけへは [31]27オ6

うごく(動)
うこきいてたる [77]54ウ8

うこん(右近)
右近の [99]74オ2

うさ(宇佐)
宇佐の [60]40ウ1

うし(憂)
すみうかりけん [8]7ウ8
[うき [102]76オ10
[うきなから [22]20ウ9
[うき世に [82]61オ2
うしと [4]4オ5、[21]19オ3
[うしとなりけり [67]48ウ1

うしなふ(失)
うしなはて [85]64ウ8
うしなへるか [109]79ウ2

うしみつ(丑三)
うしみつまて [69]50オ2

うしろめたし
うしろめたく [42]32ウ5
うしろめたくや [37]28ウ4

うす(失)
うせたまひて [77]54ウ2
うせ給て [39]29ウ1、[78]55ウ7
うせにし [87]67ウ6

うた(歌)→やまとうた
うた [18]17オ4、[44]34オ2、[77]55オ2、[77]55オ4、[78]57オ9、[81]59オ4、[82]60ウ9、[84]64オ7、[85]65オ6、[104]77オ3
哥 [79]57ウ8、[82]60ウ5、[87]67オ6

うた　[82]61ウ2
うたさへそ　[14]13ウ9
うたに　[87]66オ4、[95]71ウ6
哥に　[87]67ウ5
うたにては　[39]30オ10、[87]68ウ2
うたの　[1]2ウ1、[69]51オ10、
[101]75ウ3、[103]76ウ8
うたは　[44]34オ6、[102]76オ3、
[107]78オ4
うたを　[1]2オ2、[78]57ウ2、
[82]61ウ7、[86]65ウ6、
[96]72ウ2、[123]83ウ8
哥を　[69]51オ6
うたをなん　[21]19オ4、[24]24ウ1
うだいしやう（右大將）
右大將　[78]56オ1
右大將に　[77]54ウ9
うたがはし（疑）→ものうたがはし
うたかはしかりけれは　[90]69オ6
うたがひ（疑）
［うたかひに　[21]20オ9
うたがふ（疑）
思ひうたかひて　[23]22ウ9
うたふ（歌）
うたひける　[65]46ウ9
うたふ　[65]47オ7
うち（中）→かふち
うちなる　[61]41オ3
内に　[87]68オ6
［内に　[80]58ウ1
内にて　[31]27オ2
うちの　[79]57ウ7
内の　[71]52オ3
［うちの　[73]52ウ10
内へ　[6]7オ3
うぢがみ（氏神）
氏神に　[76]53ウ10
うつ（宇津）
うつの山に　[9]9オ8
［うつの山への　[9]9ウ6
うつ（打）
うちいてむ　[45]34ウ1
うちてなむ　[96]73オ1
うちとけて　[23]23オ10
うちなかめて　[23]23オ3
うちなきて　[4]4オ9、[39]29ウ5
ゝ（う）ちなきて　[84]64ウ1
うちふせり　[63]43オ10
［うちもねなゝん］と　[5]5オ7
うちものかたらひて　[2]3オ3
うちやりて　[27]26オ4
［うちわひて　[58]39ウ5
ゝ（を）ひうつ　[40]31オ2
うつくし（愛）→こころうつくし

うつくしく ［16］15オ5
うつつ（現）→ゆめうつつ
［ゆめうつゝ ［69］50ウ4
［夢かうつゝか ［69］50ウ1
［うつゝにも ［9］9ウ6
うつはもの（器）
うつわ物に ［23］23ウ1
うづら（鶉）
［うつらと ［123］84オ3
うつる（移）
［うつりて ［77］55オ8
時うつりにければ ［16］15オ3
うつろふ（移）
うつろひ ［81］58ウ9
［うつろふ ［20］18ウ7
うつろへるを ［18］17オ6
うとし（疎）
うとき ［44］33ウ9
うとく ［21］20ウ5
うとむ（疎）
［うとまれぬ ［43］33ウ1
［うとまれぬれは］ ［43］33ウ4
うはがき（表書）
うはかきに ［13］13オ3
うひかうぶり（初冠）
うゐかうふりして ［1］1ウ1
うぶや（産屋）→おほんうぶや
うへ（上）
うへに ［6］5ウ8、［9］9オ6、［9］10ウ10、［87］67オ4、［101］75オ2
［うへに ［59］40オ4
［うへにそ ［31］27オ7
［うへまて ［45］35オ2
うへのきぬ（袍）
うへのきぬの ［41］32オ4
うへのきぬを ［41］32オ1、［41］32オ8
うまのかみ（馬頭）→むまのかみ
うまのかみなりける ［82］60ウ6
うまのかみなる ［83］62ウ4
うまのはなむけ（餞）→むまのはなむけ
うまのはなむけをたにせむとて ［115］81オ10
うまる（生）
うまれ給へりけり ［79］57ウ7
うみ（海）→わたつうみ
［うみ ［66］47ウ8（△倦ミ）
海の ［87］66ウ4
［うみの ［104］77オ5（△倦ミ）
うみづら（海辺）
うみつらを ［7］7ウ2
うみべ（海辺）

［うみへに　［68］48ウ8
うむ（倦）
［うみの　［104］77オ5（△海）
［うみわたる　［66］47ウ8（△海渡ル）
うめ～（梅）→むめ～（梅）
うら（浦）
［うらことに　［66］47ウ7
［うらと　［25］25ウ5（△怨ム）
うらなし
［うらなく　［49］36ウ5
うらむ（恨）
ゝ（う）らみけれは　［72］52ウ4
［うらみし」と　［65］46ウ5
［うらみつゝ　［22］21オ1
うらみつへき　［94］70ウ7
うらみて　［50］36ウ6、［108］79オ6
ゝ（う）らみて　［74］53オ2
［うらみてのみも　［72］52ウ6
［うらむ　［13］13オ10
うらむる　［50］36ウ6
うらやまし（羨）
［うら山しくも　［7］7ウ5
うらわかし（若）
［うらわかみ　［49］36ウ1
うるさし
［うるさし」と　［13］13オ7
うるはし（端）
うるはしき　［46］35オ6
［うるはしみせよ」と　［24］24ウ7
うれし（嬉）
うれしく　［90］69オ6
うれしくて　［69］50オ1
［うれしけも　［118］82ウ2
うれたし（慊）
［うれたきは　［58］39ウ1
うんず（倦）
思うんして　［102］76オ6

え

え（江）→こもりえ
え（得）→う
えあはす　［69］49ウ3、［69］51オ4
えあはて　［5］5オ4、［72］52ウ3
えあらさりける　［42］32ウ7
えあるましかりけり　［42］32ウ6
えいかて　［42］32ウ9
えいらて　［5］4ウ9
えうましう　［55］38オ8
えうましかりけるを　［6］5ウ3
えゝす　［26］25ウ8
えをいつかて　［24］25オ3
えきかさりけり　［6］6オ10
［えこそたのまさりけれ」　［47］36オ2

えさふらはて [83]63ウ4
えしたまはす [82]61ウ8
［えしもわすれねは [22]20ウ9
えせて [92]69ウ7
　あひこともえせて [69]51オ1
えせて [16]15ウ9
えまうてす [84]64オ3、[85]64ウ8
えいぐわ（榮花）→ゑいぐわ
えう（遙）→せうえう
えうなし（要）
えうなき [9]8オ6
えだ（枝）→つくりえだ
えたに [77]54ウ6
［枝は [20]18ウ3
［枝も [18]17オ8
枝を [82]60ウ4
えに（縁）
［えにこそありけれ］と [96]72ウ5
［えにしあれは］と [69]51オ8
えびすごころ（夷心）
えひすこゝろを [15]14ウ8

お

お（御）→おほん・おまし・よるのおまし
おい（老）
［おいと [88]68ウ8
おいらく（老）
［おいらくの [97]73ウ1
おき（沖）
［をきの [115]81ウ3（△オキノヒ）
おきつしらなみ（沖つ白浪）
［おきつしら浪 [23]23オ4
おきな（翁）→かたゐおきな
おきな [40]31ウ5、[76]54オ2、[77]55オ6、[81]59ウ6、[83]62ウ4、[97]73オ9
おきなの [79]57ウ10
おきなさぶ（翁）
［おきなさひ [114]81オ3
おきのふ（補）
おきのゐて [115]81ウ1
［をきのゐて [115]81ウ3（△沖ノ火）
おく（奥）→みちのく
おくに [6]6オ5、[16]15ウ10、[58]39オ6、[65]45オ6
［おくも [15]14ウ6
おく（起）
おきて [56]38ウ1、[93]70オ3
［おきもせす [2]3オ6
おく（置）
をきたりける [6]5ウ8
をきたる [119]82ウ4

かきをきたるを [21]19オ9
をきて [12]12ウ3
かきをきて [96]72ウ6
よみをきて [21]19オ8
[をくなる [59]40オ4
心をくへき [21]19オ10
[をくらん] [54]38オ7
おくる（送）→おほんおくり
をくりて [16]16オ4
おこす（遣）
いひをこせけり [94]70ウ2
いひをこせける [11]12オ6
をこせさりけり [94]70ウ4
をこせたり [96]72ウ3、[107]78ウ5
をこせたりけり [62]41ウ5
をこせたりける [10]11ウ5、[52]37ウ7
をこせたる [46]35オ9
いひをこせたる [21]20オ2、[96]72オ2
をこせて [13]13オ4
をこせは [96]72ウ6
おす（押）
をしいれて [6]6オ5
[をしなへて [82]62オ10
おそし（遅）
をそく [38]29オ1
おちぼ（落穂）
[おちほ [58]39ウ5
おつ（落）
こほれおつ [87]67オ6
おと（音）
をともせす [13]13オ4
をともせて [118]82オ9
おとす（落）
おとし [78]56オ5
おとして [9]9オ6
おとづる（訪）
をとつれさりける [17]16ウ4、[62]41オ10
[をとつれもせぬ]と [58]39オ8
おとと（弟）
あにおとゝ [66]47ウ4
おとど（大臣）→おほきおとど
ほりかはのおとゝ [6]7オ2
おとな（大人）
おとなに [23]21ウ6
おどろく（驚）
おとろきて [84]64オ7
おとろふ（衰）
おとろへたる [80]58オ7
おなじ（同）
おなし [19]17ウ5
おに（鬼）

おに ［6］6オ2、［6］6オ8
おにとは ［6］7オ6
［おにの ［58］39ウ2
おのおの（各）
をの〱 ［86］65ウ3
おのが（己）
をのか ［21］20ウ4、［114］81オ6
をのか ［94］70ウ6
［をのか ［31］27オ7
［をのかさま〱 ［86］65ウ8
おはします（在）
おはしまさせて ［81］59オ1
おはしましけり ［39］29オ8、［43］33オ3、［77］54オ10、［78］55ウ6、［82］60オ1、［82］60オ6
おはしましける ［3］3ウ5、［4］3ウ7、［82］60オ4
おはしましけれは ［83］63オ10
おはしまして ［65］46オ2
おはします ［78］56オ4、［83］62ウ3
おはす（在）
おはしけり ［98］73ウ5
おはしける ［6］7オ8
おはしけれは ［6］6ウ9
おふ（追）
ゝ（を）ひうつ ［40］31オ2
　えをいつかて ［24］25オ3
をいつきて ［1］2オ7
をいやらす ［40］30ウ7
をひやらむとす ［40］30ウ6
をひゆけと ［24］25オ2
おふ（負）
おはぬ ［96］73オ4
［おはゝ ［9］11オ5、［61］41オ8
　きゝおひけりとや ［114］81オ7
　きゝおひける ［108］79オ10
おひて ［6］6オ6、［6］6ウ9
おふ ［96］73オ3
おふ（生）↓やよひ
［おひて ［58］39ウ1
［おふと ［31］27オ7
［おふてふ ［75］53オ7
［おふる ［75］53ウ3、［100］74ウ8
おほいまうちぎみ（大臣）↓おほきおほいまうちぎみ・ひだりのおほいまうちぎみ・ほり河のおほいまうちきみ
おほかた（大方）
［おほかたは ［88］68ウ7
おほき（大）
おほきなる ［9］10オ10
おほきおとど（大臣）
おほきおとゝの ［101］75ウ8

おほきおほいまうちぎみ（太政大臣）
おほきおほいまうちきみと ［98］73ウ4
おほきさ（大）
おほきさして ［87］67オ3
おほきさなる ［9］10ウ9
おほきさにて ［87］67オ5
おほきさいのみや（大后宮）
おほきさいの宮 ［4］3ウ6
おほし（多）
おほかりけり ［81］59ウ3
［おほき ［43］33ウ6
おほく ［6］6オ1、［87］67ウ9
［おほく ［74］53オ4
［おほみ ［101］75ウ6
おほす（課）
［おほせん］ ［89］69オ2
おぼす（思）
おほして ［65］44オ9
おぼしめす（思召）
おほしめして ［43］33オ5
おほたか（大鷹）
おほたかの ［114］80ウ10
おほぢ（祖父）→おほんおほぢがた
おほち也 ［39］30ウ1
おぼつかなし
おほつかなく ［95］71オ9
おほとのごもる（御寝）
おほとのこもらて ［83］63オ3
おほぬさ（大幣）
［おほぬさと ［47］36オ4
［おほぬさの ［47］36オ1
おほはら（大原）
［大原や ［76］54オ5
おほふ（蔽）
おほひて ［87］68オ8
おほみき（大神酒）
おほみき ［82］61オ8、［83］62ウ7、［85］65オ2
おほみやすんどころ（大御息所）
おほみやすん所とて ［65］44オ11
おほみやすん所も ［65］47オ10
おほみやびと（大宮人）
［大宮人の ［71］52オ8
おほみゆき（大御幸）
おほみゆきせし ［78］56ウ5
おほみゆきの ［78］56ウ8
おほやけ（公）
おほやけ ［65］44オ9
おほやけの ［85］64ウ7、［114］81オ5
おほやけごと（公事）
おほやけことも ［83］63ウ3
おぼゆ（覚）
おほえけん ［14］13ウ4

おほえけれは 〔65〕45ウ3、〔65〕45ウ8、〔125〕84ウ3
おほえさりけれは 〔21〕19ウ4
おほえたるか 〔120〕82ウ7
おほえつゝ 〔65〕45ウ2
おほえぬを 〔21〕19オ10
おほよど（大淀）
［おほよとの 〔72〕52ウ5、〔75〕53オ7
おほよとのわたりに 〔70〕51ウ8
おぼろ（朧）
おほろなるに 〔69〕49ウ9
おほん～（御）→み～
おほんうぶや（御産屋）
御うふやに 〔79〕57ウ8
おほんおくり（御送）
御をくりして 〔83〕62ウ6
おほんおほぢがた（御祖父方）
御おほちかたなりける 〔79〕57ウ9
おほんかた（御方）
御方の 〔29〕26ウ5
おほんがみ（御神）
おほん神 〔117〕82オ6
おほんくるま（御車）
御くるまより 〔76〕54オ3
おほんごころ（御心）
御心に 〔65〕46オ3
おほんこゑ（御聲）
御こゑは 〔65〕46オ3
おほんせうと（御兄）
御せうと 〔6〕7オ1
おほんぞ（御衣）
御そ 〔85〕65ウ1
おほんつかひ（御使）
御つかひにて 〔71〕52オ3
おほんつぼね（御局）
御つほねより 〔100〕74ウ5
おほんとき（御時）
御時 〔69〕51ウ4
御時なるべし 〔65〕47オ10
おほんとも（御伴）
御ともなる 〔82〕61オ4
御ともに 〔82〕61ウ8
おほんな（御名）
御名を 〔65〕46オ3
おほんはぶり（御葬）
御はふり 〔39〕29ウ3
おほんはふりの 〔39〕29ウ1
おほんふみ（御文）
御ふみ 〔84〕64オ6
おほんむすめ（御女）
御むすめ 〔69〕51ウ5
おほんもと（御許）
御もとに 〔6〕6ウ7、〔120〕82ウ8
御もとにとて 〔9〕9ウ4

おほんをとこ（御男）
御をとこそ　[63]42ウ5
おまし（御座）→よるのおまし
おもかげ（面影）
［おもかけに　[46]35ウ6、[63]43オ8
［おもかけにのみ　[21]19ウ10
おもしろし（面白）
おもしろかりける　[90]69オ7
おもしろき　[1]2オ8
あやしくおもしろき　[81]59ウ2
おもしろき　[78]56ウ7
おもしろきを　[20]18ウ1、[81]59オ4
おもしろく　[9]8ウ8、[65]46ウ8、[78]56オ6、[81]58ウ7
おもしろければ　[44]34オ6、[68]48ウ4
おもしろし　[82]60ウ3
おもて（面）
おもて　[87]66ウ9
おもてに　[59]40オ2
おもなし（面無）
おもなくて　[34]28オ5
おもひ（思）
［思ひ　[3]3ウ1
おもひのほかに　[83]63オ5
［おもひのみこそ　[99]74ウ1
おもひは　[40]31オ1
［おもひを　[121]83オ9
おもふ（思）→ものおもふ
［おもはさりしを］　[125]84ウ6
［思ひおもはす　[107]79オ1
［おもはすは　[55]38オ10
おもはすやありけん　[32]27ウ2
［あひおもはて　[24]25オ6
［おもはなくに］　[36]28ウ2
［おもはぬ　[50]36ウ8、[50]37オ7、[112]80ウ3
おもはぬ物を　[63]43ウ7
おもはぬをは　[63]43ウ7
おもはぬをも　[63]43ウ9
おもはむと　[60]40オ9
おもひ　[63]43ウ7、[93]70オ3
思ひ　[56]38ウ1、[56]38ウ1、[93]70オ2
［おもひあまり　[110]79ウ9
思ひあまりて　[56]38ウ2
［思いつらめ］とて　[76]54オ6
思ひいてきこえけり　[83]63ウ2
思ひいて丶　[60]40ウ9
思いて丶　[4]4ウ1
思ひいりて　[59]39ウ8
思うんして　[102]76オ6

思ひうたかひて　〔23〕22ウ9
［思ひおもはす　〔107〕79オ1
思かけたりけり　〔93〕70オ1
思かけて　〔89〕68ウ10
思かけたる　〔55〕38オ8
思ひかはして　〔21〕18ウ9
［おもひきや　〔83〕63ウ6
おもひけん　〔14〕13ウ10
思ひけん　〔2〕3オ4、〔59〕39ウ7、
〔76〕54オ7、〔76〕54オ8
思けむ　〔86〕65ウ5
思けん　〔1〕2オ8、〔31〕27オ4、
〔37〕28ウ4、〔90〕69オ4、
〔96〕71ウ9、〔123〕83ウ8
おもひけらしとそ　〔14〕14オ9
思ひけり　〔40〕30ウ4、〔57〕38ウ5
思けり　〔45〕34ウ1、〔96〕71ウ10
［思けりとは　〔21〕20オ7

おもひける　〔73〕52ウ9
思ひける　〔10〕11ウ5、〔124〕84オ8
［思ける哉］　〔49〕36ウ5
思ひけるを　〔43〕33オ8
　あひ思ひけるを　〔46〕35オ7
思けれと　〔16〕15ウ4、〔105〕77ウ3、
〔114〕80ウ9、〔114〕81オ6
思しかと　〔45〕34ウ3
思しりたりけり　〔102〕76オ4
思たらす　〔19〕17ウ7
おもひつゝ　〔23〕21ウ9
思つゝ　〔6〕6オ7
思ひつゝなん　〔4〕4オ5
思つめたる　〔95〕71ウ1
おもひて　〔46〕35オ9、〔101〕76オ1
思ひて　〔16〕16オ4、〔21〕19オ3、
〔21〕19オ4、〔23〕23オ7
思て　〔62〕41ウ9、〔63〕43ウ5、
〔65〕45オ3

思ひてこそ　〔40〕31オ8
思なして　〔9〕8オ6
［思ならひぬ　〔38〕29オ3
［思ひはすへし　〔93〕70オ4
［思ます哉］　〔33〕27ウ7
思ひもそ　〔40〕30ウ5
［思ひやすらん　〔21〕19ウ9
おもひやれは　〔9〕10ウ2
思わたりけれは　〔90〕69オ3
おもひわひて　〔16〕15ウ6
思ひわひて　〔65〕45オ2
思わひて　〔93〕70オ3
思ひわひてなむ侍　〔46〕35ウ1
おもひをり　〔65〕47オ5
おもふ　〔23〕21ウ8、〔116〕81ウ6
　［物思　〔27〕26オ6
思ふ　〔9〕10ウ7、〔67〕48オ1、

[123]84オ6
思　[47]35ウ7、[63]42ウ8
[おもふ　[9]11オ6、[124]84オ9
[思ふ　[21]19ウ6、[33]27ウ9、
[53]38オ4
[思　[21]20オ9、[83]63ウ6
[思]　[35]28オ8、[37]28ウ9、
[82]62オ1
思ふと　[63]43オ2
[思]と　[9]9オ4、[49]36ウ2
[思]とは　[22]21オ5
[思ふなりけり]　[50]37オ7
おもふに　[40]31オ9、[83]62ウ6
思ふに　[9]9ウ1
思に　[69]50ウ7
[思ふには　[65]44ウ8
[おもふまて　[16]16ウ2
[おもふものかは]と　[50]36ウ8
[思ものから]と　[43]33ウ1
[思覧こそ　[65]47オ3
おもふをは　[63]43ウ7
おもふをも　[63]43ウ8
おもへと　[15]14ウ7、[63]42オ10、
[83]63ウ3
おもへと　[94]70ウ7
[思へと　[47]36オ2
[おもへとも　[85]65オ7
[おもへは　[27]26オ7
[おもへは]　[80]58ウ2
おもへらす　[69]49ウ2
おもへる　[14]13ウ5、[23]22ウ6、
[33]27ウ5

おもほゆ（思）
おもほえす　[1]1ウ6
[おもほえす　[26]25ウ10、[69]50オ10
[おもほえて　[30]26ウ10
[おもほえなくに　[46]35ウ5

おや（親）
おや　[23]22ウ1、[40]30ウ4、
[40]31オ2、[40]31オ7、
[45]34ウ3、[69]49オ3、
[86]65ウ3
おやの　[23]21ウ9、[69]49オ5

おゆ（老）→おい・おいらく
[老ぬれは　[84]64オ8

および（指）
およひの　[24]25オ4

おる（下）
おりたまへれは　[65]44ウ10
おりゐつゝ　[68]48ウ5
おりゐて　[9]8ウ6、[82]60ウ4

おろす（下）
おろしたまうてけり
[83]63オ5、[85]64ウ5

おん〈御〉→おほん・み
おんやうじ（陰陽師）
おむやうし ［65］45ウ3

か

か（香）
［かそする］と ［60］40ウ8
［かを ［60］40ウ7
か（彼）→かの・かれ
か（日）→いくか・とをか・ななぬか・ひとひふつか・ふつか・み
か
か〈助詞〉（體言ヲ受クルモノ）
事か ［21］19オ2
［いつか ［10］12オ2、［81］59オ8、［81］59ウ7
［けふかあすかと ［87］67オ8
［しつくか］ ［75］53ウ7
［しらたまか ［6］6ウ4
［たれか ［23］22オ8、［50］37オ1、［79］58オ2
［誰か ［40］31オ5
［なにか ［82］61オ2、［99］74オ10
［ほしか ［87］68オ1
［夢かうつゝか ［69］50ウ1
［火か］と ［87］68オ2
［夢かとそ ［83］63ウ6
［しつくか］となむ ［59］40オ5
ある物かとも ［19］17ウ7
［そてかとも ［18］17ウ2
［おもふものかはと ［50］36ウ8
［螢かも ［87］68オ1
か〈助詞〉（用言ノ連體形ヲ受クルモノ）
［かくるゝか ［82］62オ7
［ちるか ［87］67ウ3
［なりゆくか ［19］17ウ9
［へぬるかと ［39］30オ6
［ふるかとも ［18］17オ8
か〈助詞〉（助詞ヲ受クルモノ）
あたにか ［31］27オ4
なにゝよりてか ［21］19ウ1
おりにか ［124］84オ8
いかてか ［9］9ウ3
［いつとてか ［9］10オ1
［こひんとか ［109］79ウ5
［ねてかさめてか］ ［69］50ウ1
［ゆるさはか ［64］44オ8
［いかてかは ［33］27ウ9、［53］38オ3、［61］41オ5
［なにをかも ［38］29オ6
が（賀）
四十の賀 ［97］73オ7
花の賀に ［29］26ウ6

が〈助詞〉（體言ヲ受クルモノ）↓がな・も
がな
うしなへるか [109]79ウ3
をのか [21]20ウ4、[114]81オ6
したかふか [39]30ウ1
それか [82]61ウ9、[110]79ウ7
それかなかに [88]68ウ6
もちよしか [87]67ウ7
わか [9]9オ8、[69]50オ1、
[69]50オ6、[81]59ウ3
をのか [94]70ウ6
わか [65]45オ10
［をのか [31]27オ7
［をのかさま〱 [86]65ウ8
［きみか [10]11ウ9、[16]16オ9、
[20]18ウ8、[87]68ウ1
［君か [20]18ウ3、[23]23オ5、
[23]23ウ5、[44]34オ4、
[98]73ウ8
［たか [42]33オ1、[64]44オ8
［なか [43]33オ10
［まろか [23]22オ4
［わか [4]4ウ3、[5]5オ6、
[9]11オ6、[10]12オ1、
[19]18オ3、[24]24ウ7、
[24]25オ7、[25]25ウ5、
[36]28ウ2、[43]33ウ7、
[56]38ウ3、[59]40オ4、
[64]44オ4、[79]58オ1、
[87]67オ8、[87]68オ2、
[85]65オ8、[98]73ウ8、
[108]79オ8
が〈助詞〉（用言ノ連體形ヲ受クルモノ）
おほえたるか [120]82ウ8
さすかなりけるか [25]25オ10
こほすかこと [85]65オ3
せしかこと [24]24ウ7
［かたるかことは [111]80オ8
あるかなかに [44]34オ6
かい（櫂）
［かいの [59]40オ5
かいつらぬ（連）
かいつらねて [67]48オ2
かいまみる（垣間見）
かいまみけるを [63]43オ5
かいまみてけり [1]1ウ6
かう（講）
かうの [77]55オ1
かう（斯）
かう〱 [16]15ウ7
かう〱なむ [63]43オ1
と見かう見 [21]19ウ3
かう（幸）↓ぎやうがう
かうじ（柑子）↓せうかうじ

かうぶり(冠)↓うひかうぶり
かうべ(首)
[かうへの [18]17ウ1
かかり(斬)
かゝらむと [21]19ウ1
かゝる [10]12オ3、[21]19オ4、[65]46オ8、[93]70オ6、[123]83ウ8
かゝる [9]9ウ2、[65]45オ10、[65]46オ5
[かゝる [13]13ウ1
かゝるにやあらむと [23]22ウ8
かゝれは [65]46ウ9
かかる(掛)
かゝりて [63]43オ10
はしりかゝる [87]67オ4
かゝれりけり [82]60ウ1
かき(垣)↓いがき・みづがき
かきつばた(杜若)
かきつはた [9]8ウ7
かきつはた [9]8ウ9
かぎり(限)
[かきり [1]2オ6
[かきりと [59]39ウ9
[かきりなるへみ [39]30オ5
[かきりの [91]69ウ4
かぎりなし(無限)
かきりなく [15]14ウ7、[23]23オ6、[90]69オ5
かきりなく [9]10ウ3
かく(書・描)↓うはがき
かゝせて [107]78オ6
かきをきたるを [21]19オ9
かきをきて [96]72ウ6
かきつく [69]51ウ1
かきつけゝる [21]19オ5、[24]25オ5、[114]81オ2
かきつけて [96]72ウ3
かきて [1]2オ2、[9]9ウ5、[13]13オ3、[13]13オ4、[16]15ウ10、[24]25オ8、[43]33オ9、[69]51オ6、[69]51オ9、[107]78オ5
かきに [94]70ウ3
かく [94]70ウ2
[かくよりも [50]37オ6
かけり [87]68オ9
かく(搔)↓かいつらぬ
[かきくらす [69]50ウ3
かく(掛)
いひかけゝる [70]51ウ10
[かけし [23]22オ4
思かけたりけり [93]70オ1
思かけたる [55]38オ8

思かけて [89]68ウ10
［かけて [13]13オ6
かく(兼)
かけたる [69]50ウ8
［かけて [96]72ウ4
かく(断)→かう・かかり・とかく
かく [1]2ウ2、[6]7オ6、[16]16オ7、[21]19オ9、[65]45オ7、[65]47オ6、[65]47オ7、[83]63オ4、[104]77オ8
｜かく [65]44ウ6
［かく [28]26ウ2
かくこそ [45]34ウ3
［かくこそ [20]18ウ4
かくしも [40]31オ9、[101]75ウ8
かくて [59]40オ1、[69]49オ9
かくては [105]77オ10

かくなん [23]22オ3、[42]32ウ9、[101]75ウ5
［かくも [90]69オ9
かぐ(嗅)
［かけは [60]40ウ7
かくす(隠)
［なかくしそ [23]23ウ6
［かくすへき [59]39ウ10
かくる(隠)
［かくる丶 [101]75ウ6
［かくる丶か [82]62オ7
［丶(か)くれさるへき］ [79]58オ2
かくれなむとすれは [82]62オ5
かくれにけり [4]4オ2
かくれにけれは [58]39オ6
かくれゐて [23]23オ1
かくろふ(隠)
［かくろふは [67]48オ10

かげ(影)→おもかげ・ゆふかげ
［かけかも］ [101]75ウ7
［影を [79]58オ1
かげ(蔭)
かけに [9]8ウ6、[27]26オ5
かさ(瘡)
かさ [96]72オ1
｜かさも [96]72オ3
かさ(笠)
［かさは [121]83オ8
かさも [107]79オ3
［かさも哉 [121]83オ5
かざし(挿)
かさしに [82]60ウ4
［かさしに [87]68オ10
かさなる(重)
たひかさなりけれは [5]5オ1
［かさなる山にあらねとも

[74]53オ3
かさぬ（重）
［かさぬとも [50]36ウ7
かさねあけたらん [9]10オ4
かざりちまき（飾粽）
かさ［な］りちまき [52]37ウ7
かし〈助詞〉
しらすかし [76]54オ8
［見よかし [71]52オ10
かしこし（賢）
かしこう [43]33オ6
かしこく [21]18ウ9、[98]74オ1
かしこくやあらさりけん [62]41オ10
かしづく（重）
かしつく [45]34オ10
かしは（柏）
かしはに [87]68オ9
かしはを [87]68オ8
かしこ（彼處）
こゝかしこより [96]72オ7
かしこより [96]72ウ6
かす（貸）
［かす [82]62オ1
かず（數）→さだかず
［かす [50]37オ6、[120]83オ2
かすまさりて [65]45ウ6
［かす〳〵に [107]79オ1
かすが（春日）
かすかのさとに [1]1ウ2
かすがの（春日野）
［かすかのゝ [1]2オ5
かすみ（霞）
［かすみに [94]71オ2
かぜ（風）→あきかぜ
風 [45]34ウ9、[87]68オ4
［風 [19]18オ3、[23]23オ4、
[108]79オ7
［風に [50]37オ3、[64]44オ4
［風にはありとも [64]44オ7
［風を [112]80ウ2
かぞふ（數）
［かそふれは [16]16オ1
かた（方）→あきがた・いづかた・おほかた・おほんおほぢがた・おほんかた・つごもりがた・よみはてがた・をんながた
方に [8]7ウ8、[19]17ウ3、[66]47ウ5
方に [9]8オ7
［方に [10]12オ1、[112]80ウ3
［ゝ（か）たにそ [10]11ウ9
［かたの [7]7ウ4、[87]68オ2
せむ方も [41]32オ5
［方や [70]52オ1

かたを [69]49ウ8
方を [23]23ウ4、[87]67ウ8
かた(肩)
［かた [23]22オ7
かたを [41]32オ4
かた(繪)
かたに [78]57ウ2、[94]70ウ2
かたを [43]33オ9
かたし(難)
［たのみかた [50]37オ4、[90]69オ10
［かたからん [40]31オ5
かたき [75]53ウ8
あひかたき [53]38オ1
たへかたき [13]13オ8
くれかたき [45]35オ4
かたくや [45]34ウ1
［とひかたみ [107]79オ1

かたしく(片敷)
［かたしき [63]43ウ3
かたち(形)→かほかたち
かたちの [6]6ウ8
かたちよりは [2]2ウ9
かたちを [104]77オ1
かたとき(片時)
かた時 [46]35オ7
かたの(交野)
かたの丶 [82]60ウ2
かた野を [82]61ウ1
かたは(片端)
かたはなり [65]44ウ5
かたはに [65]45オ7
かたぶく(傾)
かたふくまて [4]4オ10
かたへ(傍)
かたへの [87]67ウ4

かたみ(筐)
［かたみに [28]26ウ2(△互二)
かたみ(形見)
［かたみこそ [119]82ウ5(△堅ミ)
かたみとて [119]82ウ3
かたみ(互)
かたみに [50]37オ11
［かたみに [28]26ウ2(△筐二)
かたらふ(語)→うちものがたらふ
かたらはぬに [69]50オ3
［かたらはねとも］と [75]53オ8
あひかたらひける [16]15ウ6
かたらふ [64]44オ1
かたる(語)→ものがたり・ゆめがたり
かたりけり [63]42ウ2
［かたるかことは [111]80オ8
かたゐおきな(乞丐翁)

かたゐをきな　[81]59オ5
かたゐなか（片田舎）
かたゐなかに　[24]24オ3
かちびと（徒人）
［かち人の　[69]51オ8
かつ（且）
［かつ　[22]21オ1
かづく（被）
かつけんとす　[44]34オ1
かつら（桂）
［かつらのことき　[73]53オ1
かづら（葛）→たまかづら
かど（門）
かとに　[21]19ウ3
［ゝ（か）とに　[79]58オ1
かとよりも　[5]4ウ8
かな〈助詞〉（體言ヲ受クルモノ）
［ゝ（き）みかな］　[84]64オ9

［なけくころ哉］　[34]28オ4
［なみ哉］　[72]52ウ6
［なみかな］となむ　[7]7ウ5
かな〈助詞〉（用言ノ連體形ヲ受クルモノ）
［思ける哉］　[49]36ウ5
［思ます哉］　[33]27ウ7
［くたきつる哉］　[57]38ウ8
［こひわたる哉］　[74]53オ4
［さはく哉］　[26]26オ1
［たのまるゝ哉］　[55]38オ11、[104]77オ6
［なりにける哉］　[91]69ウ5
［なりぬへきかな］　[44]34オ5
きにけるかなと　[9]10ウ3
［なりにけるかな］と　[65]45ウ10
［なりにける哉］と　[62]41ウ8
［なりまさる哉］となん　[103]76ウ7
［なりにける哉］とは　[21]20ウ3

がな〈助詞〉→しがな・もがな
あはせてし哉と　[63]42ウ8
かなし（悲）→ものがなし
かなしと　[23]23オ7
かなしとや　[76]54オ7
［かなしも］と　[40]31オ6
かなしうし給ひけり　[84]64オ4
かなしうて　[115]81オ10
かなしくて　[24]25オ2、[69]50オ4
かなしき　[65]45ウ6、[65]46オ6
［かなしき］　[21]20オ10、[45]35オ5
［かなしきは　[115]81ウ3
［かなしけれ　[65]47オ3
かならず（必）
かならす　[85]64ウ6
かならす　[96]72オ6
がに〈助詞〉
［まかふかに］　[97]73ウ2

かぬ（兼）
［とゝめかね　［24］25オ6
がね〈接尾語〉→むこがね
かねて（豫）
［かねて　［125］84ウ4
かの（彼）
かの　［2］3オ2、［14］13ウ6、［16］16オ3、［23］23オ8、［23］23ウ3、［39］29ウ10、［39］30オ7、［41］32オ6、［63］43ウ1、［67］48オ8、［69］49オ3、［71］52オ4、［78］56ウ3、［81］59ウ5、［82］61ウ3、［82］62オ5、［84］64ウ1、［87］67オ7、［87］67ウ9、［94］70ウ5、［96］73オ1、［107］78オ5
かのこまだら（鹿子斑）
［かのこまたらに　［9］10オ2
かは（川）→あくたがは・あまのがは・かもがは・すみだがは・せりがは・そめがは・たつたがは・なみだがは・ほりかは・みかは・みたらしがは
河　［9］10ウ1
河あり　［9］10オ10
河の　［9］8ウ3、［9］10ウ1
河を　［6］5ウ7
かはしま（川島）
［かはしまの　［22］21オ4（△交シ）
かはす（交）
［かはし　［22］21オ4（△川島）
いひかはして　［21］20オ8
思ひかはして　［21］19オ1
はちかはして　［23］21ウ7
見かはして　［95］71オ8
かはづ（蛙）
［かはつさへ　［27］26オ9
［かはつの　［108］79オ11
かはへ（川邊）
［河邊の　［87］68オ1
かはら（川原）→あまのかはら
かはらけ（盃）
かはらけ　［60］40ウ5
かはらけ　［60］40ウ3
かはる（變）
［かはらしを　［42］32ウ10
世かはり　［16］15オ3
かはる（代）
かはりたてまつりて　［82］62オ9
かはりて　［107］78オ10、［107］78ウ9
かひ（貝）
［かひも　［75］53ウ4（△効モ）
かひ（匙）→いひがひ

かひ（效）

［かひ　[21]19ウ6

いふかひなくて　[23]22ウ3

［かひの　[87]67オ8

［かひも　[122]83ウ4

［かひも　[75]53ウ4（△貝モ）

かひなし（無效）

かひなし　[6]6ウ3

かふ（變）

［かふる　[78]57ウ4

［かへは　[65]44ウ9

かふ（飼）→たかがひ

かふ（交）

［ちりかひくもれ　[97]73ウ1

かふち（河内）

かうちのくに　[23]22ウ4

河内のくに　[67]48オ3

かうちへ　[23]23オ1

河内へも　[23]23オ7

かへさ（歸）

かへさに　[78]56オ3

かへし（返）

返し　[10]11ウ10、[17]16ウ9、[19]18オ1、[21]20オ5、[21]20ウ1、[22]21オ10、[23]22オ6、[25]25ウ4、[33]27ウ8、[37]28ウ7、[38]29オ5、[39]30オ7、[43]33ウ5、[47]36オ3、[49]36ウ3、[50]37オ5、[61]41オ7、[64]44オ6、[82]61ウ7、[82]61ウ9、[94]71オ3、[99]74オ9、[107]78オ10、[111]80オ6、[111]80オ9、[121]83オ7、[123]84オ2

とりかへしたまうてけり　[6]7オ5

かへす（返）

［かへさん］　[121]83オ6、[121]83オ9

［くりかへし　[32]27オ10

かへすがへす（返）

返〻す　[82]61ウ7

かへで（楓）

かえての　[20]18ウ1、[96]72ウ1

つたかえては　[9]9オ10

かへりごと（返事）

返ことに　[26]25ウ9

返事に　[52]37ウ7

返事は　[20]18ウ5

かへる（返・歸）→かへさ・かへりごと

かへりいりて　[21]19ウ5

かへりけるに　[70]51ウ7

かへりきて [2]3オ3
かへりきぬ [87]68オ3
かへりくる [20]18オ9、[87]67ウ6
かへりけり [5]5オ5
かへりたまうけり [83]62ウ5
かへり給にけりとなん [104]77オ9
かへりつゝ [69]49オ8
かへりて [82]62オ2
かへりにけり [4]4ウ5、
[24]25オ1、[66]47ウ9、
[69]50オ3
[かへる [7]7ウ5、[72]52ウ6
かへるとて [83]63ウ5
かへるに [82]61オ3
[ゆきかへるらん [92]69ウ9
かへれと [92]69ウ6
かほ（顔）→あさがほ・まさりがほ
かほにて [23]23オ1
かほの [99]74オ4
かほかたち（顔貌）
かほかたち [65]46オ2
かま（釜）→しほがま
かみ（上）→このかみ・そのかみ
そのかみ [77]55ウ1
かみなかしも [82]60ウ5
かみに [87]67オ2
かみに [9]9オ1、[87]66ウ5
かみ（守）→いつきのみやのかみ・うまのかみ・くにのかみ・さひやうゑのかみ・みぎのむまのかみ・むまのかみ・ゑふのかみ
かみ（神）→うぢがみ・おほんかみ・ほとけがみ・かむなぎ
神 [6]6オ10、[65]45ウ1
神さへ [6]6オ2
[神に [89]69オ2
[神の [71]52オ7、[71]52ウ1
[神は [65]45ウ10
かみ（髪）→つくもがみ・ふりわけがみ
かみなづき（神無月）→かんなづき
かみよ（神代）
[神世の [76]54オ6
[神世も [106]77ウ7
かむなぎ（巫覡）
かむなき [65]45ウ4
かめ（瓶）
かめに [101]75オ6
かも（賀茂）
かものまつり [104]77オ2
かも（助詞）
[かけかも] [101]75ウ7
かもがは（賀茂川）
かも河の [81]58ウ6

かや（賀陽）
かやのみこと ［43］33オ3
かよひぢ（通路）
［ゝ（か）よひちと ［42］33オ1
かよひ地に ［5］5オ3
［ゝ（か）よひちの ［5］5オ6
かよふ（通）
かよひけり ［5］4ウ10
かよひける ［22］21ウ3、［33］27ウ4
かよひけるに ［15］14ウ2
いきかよひければ ［65］45オ4
かよひ給し ［83］62ウ2
かよふ ［110］79ウ6
いきかよふへき ［4］4オ4
［かよふ ［15］14ウ5
いきかよふ所 ［23］22ウ5
から（柄）→ひとがら
から〈助詞〉→てづから・みづから
見ゆる物から ［19］17ウ7
［我から ［57］38ウ8
［思ものから」と ［43］33ウ1
［見ゆる物から」と ［19］17ウ10
［我からと ［65］46ウ4
［見るからに ［75］53オ7、［104］77オ5
［こけるからとも ［62］41ウ8
からうじて（辛）
からうして ［6］5ウ5、［23］23ウ7、［40］31ウ3
からくれなゐ（唐紅）
［からくれなゐに ［106］77ウ8
からごろも（唐衣）
［から衣 ［9］9オ3
からたち（枳）
むはらからたちに ［63］43オ10
からむ（搦）
からめられにけり ［12］12ウ1
かり（狩）→かりのつかひ
かりしありきけるに ［63］42ウ9
かりしに ［83］62ウ3
かりする ［82］60ウ1
かりに ［1］1ウ3、［69］49オ7、［69］50ウ5
［かりに ［45］35オ3
［かりにたにやは ［123］84オ4（△假ニ）
かりは ［82］60オ8
かり（雁）
［鴈 ［68］48ウ7
［かりも ［10］11ウ8
［かりを ［10］12オ2
かり（假）
［かりにたにやは ［123］84オ4（△狩ニ）
［かりにも ［58］39ウ2
がり（許）

きのありつねかり [38]28ウ10
かりぎぬ（狩衣）↓すりかりぎぬ
かりきぬの [1]2オ1
かりきぬをなむ [1]2オ3
かりごろも（狩衣）
[かり衣 [114]81オ3
かりのつかひ（狩の使）
かりのつかひ [69]50ウ9
かりの使に [69]49オ2
狩の使より [70]51ウ7
かる（借）
[からむ [82]61ウ5
かる（狩）
[かりくらし [82]61ウ5
かりて [82]61ウ1
かる（刈）
からんとて [58]39オ3
[かり [52]37ウ8
[かりほす [75]53オ10
[かる [57]38ウ7、[65]46ウ4、[70]52オ1（△離ル）
[かるそ [52]37ウ9
かる（枯）
[かれなて [25]25ウ6
[かれめや [51]37ウ5
かる（離）↓めかれす
[かるとも [46]35ウ5（△刈ルトモ）
かるれは [46]35ウ3（△刈ル）
[かれす [48]36オ9
かれにけり [19]17ウ5
[かれぬる [24]25オ6
がる〈接尾語〉↓あはれがる・こころぐるしがる・こころもとながる・ゆかしがる・をかしがる
かるし（輕）
[心かるしと [21]19オ6
かれ（彼）
これかれ [88]68ウ4
かれは [6]5ウ8
かれいひ（乾飯）
かれいひ [9]8ウ6、[9]9オ5
かわく（乾）
[かはく [108]79オ8
かんなづき（神無月）
神な月の [81]58ウ8

き

き（木）↓いはき・くさき
[木 [118]82ウ1
木の [9]8ウ6、[67]48オ7、[77]54ウ6、[82]60ウ3、[82]61オ3
き（酒）↓おほみき

き〈紀〉
きのありつね　［82］61ウ8、［82］62オ9
きのありつねかり　［38］28ウ10
きのありつねと　［16］15オ1
きのくにの　［78］56ウ6
き〈記〉→ないき
き～〈來〉→く
き〈助動詞・過去〉
（き）
たてまつれりき　［78］56ウ8
［いはひそめてき　［117］82オ8
［まとひにき　［69］50ウ3
［おもひきや　［83］63ウ6
（し）
いにし　［96］72ウ9
うせにし　［87］67ウ6
かよひ給し　［83］62ウ2
こし　［6］6ウ2
つかうまつりし　［85］64ウ10
見し　［9］9ウ3、［62］41ウ3
よかりし　［16］15オ7
おほみゆきせし　［78］56ウ6
［あひ見し　［16］16オ1
［いてにし　［110］79ウ9
［いひし　［23］23ウ10
［かけし　［23］22オ4
［くらへこし　［23］22オ7
［こし　［42］32ウ10、［69］50オ10
［すみこし　［123］83ウ9
［たのみし　［122］83ウ4
［とひし　［6］6ウ4
［ゝ（と）ひし　［38］29オ7
［なれにし　［9］9オ3
［見し］　［109］79ウ5
［みたれそめにし　［1］2オ10
［せしみそき　［65］45ウ9
［むすひし　［37］28ウ8
［わけし　［25］25ウ2
［せしかこと　［24］24ウ7
［すまひし］と　［21］19ウ7
［いひしなからもあらなくに　［96］72ウ4
［ありしに　［40］31オ6、［101］75ウ7
［むすひしものを　［28］26ウ3
［よりし許に］　［26］26オ1
［よりにし物を］と　［24］24ウ10
ありしより　［21］20オ8、［65］45ウ7
［ありしより　［21］20オ10
きゝしよりは　［78］57オ7
すへたりしを〈据〉　［78］57オ3
［おもはさりしを］　［125］84ウ6
（しか）

いひしか [40]31オ8
思しかと [45]34ウ3
[き丶しかと [125]84ウ5
[せしかとも [29]26ウ7
たてまつれりしかは [78]57オ1
（せ）
[なかりせは [82]60ウ7
きく（菊）→しらぎく
きく [51]37ウ2
きくの [18]17オ5、[81]58ウ9
[菊の [68]48ウ7
きく（聞）
えきかさりけり [6]6オ10
[きかす [106]77ウ7
きかてなんありける [23]22オ1
[きかは [107]78ウ2
[きかませは [58]39ウ5
き丶おひけりとや [114]81オ7
き丶おひける [108]79オ9
[き丶しかと [125]84ウ5
き丶しよりは [78]57オ7
き丶つけて [5]5オ2、[6]7オ4、[43]33オ8、[45]34ウ4
き丶て [9]11オ4、[12]12ウ8、[23]23オ6、[41]32オ7、[47]35ウ9、[60]40ウ3、[61]41オ4、[65]45オ4、[65]46オ4、[69]50ウ9、[101]75オ2、[101]75ウ2
たちき丶て [27]26オ8
[きく物ならは [21]20オ6
[きくらん] [50]37オ10
[きけ] [39]30オ6
きけと [4]4オ3、[65]47オ1、[73]52ウ7
きこえ（聞）
きこえ [5]5ウ1
きこしめす（聞召）
きこしめしつけて [65]46オ9
きこゆ（聞）
きこえけり [49]36ウ3
思ひいてきこえけり [83]63ウ2
きこえたりけれは [104]77オ8
きこえて [120]82ウ9
きこえねは [13]13オ2
きこゆる [98]73ウ4
きこゆる [94]70ウ6
[きこゆる [39]30オ8
きこゆれは [13]13オ2
きさき（后）→おほきさいのみや
五条の后とも [65]47ウ1
そめとの丶后也 [65]47ウ1
二条のきさきに [5]5オ10

二條の后に [95]71オ6
きさきの [6]7オ7
二條のきさきの [3]3ウ3、[6]6ウ6
二條の后の [76]53ウ9
きざむ（刻）
きざみて [78]57ウ2
きさらぎ（二月）
きさらき許に [67]48オ2
きし（岸）
［きしの [117]82オ5
きじ（雉）
きしを [98]73ウ7
きしをなむ [52]37ウ10
きす（著）
きせて [121]83オ6
きたなし（穢）
きたなけさよ [103]76ウ9
きつ
［きつに [14]14オ2
きぬ（衣）→うへのきぬ・かりぎぬ・しらきぬ・すりかりぎぬ・ぬれぎぬ
きぬ [62]42オ5
きのふ（昨日）
［きのふ [67]48オ10
［きのふけふとは [125]84ウ5
きみ（君）→おほきおほいまうちぎみ・ひだりのおほいまうちぎみ・ほりかはのおほいまうちぎみ
きみ [85]64ウ5
［君 [23]23ウ10、[82]61ウ10
［きみか [10]11ウ9、[16]16オ9、[20]18ウ8、[87]68ウ1
［君か [20]18ウ3、[23]23オ5、[23]23ウ5、[44]34オ4、[98]73ウ8
［丶（き）みかな [84]64オ9
［きみならすして [23]22オ8
きみ也 [78]57オ3
きみに [65]46オ5
［きみに [24]24ウ10、[116]81ウ9
［君に [33]27ウ7、[38]29オ3
［丶（き）みにそありける］ [73]53オ1
［君は [52]37ウ8、[117]82オ7、[123]84オ4
［きみや [69]50オ10
［きみを [16]16オ6
［君を [83]63ウ7
きやう（京）
ならの京 [1]1ウ2
京なる [13]13オ1
京に [7]7オ9、[9]10ウ7、[20]18ウ5、[84]64オ2、

[116]81ウ6
ゝ(に)しの京に [2]2ウ7
京に [9]9ウ4
京には [9]11オ1
京には [9]8オ6
京にもあらす [102]76オ6
京のひとは [14]13ウ3
京は [2]2ウ6
ならの京は [2]2ウ5
京へなん [14]14オ5
京や [8]7ウ7
京より [13]13オ5
京を [59]39ウ7
きやう(卿)→くないきやう
ぎやう(行)→すぎやうじや
ぎやう(形)→げぎやう
ぎやうがう(行幸)→みゆき
行幸したまひけり [117]82オ2
行幸したまひける [114]80ウ7
きゆ(消)→け
「きえすとて [105]77ウ1
「きえすはありとも [17]17オ2
「きえなましものを [6]6ウ5
「きえのこりても [50]36ウ10
「きえはてぬめる」と [24]25オ7
「きゆる [39]30オ9
きよら(清)
きよらなる [41]32オ8
きり(霧)
「きりや [94]71オ2
きる(切)
きりて [1]2オ2
きる(著)
きたりける [1]2オ1、[1]2オ4
「きつゝ [9]9オ3(△來)
「きぬる [9]9オ4(△來)
「きると [61]41オ9

く

く(句)
くの [9]9オ1
く(奥)→みちのく
く(來)
きけり [6]5ウ6
きけるに [38]29オ1
かへりきけるに [70]51ウ7
いりきけれは [58]39オ5
きたり [96]72ウ1
いてきたり [82]61オ5
きたりけり [24]24オ9、[69]49ウ6
もてきたりける [20]18ウ6
まとひきたりけれと [45]34ウ5
きたりけれは

[17]16ウ5、[101]75ウ2
きつきてなん [20]18ウ6
きつゝ [65]46ウ7、[92]69ウ6
［きつゝ [9]9オ3（△著）
きて [23]23オ8、[63]43オ3、
[63]43オ10、[65]44ウ5
いてきて [62]41ウ3
かへりきて [2]3オ3
よりきて [39]29ウ9
［きても [71]52オ10
［きにけむ [81]59オ8
［きにけむ］と [81]59ウ7
あつまりきにけり [87]66ウ2
いてきにけり [23]22ウ5、
[96]72オ2、[96]72オ9
まとひきにけり [107]79オ5
［きにけり］ [82]61ウ6
［きにけり］と [87]66オ6

きにける [83]63ウ8
きにけるかなと [9]10ウ3
かへりきぬ [87]68オ3
もてきぬ [78]57オ6、[87]68オ7
［たのみきぬらん］ [16]16オ6
［きぬる [9]9オ4（△著）
［きぬる [65]47オ8
［きます [82]61ウ10
あつまりきゐて [58]39オ9
くる [12]12ウ3
かへりくる [20]18オ9、[87]67ウ6
［くる [16]16ウ2
［みちくる [33]27ウ6
［ゝ（く）る］ [25]25ウ6
くるに [87]67ウ7
こさせけり [69]49オ8
［こさらむ］と [123]84オ4

こさりける [27]26オ8
こさりけれは [24]24オ6、[48]36オ7
こし [6]6ウ2
［こし [42]32ウ10、[69]50オ10
［くらへこし [23]22オ7
［すみこし [123]83ウ9
こしと [33]27ウ5
［こすは [17]17オ1
こむと [23]23ウ8
まいりこむと [118]82オ10
いてこむと [63]42ウ5
［こむと [23]23ウ10、[97]73ウ2
く〈接尾語〉→なく・らく
いはく [9]8ウ9
ぐう（宮）→さいぐう・とうぐう
くくる（括）
［くゝるとは］ [106]77ウ8

くさ（草）→ことぐさ・しのぶぐさ・ちぐさ・はつくさ・ふかくさ・わかくさ・わすれぐさ
［草 ［83］62ウ10
草の ［6］5ウ7
［草の ［21］20オ3、［56］38ウ3
くさき（草木）
［草木そ ［41］32ウ1
くさば（草葉）
［くさ葉よ ［31］27オ4
くさむら（叢）
くさむらの ［12］12ウ2
くし（髪）→みぐし・をぐし
ぐす（具）
くしてなむ ［65］45ウ5
くぜち（口說）
くせち ［96］72オ8
くたかけ（鷄）
［くたかけの ［14］14オ3
くだく（摧）
［くたきつる哉］ ［57］38ウ8
くち（口）→とぐち・ひとくち・みなくち
むまのくちを ［63］43オ1
くつ（靴）
くつは ［65］45オ6
くづれ（崩）
くつれより ［5］4ウ10
くでう（九條）
九條の ［97］73オ8
くないきやう（宮内卿）
宮内卿 ［87］67ウ6
くに（國）→くにのかみ
かうちのくに ［23］22ウ4
河内のくに ［67］48オ3
きのくにの ［78］56ウ6
しなのゝくに ［8］8オ1
つのくに ［33］27ウ3
津のくに ［87］66オ2
みかはのくに ［9］8ウ1
すむへきくに ［9］8オ8
武蔵のくにと ［9］10オ9
しもつふさのくにとの ［9］10オ10
伊勢のくになりける ［72］52ウ2
人のくになりける ［62］41ウ2
そのくにゝ ［10］11オ9
伊勢のくにゝ ［69］49オ2、［75］53オ5
するかのくにゝ ［9］9オ7
つのくにゝ ［66］47ウ3
人のくにゝ ［65］47オ6
みちのくにゝ ［14］13ウ2、［81］59ウ1
みちのくにゝて

[15]14ウ1、[115]81オ8
人のくにゝても　[10]12オ3
くにの　[60]40ウ1
きのくにの　[78]56ウ6
くにへ　[72]52ウ3
いつみのくにへ　[67]48オ2、[68]48ウ2
人のくにへ　[46]35オ8、[60]40オ10
おはりのくにへ　[69]51オ2、[69]51ウ3
みちのくにまて　[116]81ウ5
武蔵のくにまて　[10]11オ8
人のくにより　[65]46ウ6
くにつね（國經）
くにつねの大納言　[6]7オ2
くにのかみ（國守）
くにのかみ　[69]50ウ8
くにのかみに　[12]12ウ1
くはこ（桑子）
［くはこにそ　[14]13ウ7
くふ（食）
くはせなとしけり　[62]41ウ3
［くはせよとも　[104]77オ6
くひけり　[9]8ウ7
くひてけり　[6]6オ9
くふ　[9]11オ1
くも（雲）→あまぐも
くも　[23]23オ9、[67]48オ5
［くも　[23]23ウ6
［雲には　[102]76オ9
［くもの　[21]20ウ2、[67]48オ10
［雲の　[45]35オ2
くもて（蜘蛛手）
くもてなれは　[9]8ウ3
くもる（曇）
くもりて　[67]48オ6
くもりみはれみ　[67]48オ4
［ちりかひくもれ　[97]73ウ1
くもゐ
［雲ゐに　[11]12オ7
くら（藏）
くらに　[6]6オ4、[65]46ウ1、[65]46ウ2、[65]46ウ10
くらし（暗）
くらう　[9]9オ9
くらきに　[6]5ウ6
くらす（暮）→ひぐらし
［なかめくらさん　[99]74オ8
［かりくらし　[82]61ウ5
［なかめくらしつ］　[2]3オ7
［かきくらす　[69]50ウ3
くらぶ（比）→あだくらべ
［くらへこし　[23]22オ7

くり（栗）

くりの [87]67オ5

くりかへす（繰返）

［くりかへし [32]27オ10

くりはら（栗原）

［くりはらの [14]14オ6

くる（暮）→ひぐれ・ゆふぐれ

［くるれは [56]38ウ4

くれかたき [45]35オ4

くれぬ [87]67ウ8

くれぬと [9]10ウ5

くるし（苦）→こころぐるし

くるしと [13]13オ2

［くるしかりけり］ [93]70オ5

［くるしき [48]36オ8

くるま（車）→おほんくるま・をんな

くるま

くるまなりける [39]30オ2

くるまに [39]30オ1、[99]74オ3、

くるまを [104]77オ7 [39]29ウ8

くれなゐ（紅）→からくれなゐ

［紅に [18]17オ7、[18]17ウ1

くわ（花）→ゑいぐわ

ぐわん（願）

願 [40]31ウ1

け

け（笥）→けこ

け（消）→きゆ

［けなゝん [105]77ウ1

［けなは [105]77ウ1

け（異）→けし

けに [21]20オ8、[65]45ウ7

［けに [21]20オ10

げ（氣）→にげなし

げ〈接尾語〉

きたなけさよ [103]76ウ9

おかしけなりけるを [49]36オ11

［ねよけに [49]36ウ1

［うれしけも [118]82ウ2

げぎやう（現形）

けきやうし給て [117]82オ6

けこ（笥籠）

けこの [23]23ウ1

けさ（今朝）

［けささこそ [66]47ウ7

［けさそ [43]33ウ3

けさう（懸想）

けさうしける [3]3オ8

けさうして [23]23オ2

けし（衣）→みけし

けし（異）→け

けしう [21]19オ9
けしうはあらぬ [40]30ウ3
けしき（氣色）→みけしき
けしき [63]42ウ6
けしきなれは [33]27ウ5
けしきも [23]22ウ7
けしきを [43]33ウ2、[63]43オ9
けぢめ（區別）
けちめ [63]43ウ9
けつ（消）
［けち [39]30オ5、[39]30オ8
けちなむするとて [39]30オ3
けふ（今日）
［けふ [17]17オ1、[67]48オ10
［けふかあすかと [87]67オ8
［けふこそ [90]69オ9
［けふこそは [76]54オ5
［きのふけふとは [125]84ウ5
［けふに [77]55オ8
けふの [40]31ウ1、[77]55オ3
［けふの [29]26ウ8、[91]69ウ4
［けふは [12]12ウ6、[40]31オ6
［けふはかりとそ [114]81オ4
けふまて [96]72ウ8
けぶり（煙）
［けふや [99]74オ8
［煙 [8]8オ3、[112]80ウ2
けふりの [8]8オ2
けむ〈助動詞〉
（けむ）
ありけむ [21]19オ2、[45]34ウ2、[94]70オ7
有けん [87]67ウ5
いつくなりけん [64]44オ2
おほえけん [14]13ウ4
おもはすやありけん [32]27ウ2
おもひけん [14]13ウ10
思ひけん [2]3オ4、[59]39ウ7、[76]54オ7、[76]54オ8
思けむ [86]65ウ6
思けん [1]2オ8、[31]27オ4、[37]28ウ4、[90]69オ4、[96]71ウ9、[123]83ウ8
かしこくやあらさりけん [62]41オ10
心あやまりやしたりけむ [103]76ウ4
ことはりにやありけん [93]70オ6
さまにやありけん [93]70オ2
すみうかりけん [8]7ウ8
ねむしわひてにやありけん [21]20オ2
まさりけむ [77]55ウ2

ゆかしかりけむ [104]77オ2
わすれさりけん [22]20ウ7
[ありもやしけん [111]80オ4
[きにけむ [81]59オ8
[すみけん [58]39オ8
[なりにけん [28]26ウ2
[ゆきけむ [69]50オ10
わすれやし給にけんと [46]35ウ1
[きにけむ]と [81]59ウ7

けらし〈助動詞〉
あらさりけらし [2]3オ2
おもひけらしとそ [14]14オ9
[すきにけらしな [23]22オ5

げらふ（下﨟）
下らうにて [6]7オ3

けり〈助動詞〉
（けり）
あかし給てけり [83]63オ3
あしかりけり [114]81オ5
あつまりきにけり [87]66ウ2
あはれかりけり [77]55ウ2
あひいへりけり [42]32ウ4、[86]65ウ3、[103]76ウ5
あひしりたりけり [65]44ウ3
あひにけり [20]18オ7、[23]22オ9、[95]71ウ3、[95]71ウ6
あへりけり [37]28ウ4
あらさりけり [42]32ウ5
ありけり [2]2ウ8、[3]3オ8、[6]5ウ3、[7]7オ9、[9]8オ5、[18]17オ3、[31]27オ8、[41]31ウ7、[46]35オ7、[52]37ウ6、[65]44オ10、[80]58オ8、[82]60オ2、[85]65オ6、[101]75オ1、[101]75オ8、[107]77ウ9、[110]79ウ6、[123]83ウ6
有けり [2]2ウ5、[4]3ウ8、[5]4ウ6、[8]7ウ7、[12]12オ9、[16]15オ1、[18]17オ4、[25]25オ9、[45]34オ9、[47]35ウ8、[48]36オ6、[50]36ウ6、[60]40オ7、[69]49オ1、[84]63ウ9、[85]64ウ4、[94]70オ7、[95]71オ7、[96]71ウ7、[102]76オ3、[103]76ウ1、[104]77オ1
あはてにけり [40]31オ8
いきけり [5]4ウ7、[9]8オ10、[66]47ウ5、[67]48オ3、[68]48ウ2

いたつきけり　[69]49オ10
いたはりけり　[69]49オ7
いてきにけり　[23]22ウ5、[96]72オ2、[96]72オ9
いてたりけり　[39]29ウ4
いとこなりけり　[65]44ウ1
いにけり　[1]1ウ3、[12]12ウ9、[21]19オ8、[22]21オ6、[60]40オ10
いひをこせけり　[94]70ウ2
いふなりけり　[6]7オ6
いへりけり　[96]72オ6
いまそかりけり　[39]29オ10、[78]56オ2、[81]58ウ6、[97]73オ7
うまれ給へりけり　[79]57ウ8
えあるましかりけり　[42]32ウ7
えきかさりけり　[6]6オ10

をこせさりけり　[94]70ウ5
をこせたりけり　[62]41ウ6
おはしけり　[98]73ウ5
おはしましけり　[39]29オ9、[43]33オ5、[77]54オ10、[78]55ウ7、[82]60オ1、[82]60オ6
おほかりけり　[81]59ウ3
思ひけり　[40]30ウ4、[57]38ウ5
思けり　[45]34ウ1、[96]71ウ10
思ひいてきこえけり　[83]63ウ2
思かけたりけり　[93]70オ1
思しりたりけり　[102]76オ4
おろしたまうてけり　[83]63オ6、[85]64ウ6
かいまみてけり　[1]1ウ6
かゝれりけり　[82]60ウ1
かくれにけり　[4]4オ3

かたりけり　[63]42ウ2
かなしうし給ひけり　[84]64オ5
かへりけり　[5]5オ5
かへり給にけりとなん　[104]77オ9
かへりたまうけり　[83]62ウ5
かへりにけり　[4]4ウ5、[24]25オ1、[66]47ウ9、[69]50オ4
かよひけり　[5]4ウ10
からめられにけり　[12]12ウ2
かれにけり　[19]17ウ5
きけり　[6]5ウ6
きこえけり　[49]36ウ3
きたりけり　[24]24オ9、[69]49ウ7
きにけり　[82]61ウ6
行幸したまひけり　[117]82オ3
くはせなとしけり　[62]41ウ4

くひけり　[9]8ウ7
くひてけり　[6]6オ9
こえにけり　[69]51ウ3
心やみけり　[5]5オ9
こさせけり　[69]49オ9
事なりけり　[107]78ウ6
こもりをりけり　[45]34ウ6
しけり　[78]55ウ8
しりにけり　[99]74ウ2
すたくなりけり　[58]39ウ2
すみけり　[1]1ウ5、[24]24オ3、[87]66オ4、[102]76オ7、[115]81オ9
すみたまひけり　[81]58ウ8
すみ給けり　[84]64オ1
たえいりにけり　[40]31オ7
たてけり　[40]31ウ1
たてまつりけり　[77]54ウ4

たまひけり　[85]65オ3
たまへりけり　[85]65ウ1、[98]74オ1
つかはさゝりけり　[83]62ウ8
つこもりなりけり　[83]63オ2
とりかへしたまうてけり　[6]7オ5
なかりけり　[16]15ウ5、[21]19オ1、[81]59ウ5、[103]76ウ2
なきけり　[65]46オ5
なきにけり　[9]11オ7
なきになきけり　[41]32オ6
なりにけり　[21]20ウ5、[23]23オ8、[23]23ウ3、[23]24オ2、[24]25オ8、[68]48ウ9、[69]50オ5、[94]70オ8、[101]76オ2

[116]81ウ10、[123]84オ6
にけにけり　[12]12ウ3、[62]42オ6
ねにけり　[14]14オ1、[63]43オ3、[63]43ウ6
はりけり　[41]32オ2
はりやりてけり　[41]32オ5
ひとなりけり　[9]9ウ4
ふきけり　[45]34ウ9
ふしにけり　[24]25オ4
へにけり　[96]71ウ8
ほとひにけり　[9]9オ6
まうてけり　[85]64ウ6
まさりけり　[105]77ウ4
まされりけり　[2]2ウ9
まとひありきけり　[10]11オ9
まとひいきけり　[9]8ウ1
まとひいにけり　[116]81ウ6

まとひきにけり ［107］79オ5
まとひにけり ［1］1ウ8
みまそかりけり ［77］54ウ1
行幸したまひけり ［117］82オ3
みわさしけり ［77］54ウ3
めてまとひにけり ［107］78オ6
もたりけり ［41］31ウ9
やみにけり ［86］65ウ4、［86］65ウ9、［87］67ウ5
やりけり ［107］78オ6
やれりけり ［86］65ウ6
ゆきけり ［8］8オ1、［9］8オ8
ゆきいたりにけり ［14］13ウ3
ゆるしてけり ［5］5オ9
よくもあらさりけり ［77］55ウ1
よはひけり ［10］11オ10、［107］78オ2
よはひわたりけり ［95］71オ8
よみけり ［79］57ウ9、［82］60ウ6、［123］83ウ8
よめるなりけり ［42］33オ2
わかれにけり ［46］35オ9
わすれにけり ［82］60オ8
わらひけり ［65］45オ5
ゐふのかみなりけり ［87］66ウ3
をりけり ［58］38ウ10
［あはぬなりけり］ ［9］9ウ7
［あれにけり］ ［58］39オ7
［うしとなりけり］ ［67］48ウ1
［思ふなりけり］ ［50］37オ7
［きにけり］ ［82］61ウ6
［くるしかりけり］ ［93］70オ5
［たなひきにけり］ ［112］80ウ3
［とふへかりけり］ ［48］36オ9
［へにけり］ ［16］16オ2
［まちけり］ ［17］16ウ8
［やとりなりけり］ ［56］38ウ4
［世なりけり］ ［21］19ウ6
［わかれなりけり］ ［115］81ウ4
［おしまさりけり］ ［87］68ウ1
［有けり］と ［27］26オ7
［きにけり］と ［87］66オ6
［よなりけり］と ［122］83ウ4
［思けりとは ［21］20オ7
きゝおひけりとや ［114］81オ7

（ける）

秋になんありける ［94］70ウ10
あひかたらひける ［16］15ウ7
あひしりたりける ［19］17ウ5
ありける ［4］4オ6、［14］13ウ5、［39］30オ10、［60］40ウ10、［63］43ウ10、［65］47オ2、［81］59オ5、［101］75オ3、［101］75オ9

有ける　[107]78オ1
在原なりける　[65]44ウ2
あるしまうけしたりける　[101]75オ5
いかなりける　[124]84オ7
いきける　[65]45ウ5
いきいてたりける　[40]31ウ3、[59]40オ6
伊勢のくになりける　[72]52ウ2
いたしたりける　[24]24ウ2、[58]39ウ3
いてにける　[86]66オ1
いにける　[65]46オ1
いはさりける　[25]25オ10
いひける　[9]8ウ5、[19]18オ5、[24]24オ7、[71]52オ5、[79]58オ4、[87]66オ9、[101]76オ1

いひをこせける　[11]12オ6
いひかけゝる　[70]51ウ10
いひちきりける　[112]80オ12
いひやりける　[1]2オ7、[25]25ウ1、[54]38オ5、[102]76オ11、[111]80オ3、[116]82オ1
いひをりける　[14]14オ9
いますかりける　[65]44オ11
いまそかりける　[77]54ウ10
いろこのみなりける　[28]26ウ1
色このみなりける　[37]28ウ3
うたひける　[65]46ウ9
うまのかみなりける　[82]60ウ6
えあらさりける　[42]32ウ8
をきたりける　[6]5ウ8
をこせたりける　[10]11ウ6、[52]37ウ7

をとつれさりける　[17]16ウ4、[62]41オ10
おはしける　[6]7オ8
おはしましける　[3]3ウ5、[4]3ウ7、[82]60オ4
御おほちかたなりける　[79]57ウ9
おもしろかりける　[90]69オ7
おもひける　[73]52ウ9
思ひける　[10]11ウ5、[124]84オ8
かきつけゝる　[21]19オ5、[24]25オ5、[114]81オ2
かよひける　[22]21ウ3、[33]27ウ4
きかてなんありける　[23]22オ1
きゝおひける　[108]79オ10
きたりける　[1]2オ1、[1]2オ4
きにける　[83]63ウ8

行幸したまひける [114]80ウ8
くるまなりける [39]30オ2
けさうしける [3]3オ9
心地しける [13]13オ9
心つけたりける [10]11ウ2
こさりける [27]26オ8
こたちなりける [19]17ウ4
五條わたりなりける [26]25ウ7
齋宮なりける [69]49オ3
さかなゝりける [60]40ウ6
さたまらさりける [2]2ウ7
さ月になんありける [43]33ウ5
左兵衞督なりける [101]74ウ10
さふらうなりける [63]42ウ4
さふらはせたまひける [114]81オ1
さふらひける [65]44ウ1、[76]54オ2
しける [40]31ウ5、[50]37オ11
しのひありきしける [50]37ウ1
すみける [123]83ウ7
せられける [97]73オ8
そこなりける [24]25オ4
たえにける [22]20ウ6
たてたりける [99]74オ3
たてまつりける [76]54オ4、[78]57ウ3、[82]61ウ4
中將なりける [97]73オ9、[99]74オ5
つかうまつりける [85]64ウ5、[103]76ウ3
つかひたまひける [103]76ウ5
つきにける [114]80ウ9
つれなかりける [34]28オ2、[54]38オ5
となりなりける [39]29ウ2、[58]39オ1
とひける [6]5ウ9
ゝ(と)ひことしける [36]28オ9
なきける [65]46オ8
なりにける [26]25ウ8
ゝ(の)たまひける [82]61オ9
はつかなりける [30]26ウ9
人のくになりける [62]41ウ2
ひなひたりける [14]13ウ9
ふかゝりける [4]3ウ9
ふちはらなりける [10]11ウ4
へける [89]68ウ10
申ける [76]53ウ10
まうてけるになん有ける [85]64ウ9
まさりたりける [2]3オ1
まめならさりける [60]40オ8
見えける [77]54ウ9
みきのむまのかみなりける

[78]57ウ1
右のむまのかみなりける
[77]55オ5、[82]60オ5
見たまひける [104]77オ7
宮つかへしける [19]17ウ3
宮なりける [84]63ウ10
みやひをなんしける [1]2ウ3
みよしのゝさとなりける
[10]11ウ7
もとなりける [107]77ウ10
物いひける [32]27オ9
もてきたりける [20]18ウ6
やうになむありける [87]67オ2
やうになんありける [9]10オ7
やまさりける [10]12オ4
やみぬへかりける [39]29ウ6
やりける [2]3オ5、
[38]29オ2、[52]37ウ10、

[99]74オ6、[102]76オ8、
[103]76ウ8、[109]79ウ3
やれりける [94]70ウ9
よませける [101]75ウ3
よみける [18]17オ9、
[67]48オ9、[77]55オ7、
[83]63オ2、[87]66オ7、
[87]66オ7
よみたりける [82]60ウ9
よめりける [7]7ウ6、
[78]57ウ6、[81]59ウ8、
[94]71オ3
わひたりける [26]25ウ9
ゐなかわたらひしける [23]21ウ4
ありける [78]56ウ7
へにける [46]35オ10
「有ける」 [16]16ウ3
「なるへかりける」 [14]13ウ8

「ひちまさりける」 [25]25ウ3
「まけにける」 [65]44ウ8
「まとひける」 [52]37ウ8
「わかれさりける」 [41]32ウ1
「おりける」 [18]17ウ2
さすかなりけるか [25]25オ10
「思ける哉」 [49]36ウ5
「ゝ(き)みにそありける」 [73]53オ1
「なりにける哉」 [91]69ウ5
きにけるかなと [9]10ウ3
「なりにけるかな」と [65]45ウ10
「なりにける哉」と [62]41ウ8
「物にそ有ける」と [98]73ウ9
「なりにける哉」とは [21]20ウ3
まもらせたまひけるとそ [5]5ウ2
物になんありけるとて [94]70ウ8

ありけるに [66]47ウ4
いきけるに [7]7ウ1、[60]40ウ1、[69]49オ2
いきたりけるに [61]41オ1、[81]59ウ2
いたしたりけるに [60]40ウ5
うへけるに [51]37ウ3
かへりきけるに [70]51ウ8
かよひけるに [15]14ウ2
かりしありきけるに [63]42ウ9
きけるに(來) [38]29オ1
ちきりたりけるに [24]24オ8
まうて給けるに [76]54オ1
まちけるに [48]36オ7
まちわひたりけるに [24]24オ6
めしあつけられたりけるに [29]26ウ6
ゆきけるに [11]12オ5

よめりけるに [123]84オ5
わたりけるに [31]27オ3
ゐたりけるに [6]6オ8
いひけるにそ [60]40ウ9
まうてけるになん有ける [85]64ウ9
いひけるは [9]8ウ3
よみけるは [81]59ウ1
よめりけるは [19]18オ4
はらへけるまゝに [65]45ウ5
ゆきにけるまゝに [24]24オ5
あそひけるを [23]21ウ6
あひ思ひけるを [46]35オ7
ありけるを [43]33オ7
いきけるを [46]35オ8
いてたりけるを [6]7オ1、[104]77オ3
いひけるを [10]11ウ1、[45]34ウ3、[61]41オ3、[108]79オ9

いへりけるを [90]69オ5
いれたりけるを [39]30オ1
えうましかりけるを [6]5ウ4
思ひけるを [43]33オ8
かいまみけるを [63]43オ5
なくなりにけるを [111]80オ2
まうてつかうまつりけるを [83]63オ4
まいりけるを [5]5オ10
見えけるを [27]26オ5
めくみつかうたまひけるを [43]33オ6
もりけるを [23]23ウ2
やれりけるを [94]70ウ3
ゆきとふらひけるを [4]4オ1
よはひわたりけるを [6]5ウ5

よみけるを [12]12ウ8、[23]23オ6、[63]43ウ5
よみたりけるを [77]55オ10
わかゝりけるを [65]44ウ3
ゐたまへりけるを [6]6ウ8
おかしけなりけるを [49]36オ11
[へにけるを] [16]16オ5

(けれ)

つくりけれ [23]23オ10
なかりけれ [16]15ウ3
[えこそたのまさりけれ] [47]36オ2
[しるへなりけれ] [99]74ウ1
[たてまつりけれ] [16]16オ9
[なりにけれ] [109]79ウ4
[えにこそありけれ]と [96]72ウ5
あひけれと [16]15オ3
ありけれと [23]21ウ7、[94]70オ9
いきけれと [42]32ウ5
いたしけれと [41]32オ2
いひけれと [6]6オ9、[21]20ウ4、[22]21オ6、[23]24オ2、[24]25オ1
いへりけれと [32]27ウ2
思けれと [16]15ウ4、[105]77ウ3、[114]80ウ9、[114]81オ6
さりけれと [23]22ウ6
すまひけれと [101]75ウ4
たゝきけれと [24]24ウ1
とらせけれと [62]42オ5
申けれと [65]45ウ1
まうつとしけれと [84]64オ3
まとひきたりけれと [45]34ウ5
ゝ(見)けれと [21]19ウ3
よまさりけれと [102]76オ4
[もみちしにけれ]とて [20]18ウ4
ありけれは [1]1ウ7、[5]5ウ1、[58]39オ10、[69]49ウ5、[83]63ウ4、[86]65ウ3
いきけれは [6]5ウ7
いきかよひけれは [65]45オ4
いたさせたまへりけれは [100]74ウ7
いたしやりけれは [23]22ウ7
いてにけれは [14]14オ1
いなむとしけれは [24]24ウ8
いにけれは [28]26ウ1
いひけれは [9]9オ2、[58]39ウ4、[60]40ウ4、[62]41ウ5、[63]43オ2、[65]44ウ7、[75]53オ6、

[95]71ウ2、[101]75ウ8
いひいたしたりけれは　[24]24ウ5
いひやりたりけれは
[16]16オ7、[105]77オ11
いひやれりけれは　[69]49オ5
いへりけれは　[14]14オ8、
[22]21オ2、[46]35ウ4、
[50]36ウ9、[105]77ウ3、
[107]78ウ3、[107]78ウ9、
[110]79ウ8、[118]82オ10
いりきけれは　[58]39オ5
うたかはしかりけれは　[90]69オ7
ゝ(う)らみけれは　[72]52ウ4
おはしけれは　[6]6ウ9
おはしましけれは　[83]63オ10
おほえけれは　[65]45ウ3、
[65]45ウ8、[125]84ウ3
おほえさりけれは　[21]19ウ5

思わたりけれは　[90]69オ4
かくれにけれは　[58]39オ6
きこえたりけれは　[104]77オ8
きたりけれは
[17]16ウ5、[101]75ウ2
心くるしかりけれは　[41]32オ7
こさりけれは
[24]24オ6、[48]36オ7
ことなりけれは　[69]49オ6
さけのみしけれは　[69]50ウ10
さりけれは
[23]23ウ3、[96]72オ9
しそくなりけれは　[102]76オ8
しにけれは　[45]34ウ5
しにいりたりけれは　[59]40オ2
しらさりけれは　[101]75ウ4
しおりたまふけれは　[65]46ウ2
たえいりにけれは　[40]31オ10

たてまつりたりけれは　[98]73ウ10
たひかさなりけれは　[5]5オ2
つけたりけれは　[45]34ウ4
つれなかりけれは　[75]53オ9
時うつりにけれは　[16]15オ4
所にもあらさりけれは　[4]4オ4
とひけれは　[9]11オ3
なかしつかはしてけれは　[65]46オ10
なかなりけれは
[42]32ウ8、[94]70オ9
なかりけれは　[40]30ウ8
なきけれは　[53]38オ2
なまみやつかへしけれは
[87]66オ9
ならはさりけれは　[41]32オ4
なりにけれは　[13]13オ5、
[21]20ウ5、[23]21ウ6、

[27]26オ3、[82]60オ7、[112]80ウ1
ぬす人なりければ　[12]12ウ1
ねられさりければ　[69]49ウ7
のたまうければ　[82]61ウ3
のほりゐければ　[65]45オ2
ひとつこにさへありければ　[84]64オ4
人なりければ　[18]17オ5、[20]18オ8、[94]70ウ3
人にしあらさりければ　[44]33ウ10
ふけにければ　[6]6オ1
ふりければ　[6]6オ4
まもらせければ　[5]5オ4
まいれりければ　[71]52オ4
見えければ　[15]14ウ4、[99]74オ5
見えさりければ　[63]43オ4

宮つかへしければ　[84]64オ2
みやつかへしければ　[85]64ウ7
むかひをりければ　[65]44ウ5
もちはかりなりければ　[96]72オ1
やりたりければ　[20]18ウ5
やれりければ　[107]79オ3
ゆるされたりければ　[65]44ウ4
よまさりければ　[107]78オ4
よませければ　[101]75ウ5
よめりければ　[5]5オ8、[9]9オ5、[9]11オ7、[19]18オ1、[68]48ウ9、[85]65オ9、[87]67ウ4
わさもせさりければ　[64]44オ2
わたりければ　[100]74ウ4
ゐなかなりければ　[58]39オ2

こ

こ(子)→かやのみこ・くはこ・こども・これたかのみこ・さだかずのみこ・せんじのみこ・たかいこ・たかきこ・ひとつご・みこ
こ　[84]64ウ1、[94]70オ9
子　[63]42ウ1
子となん　[79]58オ4
めのことも　[87]68オ5
子なん　[63]42ウ4
人のこなれは　[40]30ウ7
「人のこの　[84]64ウ3
こは　[63]42ウ3
「鳥のこを　[50]36ウ7
こ(籠)→けこ
こ(此)→この・こよひ・これ

こは　[84]64オ2
［こは　[100]74ウ9
こ（小）→こじま
ご（期）
［あふこ（會期）　[28]26ウ2（△朸）
ご（五）→ごぢやう（五丈）・ごでう（五
條）・ざいご
ご（御）→にようご
こうらうでん（後涼殿）
後涼殿の　[100]74ウ3
こく（國）→ろくじふよこく
こぐ（漕）
［こく　[92]69ウ8
こけ（苔）
こけを　[78]57ウ1
こける
［こけるからとも　[62]41ウ8
ここ（此處）
こゝかしこより　[96]72オ7
こゝに　[9]10オ3
こゝに　[78]56オ9
［こゝに　[81]59オ9
こゝを　[81]59ウ6
こゝをなむ　[87]66オ8
ここち（心地）
こゝち　[1]1ウ8
心地　[125]84ウ2
心地しける　[13]13オ8
こころ（心）→えびすごころ・おほん
ごころ・ことごころ・なまごこ
ろ・ものごころぼそし・もろご
ころ・よごころ
心　[44]34オ7、[62]41オ10、
[63]42ウ8、[85]64ウ8、
[103]76ウ2、[123]84オ6
心　[65]45オ10
心うつくしく　[16]15オ5
心をくへき　[21]19オ9
［心かるしと　[21]19オ6
心つけたりける　[10]11ウ2
心なから　[16]15オ8
心なん　[2]2ウ9、[14]13ウ5、
[63]43ウ9
［心なる］と　[85]65オ8
心なるへし　[41]32ウ2
［心なるらん］　[113]80ウ6
心に　[23]23オ9
［心に　[21]20オ4
心にも　[76]54オ7
心にもあらて　[35]28オ6
［心の　[15]14ウ6、[21]20オ9、
[30]27オ1、[69]50ウ3、
[118]82ウ2
心は　[69]50ウ6

心は　［46］35ウ2
［心は　［24］24ウ10、［53］38オ4、［75］53オ8、［75］53ウ7、［82］60ウ8
［心は］　［50］37オ4
心も　［60］40オ8、［118］82オ10
心も　［96］72オ3
心やみけり　［5］5オ8
心を　［108］79オ6
心を　［9］9オ2
［心を　［33］27ウ7、［33］27ウ9、［78］57ウ5

こころあやまり（心誤）
心あやまりやしたりけむ　［103］76ウ3

こころいきほひ（心勢）
心いきおひ　［40］30ウ7

こころうがる（心憂）
心うかりて　［23］23ウ2

こころぐるし（心苦）
心くるしかりければ　［41］32オ7
心くるしとや　［96］71ウ9

こころざし（志）
心さし　［4］3ウ9、［86］65ウ5
心さしは　［41］32オ2、［105］77ウ4

こころづく（心付）
心つきて　［58］38ウ9

こころなさけ（心情）
心なさけ　［63］42オ8

こころばへ（心）
心はえ　［77］55オ4
心はへなり　［1］2ウ1
心はへも　［90］69ウ1

こころひとつ（心一）
［心ひとつに　［34］28オ4
［心ひとつを　［22］21オ4

こころみる（試）
心見むとて　［18］17オ5

こころもとながる（心許無）
心もとなかりて　［83］62ウ8

こころもとなし（心許無）
心もとなくて　［69］50オ7

こし（濃）
［こき　［41］32オ10

こじま（小島）
［こしまの　［116］81ウ8

こす（越）→ものごし
［こす　［108］79オ7
［つけこせ］　［45］35オ3

こそ〈助詞〉〈體言ヲ受クルモノ〉
ことこそ（なかりけれ）　［16］15ウ3
はしめこそ（つくりけれ）　［23］23オ9
［けさこそ　［66］47ウ7
［けふこそ　［90］69オ9

［こよひこそ　［24］24ウ4
［花こそ　［51］37ウ5
［人こそ　［87］67ウ2、［109］79ウ4
［水こそ　［108］79ウ1
いまこそは　［96］73オ4
［けふこそは　［76］54オ5

こそ〈助詞〉（副詞ヲ受クルモノ）
さこそ　［40］30ウ6
かくこそ　［45］34ウ3
［えこそたのまさりけれ　［47］36オ2
［かくこそ　［20］18ウ4

こそ〈助詞〉（助詞ヲ受クルモノ）
思ひてこそ　［40］31オ8
物にこそ　［46］35ウ3
女をこそ　［23］21ウ8
［おもひのみこそ　［99］74ウ1
［思覧こそ　［65］47オ3

［ちれはこそ　［82］61オ1
［ともにこそ　［94］71オ5
［なにこそ　［17］16ウ7
［名にこそ　［47］36オ4
［ねをこそ　［65］46ウ5
［むへしこそ　［16］16オ8
こまかにこそあらねと　［94］70ウ1
［えにこそありけれ］と　［96］72ウ5

こそ〈助詞〉（ソノ他ヲ受クルモノ）
［あさみこそ　［107］78ウ1
［かたみこそ　［119］82ウ5

こぞ（去年）
こそに　［4］4オ8
［こその　［50］37オ3
こそを　［4］4オ7、［4］4ウ1

こぞる（擧）
こそりて　［9］11オ7

ごたち（御達）
こたちなりける　［19］17ウ4
こたちの　［31］27オ2

こたふ（答）
［こたへて　［6］6ウ5

こち（此方）→をちこちびと

ごぢやう（五丈）
五丈許なる　［87］66ウ8

ごでう（五條）
五条に　［4］3ウ6
五条の后とも　［65］47ウ1
五條わたりなりける　［26］25ウ7
五条わたりに　［5］4ウ6

こと（事）→あひごと・おほやけごと・かへりごと・ことだつ・こともなし・すきごと・とひごと・なにごと・のろひごと・やむごとなし・わたくしごと
こと　［42］32ウ9、［45］34ウ1、

〔65〕45ウ6、〔75〕53ウ8、
〔96〕71ウ7、〔104〕76ウ10、
〔114〕80ウ8、〔122〕83ウ1
こと 〔46〕35オ10、〔65〕46オ7、
〔95〕71ウ1
［こと 〔124〕84オ9
事か 〔21〕19オ2
ことこそ 〔16〕15ウ3
［ことそ 〔65〕44ウ8、〔102〕76オ10
こと、 〔9〕9ウ1、〔26〕25ウ8、
〔65〕45オ3
［こと］と 〔90〕69オ10
ことゝて 〔84〕64オ6
［ことゝなく 〔45〕35オ5
［事とはむ 〔9〕11オ5
ことゝもなと 〔22〕21オ7
ことゝもや 〔1〕2オ8
　なてうことなき 〔15〕14ウ1

ことなと 〔83〕63ウ2
ことなん 〔10〕12オ3
こと也 〔3〕3ウ5
事なりけり 〔107〕78ウ6
ことなりけれは 〔69〕49オ5
ことなるへし 〔50〕37ウ1
事なれは 〔114〕80ウ10
事に 〔62〕41ウ1
ことにつけて 〔21〕19オ3
事にては 〔33〕28オ1
ことにや 〔87〕67ウ5
［ことの 〔61〕41オ6
ことは 〔93〕70オ6、〔101〕75ウ3
［ことは 〔19〕18オ2、〔30〕26ウ10
［事は 〔77〕55オ8
ことも 〔16〕15オ8、〔21〕19オ10
ことも 〔16〕15ウ9
［ことも 〔76〕54オ6

ことあらす 〔16〕15オ4
［こともせし 〔83〕62ウ10
ことを 〔16〕15オ6
事を 〔124〕84オ7
［ことを 〔50〕37オ10
［事を 〔16〕16オ1
［ことをしそ 〔49〕36ウ2
事をは 〔94〕70ウ6
こと（異）
こと也 〔87〕66ウ8
ことなる 〔104〕76ウ10
こと（殊）
ことに 〔82〕60ウ3、〔101〕75ウ10
こと〈助詞〉
つかはすこと、 〔16〕15ウ9
ごと（毎）
夜ことに 〔5〕5オ3、〔65〕46ウ7
［うらことに 〔66〕47ウ7

［世の人ことに　［38］29オ6
［夜ゐことに　［108］79オ11
［夜ことに　［23］23ウ10
［よひ〳〵ことに　［5］5オ7
［をりふしことに　［55］38オ11
年ことの　［82］60オ3
ことぐさ（言種）
ことくさに　［108］79オ9
ことごころ（異心）
こと心　［21］19オ1
ゝ（こ）と心　［23］22ウ8
ことざま（異様）
ことさまに　［112］80オ12
ごとし（如）〈助動詞〉
こほすかこと　［85］65オ3
［せしかこと　［24］24ウ7
［かたるかことは　［111］80オ8
ほいのことく　［23］22オ9
［かつらのことき　［73］53オ1
ことだつ（事立）
事たつとて　［85］65オ2
ことのは（言葉）
［ことのはそ　［49］36ウ4
［事のはの　［55］38オ10
ことば（言葉）
［ことは　［22］21ウ2
ことは、　［69］50オ9
ことはも　［107］78オ3
ことびと（異人）
こと人に　［10］11オ10
こと人にも　［16］15オ6
こと人の　［96］73オ3
こと人は　［63］42ウ6
こども（子）
子とも　［23］21ウ5
こともなし（好）
こともなき　［58］39オ1
ことわり（理）
ことはりと　［94］70ウ7
ことはりにやありけん　［93］70オ6
この（此）
この　［1］1ウ5、［2］2ウ6、
［10］11ウ5、［12］12ウ4、
［21］19オ8、［21］20オ1、
［23］22オ2、［23］22ウ6、
［23］23オ2、［24］24オ8、
［39］29ウ8、［40］30ウ5、
［40］31オ2、［43］33ウ2、
［44］34オ6、［45］34オ10、
［45］34ウ10、［47］35ウ8、
［58］39オ3、［58］39オ5、
［58］39オ9、［58］39オ10、
［58］39ウ3、［60］40オ10、
［63］42ウ6、［63］43ウ8、

［65］44ウ3、［65］44ウ10、［65］45オ2、［65］45オ9、［65］46オ2、［65］46オ9、［65］46オ10、［65］46ウ6、［65］46ウ10、［78］57オ7、［78］57ウ2、［81］59オ3、［83］62ウ8、［87］66オ9、［87］66ウ2、［87］67ウ5、［95］71ウ6、［96］72ウ1、［115］81オ9

この ［23］21ウ8、［23］21ウ9、［24］24オ9、［39］30オ2、［62］41ウ4、［63］42ウ7、［65］46オ7、［69］49オ4、［82］61オ6、［87］66ウ5、［107］78ウ8

この ［78］57オ4

［この ［50］37オ1

［これそこの ［88］68ウ7

［これやこの ［16］16オ8、［62］42オ3、［66］47ウ8

このかみ（兄）

このかみも ［87］66ウ2

このたび（此度）

このたひ ［33］27ウ4

このは（木葉）

［この葉 ［96］72ウ5

このむ（好）→いろごのみ

このみ給 ［78］57オ3

このみて ［16］15オ6

色このむと ［61］41オ2

このゑづかさ（近衞司）

このゑつかさに ［76］54オ1

こひ（戀）

［こひと ［38］29オ4

［戀とは ［38］29オ7

［戀に ［14］13ウ7

［こひは ［95］71ウ4

こひし（戀）

［こひしとは ［111］80オ10

こひしうのみ ［65］45ウ2

［こひしき ［63］43ウ4

［こひしき］と ［22］21オ1

［こひしきに ［7］7ウ4

こひしくのみ ［65］45ウ7

［こひしくは ［71］52オ10、［99］74オ7

こひしさに ［92］69ウ6

こひす（戀）

こひせしと ［65］45ウ4

［こひせしと ［65］45ウ9

こふ（戀）

［こひしなは ［89］69オ1

［こひすそあるへき］ ［111］80オ8

［こひつゝそ ［23］24オ1

こひて [4] 4オ7
[こひんとか [109] 79ウ5
[こひわたる哉] [74] 53オ4
[こひわひぬ [57] 38ウ7
[こふらし [63] 43オ8
[こふる [111] 80オ5
こぼす(零)
こほすかこと [85] 65オ3
こほり(郡)
いるまのこほり [10] 11ウ6
すみよしのこほり [68] 48ウ3
むはらのこほり [87] 66オ2
たかやすのこほりに [23] 22ウ4
むはらのこほりに [33] 27ウ3
こぼる(零)
こほれおつ [87] 67オ5
こほるゝに [62] 42オ1
こまか(細)
こまかにこそあらねと [94] 70ウ1
こむ(込)
ふりこめられたりと [85] 65オ5
こめて [65] 46ウ1
こもりえ(籠江)
[こもりえに [33] 27ウ9
こもる(籠)→おほとのごもる・つごもり
こもりて [65] 46ウ2
こもりなから [65] 46ウ10
こもりをりけり [45] 34ウ6
[こもれり [12] 12ウ7
[こもれり]と [12] 12ウ7
こゆ(越)
[こえなん]とて [69] 51ウ2
こえにけり [69] 51ウ3
[こえぬへし [71] 52オ7
[こゆらん]と [23] 23オ5
こよ(來)→く
こよひ(今宵)
こよひ [24] 24オ7
こよひ [110] 79ウ7
[こよひ [69] 50ウ4
[こよひこそ [24] 24ウ4
こよひたに [69] 50ウ6
[こよひに [29] 26ウ8
こよひは [78] 56オ9
[こよひもや [63] 43ウ3
これ(此)
[これ [119] 82ウ5
[これそこの [88] 68ウ7
これなん [9] 11オ3
これは [79] 58オ3、[6] 6ウ6、[104] 77オ7
これは [61] 41オ2
これも [39] 29ウ8

これや ［77］55ウ1
［これやこの ［16］16オ8、［62］42オ3、［66］47ウ8
これを ［16］16オ3、［41］32オ6、［66］47ウ9
これを ［78］57オ8、［96］72ウ7
［これをや ［38］29オ4
これかれ ［88］68ウ4
これたかのみこ（惟喬親王）
これたかのみこ ［83］62ウ2
これたかのみこと ［82］59ウ9
これたかのみこの ［69］51ウ5
ころ（頃）→としごろ・ひごろ
そのころ ［96］71ウ10
［ころ哉］ ［34］28オ4
ころほひ（頃）
ころをひに ［45］34ウ7、［96］72オ7
ころも（衣）→からころも・かりごろも・すりごろも・はごろも
［衣 ［63］43ウ3
ころもで（衣手）
［衣手の ［108］79オ8
こゑ（聲）→おほんこゑ・もろごゑ
［こゑし ［43］33ウ7
こゑは ［65］46ウ8
［こゑを ［39］30オ6
こん（近）→うこん
ごん（言）→だいなごん・ちうなごん

さ

さ（然）→さて・さやう・さり
さこそ ［40］30ウ6
［さもあらはあれ］と ［65］44ウ9
さ〈接尾語〉
なかさ ［87］66ウ8
ひろさ ［87］66ウ8
おほきさして ［87］67オ3
おほきさなる ［9］10ウ10
あやしさに ［64］44オ3
こひしさに ［92］69ウ6
たよりなさに ［63］42オ10
［見まくほしさに ［65］47オ9
［みまくほしさに］ ［71］52オ8
ものうたかはしさに ［42］33オ2
おほきさにて ［87］67オ5
つれなさのみ ［47］35ウ9
きたなけさよ ［103］76ウ9
さ〈接尾語〉→かへさ
さい（裁）→せんざい
さいぐう（齋宮）
齋宮なりける ［69］49オ3
齋宮の ［102］76オ11、［104］77オ7
伊勢の齋宮に ［71］52オ3

ざいごのちうじやう（在五中將）
在五中將に [63]42ウ7
さいはひ（幸）
さいはひ [107]78ウ7
さいゐん（西院）
西院のみかと丶 [39]29オ8
さう（粧）→けさう
さう（衫）→ろうさう
ざうし（曹司）→みさうし
さうしに [65]44ウ10
さうぞく（裝束）
さうそく [44]34オ1
さか（坂）→あふさか
さが（性）
［さか [31]27オ5
さかしら（賢）
さかしらする [40]30ウ4
さかづき（杯）
さかつき [44]34オ1
さかつきの [69]51オ6、[69]51オ9
さか月は [82]61ウ2
さかて（逆手）→あまのさかて
さかな（肴）
さかな丶りける [60]40ウ6
さがなし（惡）
さかなき [15]14ウ8
さかゆ（榮）
さかゆるを [101]75ウ10
さかり（盛）→はなざかり・ひとさかり
さかりなるに [81]58ウ9
さかりに [17]16ウ5、[101]75ウ9
さき（先）→いにしへゆくさき・やまざき・ゆくさき
さきに [69]49ウ10
［さきに [109]79ウ5
さきだつ（先）
さきたちて [16]15ウ1
さく（咲）
［さかさらん [51]37ウ4
さきたり [9]8ウ8
［さく [68]48ウ7、[101]75ウ6
さくら（櫻）
さくら [82]60ウ3
さくらに [90]69オ7
さくらの [17]16ウ4、[82]60オ3
［さくらの [82]60ウ7
［さくらは [82]61オ1
［櫻は [50]37オ3
さくらばな（櫻花）
［さくら花 [62]41ウ7、[90]69オ9、[97]73ウ1
［櫻花 [17]16ウ7
さけ（酒）

さけ　[82]62オ3、[101]75オ2、[115]81ウ2
さけのみしあそひて　[81]59オ2
さけのみしけれは　[69]50ウ10
さけを　[82]60オ9、[82]61オ4
さけを　[82]61オ6
さこそ→さ
ささ（笹）
[さゝ　[25]25ウ2
ささげもの（捧物）
さゝけもの　[77]54ウ3
さゝけものを　[77]54ウ5
ささぐ（捧）→ちささげ
さす（指）→かざし・こころざし
[さゝす　[87]66オ6
さゝせて　[44]34オ1
さしいてたる　[87]67オ3
さして　[82]60ウ5
[さして　[33]27ウ10、[70]52オ1
[舟さすさほの　[33]27ウ10
[さすと　[87]68オ10
させと　[82]61ウ3
させり　[101]75オ7
さす（殘爲）
いひさして　[86]65ウ4
見さして　[104]77オ8
さす〈接尾語・使役〉
ゆひつけさす　[44]34オ3
こさせけり　[69]49オ8
まかてさせて　[65]46ウ1
さす〈接尾語・尊敬〉
まうけせさせ給　[78]56ウ1
さすが（流石）
さすかなりけるか　[25]25オ10
さすかに　[14]13ウ9
[さすかに　[13]13オ6、[19]17ウ10
さだかず（貞數）
さたかすのみこ　[79]58オ3
さだまる（定）
さたまらさりける　[2]2ウ7
[さためよ]と　[69]50ウ4
さちうべん（左中辨）
左中辨　[101]75オ3
さつき（五月）
[さ月　[60]40ウ7
さ月になんありける　[43]33ウ5
さ月の　[9]9ウ8
さて（然）
さて　[5]5オ5、[10]11オ9、[14]13ウ5、[20]18オ7、[23]22オ2、[23]22ウ1、[63]43オ3、[96]72ウ7、[103]76ウ5、[107]78オ7
さてなん　[10]11ウ4

さても [83]63ウ2
さと（里）→ふるさと・やまざと
すみよしのさと [68]48ウ3
みよしの丶さとなりける [10]11ウ7
さとに [1]1ウ4
あしやのさとに [87]66オ3
かすかのさとに [1]1ウ2
［さとに [43]33ウ7
［さとには [20]18ウ8
［さとの [43]33オ10
さとへ [65]45オ2
さとを [87]66オ7
［さとを [123]83ウ9
［さとをは [48]36オ9
ざね〈接尾語〉→つかひざね・まらうど
ざね
さは（澤）
さはの [9]8ウ5
さはに [9]8ウ7
さはる（障）
さはる [42]32ウ9
さひやうゑのかみ（左兵衛督）
左兵衛督なりける [101]74ウ10
さぶ〈接尾語〉→おきなさぶ
さぶらう（三郎）
さふらうなりける [63]42ウ4
さぶらふ（候）
さふらはせたまひける [114]81オ1
えさふらはて [83]63ウ4
さふらはむと [78]56オ9
さふらひける [65]44ウ1、[76]54オ1
さふらひて [83]63ウ1
さふらひてしかなと [83]63ウ3
さへ〈助詞〉（體言ヲウクルモノ）
神さへ [6]6オ2
［かはつさへ [27]26オ9
［ねさへ [51]37ウ5
［身さへ [107]78ウ2
うたさへそ [14]13ウ9
［我さへも [44]34オ5
さへ〈助詞〉（助詞ヲウクルモノ）
ゆくをさへ [91]69ウ2
ひとつこにさへありけれは [84]64オ4
［ゆふくれにさへ [91]69ウ5
さま（様）→ありさま・おのがさまざま・ことざま
さまにやありけん [93]70オ2
さまざま（様々）
［をのかさま〳〵 [86]65ウ8
さむ（醒）
［ねてかさめてか [69]50ウ1

さむしろ（狭莚）
［さむしろに　［63］43ウ3
さもあらばあれ（遮莫）↓さ
さやう（然様）
さやうにて　［15］14ウ3
さら（皿）
さらに　［69］51オ6、［69］51オ10
さら（更）
さらに　［77］54ウ7、［81］59ウ6
［さらにも　［111］80オ10
さり（然）
さらすは　［60］40ウ4
さらは　［90］69オ4
さりけれと　［23］22ウ5
さりけれは　［23］23ウ3、［96］72オ9
さりとて　［42］32ウ6
［さりともと　［65］47オ3
さる　［9］10ウ8、［15］14ウ8、［40］30ウ10、［40］31ウ4、［41］32オ3、［87］67オ2、［103］76ウ8、［114］80ウ8
さるに　［78］56ウ3、［84］64オ5
さるを　［21］19オ1
されと　［42］32ウ4、［47］35ウ8、［69］49ウ2、［85］64ウ8、［107］78オ2
されは　［65］45オ3、［96］72ウ1
されはなむ　［81］59ウ5
されはよと　［22］21オ2
ざり〈助動詞〉
（ざら）
［さかさらん　［51］37ウ4
［こさらむ］と　［123］84オ4
（ざり）
かしこくやあらさりけん　［62］41オ10
わすれさりけん　［22］20ウ7
あらさりけらし　［2］3オ2
あらさりけり　［42］32ウ4
えきかさりけり　［6］6オ10
をこせさりけり　［94］70ウ5
つかはさゝりけり　［83］62ウ8
よくもあらさりけり　［77］55ウ1
［おしまさりけり］　［87］68ウ1
いはさりける　［25］25オ10
えあらさりける　［42］32ウ7
をとつれさりける　［17］16ウ4、［62］41オ10
こさりける　［27］26オ8
さたまらさりける　［2］2ウ7
まめならさりける　［60］40オ8
やまさりける　［10］12オ4
［わかれさりける］　［41］32ウ1
［えこそたのまさりけれ］

よまさりけれと [47]36オ2
おほえさりけれは [102]76オ3
こさりけれは [21]19ウ4
[24]24オ6、 [48]36オ7
しらさりけれは [101]75ウ4
所にもあらさりければ [4]4オ4
ならはさりけれは [41]32オ3
ねられさりけれは [69]49ウ7
人にしあらさりけれは
[41]32オ3、 [44]33ウ10
見えさりけれは [63]43オ4
よまさりけれは [107]78オ4
わさもせさりけれは [64]44オ2
[おもはさりしを] [125]84ウ6
(ざる)
[見さる [23]22オ5
[丶(か)くれさるへき] [79]58オ2

さる(避)
さらす [46]35オ7
[さらぬ [84]64オ8、 [84]64ウ2
さる(來)→ゆふさり・よさり
さわき(騒)
さはきに [6]6オ10
さわく(騒)
[さはかれて [34]28オ3
[さはく哉 [26]25ウ10
さを(棹)
[さほ [70]52オ1
[さほの [33]27ウ10
さんじやく(三尺)
三尺六寸はかりなむ [101]75オ9
さんでう(三條)
三條の [78]56ウ5

し

し(子)→せうかうじ
し(氏)→とうし(藤氏)
し(司)→さうし・みざうし
し(師)→おむやうじ・ぜんじ
し(爲)→す
し〈助動詞〉→き
し〈助詞〉(體言ヲ受クルモノ)
女し [65]47オ5
[こゑし [43]33ウ7
[つまし(妻・棲) [9]9オ3
[時し [46]35ウ6
[人し [124]84ウ1
[見るめし [75]53ウ3
[やちよし [22]21オ9
おりしも [9]10ウ8

［ときしもわかぬ　[98]73ウ9
［我しも］　[38]29オ7
し〈助詞〉（動詞ヲ受クルモノ）
［うへしうへは　[51]37ウ4
し〈助詞〉（副詞ヲ受クルモノ）
［むへしこそ　[16]16オ8
かくしも　[40]31オ9、[101]75ウ8
［えしもわすれねは　[22]20ウ9
し〈助詞〉（助詞ヲ受クルモノ）→しがな
［あふにし　[65]44ウ9
［あまとし　[104]77オ5
［名にし　[9]11オ5、[61]41オ8
［身をし　[85]65オ7
人にしあらさりければ　[44]33ウ9
いは木にしあらねは　[96]71ウ8
やるへきにしあらねは　[69]50オ6
［えにしあれは］と　[69]51オ8
［ことをしそ　[49]36ウ2

［たひをしそ　[9]9オ4
なきにしもあらす　[9]10ウ7
じ（字）→いつもじ
じ（寺）→あんじやうじ
じ〈助動詞〉
あらし　[9]8オ7
［あらし　[86]65ウ7
［いはし　[111]80オ10
［こともせし　[83]62ウ10
［めてし　[88]68ウ7
こしと　[33]27ウ5
こひせしと　[65]45ウ4
あらしと　[40]31オ9
のましと　[60]40ウ4
ふらしと　[107]78ウ8
［うらみし］と　[65]46ウ5
［あらしと　[80]58ウ2
［こひせしと　[65]45ウ9

［又もあらしと　[27]26オ6
［もらさしと　[28]26ウ3
［あらしとそ　[82]62オ1
［たえしとそ　[22]21オ5
［とかしとそ　[37]28ウ9
あはしとも　[25]25オ9、[69]49ウ1
［いらしを］　[82]62ウ1
［あらしを］と　[105]77ウ2
［かはらしを　[42]32ウ10
しか〈助動詞〉→き
しがな〈助詞〉
あひえてしかなと　[63]42オ9
さふらひてしかなと　[83]63ウ3
あはせてし哉と　[63]42ウ8
しき（色）→けしき
しぎ（鴫）
しきの　[9]10ウ9

しく（敷）→いたじき・かたしく・だ
　いじき
しく（重）
［ふりしく　[96]72ウ5
しげし（繁）
しけくもあらねと　[5]5オ1
しけゝれは　[69]49ウ2
しげる（繁）
しけり　[9]9オ10
しじふ（四十）
四十の賀　[97]73オ7
しぞう（祇承）
しそうの　[60]40ウ2
しぞく（親族）
しそくなりけれは　[102]76オ7
した（下）→あめのした
したに　[81]59オ6
［したに　[101]75ウ6
［したにて　[27]26オ10
［したにも　[27]26オ7
したがふ（順）〈人名〉
したかふか　[39]30ウ1
したすだれ（下簾）
したすたれより　[99]74オ4
したひも（下紐）
［したひも　[37]28ウ5
［したひもの　[111]80オ7
［ゝ（し）たひもの　[111]80オ10
じち（實）→しんじち
じちよう（實用）〈存疑〉
しちようにて　[103]76ウ1
しづく（雫）
［しつくか］　[75]53ウ7
［しつくか］となむ　[59]40オ5
しづのをだまき（文倭芋環）
［しつのをたまき　[32]27オ10
しづむ（静）
しつめて　[69]49ウ5、[69]50ウ7
してのたをさ
［してのたおさは　[43]33ウ3
［してのたをさは　[43]33ウ6
しとと
しとゝに　[107]79オ4
しな（科）→やましな
しなの（信濃）
［しなのなる　[8]8オ3
しなのゝくに　[8]8オ1
しなひ（房）
しなひ　[101]75オ8
しぬ（死）
［しなすは　[14]13ウ7
　［こひしなは　[89]69オ1
しなむや　[40]31ウ6
しにいりたりけれは　[59]40オ1

しにけれは　[45]34ウ5

しぬへき　[45]34ウ2

しぬへく　[125]84ウ3

しぬへしと　[105]77オ10

[しぬらん]　[13]13ウ1

しのびありき（忍歩）

しのひありきしける　[50]37ウ1

しのぶ（忍草）

[しのふなり　[100]74ウ9

[しのふの　[1]2オ6

しのぶ（忍）

しのひて　[5]4ウ7、[5]5オ10、[63]43ウ1、[95]71ウ2、[120]82ウ8

[しのひて　[15]14ウ5

[しのふる　[65]44ウ8

しのぶぐさ（忍草）

しのふくさとや　[100]74ウ5

しのぶやま（信夫山）

[しのふ山　[15]14ウ5

しのぶずり（忍摺）

しのふすりの　[1]2オ3

しのぶもぢずり（忍捩摺）

[忍もちすり　[1]2オ9

しばし（暫）

しはしあるに　[69]50オ8

しばしば（屢）

しはゝ　[42]32ウ5、[84]64オ3

しはす（師走）

しはすの　[41]31ウ10

しはすはかりに　[84]64オ5

しふ（強）

しゐて　[83]63オ8、[101]75ウ4

[しゐて　[80]58ウ1

じふ（十）↓さんじふぢやう・しじふ

じふいちにち（十一日）

十一日の　[82]62オ5

しほ（汐）

[しほ　[112]80ウ2

[しほの　[33]27ウ6

[しほひしほみち　[75]53ウ4

しほがま（塩竈）

しほかまと　[81]59ウ4

しほかまに　[81]59ウ7

[しほかまに　[81]59オ8

しほじり（塩尻）

しほしりの　[9]10オ6

しほやき（塩焼）

[しほやき　[87]66オ5

しぼる（絞）

[しほる　[75]53ウ6

しま（島）↓かはしま・こじま・たはれしま・みやこじま

しま　[78]57オ3

しみづ（清水）
し水の　［24］25オ3
しも（下）
かみなかしも　［82］60ウ5
しもつふさ（下總）
しもつふさのくにとの　［9］10オ9
しや（者）→すぎやうじや
しやう（祥）→あんじやうじ
しやう（將）→うだいしやう・ざいごのちうじやう・だいしやう・ちうじやう
しやう（障）→ぜじやう
しやう（上）→てんじやう
しやく（尺）→さんじやく
しらぎく（白菊）
［しらきくは　［18］17ウ1
しらぎぬ（白絹）
しらきぬに　［87］66ウ9
しらずよみ（不知讀）
しらすよみによみける　［18］17オ9
しらたま（白玉）
［しらたまか　［6］6ウ4
［白玉の　［87］67ウ2
しらつゆ（白露）
［白露は　［105］77ウ1
しらゆき（白雪）
［白雪の　［18］17オ7
しらなみ（白浪）→おきつしらなみ
［白浪　［117］82オ7（△知ラナミ）
しり（後）→しほじり
しりに　［24］25オ2
しる（知）→しらずよみ・みしる
しらさりければ　［101］75ウ4
しらす　［16］15オ8、［62］42オ7、［96］72ウ8、［96］72ウ9
いひしらす　［107］78オ3
しらすかし　［76］54オ8
［しらすして］と　［65］47オ4
［しらすな］　［39］30オ9
しらすやとて　［62］41ウ6
しらて　［6］6オ2、［65］45オ1
［白浪　［117］82オ7
［しらなん　［111］80オ11
［しるしらぬ　［99］74オ10
［時しらぬ　［9］10オ1
［しらねは］と　［21］19オ7
［しらねはや　［25］25ウ5
［しられす］となむ　［1］2オ6
あひしりたりけり　［65］44ウ3
思しりたりけり　［102］76オ4
あひしりたりける　［19］17ウ4
しりにけり　［99］74ウ2
［しりもしなまし］　［21］20オ7
しる　［1］1ウ2、［66］47ウ3、

[87]66オ3
［しる　[48]36オ8、[92]69ウ9、
[107]79オ2、[111]80オ4
［しるしらぬ　[99]74オ10
しるく　[42]32ウ3
［しるへき　[33]27ウ10
［ひとしれす　[89]69オ1
［人しれす　[53]38オ3、[69]51オ3
人しれぬ　[57]38ウ5
［ひとしれぬ　[5]5オ6
しれる　[9]8オ10
しるし（印）
［しるしとするも　[111]80オ7
しるべ（標）
［しるへなりけれ］　[99]74ウ1
しろ（城）→やましろ
しろし（白）
しろう　[9]9ウ9、[67]48オ7

しろき　[9]10ウ8
しろく　[7]7ウ3
しわざ（仕業）
しわさやとて　[58]39オ4
しをる
しおりたまふけれは　[65]46ウ2
しん（身）→みずいじん
しんじち（眞實）
しんしちに　[40]31オ9

す

す（簀）→ぬきす
す（爲）→むず
さけのみしあそひて　[81]59オ2
かりしありきけるに　[63]42ウ9
しありきつゝ　[65]47オ6
［ありもやしけん　[111]80オ4

しけり　[78]55ウ8
くはせなとしけり　[62]41ウ4
みわさしけり　[77]54ウ3
しける　[40]31ウ5、[50]37オ11
けさうしける　[3]3オ8
心地しける　[13]13オ9
しのひありきしける　[50]37ウ1
ゝ（と）ひことしける　[36]28オ9
宮つかへしける　[19]17ウ3
みやひをなんしける　[1]2ウ3
ゐなかわたらひしける　[23]21ウ4
まうつとしけれと　[84]64オ3
いなむとしけれは　[24]24ウ8
さけのみしけれは　[69]50ウ10
なまみやつかへしけれは　[87]66オ9
宮つかへしけれは　[84]64オ2
みやつかへしけれは　[85]64ウ7

したまうて [82]61ウ7
えしたまはす [82]61ウ8
かなしうし給ひけり [84]64オ5
行幸したまひけり [117]82オ2
行幸したまひける [114]80ウ8
けきやうし給て [117]82オ6
わすれやし給にけんと [46]35ウ1
せうえうし給 [106]77ウ5
心あやまりやしたりけむ [103]76ウ4
あるしまうけしたりける [101]75オ5
あるしゝたまふと [101]75ウ1
しつゝ [65]45オ7、[83]63オ4
[そてをしつゝも] [3]3ウ2
ゝ(し)て [1]1ウ3
あしすりをして [6]6ウ3
うゐかうふりして [1]1ウ1

おほきさして [87]67オ3
思うんして [102]76オ6
御をくりして [83]62ウ6
からうして [6]5ウ5、[23]23ウ7、[40]31ウ3
けさうして [23]23オ3
すみして [69]51オ10
そゝきなとして [59]40オ2
ちして [24]25オ5
はしらせなとして [78]56オ6
ひとりふたりして [8]8オ1、[9]8オ9
ほとして [9]10オ6
物かたりして [82]62オ3
物かたりなとして [95]71ウ3
よしゝて [1]1ウ3、[87]66オ3
れいとして [63]43ウ6
ろうして(弄) [94]70ウ9

たいめんして [95]71オ9
とねりして [78]57オ5
[きみならすして] [23]22オ8
[ひとりして] [37]28ウ8
[ふたりして] [37]28ウ8
[よそにのみして] [19]18オ2
[しらすして]と [65]47オ4
[身にして]と [4]4ウ3
くしてなむ [65]45ウ5
[しなまし [21]20オ7
[ねもしなん [3]3ウ1
かりしに [83]62ウ3
せうえうしに [67]48オ1
宮つかへしにとて [24]24オ4
[もみちしにけれ]とて [20]18ウ4
ねむしわひてにやありけん [21]20オ1
いりたまひなむとす [82]62オ4

をひやらむとす　[40] 30ウ6
かつけんとす　[44] 34オ2
つけむとす　[12] 12ウ5
夢かたりをす　[63] 42ウ1
物すとて　[94] 70ウ4
「思ひはすへし　[93] 70オ4
「思ひやすらん　[21] 19ウ9
「ありもすらめと　[55] 38オ10

する　[16] 15ウ5
あけなむとする　[69] 51オ5
いらむとする　[9] 9オ9
かりする　[82] 60ウ1
さかしらする　[40] 30ウ4
ともとする　[8] 7ウ9
友とする　[9] 8オ9
宮つかへする　[20] 18オ8
物かたりなとする　[53] 38オ2
「つりする　[81] 59オ9
「やまむとやする」　[75] 53ウ1
「かそする」と　[60] 40ウ8
わたらんとするに　[9] 10ウ6
「しるしとするも　[111] 80オ7
「にゐまくらすれ」と　[24] 24ウ4
かくれなむとすれは　[82] 62オ5
たちなむとすれは　[69] 51オ2
わさもせさりけれは　[64] 44オ2
おほみゆきせし　[78] 56ウ6
「せしみそき　[65] 45ウ9
「こともせし　[83] 62ウ10
「せしかこと　[24] 24ウ7
「せしかとも　[29] 26ウ7
こひせしと　[65] 45ウ4
「こひせしと　[65] 45ウ9
いらへもせす　[122] 83ウ5
「おきもせす　[2] 3オ6
をともせす　[13] 13オ4
なせそと　[65] 44ウ6

せて　[82] 60オ9
あひこともえせて　[69] 51オ1
いらへもせて　[62] 41ウ10
えせて　[92] 69ウ7
えせて　[16] 15ウ9
をともせて　[118] 82オ9
たいめんせて　[46] 35オ10
「ねもせて　[2] 3オ6
「せなん　[120] 83オ1
「見もせぬ　[99] 74オ7
「めかれせぬ　[85] 65オ7
いらへもせぬと　[62] 41ウ10
「をとつれもせぬ」と　[58] 39オ8
いかにせん　[65] 45オ10
「いひやせん　[21] 19オ6
せむ方も　[41] 32オ5
うまのはなむけをたにせむとて

むまのはなむけせむとて　[115]81ウ1
むまのはなむけせんとて　[44]33ウ9
　[48]36オ7
いかゝはせんは　[15]14ウ9
[たまむすひせよ]　[110]79ウ10
[うるはしみせよ]と　[24]24ウ7
せられける　[97]73オ8

す〈接尾語〉

(す)
やらす　[107]78ウ10
よます　[87]67オ7
たてまつらすとて　[80]58オ10
(する)
あはするに　[63]42ウ5
(すれ)
あはすれとも　[23]22オ1

(せ)
よませける　[101]75ウ3
とらせけれと　[62]42オ5
よませけれは　[101]75ウ5
まもらせけれは　[5]5オ4
まうけせさせ給　[78]56ウ1
さふらはせたまひける　[114]81オ1
まもらせたまひけるとそ　[5]5ウ2
いらせ給ぬ　[82]62オ2
ゝ(た)てまつらせたまふ　[77]55オ4
よませたまふ　[78]57オ10
いたさせたまへりけれは　[100]74ウ6
おはしまさせて　[81]59オ1
かゝせて　[107]78オ6
さゝせて　[44]34オ1
のませて　[115]81ウ2
ひろはせて　[96]72ウ2
もたせて　[82]61オ5
くはせなとしけり　[62]41ウ3
はしらせなとして　[78]56オ6
よませはてゝ　[81]59オ7
あはせむと　[10]11ウ1
(せよ)
とらせよ　[60]40ウ4
[くはせよとも　[104]77オ6

ず〈助動詞〉→で・なくに

(ず)
いかす　[23]23オ7、[23]23ウ3、[27]26オ3
いてたてまつらす　[39]29ウ5
いひしらす　[107]78オ3
いらへもせす　[122]83ウ5
えあはす　[69]49ウ3、[69]51オ4

え、す　[26]25ウ8
えしたまはす　[82]61ウ8
えまうてす　[84]64オ3、[85]64ウ8
をともせす　[13]13オ4
をいやらす　[40]30ウ7
思たらす　[19]17ウ7
おもへらす　[69]49ウ2
おもほえす　[1]1ウ6
京にもあらす　[102]76オ6
こともあらす　[16]15オ4
さらす　[46]35オ7
しらす　[16]15オ8、[62]42オ7、[96]72ウ8、[96]72ウ9
すます　[23]24オ2、[94]70オ8
そしらす　[101]76オ2
なきにしもあらす　[9]10ウ8
にす　[16]15オ6

にるへくもあらす　[4]4オ9
ねす　[69]50オ4
人しれす　[69]51オ3
やとさす　[69]49ウ4
やます　[67]48オ5、[85]65オ4
よます　[44]34オ7、[68]48ウ9
おさ〳〵しからす　[107]78オ3
女ともあらす　[15]14ウ3
つかうまつらす　[78]56オ9
見えす　[62]42オ2
見しらす　[9]11オ2
「おきもせす　[2]3オ6
「思ひおもはす　[107]79オ1
「おもほえす　[26]25ウ10、[69]50オ10
「かれす　[48]36オ9
「きかす　[106]77ウ7
「さゝす　[87]66オ6

「ひとしれす　[89]69オ1
「人しれす　[53]38オ3
「見すもあらす　[99]74オ7
しらすかし　[76]54オ8
「きみならすして　[23]22オ8
「しらすして」と　[65]47オ4
「こひすそあるへき」　[111]80オ8
へすと　[120]82ウ7
いはれすと　[62]42オ2
「きえすとて　[105]77ウ1
「しられす」となむ　[1]2オ6
「ちらすとも　[50]37オ3
「しらすな」　[39]30オ9
さらすは　[60]40ウ4
「おもはすは　[55]38オ10
「こすは　[17]17オ1
「しなすは　[14]13ウ7
「たえすは」　[43]33ウ7

[きえすはありとも [17]17オ2
[うけすも [65]45ウ10
[見すもあらす [99]74オ7
[いれすもあらなん] [82]62オ8
[まかせすも哉] [21]20オ4
あまれりやたらすや [87]68ウ3
おもはすやありけん [32]27ウ2
しらすやとて [62]41ウ6
しらすよみによみける [18]17オ9

（に）

[いへはえに [34]28オ3

（ぬ）

いふへくもあらぬ [73]52ウ8
いやしからぬ [89]68ウ9
おはぬ [96]73オ4
けしうはあらぬ [40]30ウ3
人しれぬ [57]38ウ5
まことならぬ [63]42ウ1
見えぬ [9]11オ1
見せぬ [63]43ウ9
わかきにはあらぬ [88]68ウ4
わかゝらぬ [114]81オ6
[あかぬ [29]26ウ7
[あはぬ [74]53オ4
[あひはなれぬ [86]66オ1
[あらぬ [4]4ウ2
[あるにもあらぬ [65]47オ4
[おもはぬ [50]36ウ8、[50]37オ7、[112]80ウ3
[さらぬ [84]64オ8、[84]64ウ2
[しるしらぬ [99]74オ10
[たのまぬ [23]24オ1
[たえぬ [118]82ウ2
[たらぬ [63]43オ7
[ときしもわかぬ [98]73ウ9
[とかめぬ] [8]8オ4
[時しらぬ [9]10オ1
[しられぬ [73]52ウ10
[とられぬ [73]52ウ10
[とりとめぬ [64]44オ7
[なかゝらぬ [113]80ウ5
[のらぬ [102]76オ9
[はるならぬ [4]4ウ2
[ひとしれぬ [5]5オ6
[またぬ [37]28ウ6
[見ぬ [111]80オ5
[見えぬ [78]57ウ4
[見もせぬ [99]74オ7
[めかれせぬ [85]65オ7
[行やらぬ [54]38オ6
いらへもせぬと [62]41ウ10
[をとつれもせぬ]と [58]39オ8
[あはぬなりけり] [9]9ウ7
かたらはぬに [69]50オ3

［とはぬも　［13］13オ7
おもはぬ物を　［63］43ウ8
おほえぬを　［21］19オ10
おもはぬをは　［63］43ウ7
おもはぬをも　［63］43ウ9

（ね）

こまかにこそあらねと　［94］70ウ1
しけくもあらねと　［5］5オ1
［ひけとひかねと　［24］24ウ9
［ふらねと　［108］79ウ1
［あかねとも　［78］57ウ4
［庵にあらねとも　［56］38ウ3
［かさなる山にあらねとも　［74］53オ3
［かたらはねとも］と　［75］53オ8
あはねは　［65］47オ6
いは木にしあらねは　［96］71ウ8
やるへきにしあらねは　［69］50オ6
きこえねは　［13］13オ2
たまはねは　［94］70ウ7
［いはねは　［34］28オ3
［えしもわすれねは　［22］20ウ9
［とはねは　［13］13オ10
［ならはねは　［38］29オ6
［わけねは　［85］65オ7
［しらねは］と　［21］19オ7
［しらねはや　［25］25ウ5

ずいじん（随身）→みずいじん

すう（据）

すへたりしを　［78］57オ2
すへて　［5］5オ3、［9］9オ1

すきごと（好事）

すきこと　［71］52オ5

すきもの（好者）

すき物と　［61］41オ2
すき物の　［58］39オ4

すぎやうじや（修行者）

す行者　［9］9ウ2

すく（好）

すける　［40］31ウ4

すぐ（過）

［すきにけらしな　［23］22オ5
［すきぬ　［23］22オ7
すきぬれは　［23］23ウ9
［すきぬれは　［23］23ウ10
［すきゆく　［7］7ウ4
［すくる　［50］37オ9

すくせ（宿世）

すくせ　［65］46オ6

すけ（次官）

ゑうのすけとも　［87］66ウ1

すこし（少）

すこし　［93］70オ1
すこし　［95］71ウ1、［96］72オ5

すずし（涼）
すゝしき [45]34ウ9
すずろ（漫）
すゝろなる [9]9ウ1
すゝろなるへしとて [78]57オ9
すゝろに [14]13ウ2、[116]81ウ5
すそ（裾）
すそを [1]2オ1
すだく（集）
［すたくなりけり］とてなむ [58]39ウ2
すだれ（簾）→したすだれ・たますだれ
すたれの [61]41オ3
すつ（捨）
すてゝ [62]42オ6
すま（須磨）
［すまの [112]80ウ2

すまふ（住）
すまひけれと [101]75ウ4
［すまひし］と [21]19ウ7
すまふ（斗）
すまふ [40]30ウ9
すみ（墨）
すみして [69]51オ10
すみだがは（隅田川）
すみた河と [9]10ウ1
すみどころ（住所）
すみ所 [8]7ウ8
すみよし（住吉）
住吉に [117]82オ2
［住吉の [117]82オ4
すみよしのこほり [68]48ウ2
すみよしのさと [68]48ウ3
すみよしのはまと [68]48ウ5
［すみよしのはま］と

[68]48ウ8（△住ミ良シ）
すみ吉のはまを [68]48ウ3
すむ（住）
すます [23]24オ2、[94]70オ8
すまむと [59]39ウ8
すみうかりけん [8]7ウ7
［すみけん [58]39オ8
すみけり [1]1ウ5、[24]24オ3、[87]66オ4、[102]76オ7、[115]81オ8
すみける [123]83ウ6
［すみこし [123]83ウ9
すみたまひけり [81]58ウ8
すみ給けり [84]64オ1
［すみよしの [68]48ウ8（△住吉）
［すみわひぬ [59]39ウ9
すむ [4]3ウ8、[10]11ウ6
［すむ [43]33ウ7、[65]46ウ4、

[87]68オ2
すむへき [9]8オ7
すりかりぎぬ（摺狩衣）
すりかりきぬの [114]81オ1
すりごろも（摺衣）
[すり衣 [1]2オ5
する（摺）→あしずり・しのぶずり・しのぶもぢずり
するが（駿河）
[するかなる [9]9ウ6
するかのくにゝ [9]9オ7
するゑ（末）
するゑに [67]48オ7
するゑは [69]51オ9
するゑを [69]51ウ1
すん（寸）
三尺六寸はかり [101]75オ9

せ

せ（瀬）→みなせ
[せは [47]36オ5
せ（世）→すくせ
せ（爲）→す
せうえう（逍遙）
せうえうし給 [106]77ウ5
せうえうしに [67]48オ1
せうかうじ（小柑子）
せうかうし [87]67オ5
せうそこ（消息）
せうそこをたに [73]52ウ7、[92]69ウ7
せうと（兄）→おほんせうと
せうと [96]72オ9
せうとたちの [5]5ウ1
せき（關）
[せきは [69]51ウ2
[せきを [95]71ウ5
せきもり（關守）
[せきもりは [5]5オ6
ぜじやう（軟障）
せしやうに [63]43ウ1
せち（切）
せちに [14]13ウ5
せち→くぜち
せな（夫）
[せなを [14]14オ4
せばし（狭）
[せはきに]と [87]67ウ3
[せはみ [36]28ウ1
せりがは（芹河）
せり河に [114]80ウ7
せんざい（前栽）

せんさいに [51]37ウ2
せんさいの [23]22ウ9
ぜんじ（禪師）
せんしなる [85]65オ1
せんしのみこ [78]56オ4
せんり（千里）
千里のはまに [78]56ウ6

そ

そ（衣）→おほんぞ
そ（十）→いくそたび
そ〈助詞〉
「なかくしそ [23]23ウ6
「なとかめそ [114]81オ3
「なやきそ [12]12ウ6
なせそと [65]44ウ6
ぞ〈助詞〉〈體言ヲ受クルモノ〉
御をとこそ [63]42ウ5
「いつこそ [70]52オ1
「草木そ [41]32ウ1
「けさそ [43]33ウ3
「ことそ [65]44ウ8、[102]76オ10
「ことのはそ [49]36ウ4
「これそこの [88]68ウ7
「露そ [59]40オ4
「物そ [21]20オ10、[45]35オ5
「夜そ [25]25ウ3
「かそする」と [60]40ウ8
「なにそと [6]6ウ4
なにそとなん [6]5ウ9
ぞ〈助詞〉〈副詞ヲ受クルモノ〉
猶そ [39]30オ10
「今そ [24]25オ7、[48]36オ8、[111]80オ4
「猶そ [22]21オ1
ぞ〈助詞〉〈用言ノ連體形ヲ受クルモノ〉
「かるそ [52]37ウ9
「つもるそ [85]65オ8
「なくそ [39]30オ8
「こひすそあるへき」 [111]80オ8
「ふりそまされる」と [107]79オ2
ぞ〈助詞〉〈助詞ヲ受クルモノ〉
いひけるにそ [60]40ウ9
いりてそ [60]40ウ10
うたさへそ [14]13ウ9
おもひけらしとそ [14]14オ9
それにそ [65]47オ1
まもらせたまひけるとそ [5]5ウ2
見めとそ [96]73オ5
夢かとそ [83]63ウ6
おかしうてそ [65]46ウ9
思ひもそ [40]30ウ5

[あたにそ　[61]41オ8
[あはむとそ　[35]28オ8
[あらしとそ　[82]62オ1
[いはてそ　[124]84オ9
[いはにそ　[78]57ウ4
[うへにそ　[31]27オ7
[ゝ(か)たにそ　[10]11ウ9
[くはこにそ　[14]13ウ7
[けふはかりとそ　[114]81オ4
[ことをしそ　[49]36ウ2
[こひつゝそ　[23]24オ1
[たえしとそ　[22]21オ5
[たひをしそ　[9]9オ4
[とかしとそ　[37]28ウ9
[なみたにそ　[75]53ウ6
[ぬまにそ　[52]37ウ8
[ぬれつゝそ　[80]58ウ1
[ふるにそ　[16]16ウ3
[雪とそ　[17]17オ1
[ゝ(き)みにそありける]　[73]53オ1
[物にそ有ける]と　[98]73ウ9
[かそする]と　[60]40ウ8

そう(承)→しぞう
そく(束)→さうぞく
ぞく(俗)
そくなる　[85]64ウ10
ぞく(族)→しぞく
そこ(其處)
そこなりける　[24]25オ4
そこなる　[14]13ウ3、[87]67オ6
そこに　[24]25オ8、[69]49オ8、[81]59オ4
そこには　[73]52ウ7
そこの　[58]39オ1、[87]66オ7
そこを　[9]8ウ2

そこ(息)→せうそこ
そこばく(幾何)
そこはくの　[77]54ウ5
そしる(謗)
そしらす　[101]76オ2
そそく(滌)
そゝきなとして　[59]40オ2
そで(袖)
[袖　[75]53オ10
[そてかとも　[18]17ウ2
[袖に　[26]25ウ10
[そての　[60]40ウ8、[75]53ウ7、[87]67ウ3
[そてのみ　[107]78オ9
[そては　[56]38ウ3
[ゝ(そ)ては　[107]78ウ1
[袖よりも　[25]25ウ2
[そてをしつゝも　[3]3ウ2

その（其）

その　[1]1ウ3、[1]2オ2、[2]2ウ8、[2]2ウ9、[5]5オ2、[9]8オ5、[9]8ウ5、[9]8ウ7、[9]10オ3、[9]10ウ1、[10]11オ9、[22]21オ6、[39]29オ9、[39]29ウ1、[39]29ウ2、[43]33オ5、[63]43ウ6、[69]49オ1、[69]51オ9、[77]54オ10、[78]56オ2、[78]56オ4、[80]58オ9、[82]60オ3、[82]60オ4、[82]60オ7、[82]60ウ2、[82]60ウ3、[82]61オ3、[84]63ウ10、[87]66ウ3、[87]66ウ7、[87]67オ4、[87]68オ3、[87]68オ5、[87]68オ7、[94]70オ8、[101]75オ1、[101]75オ4、[101]75オ7、[107]77ウ9

その｜　[9]9ウ4、[96]72オ7

［その　[45]35オ5

そのころ　[96]71ウ10

そのかみは　[77]55ウ1

そほふる（降）

そをふるに　[2]3オ5

そほふるに　[80]58オ9

そむ（初）

［いはひそめてき］　[117]82オ8

［みたれそめにし　[1]2オ10

そむく（背）

［そむくとて　[102]76オ9

そめがは（染河）

［そめ河を　[61]41オ5

そめどの（染殿）

そめとの丶后也　[65]47ウ1

そら（空）→あまつそら・なかぞら

［そら　[11]12オ8

そらにて　[69]50ウ6

それ（其）

それ　[77]54ウ2

それか　[82]61ウ9

それか　[110]79ウ7

それかなかに　[88]68ウ5

［それと　[111]80オ11

それにそ　[65]47オ1

それを　[2]3オ2、[4]3ウ8、[6]7オ6、[9]8ウ8、[9]10ウ1、[67]48オ8、[77]54ウ9、[87]66ウ1、[101]75オ10

た

た（田）→たつたやま・たづら・すみ
　だがは
田　[58]39オ3
[たには　[108]79オ11
[たのむの　[10]12オ2（△頼ムノ）
[たのむの　[10]11ウ8（△頼ムノ）
た（誰）
[たか　[42]33オ1、[64]44オ8
たい（對）
にしのたいに　[4]3ウ8
だい（題）
たいにて　[85]65オ6、[101]75オ10
題にて　[77]55オ3、[82]61ウ2
だいしき（臺敷）
たいしきの　[81]59オ5

だいしやう（大將）→うだいしやう
大將　[78]56ウ3
だいなごん（大納言）
　くにつねの大納言　[6]7オ2
たいめん（對面）
たいめんして　[95]71オ9
たいめんせて　[46]35オ10
たかいこ（高子）
たかいこと　[39]29オ10
たかがひ（鷹飼）
たかゝひにて　[114]80ウ10
たかきこ（多賀幾子）
たかきこと　[77]54ウ1、[78]55ウ6
たかし（高）→たかいこ・たかきこ・
　これたか
[たかきいやしき　[93]70オ5
たかく　[45]34ウ10
[たかけん]　[87]67オ9

たかし　[83]63オ8、[87]68オ4
たかつき（高杯）
たかつきに　[87]68オ7
たがふ（違）
たかひなから　[77]55オ6
たかやす（高安）
たかやすに　[23]23オ8
たかやすのこほりに　[23]22ウ4
たき（瀧）
たき　[78]56オ5、[87]66ウ7
ぬのひきのたき　[87]66ウ6
[たきと　[87]67オ9
たきの　[87]67オ2、[87]67オ6
たく（焚）
[たく　[87]68オ2
たく（丈）
[たけ　[23]22オ4
たけ（竹）→かはたけ

たけ（嶽）
あさまのたけに [8]8オ2
［あさまのたけに [8]8オ3
ただ（唯）
たゝ [41]32オ5、[67]48オ8
たゝ [78]56ウ5
［たゝ [24]24ウ4
たゝに [6]7オ7
たゝに [78]57オ8
［たゝに [124]84オ9
たたく（叩）
たゝきけれと [24]24ウ1
ただびと（徒人）
たゝ人にて [3]3ウ4
たち（達）→ごたち・ともだち
みこたち [81]59オ1
せうとたちの [5]5ウ1
みこたちの
たちばな（橘）→はなたちばな [103]76ウ4、[106]77ウ5
たちはなを [60]40ウ6
たつ（立）〈四段〉→ついたち
たちきゝて [27]26オ8
たちて [24]25オ2、[82]61オ3
さきたちて [16]15ウ1
たちて見ゐて見 [4]4オ8
ふきたちなん [96]72オ5
たちなむとすれは [69]51オ2
［たちまひ [67]48オ10
たちゐる [67]48オ5
［たちゐる [21]20ウ2
いてたつ [63]43オ9
［たつ [8]8オ3、[43]33ウ3
［たつ］ [46]35ウ6
事たつとて [85]65オ2
たつを [7]7ウ3、[8]8オ2
たてり [69]49ウ10
たてりて [63]43ウ2
［たてれ [17]16ウ7、[47]36オ4
たつ（立）〈下二段〉
たてけり [40]31ウ1
たてたりける [99]74オ3
たてたれは [77]54ウ7
たてゝ [69]49ウ10
いたしたてゝ [69]49オ7
たづ（鶴）
［たつも [114]81オ4
たつたがは（立田川）
［たつた河 [106]77ウ7
たつた河の [106]77ウ6
たつたやま（立田山）
［たつた山 [23]23オ4
たづら（田面）
［田つらに [58]39ウ6

たてまつる（奉）
いてたてまつらす ［39］29ウ5
たてまつらすとて ［80］58オ10
ゝ（た）てまつらせたまふ ［77］55オ4
たてまつらは ［78］57オ8
たてまつらんと ［78］57オ4
おかみたてまつらむとて ［83］63オ6
たてまつりあつめたる ［77］54ウ4
たてまつりけり ［77］54ウ3
たてまつりける ［76］54オ4、［78］57ウ3、［82］61ウ4
〔たてまつりけれ〕 ［16］16オ9
たてまつりたりけれは ［98］73ウ10
かはりたてまつりて ［82］62オ9
たてまつるとて ［98］73ウ7
おかみたてまつるに ［83］63オ9
たてまつれりき ［78］56ウ8
たてまつれりしかは ［78］57オ1

たとふ（譬）
たとへは ［9］10オ3

たななしをぶね（棚無小舟）
〔たなゝしを舟 ［92］69ウ8

たなばたつめ（織女）
〔たなはたつめに ［82］61ウ5

たなびく（靡）
〔たなひきにけり〕 ［112］80ウ3

たに（谷）
〔谷 ［36］28ウ1

だに〈助詞〉
こよひたに ［69］50ウ8
せうそこをたに ［73］52ウ8、［92］69ウ7
〔あとたに ［42］32ウ10
〔うふとたに ［21］20オ6
〔たねをたに ［21］20オ3
〔夜とたに ［83］63オ1
うまのはなむけをたにせむとて ［115］81ウ1
〔年たにも ［16］16オ5
〔かりにたにやは（狩、假） ［123］84オ4

たね（種）
〔たねをたに ［21］20オ3

たのむ（頼）
〔えこそたのまさりけれ ［47］36オ2
〔たのまぬ ［23］24オ1
〔たのまん〕 ［100］74ウ9
〔たのまむ〕と ［107］78ウ2
〔たのまるゝ哉〕 ［55］38オ11、［104］77オ6
〔たのまれなくに〕と ［83］63オ1
〔たのみかた ［50］37オ4、［90］69オ10

［たのみきぬらん］ ［16］16オ6
［たのみし ［122］83ウ4
たのみぬへき ［93］70オ1
［たのみはつへき］ ［50］37オ1
［たのむ ［43］33ウ6、［54］38オ6、
［98］73ウ8
［たのむには ［13］13オ6
［たのむの
たばかる（計）
［10］11ウ8、［10］12オ2（△田ノ面）
たはかりたまふ ［78］56ウ3
たはれしま
［たはれしま ［61］41オ8
たび（旅）
たひの ［9］9オ2
［たひをしそ ［9］9オ4
たび（度）→いくそたび・いくたび・
このたび・たびたび・ひとたび

たひかさなりけれは ［5］5オ1
たびたび（度）
たひ〱 ［23］23ウ9
たひら（平）
［たひらに ［82］62オ10
たふ（塔）
たうの ［77］54ウ6、［77］54ウ7
たふ（堪）
たへかたき ［13］13オ8
たへて ［16］16ウ1
たふとし（尊）
たうとくて ［65］46オ4
たま（玉）→あらたま・しらたま・む
ばたまたまのを
［たまに ［105］77ウ2
［たまの ［110］79ウ9
たまかづら（玉鬘）
［玉かつら ［21］19ウ9、［36］28ウ1、

［118］82ウ1
たまき（環）→しづのをだまき
たますだれ（玉簾）
［玉すたれ ［64］44オ4、［64］44オ7
たまのを（玉緒）
［たまのをはかり］ ［14］13ウ8
［たまのを許 ［30］26ウ10
［玉のをゝ ［35］28オ7
たまはる（賜）
たまはりて ［76］54オ4、［100］74ウ7
たまはる ［76］54オ3
たまふ（賜）→のたまふ
たまはねは ［94］70ウ6
たまはむとて ［83］62ウ7
たまひ ［83］62ウ7
たまひけり ［85］65オ3
たまへと ［62］41ウ5
たまへりけり

[85]65ウ1、[98]74オ1

たまふ〈接尾語〉→のたまふ

かへりたまうけり [83]62ウ5
しおりたまふけれは [65]46ウ2
あはれかりたまうて [85]65ウ1
すしたまうて [82]61ウ7
まうてたまうて [78]56オ7
よろこひたまふて [78]56オ10
おろしたまうてけり [83]63オ5、[85]64ウ5
とりかへしたまうてけり [6]7オ5
えしたまはす [82]61ウ8
つかうまつりたまはて [3]3ウ4
かなしうし給ひけり [84]64オ5
すみたまひけり [81]58ウ8
すみ給けり [84]64オ1
行幸したまひけり [117]82オ2

行幸したまひける [114]80ウ8
さふらはせたまひける [114]81オ1
つかひたまひける [103]76ウ5
見たまひける [104]77オ7
まもらせたまひけるとそ [5]5ウ2
まうて給けるに [76]54オ1
めくみつかうたまひけるを [43]33オ6
かよひ給し [83]62ウ2
見えたまひつると [110]79ウ8
まうてたまひて [78]56オ3
うせたまひて [77]54ウ2
うせ給て [39]29ウ1、[78]55ウ7
けきやうし給て [117]82オ6
おかしかり給て [98]74オ1
あかし給てけり [83]63オ3
いりたまひなむとす [82]62オ4

わすれやし給にけんと [46]35ウ1
かへり給にけりとなん [104]77オ9
いらせ給ぬ [82]62オ2
せうえうし給 [106]77ウ6
ゝ(た)てまつらせたまふ [77]55オ5
たはかりたまふ [78]56ウ4
つかうたまふ [65]44オ10
申たまふ [78]56オ10
まうけせさせ給 [78]56ウ1
よませたまふ [78]57オ10
このみ給 [78]57オ3
あるしゝたまふと [101]75ウ2
まいりたまふに [6]7オ3
申たまふを [65]46オ4
あけたまへと [24]24オ9
やめたまへと [65]45オ10
うまれ給へりけり [79]57ウ8

ゐたまへりけるを [6]6ウ7
いたさせたまへりけれは [100]74ウ6
おりたまへれは [65]44ウ10
たまむすび（玉結）
［たまむすひせよ [110]79ウ10
たまみづ（玉水）
［たま水 [122]83ウ3
たむら（田村）
たむらのみかと、 [77]54オ9
ため（爲）
［ため [20]18ウ3、[84]64ウ3
［ためにと [44]34オ4、[98]73ウ8
［ためには [87]68ウ1
たもと（袂）
たもとに [114]81オ2
［たもとには [54]38オ6
たゆ（絶）
たえいりて [40]31ウ2
たえいりにけり [40]31オ7
たえいりにけれは [40]31オ10
［たえしとそ [22]21オ5
［たえすは [43]33ウ7
たえたる [35]28オ6
［たえての [35]28オ8
［たえて [82]60ウ7
たえにける [22]20ウ6
［たえぬ [118]82ウ2
［たえむと [36]28ウ2
たゆし（弛）
［たゆく [25]25ウ6
たより（便）
たより [23]22ウ2
たよりにて [87]66ウ1
たよりなさ（無便）
たよりなさに [63]42オ10
たらう（太郎）
たらう [6]7オ2
たらひ（盥）
たらひの [27]26オ5
たり（人）→みたり
たり〈助動詞〉
（たら）
思たらす [19]17ウ7
かさねあけたらん [9]10オ4
（たり）
あひたり [9]9ウ2
いたしたり（出） [69]51オ7
いてきたり [82]61オ5
をこせたり [96]72ウ3、[107]78ウ5
きたり [96]72ウ1
さきたり [9]8ウ8
はれたり [67]48オ6

ふりたり 〔67〕48オ7
いてたり 〔96〕72オ4
心あやまりやしたりけむ 〔103〕76ウ4
あひしりたりけり 〔65〕44ウ3
いてたりけり 〔39〕29ウ4
をこせたりけり 〔62〕41ウ6
思かけたりけり 〔93〕70オ1
思しりたりけり 〔102〕76オ4
きたりけり 〔24〕24オ9、〔69〕49ウ6
あひしりたりける 〔19〕17ウ4
あるしまうけしたりける 〔101〕75オ5
いきいてたりける 〔40〕31ウ3、〔59〕40オ6
いたしたりける 〔24〕24ウ2、〔58〕39ウ3
をきたりける(置) 〔6〕5ウ8
をこせたりける 〔10〕11ウ6、〔52〕37ウ7
きたりける 〔1〕2オ1、〔1〕2オ4
心つけたりける 〔10〕11ウ2
たてたりける 〔99〕74オ3
ひなひたりける 〔14〕13ウ9
まさりたりける 〔2〕3オ1
もてきたりける 〔20〕18ウ6
よみたりける 〔82〕60ウ9
わひたりける 〔26〕25ウ9
いきたりけるに 〔61〕41オ1、〔81〕59ウ2
いたしたりけるに 〔60〕40ウ5
ちきりたりけるに 〔24〕24オ8
まちわひたりけるに 〔24〕24オ6
めしあつけられたりけるに 〔29〕26ウ6
ゐたりけるに 〔6〕6オ8
いてたりけるを 〔6〕7オ1、〔104〕77オ3
いれたりけるを 〔39〕30オ1
よみたりけるを 〔77〕55オ10
まとひきたりけれと 〔45〕34ウ5
いひいたしたりけれは 〔24〕24ウ5
いひやりたりけれは 〔16〕16オ7、〔105〕77オ11
きたりけれは 〔17〕16ウ5、〔101〕75ウ2
きこえたりけれは 〔104〕77オ8
しにいりたりけれは 〔59〕40オ1
たてまつりたりけれは 〔98〕73ウ10
つけたりけれは 〔45〕34ウ4
やりたりけれは 〔20〕18ウ5
ゆるされたりけれは 〔65〕44ウ4

すへたりしを(据)　[78]57オ3
ふりこめられたりと　[85]65オ5
(たる)
あひなれたる　[16]15オ9
いたしたる(出)　[87]68オ9
いひをこせたる　[21]20オ2、[96]72オ2
うこきいてたる　[77]54ウ8
うへたる　[80]58オ8
をきたる　[119]82ウ4
をこせたる　[46]35オ10
おとろへたる　[80]58オ7
思かけたる　[55]38オ8
かけたる　[69]50ウ9
さしいてたる　[87]67オ3
たえたる　[35]28オ6
たてまつりあつめたる　[77]54ウ4
なまめいたる　[1]1ウ4
なりたる　[16]15ウ1
にたる　[81]59ウ4
ふみあけたる　[5]4ウ9
まさりたる　[89]68ウ10
ゆるされたる　[65]44オ10
よせられたる　[87]68オ6
思つめたる　[95]71ウ1
[あれたる　[58]39ウ1
おほえたるか　[120]82ウ8
いきたるに　[38]28ウ10
つくられたるに　[78]56オ7
まうてたるに　[83]63オ7
かきをきたるを　[21]19オ9
ゐたるを　[62]41ウ10
やつしたれと　[104]77オ1
たてたれは　[77]54ウ7
たる(足)
あまれりやたらすや　[87]68ウ3
[たらぬ　[63]43オ7
たれ(誰)
[たれか　[23]22オ8、[50]37オ1、[79]58オ2
[誰か　[40]31オ5
たれと　[99]74ウ2
[たれゆへに　[1]2オ9
たをさ→しでのたをさ
たをる(手折)
[たおれる　[20]18ウ3

ち

ち(千)→ちぐさ・ちささげ・ちぢ・ちひろ・ちへ・ちよ・やちよ
ち(血)
ちして　[24]25オ5
ちのなみたを

［40］31オ3、［69］51オ3
ち（父）→おほぢ
ち（路）→かよひぢ・ゆめぢ
ち（地）→ここち
ちうじやう（中將）→ざいごのちうじ
やう
中將なりける ［97］73オ8、［99］74オ5
中將の ［79］58オ3
ちうなごん（中納言）
中納言 ［79］58オ5
ちうべん（中辨）→さちうべん
ちかし（近）→ふぢはらのまさちか
ちかう ［18］17オ4
ちかく ［69］49ウ4
ちかくは ［78］56オ8
ちから（力）
ちから ［40］30ウ10

ちぎる（契）
いひちぎりける ［112］80オ12
ちぎりたりけるに ［24］24オ8
［ちぎりて ［21］19ウ7
ちぎれる ［122］83ウ1
ちぐさ（千種）
ちくさに ［81］58ウ10
ちささげ（千捧）
ちさゝけ許 ［77］54ウ5
ちち（父）
ちゝは ［10］11オ10、［10］11ウ2
ちぢ（千々）
［千ゝの ［94］71オ4
ちはやぶる
［ちはやぶる ［71］52オ7、
［71］52オ10、［106］77ウ7
ちひさし（小）
ちひさき ［69］49ウ9

ちひろ（千尋）
［ちひろある ［79］58オ1
ちへ（千重）
［ちへ ［94］71オ2
ちまき（粽）→かざりちまき
ぢやう（丈）→ごぢやう・さんじふぢ
やう
ちよ（千代）
［千よもと ［84］64ウ3
ちよ（千夜）→やちよ
［ちよを ［22］21オ8、［22］21ウ1
ちる（散）
［ちらすとも ［50］37オ3
［ちらめ ［51］37ウ5
［ちりかひくもれ ［97］73ウ1
［ちる ［50］37オ9
［ちるか ［87］67ウ3
［ちれ］ ［94］71オ5

［ちれはこそ］　［82］61オ1

つ

つ（津）→つつゐつ・つのくに・なにはづ

つ〈助動詞〉

（つ）

［なかめくらしつ］　［2］3オ7

［みつの　［66］47ウ7

うらみつへき　［94］70ウ8

（つる）

ありつる　［62］41ウ4

［おりつる　［80］58ウ1

［くたきつる哉　［57］38ウ8

見えたまひつると　［110］79ウ8

［やりつる］と　［14］14オ4

（つれ）

［うへつれは　［79］58オ1

［ぬきつれは　［44］34オ4

（て）

［いはひそめてき］　［117］82オ8

あかし給てけり　［83］63オ3

おろしたまうてけり　［83］63オ5、［85］64ウ5

かいまみてけり　［1］1ウ6

くひてけり　［6］6オ9

とりかへしたまうてけり　［6］7オ5

はりやりてけり　［41］32オ5

ゆるしてけり　［5］5オ9

なかしつかはしてけれは　［65］46オ10

あはせてし哉と　［63］42ウ8

あひえてしかなと　［63］42オ9

さふらひてしかなと　［83］63ウ3

［もとめてん　［59］39ウ10

のみてむとて　［82］61オ6

（てよ）

［やめてよ］　［95］71ウ5

つ〈助詞〉→あまつそら・おきつしらなみ・しもつふさのくに・たなばたつめ・てづから・みづから・わたつうみ

づ（出）→いづ

ついたち（月立）

ついたち　［2］3オ4

ついで（序）

ついて　［1］2オ8

ついてに　［76］54オ3

ついひぢ（築泥）

ついひちの　［5］4ウ10

ついまつ（續松）

ついまつの　［69］51オ10

つかうまつる(奉)
つかうまつらす ［78］56オ9
つかうまつらて ［65］46オ5
つかうまつりける ［85］64ウ4、［103］76ウ3
まうてつかうまつりけるを ［83］63オ4
つかうまつりし ［85］64ウ10
つかうまつりたまはて ［3］3ウ4
つかうまつりて ［16］15オ2
つかうまつる ［6］6ウ7、［95］71オ6、［98］73ウ5
つかうまつるを ［95］71オ7
つかうまつれと ［78］56オ8
つかうまつれり ［82］61ウ9、［83］62ウ4
つかさ(司)→このゑづかさ・とのもづかさ
つかさびと(官人)
官人の ［60］40ウ2
つかはす(遣)
つかはさゝりけり ［83］62ウ8
なかしつかはしてけれは ［65］46オ10
つかはす ［78］57オ6
つかはすことゝ ［16］15ウ9
つかひ(使)→おほんつかひ・かりのつかひ
使に ［98］74オ1
使にて ［60］40ウ1
つかひよりは ［69］49オ4
つかひざね(使眞)
つかひさねとある ［69］49ウ3
つかふ(使)
めくみつかうたまひけるを ［43］33オ6
つかうたまふ ［65］44オ9
つかはれて ［62］41ウ2
つかひたまひける ［103］76ウ4
つかふ(仕)→なまみやづかへ・みやづかへ
つき(月)→かんなづき・さつき・としつき・ながつき・みなつき・むつき
月の ［4］4オ10、［69］49ウ8
［月の ［11］12オ8、［73］52ウ10、［82］62オ7
月も ［82］62オ5
［月も ［82］62ウ1
［月や ［4］4ウ2
月を ［88］68ウ5
［月をも ［88］68ウ7
つき(杯)→さかづき・たかつき
つぎ(次)

つきに ［87］67ウ1

つきひ（月日）

月日 ［46］35オ9、［96］71ウ8

月日の ［91］69ウ2

月日の ［46］35オ10

つきゆみ（槻弓）

［つき弓 ［24］24ウ6

つく（附・著）〈四段〉

えをいつかて ［24］25オ3

つきて ［60］40オ10、［62］41ウ1

をいつきて ［1］2オ7

心つきて ［58］38ウ9

きつきてなん ［20］18ウ6

つきにける ［114］80ウ9

［つきぬらん ［20］18ウ7

つける ［63］42オ8

つく（附）〈下二段〉

つく ［9］9ウ5

かきつく ［69］51ウ1

つくとて ［40］30ウ5

かきつけゝる ［21］19オ5、［24］25オ5、［114］81オ2

ゆひつけさす ［44］34オ3

心つけたりける ［10］11ウ2

つけたりけれは ［45］34ウ4

つけて ［21］19オ3、［77］54ウ6、［78］57ウ3、［90］69オ8、［98］73ウ7

かきつけて ［96］72ウ3

きゝつけて ［5］5オ2、［6］7オ4、［43］33オ8、［45］34ウ4

きこしめしつけて ［65］46オ9

つけむとす ［12］12ウ5

つぐ（告）

［つけこせ］ ［45］35オ3

［つけよ ［121］83オ9（△附）

つくし（筑紫）

つくしまて ［61］41オ1

つくま（筑摩）

［つくまの ［120］83オ1

つくもがみ（九十九髪）

［つくもかみ ［63］43オ7

つくりえだ（作枝）

つくりえたに ［98］73ウ6

つくる（作）

つくられたるに ［78］56オ6

つくりけれ ［23］23オ10

つくりて ［58］38ウ10、［81］58ウ7

つげ（黄楊）

［つけの ［87］66オ6

つごもり（月末）

つこもり ［45］34ウ7

つこもりなりけり ［83］63オ2

つこもりに [9]9ウ8、[41]31ウ10、[80]58オ8

つごもりがた

つこもりかた [81]58ウ9

つこもりかたに [91]69ウ3

つた（蔦）

つたかえては [9]9オ10

つたなし（拙）

つたなく [65]46オ6

つつ（筒）→ゐづつ

つつ〈助詞〉

あそひつゝ [9]10ウ10

おほえつゝ [65]45ウ2

おもひつゝ [23]21ウ9

思つゝ [6]6オ7

おりゐつゝ [68]48ウ5

かへりつゝ [69]49オ8

きつゝ [65]46ウ7、[92]69ウ6

しつゝ [65]45オ7、[83]63オ4

しありきつゝ [65]47オ6

のみつゝ [82]60オ9

まさりつゝ [47]35ウ9

「いさなはれつゝ [65]47オ9

「いひつゝ [16]16オ2

「うらみつゝ [22]21オ1

「きつゝ（着） [9]9オ3

「きつゝ（來） [9]9オ3

「ぬれつゝ [75]53ウ6

「のかれつゝ [62]42オ3

「見えつゝ」 [21]19ウ10

「もとめつゝ [64]44オ5

「こひつゝそ [23]24オ1

「ぬれつゝそ [80]58ウ1

思ひつゝなん [4]4オ5

「そてをしつゝも [3]3ウ2

「見つゝを [23]23ウ5

つつ（宛）→とをつつ

「とをつゝ [50]36ウ7

つつむ（包）

つゝめらん [87]67オ1

つゝみて [86]65ウ3

つつゐつ（筒井津）

「つゝゐつの（ィつゝゐつゝ） [23]22オ4

つと（苞）

「つとに [14]14オ7

つとめて（翌朝）

つとめて [65]45オ5、[69]50オ5、[87]68オ4

つね（常）→きのありつね・くにつね・よのつね

つねに [82]60オ5、[95]71オ7

つねには [85]64ウ7

つねの [108]79オ9

つねの　[69]49オ4
つねゆき（經行）
ふちはらのつねゆきと　[77]54ウ10、[78]56オ1
つのくに（津國）
つのくに　[33]27ウ3
津のくに　[87]66オ2
つのくに、　[66]47ウ3
つひ（遂）
つゐに　[16]15オ10、[23]22オ9、
つゐに　[65]45オ9、[96]72ウ8
［つゐに　[47]36オ5、[125]84ウ4
つぼ（壺）→むめつぼ
つぼね（局）→おほんつぼね
つほねの　[31]27オ2
つま（妻）
［つまし　[9]9オ3（△褄）
［つまも　[12]12ウ7
つま（褄）
［つまし　[9]9オ3（△妻）
つみ（罪）
［つみも　[31]27オ6
つむ（詰）
思つめたる　[95]71ウ1
つもる（積）
［つもるそ　[85]65オ8
［つもれは　[88]68ウ8
つゆ（露）→あさつゆ・しらつゆ
［露そ　[59]40オ4
［つゆと　[6]6ウ5
［つゆの　[56]38ウ4
［つゆや　[16]16ウ2、[54]38オ7
つゆを　[6]5ウ8
つら（面）→うみづら・たづら
つらし（辛）
［つらき　[30]27オ1、[75]53ウ7
つらく　[94]70ウ5
［つらくもあらなくに　[72]52ウ5
［つらし　[13]13オ7
つらぬ（連）
かいつらねて　[67]48オ2
つり（釣）
［つりする　[81]59オ9
つりぶね（釣舟）
［つり舟］　[70]52オ2
つる〈助動詞〉→つ
つれづれ（徒然）
つれ〳〵と　[45]34ウ5、[83]63オ10
［つれ〳〵の　[107]78オ8
つれなさ
つれなさのみ　[47]35ウ9
つれなし
つれなかりける　[34]28オ2、[54]38オ5

つれなかりけれは [75]53オ9
つれなき [57]38ウ5、[90]69オ3
[つれなき [120]83オ2
[つれなくは [75]53ウ3

て

て(手)↓あまのさかて・くもで・ころもで・たをる・ゐで
[て [47]36オ1
手 [27]26オ3
[手を [16]16オ1
[てに [122]83ウ3
[ゝ(て)には [73]52ウ10
て〈助動詞〉↓つ
て〈助詞〉〈動詞ノ連用形ヲ受クルモノ〉↓
ついで・つとめて・もてく
あけはなれて [69]50オ8
あしすりをして [6]6ウ3
あそひありきて [87]66ウ5
あそひをりて [45]34ウ8
あちはひて [44]34オ8
あつまりて [58]39オ5、[88]68ウ5
あつまりきゐて [58]39オ9
あはれかかりて [63]43オ2、[66]47ウ9
あはれかかりたまうて [85]65ウ1
あひて [53]38オ1
あひのりて [39]29ウ4
あらひて [41]32オ1
ありて [21]20オ1、[32]27オ9、[40]30ウ5、[42]32ウ9
ありきて [38]29オ1、[65]47オ7
ありわひて [7]7オ9
いきいてゝ [59]40オ3
いきて [4]4オ8、[14]13ウ10、[27]26オ2、[63]43オ5、[75]53オ5、[87]66オ3
いきあひて [63]42ウ9
いたりて [9]9オ8
いてきて [62]41ウ3
いてゝ [21]19オ4、[21]19オ8、[21]19ウ3、[23]21ウ5、[28]26ウ1、[78]56ウ3、[87]68オ5
いひて [21]19ウ8、[22]21オ2、[22]21オ7、[23]23ウ7、[24]24ウ8、[58]39オ9、[59]40オ6、[62]42オ5、[65]44ウ10、[75]53オ9、[87]66ウ7
いひ〳〵て [23]22オ9
いひかはして [21]20オ8

いひさして [86]65ウ4
いまそかりて [77]55オ1
いらへて [63]42ウ3
いりて [69]50オ2
いれて [65]46オ3、[107]78ウ4
うせ給て [39]29ウ1、[78]55ウ7
うせたまひて [77]54ウ2
うちとけて [23]23オ10
うちなかめて [23]23オ3
うちなきて [4]4オ9、[39]29ウ5
ヽ(う)ちなきて [84]64ウ1
うちものかたらひて [2]3オ3
うちやりて [27]26オ4
うゐかうふりして [1]1ウ1
うらみて [50]36ウ6、[108]79オ6
ヽ(う)らみて [74]53オ2
えて [107]78ウ6

おきのゐて [115]81ウ1
おきて(起) [56]38ウ1、[93]70オ3
をきて(置) [12]12ウ3
をくりて [16]16オ4
をこせて [13]13オ4
をしいれて [6]6オ5
おとして [9]9オ6
おとろきて [84]64オ7
おはしまさせて [81]59オ1
おはしまして [65]46オ3
おひて [6]6オ6、[6]6ウ9
をいつきて [1]2オ7
おほきさして [87]67オ3
おほして [65]44オ9
おほしめして [43]33オ5
おほひて [87]68オ8
御をくりして [83]62ウ6

おもひて [46]35オ9、[101]76オ1
思ひて [16]16オ4、[21]19オ4、[21]19オ4、[23]23オ7
思て [62]41ウ9、[63]43ウ5、[65]45オ3
思ひあまりて [56]38ウ2
思ひいて、 [60]40ウ9
思いて、 [4]4ウ1
思ひいりて [59]39ウ8
思ひうたかひて [23]22ウ9
思うんして [102]76オ6
思かけて [89]68ウ10
思ひかはして [21]19オ1
思なして [9]8オ6
おもひわひて [16]15ウ6
思ひわひて [65]45オ2
思わひて [93]70オ3
おりゐて [9]8ウ6、[82]60ウ4

て

かいつらねて　[67]48オ2
かゝせて　[107]78オ6
かゝりて　[63]43オ10
かきて　[1]2オ2、[9]9ウ5、[13]13オ3、[13]13オ4、[16]15ウ10、[24]25オ8、[43]33オ9、[69]51オ6、[69]51オ9、[107]78オ5
かきをきて　[96]72ウ6
かきつけて　[96]72ウ3
かくれゐて　[23]23オ1
かすまさりて　[65]45ウ7
かはりて　[107]78オ10、[107]78ウ9
かはりたてまつりて　[82]62オ9
かへりいりて　[21]19ウ5
かへりきて　[2]3オ3
かへりて　[82]62オ2
からうして　[6]5ウ5、[23]23ウ7、[40]31ウ3
きゝて　[9]11オ4、[12]12ウ8、[23]23オ6、[41]32オ7、[47]35ウ9、[60]40ウ3、[61]41オ4、[65]45オ4、[65]46オ4、[69]50ウ9、[101]75オ2、[101]75ウ2
きゝつけて　[5]5オ2、[6]7オ4、[43]33オ8、[45]34ウ4
きこえて　[120]82ウ9
きこしめしつけて　[65]46オ9
きさみて　[78]57ウ2
[きせて　[121]83オ6
きぬゝきて　[62]42オ5
きりて　[1]2オ2
きて　[23]23オ9、[63]43オ3、[63]43オ10、[65]44ウ5
くもりて　[67]48オ6
けきやうし給て　[117]82オ6
けさうして　[23]23オ3
心もとなかりて　[83]62ウ9
こそりて　[9]11オ7
心うかりて　[23]23ウ2
心つきて　[58]38ウ9
こたへて　[6]6ウ5
このみて　[16]15オ6
こひて　[4]4オ7
こめて　[65]46ウ1
こもりて　[65]46ウ3
さきたちて　[16]15ウ1
さけのみしあそひて　[81]59オ2
さゝせて　[44]34オ1
さして　[82]60ウ5
さふらひて　[83]63ウ1
ゝ(し)て　[87]66オ3

したまうて [82]61ウ7
しつめて [69]49ウ5、[69]50ウ7
しのひて [5]4ウ7、[5]5オ10、[63]43ウ1、[95]71ウ2、[120]82ウ8
しゐて [83]63オ8、[101]75ウ4
すへて [5]5オ3
すて丶 [62]42オ6
すみして [69]51オ10
そ丶きなとして [59]40オ2
たえいりて [40]31ウ2
たちて [24]25オ2、[82]61オ3
たちき丶て [27]26オ8
たて丶 [69]49オ7、[69]49ウ10
たてりて [63]43ウ2
たまはりて [76]54オ4、[100]74ウ7
ちして [24]25オ5

つかうまつりて [16]15オ2
つかはれて [62]41ウ2
つきて [60]40オ10、[62]41ウ1
つくりて [58]38ウ10、[81]58ウ8
つけて [21]19オ3、[77]54ウ6、[78]57ウ3、[90]69オ8、[98]73ウ7
つ丶みて [86]65ウ4
とこはなれて [16]15オ10
と丶めて [6]7オ5、[44]34オ7
とりて [12]12ウ8、[23]23ウ1、[39]30オ1、[43]33ウ2、[60]40ウ5、[60]40ウ6、[63]43オ1、[65]45オ6、[69]51オ7
とらへて [101]75ウ3
なきて [21]19ウ2、[69]50ウ2
なけいれて [65]45オ6

なけきて [63]43ウ2
なまめきて [43]33オ7
なりて [16]15ウ1、[45]34ウ2、[60]40ウ10、[102]76オ5
にけて [58]39オ6
ぬきて（脱） [85]65ウ1
丶（ぬ）きて [62]42オ5
ぬすみて [6]6ウ9、[12]12オ10
ぬすみいて丶 [6]5ウ5
ぬれて [107]79オ4、[121]83オ3
のほりて [87]66ウ7
のませて [115]81ウ2
のりて [9]10ウ6
はしらせなとして [78]56オ6
はちかはして [23]21ウ7
はひありきて [81]59オ6
ひきゐて [66]47ウ4
「ひさしかるへき」とて [82]61オ3

て

ひとりふたりして 〔8〕8オ1、〔9〕8オ9
ひろはせて 〔96〕72ウ2
ひろひて 〔87〕68オ6
ふきて 〔65〕46ウ8、〔87〕68オ4
ふして 〔56〕38ウ1、〔93〕70オ2
ふせりて 〔4〕4ウ1
ふりて 〔85〕65オ3
へて 〔6〕5ウ4、〔46〕35オ9、〔82〕60オ6、〔83〕62ウ5、〔86〕65ウ4、〔120〕82ウ9
ほとして 〔9〕10オ6
ほとへて 〔20〕18オ8
まうて丶 〔83〕63オ9、〔106〕77ウ6
まうてたまうて 〔78〕56オ7
まうてたまひて 〔78〕56オ3
まかてさせて 〔65〕46ウ1
まきて 〔107〕78ウ4
まして 〔75〕53オ9
まとひて 〔40〕31オ10
まいりあつまりて 〔85〕65オ1
見て 〔7〕7ウ3、〔8〕8オ2、〔9〕8ウ9、〔16〕16オ3、〔20〕18オ7、〔23〕23ウ2、〔39〕29ウ9、〔58〕39オ3、〔63〕43オ6、〔63〕43オ9、〔66〕47ウ6、〔67〕48オ8、〔88〕68ウ5、〔119〕82ウ4、〔121〕83オ4
見いたして 〔69〕49ウ8
見いて丶 〔41〕32オ9
見かはして 〔95〕71オ8
見さして 〔104〕77オ9
見ふせりて 〔45〕35オ1
みまそかりて 〔101〕75ウ10
見やりて 〔23〕23ウ4
見をりて 〔46〕36オ11
むれゐて 〔9〕10ウ2
めしあつめて 〔77〕55オ3
めて丶 〔81〕59ウ6、〔87〕67ウ5、〔95〕71ウ6、〔107〕78ウ3、〔123〕84オ5
もたせて 〔82〕61オ5
物かたりして 〔82〕62オ3
物かたりなとして 〔95〕71ウ3
もりて 〔87〕68オ8
やとりて 〔70〕51ウ9
やみて 〔59〕40オ1
やりて 〔69〕50ウ5
ゆきて 〔8〕7ウ8
ゆき〱て 〔9〕9オ7、〔9〕10オ9
よし丶て 〔1〕1ウ3、〔87〕66オ3
よはひて 〔20〕18オ7

よひて [44]33ウ9、[63]42ウ2、[65]45ウ4
夜ふけて [45]34ウ8
よませはて、 [81]59オ7
よみて [4]4ウ4、[10]11ウ5、[21]19オ5、[24]24ウ2、[38]29オ1、[40]31オ7、[44]34オ2、[46]35ウ4、[69]50ウ5、[76]54オ4、[82]61ウ4、[86]65ウ6、[87]68オ3、[94]70ウ9、[96]72ウ3、[98]73ウ10、[99]74オ6、[102]76オ8、[103]76ウ8、[104]77オ3、[107]78ウ10、[107]79オ3
よみをきて [21]19オ8
よりきて [39]29ウ9
よろこひたまふて [78]56オ10

よろこひて [23]23ウ8
れいとして [63]43ウ7
ろうして [94]70ウ9
わつらひて [125]84ウ2
わひて [12]12ウ5
ゐて(居) [39]29ウ5、[113]80ウ4
ゐて(率) [6]5ウ7、[6]6ウ2、[12]12オ10、[12]12ウ9、[40]31オ4、[69]50オ1、[75]53オ5、[82]60オ6
ゑひて [82]62オ4、[85]65オ4
おかしかり給て [98]74オ1
おしみて [24]24オ5
おりて [80]58オ10
ゝ(を)りて [18]17オ6、[20]18ウ2、[82]60ウ4
ありて [23]22ウ8

かりて [82]61ウ1
すへて [9]9オ1
たいめんして [95]71オ9
とねりして [78]57オ5
のたまひて [78]57オ5
よみて [82]61ウ2
よろこほひて [14]14オ8
われて [69]49オ10
「いて、 [21]19オ6、[39]30オ5、[40]31オ4、[40]31オ5、[42]32ウ10、[44]34オ4、[52]37ウ9、[123]83ウ9
「うちわひて [58]39ウ5
「うつりて [77]55オ8
「をきのゐて [115]81ウ3
「をしなへて [82]62オ10
「おひて [58]39ウ1
「おもほえて [30]26ウ10

［かけて(掛) ［13］13オ6
［かけて(兼) ［96］72ウ4
［かねて ［125］84ウ4
［きみならすして ［23］22オ8
［さして ［33］27ウ10、［70］52オ1
［さはかれて ［34］28オ3
［しのひて ［15］14ウ5
［しゐて ［80］58ウ1
［たえて ［82］60ウ7
［ちきりて ［21］19ウ7
［なかれて ［22］21オ5
［なきて ［14］14オ3、［68］48ウ7
［なすらへて ［22］21オ8
［なりて ［123］84オ3
［にけて ［82］62オ8
［ぬれて ［75］53オ10
［のこりて ［22］21ウ2
［ひちて ［107］78オ9

［ひとりして ［37］28ウ8
［ふたりして ［37］28ウ8
［へて ［24］24ウ6、［123］83ウ9
［ふみわけて ［83］63ウ7
［ほして ［121］83オ9
［まちわひて ［24］24ウ3
［見て ［73］52ウ10
［よそにのみして ［19］18オ2
［よりて ［35］28オ7
［わきて ［99］74オ10
［ゝ(を)りて ［16］16オ1
なにゝよりてか ［21］19ウ1
［ねてかさめてか ［69］50ウ1
思ひてこそ ［40］31オ8
いりてそ ［60］40ウ10
［しらすして］と ［65］47オ4
［身にして］と ［4］4ウ3
ほたされてとてなん ［65］46オ7

いひてなん ［65］46オ1
うちてなむ ［96］73オ2
きつきてなん ［20］18ウ6
くしてなむ ［65］45ウ5
見てなむ ［13］13オ8
よりてなむ(に〜) ［9］8ウ4
めにてなむあると ［60］40ウ2
思ひわひてなむ侍 ［46］35ウ2
ねむしわひてにやありけん ［21］20オ2
なりての ［55］38オ9
［たえての ［35］28オ8
［うらみてのみも ［72］52ウ6
いきては ［33］27ウ4
見ては ［15］14ウ9
［あかしては ［2］3オ6
［あひ見ては ［22］21オ4
［行ては ［65］47オ8

［わすれては　［83］63ウ6
たちて見ゐて見　［4］4オ8
へても　［16］15オ7
［きても　［71］52オ10
［きえのこりても　［50］36ウ10
［流ても　［47］36オ4

て〈助詞〉（副詞ヲ受クルモノ）

かくて　［59］40オ1、［69］49オ9
さて　［5］5オ5、［10］11オ9、［14］13ウ5、［20］18オ7、［23］22オ2、［23］22ウ1、［63］43オ3、［96］72ウ7、［103］76ウ5、［107］78オ7
［なとて　［28］26ウ2
さてなん　［10］11ウ4
かくては　［105］77オ10

て〈助詞〉（形容詞ノ連用形ヲ受クルモノ）

いふかひなくて　［23］22ウ3
いやしくて　［93］69ウ10
うれしくて　［69］50オ1
おもなくて　［34］28オ5
かなしうて　［115］81オ10
かなしくて　［24］25オ2、［69］50オ4
心もとなくて　［69］50オ7
たうとくて　［65］46オ4
とをくて　［87］67ウ6
なくて　［9］8オ10、［23］22ウ7、［41］32オ5、［69］50オ9、［104］76ウ10
はかなくて　［22］20ウ6
はしたなくて　［1］1ウ7
物かなしくて　［83］63オ10
物わひしくて　［9］10ウ7
わかうて　［6］7オ7
なくて　［78］57オ6
おかしうてそ　［65］46ウ9
よくてやあらむあしくてやあらん　［96］72ウ8

て〈助詞〉（助詞ヲ受クルモノ）

あなりとて　［12］12ウ4
あらんやはとて　［23］22ウ3
安祥寺にて　［77］54ウ2、［78］55ウ8
いくとて　［72］52ウ4
いなむすなりとて　［96］72オ8
いふとて　［100］74ウ6
家にて　［97］73オ8
内にて　［31］27オ2
うまのはなむけをたにせむとて　［115］81ウ1
おほきさにて　［87］67オ5
おほみやすん所とて　［65］44オ11
御つかひにて　［71］52オ4

て

御もとにとて　[9] 9ウ5
[思いつらめ]とて　[76] 54オ7
かたみとて　[119] 82ウ4
かへるとて　[83] 63ウ5
かほにて　[23] 23オ1
からんとて　[58] 39オ3
けちなむするとて　[39] 30オ4
下らうにて　[6] 7オ3
[こえなん]とて　[69] 51ウ3
心見むとて　[18] 17オ5
事たつとて　[85] 65オ2
こと丶て　[84] 64オ6
さやうにて　[15] 14ウ3
さりとて　[42] 32ウ6
しちようにて　[103] 76ウ2
しらすやとて　[62] 41ウ6
しわさやとて　[58] 39オ4
す丶ろなるへしとて　[78] 57オ9

そらにて　[69] 50ウ6
たいにて　[85] 65オ6、[101] 75オ10
題にて　[77] 55オ3、[82] 61ウ2
たか丶ひにて　[114] 80ウ10
た丶人にて　[3] 3ウ4
たてまつらすとて　[80] 58オ10
たてまつるとて　[98] 73ウ7
たまはむとて　[83] 62ウ7
たよりにて　[87] 66ウ1
使にて　[60] 40ウ1
つくとて　[40] 30ウ5
所にて　[115] 81ウ2
なおひとにて　[10] 11ウ3
ぬとて　[63] 43ウ2
のみてむとて　[82] 61オ6
[ひさしかるへき]とて　[82] 61オ3
人にて　[101] 75オ6
[へぬれは]とて　[86] 65ウ9

ほとりにて　[106] 77ウ6
ほろひぬへしとて　[65] 45オ9
まかるとて　[14] 14オ5
まらうとさねにて　[101] 75オ4
みちにて　[63] 43オ1
みちのくに丶て　[15] 14ウ1、[115] 81オ8
見むとて　[39] 29ウ3
宮つかへしにとて　[24] 24オ4
[見ゆ]とて　[63] 43オ9
むまのはなむけせむとて　[44] 33ウ9
むまのはなむけせんとて　[48] 36オ7
もとむとて　[8] 7ウ9
もとめにとて　[9] 8オ8
物すとて　[94] 70ウ4
物になんありけるとて　[94] 70ウ8

［もみちしにけれ］とて ［20］18ウ5
やうにて ［6］6ウ7、［111］80オ2
やもめにて ［113］80ウ4
やるとて ［3］3オ10、［41］32オ9
やれとて ［96］72ウ7
わたくしことにて ［71］52オ6
いまはとて ［16］15ウ8
［わひしき］とて ［52］37ウ10
おかみたてまつらむとて ［83］63オ6
［あふにて ［75］53ウ1
［今はとて ［21］20オ3
［きえすとて ［105］77ウ1
［したにて ［27］26オ10
［そむくとて ［102］76オ9
［とおとて ［16］16オ5
［まくらとて ［83］62ウ10
［物とて ［2］3オ7

［いつとてか ［9］10オ1
あはれにてなむ ［22］21ウ3
［すたくなりけり］とてなむ ［58］39ウ3
ほたされてとてなん ［65］46オ7
［見むとは］とてなむ ［83］63ウ8
うたにては ［39］30オ10、［87］68ウ2
事にては ［33］28オ1
人のくにゝても ［10］12オ3
ものこしにてもと ［91］69オ5

で〈助詞〉（「にて」の轉）

いかて ［42］32ウ6、［45］34オ10、［63］42オ8
いかて ［63］42ウ7、［95］71オ9
いかてか ［9］9ウ2
［いかてかは ［33］27ウ9、［53］38オ3、［61］41オ5
いかてと ［47］35ウ7、［90］69オ3

で〈助詞〉

あけて（開） ［24］24ウ1
あひこともえせて ［69］51オ1
いらへもせて ［62］41ウ10
うしなはて ［85］64ウ9
えあはて ［5］5オ5、［72］52ウ3
えいかて ［42］32ウ9
えいらて ［5］4ウ9
えをいつかて ［24］25オ3
えさふらはて ［83］63ウ4
えせて ［92］69ウ7
をともせて ［118］82オ9
おほとのこもらて ［83］63オ3
心にもあらて ［35］28オ6
しらて ［6］6オ2、［65］45オ1
せて ［82］60オ9
たへて ［16］16ウ1

つかうまつりたまはて [3]3ウ4
とりあへて [107]79オ4
ほいにはあらて [4]3ウ9
えせて [16]15ウ9
たいめんせて [46]35オ10
つかうまつらて [65]46オ6
「あはて [25]25ウ3
「あひおもはて [24]25オ6
「あひ見て」 [116]81ウ9
「ねもせて [2]3オ6
「いはてそ [124]84オ9
「かれなて [25]25ウ6
「はめなて [14]14オ2
「我ならて [37]28ウ5
あらてなん [65]47オ2
きかてなんありける [23]22オ1
「あはてのみ [63]43ウ4
「見ても [117]82オ4

でう（條）→くでう・ごでう・さんでう・にでう・ろくでう

てづから（手）
てつから [23]23ウ1
ゝ（て）つから [41]32オ1

てふ（言）→いふ・と・なでふ
「おふてふ [75]53オ7
「なるてふ [61]41オ6
「ぬふてふ [121]83オ5、[121]83オ8
「まてゝふ [50]37オ10
「やとるてふ [57]38ウ7
「なるてふ」となん [102]76オ10

てん（天）→もんとくてんわう

でん（殿）→こうらうでん

てんじやう（殿上）
殿上に [65]44ウ1

と

と（戸）
と [24]24オ9

と（外）
との [69]49ウ8

と〈副詞〉→てふ・とかく・とわたる
と見かう見 [21]19ウ3

と〈助詞〉→とも・ともがな

と〈助詞〉（體言ヲ受クルモノ）
あくたかはと [6]5ウ6
あしと [9]10ウ9
あまの河と [82]61オ7
在原のゆきひらと [101]75オ1
色このみと [42]32ウ3
おほきおほいまうちきみと [98]73ウ4

かやのみこと [43]33オ3
きのありつねと [16]15オ1
こと丶 [9]9ウ1、[26]25ウ8、
[65]45オ3
これたかのみこと [82]59ウ9
西院のみかと丶 [39]29オ8
しほかまと [81]59ウ4
すき物と [61]41オ2
すみた河と [9]10ウ1
「すみよしのはま」と [68]48ウ8
たかいこと [39]29オ10
たかきこと
[77]54ウ1、[78]55ウ6
たむらのみかと丶 [77]54オ9
たれと [99]74ウ2
つかはすこと丶 [16]15ウ9
なかをかと
[58]38ウ10、[84]64オ1

はしと [9]10ウ9
ひしきもと [3]3オ9
ふちはらのつねゆきと
[77]55オ1、[78]56オ1
ふちはらのとしゆきと [107]78オ1
ふちはらのまさちかと [101]75オ3
二日と [69]49オ10
ほり河のおほいまうちきみと
[97]73オ7
みなせと [82]60オ2
源のいたると [39]29ウ7
みやこしまと [115]81ウ2
宮ことりと [9]11オ3
みやすん所と [76]53ウ10
むさしあふみと [13]13オ4
武蔵のくにと [9]10オ9
やつはしと [9]8ウ2、
[9]8ウ3、[9]8ウ5

女くるまと [39]29ウ9
かきつはたと [9]9オ1
ことはりと [94]70ウ7
すみよしのはまと [68]48ウ6
「うつらと [123]84オ3
「うらと [25]25ウ5
「おふと [31]27オ7
「おほぬさと [47]36オ4
「おいと [88]68ウ8
「かきりと [59]39ウ9
「丶(か)よひちと [42]33オ1
「こと」と [90]69ウ1
「こひと [38]29オ4
「それと [111]80オ11
「たきと [87]67オ9
「とおと [16]16オ2
「野と [123]84オ3
「花と [17]17オ2、[50]37オ9

[みけしと [16] 16オ9
[みつと [50] 37オ9
[物と [48] 36オ8
[よはひと [50] 37オ9
[我と [124] 84ウ1
[我からと（蟲ノ名） [65] 46ウ4
つかひさねとある [69] 49ウ3
れいとして [63] 43ウ6
[あまとし [104] 77オ5
ともとする [8] 7ウ9
友とする [9] 8オ9
[しるしとするも [111] 80オ7
[雪とそ [17] 17オ1
[夜とたに [83] 63オ1
かたみとて [119] 82ウ4
おほみやすん所とて [65] 44オ10
ことゝて [84] 64オ6
もとむとて [8] 7ウ9

[とおとて [16] 16オ5
[まくらとて [83] 62ウ10
[物とて [2] 3オ7
[ことゝなく [45] 35オ5
子となん [79] 58オ4
人となん [19] 18オ4
しもつふさのくにとの [9] 10オ10
あしやのなたとは [87] 66オ8
おにとは [6] 7オ6
[きのふけふとは [125] 84ウ5
[戀とは [38] 29オ7
[のへとは [100] 74ウ8
[みちとは [125] 84ウ4
[ものとは] [111] 80オ5
[ゆめうつゝとは [69] 50ウ4
五条の后とも [65] 47ウ1
所とも [6] 6オ2
[物とも [39] 30オ9

女ともあらす [15] 14ウ3
時とや [6] 7オ8
しのふくさとや [100] 74ウ6
[野とや [123] 84オ3

と〈助詞〉（副詞ヲ受クルモノ）

あはれと [16] 15ウ4、[16] 16オ4、[46] 35オ8、[63] 43ウ5、[96] 71ウ9
つれ〱と [45] 34ウ6、[83] 63オ10
ほの〱と [4] 4ウ4
[あまたと [43] 33ウ4
[いさと [14] 14オ7
[いつとてか [9] 10オ1
[つゆと [6] 6ウ5
なにとも [32] 27ウ2
あはれとや [14] 13ウ10、[90] 69オ4

と〈助詞〉（用言ノ終止形ヲ受クルモノ）

あけなんと [6]6オ7
あしと [23]22ウ6
あたなりと [47]35ウ9
あはせむと [10]11ウ1
あはむと [24]24オ8、[69]50ウ7
あはむと [69]49ウ1、[96]72オ6
あめれと [46]35ウ4
あらしと [40]31オ9
あらむと [75]53オ6
ありと [69]50ウ9、[73]52ウ7、[101]75オ2
[有けり]と [27]26オ8
あるしゝたまふと [101]75ウ2
いてこむと [63]42ウ5
いなんと [21]19オ4、[83]62ウ6、[115]81オ9
いはむと [45]34オ10

いはれすと [62]42オ2
うしと [4]4オ5、[21]19オ3
[うらみし]と [65]46ウ6
[うるさし]と [13]13オ8
おもはむと [60]40オ9
かなしと [23]23オ7
かゝらむと [21]19ウ1
[きにけむ]と [81]59ウ7
[きにけり]と [87]66オ7
くるしと [13]13オ3
くれぬと [9]10ウ5
[こさらむ]と [123]84オ5
こしと [33]27ウ5
こひせしと [65]45ウ4
こむと [23]23ウ8
[こもれり]と [12]12ウ8
[こゆらん]と [23]23オ6
さふらはむと [78]56オ10

しぬへしと [105]77オ10
すまむと [59]39ウ8
[たのまむ]と [107]78ウ3
[とふとなるへし]と [77]55オ9
なめしと [105]77ウ3
[ねむ]と [63]43ウ5
のほらんと [87]66ウ6
のましと [60]40ウ4
はつかしと [62]41ウ9
[はやみ也]と [19]18オ4
はるかさんと [95]71ウ2
ひろはむと [58]39ウ4
ふらしと [107]78ウ8
ふりこめられたりと [85]65オ5
へすと [120]82ウ7
まいりこむと [118]82オ10
見むと [31]27オ5
めてたしと [15]14ウ7

もとめゆかむと [21] 19ウ2
ゆかむと [123] 84オ5
わすれぬるなめりと [36] 28オ9
ありと [87] 66ウ5
色このむと [61] 41オ2
たてまつらんと [78] 57オ4
[あたなりと [17] 16ウ7
[あらしと [80] 58ウ2
[ありと [47] 36オ5、[84] 64オ8
[きると(着) [61] 41オ9
[心かるしと [21] 19オ6
[こひせしと [65] 45ウ9
[こむと [23] 23ウ10、[97] 73ウ2
[さすと [87] 68オ10
[たえむと [36] 28ウ2
[なかると [107] 78ウ2
[ひろふと [58] 39ウ5
[ふくと [45] 35オ3

[又もあらしと [27] 26オ7
[むつましと [117] 82オ7
[もらさしと [28] 26ウ3
[よなりけり]と [122] 83ウ5
[わする覽と [21] 20オ9
[こひんとか [109] 79ウ5
まうつとしけれと [84] 64オ3
いなむとしけれは [24] 24ウ8
いりたまひなむとす [82] 62オ4
をひやらむとす [40] 30ウ6
かつけんとす [44] 34オ1
つけむとす [12] 12ウ5
あけなむとする [69] 51オ5
いらむとする [9] 9オ8
わたらんとするに [9] 10ウ6
かくれなむとすれは [82] 62オ5
たちなむとすれは [69] 51オ2
おもひけらしとそ [14] 14オ9

[あはむとそ [35] 28オ8
[あらしとそ [82] 62オ1
[たえしとそ [22] 21オ5
[とかしとそ [37] 28ウ9
[うふとたに [21] 20オ6
あなりとて [12] 12ウ4
いくとて [72] 52ウ4
いなむすなりとて [96] 72オ8
うまのはなむけをたにせむとて [115] 81ウ1
かへるとて [83] 63ウ5
からんとて [58] 39オ3
[こえなん]とて [69] 51ウ3
心見むとて [18] 17オ5
事たつとて [85] 65オ2
さりとて [42] 32ウ6
すゝろなるへしとて [78] 57オ9
たてまつらすとて [80] 58オ10

たてまつるとて [98] 73ウ7
たまはむとて [83] 62ウ7
つくとて [40] 30ウ5
ぬとて [63] 43ウ2
のみてむとて [82] 61オ6
ほろひぬへしとて [65] 45オ9
見むとて [39] 29ウ3
「見ゆ」とて [63] 43オ9
むまのはなむけせむとて [44] 33ウ9
むまのはなむけせんとて [48] 36オ7
物すとて [94] 70ウ4
やるとて [3] 3オ10、[41] 32オ9
おかみたてまつらむとて [83] 63オ6
「きえすとて [105] 77ウ1
「そむくとて [102] 76オ9

「すたくなりけり」とてなむ [58] 39ウ3
「みむとは」とてなむ [83] 63ウ8
ありとなん [107] 78ウ4
かへり給にけりとなん [104] 77オ9
「しられす」となむ [1] 2オ6
なりにけりとなん [116] 82オ1
「のとけからまし」となむ [82] 60ウ9
「まさるらん」となん [94] 71オ3
「よらなん」となむ [81] 59ウ1
「わすれん」となむ [10] 12オ3
「うしとなりけり」 [67] 48ウ1
「とふとなるへし」と [77] 55オ10
「思けりとは [21] 20オ7
「く丶るとは [106] 77ウ8
「こひしとは [111] 80オ10
あはしとも [25] 25オ9、[69] 49ウ2
いぬらんとも [62] 42オ6
「にほふとも [90] 69オ9
かなしとや [76] 54オ7
き丶おひけりとや [114] 81オ7
心くるしとや [96] 71ウ9
はたさむとや [86] 65ウ5
「やまむとやする」 [75] 53ウ1

と〈助詞〉〈用言ノ連體形ヲ受クルモノ〉

「いふなる」と [31] 27オ8
いますると [9] 9ウ3
いらへもせぬと [62] 41ウ10
「をとつれもせぬ」と [58] 39オ9
思ふと [63] 43オ2
「思」と [9] 9オ5、[49] 36ウ3
か丶るにやあらむと [23] 22ウ9
「かそする」と [60] 40ウ9
「きえはてぬめる」と [24] 25オ8

［心なる］と　［85］65オ9
［こひしき］と　［22］21オ2
［すまひし］と　［21］19ウ8
［なき］と　［62］42オ5、［108］79オ9
［ふりそまされる］と　［107］79オ3
［ふる］と　［23］24オ2
見えたまひつると　［110］79ウ8
めにてなむあると　［60］40ウ2
［物にそ有ける］と　［98］73ウ10
［やりつる］と　［14］14オ5
よむと　［101］75ウ8
わすれやし給にけんと　［46］35ウ1
［いふと　［38］29オ7
［まかふと　［16］16ウ2
［よると　［10］11ウ9、［10］12オ1
まもらせたまひけるとそ　［5］5ウ2
いふとて　［100］74ウ6
けちなむするとて　［39］30オ4
［ひさしかるへき］とて　［82］61オ2
まかるとて　［14］14オ5
物になんありけるとて　［94］70ウ8
［わひしき］とて　［52］37ウ9
［なるてふ］となん　［102］76オ11
よめるとなん　［101］76オ1
あなるとは　［65］47オ1
［思］とは　［22］21オ6

と〈助詞〉（用言ノ已然形ヲ受クルモノ）

［えにこそありけれ］と　［96］72ウ6
えめと　［23］21ウ8
思しかと　［45］34ウ3
［さもあらはあれ］と　［65］44ウ10
［にゐまくらすれ］と　［24］24ウ5
見めとそ　［96］73オ5
［思いつらめ］とて　［76］54オ7
［もみちしにけれ］とて　［20］18ウ5

と〈助詞〉（用言ノ命令形ヲ受クルモノ）

あけたまへと　［24］24オ9
いたはれと　［69］49オ5
［うるはしみせよ］と　［24］24ウ8
させと　［82］61ウ3
［さためよ］と　［69］50ウ5
たまへと　［62］41ウ5
やめたまへと　［65］45オ10
よめと　［9］9オ2、［68］48ウ6
やれとて　［96］72ウ7
［くはせよとも　［104］77オ6

と〈助詞〉（助詞ヲ受クルモノ）

あなやと　［6］6オ9
あはせてし哉と　［63］42ウ8
あひえてしかなと　［63］42オ10
［あらしを］と　［105］77ウ3
［ありやなしやと］　［9］11オ6
いかてと　［47］35ウ7、［90］69オ3

[いはましを]と [14] 14オ8
いまはと [16] 15ウ3
[うちもねなゝん]と [5] 5オ7
[えにしあれは]と [69] 51オ9
[おもふものかは]と [50] 36ウ9
[思ものから]と [43] 33ウ2
[かたらはねとも]と [75] 53オ9
[かなしも]と [40] 31オ7
きにけるかなと [9] 10ウ4
さふらひてしかなと [83] 63ウ3
されはよと [22] 21オ2
[しらすして]と [65] 47オ5
[しらねは]と [21] 19オ8
[せはきに]と [87] 67ウ4
[たのまれなくに]と [83] 63オ2
なせそと [65] 44ウ6
[なりにけるかな]と [65] 46オ1
[なりにける哉]と [62] 41ウ9

[火か]と [87] 68オ2
人にと [10] 11ウ4
[ふるとも]と [23] 23ウ7
[身にして]と [4] 4ウ4
[見ゆる物から]と [19] 18オ1
ものこしにてもと [90] 69オ5
[よりにし物を]と [24] 24ウ10
[我ならなくに]と [1] 2ウ1
我のみと [43] 33オ8
おとこをと [23] 21ウ9
[けふかあすかと [87] 67オ8
[さりともと [65] 47オ3
[ためにと [44] 34オ4、[98] 73ウ8
[千よもと [84] 64ウ3
[なにそと [6] 6ウ4
[へぬるかと [39] 30オ6
[我からと [65] 46ウ4
ふちはらのとしゆきといふ人

[107] 78オ1
[なすよしも哉]といへりけれと
[32] 27ウ2
[けふはかりとそ [114] 81オ4
[夢かとそ [83] 63ウ6
あらんやはとて [23] 22ウ3
御もとにとて [9] 9ウ5
しわさやとて [58] 39オ4
しらすやとて [62] 41ウ6
[へぬれは]とて [86] 65ウ8
宮つかへしにとて [24] 24オ4
もとめにとて [9] 8オ8
いまはとて [16] 15ウ8
[今はとて [21] 20オ3
ほたされてとてなん [65] 46オ7
[見むとは]とてなむ [83] 63ウ7
[ありやなしやと]と [9] 11オ6
[しつくか]となむ [59] 40オ6

[なければ]となむ [78]57ウ6
なにそとなん [6]5ウ9
[なみかな]となむ [7]7ウ6
[なりまさる哉]となん [103]76ウ8
[なりにける哉]とは [21]20ウ4
ある物かとも [19]17ウ7
いつこをはかりとも [21]19ウ4
[こけるからとも [62]41ウ8
[そてかとも [18]17ウ2
[ふるかとも [18]17オ8

ど〈助詞〉→ども

あひけれと [16]15オ3
ありけと [69]50ウ6
ありけれと [23]21ウ7、[94]70オ9
いきけれと [42]32ウ5
いたしけれと [41]32オ2
いひけれと [6]6オ9、[21]20ウ4、[22]21オ6、[23]24オ2、[24]25オ1
いひやれと [122]83ウ5
いふかしけれと [69]50オ5
いへりけれと [32]27ウ2
をひゆけと [24]25オ2
思けれと [16]15ウ4、[105]77ウ3、[114]80ウ9、[114]81オ6
おもへと [15]14ウ7、[63]42オ10、[83]63ウ3
かへれと [92]69ウ6
きけと [4]4オ3、[65]47オ1、[73]52ウ7
こまかにこそあらねと [94]70ウ1
さりけれと [23]22ウ6
されと [42]32ウ4、[47]35ウ8、[69]49ウ2、[85]64ウ8、[107]78オ2
しけくもあらねと [5]5オ1
すまひけれと [101]75ウ4
たゝきけれと [24]24ウ1
つかうまつれと [78]56オ8
とらせけれと [62]42オ5
なかせと [69]51オ4
申けれと [65]45ウ1
まうつとしけれと [84]64オ3
まとひきたりけれと [45]34ウ5
ゝ(見)けれと [21]19ウ3
ゝ(見)れと [4]4オ8
やつしたれと [104]77オ2
よまさりけれと [102]76オ4
おもへと [94]70ウ7
[秋はあれと [68]48ウ7
[ありもすらめと [55]38オ10
[思へと [47]36オ2

［きゝしかと　[125]84ウ5
［ひけとひかねと　[24]24ウ9
［ふらねと］　[108]79ウ1
［ふれと(經)　[62]42オ4
［見るらめと　[100]74ウ8
［物なれと　[102]76オ9
［わたれと　[69]51オ8
とうぐう(春宮)
春宮の　[29]26ウ5、[76]53ウ9
とうし(藤氏)
藤氏の　[101]75ウ10
とうじ(刀自)→いへとうじ
とかく(兎角)
とかく　[39]29ウ9、[96]71ウ7
とがむ(咎)
［なとかめそ　[114]81オ3
［とかめぬ］　[8]8オ4
とき(時)→おほんとき・かたとき・ときどき
時　[76]53ウ10、[82]60オ4、[114]80ウ8
時｜　[78]56ウ6、[96]72オ5
［時　[6]6ウ4、[108]79オ8
時うつりにければ　[16]15オ3
［時し　[46]35ウ6
［ときしもわかぬ　[98]73ウ9
［時しらぬ　[9]10オ1
時とや　[6]7オ8
時に　[2]2ウ7、[16]15オ2、[45]34ウ2
時の　[3]3ウ5、[16]15オ8、[77]54オ10
［時の　[22]21オ9
時の人　[79]58オ3
時は　[2]3オ4、[43]33ウ5、[45]34ウ6、[83]63オ2、[94]70ウ9
［時は　[29]26ウ8、[41]32オ10
いぬの時はかりになん　[40]31ウ2
時も｜　[96]72オ4
［時も　[119]82ウ6
［時や　[51]37ウ4
ときどき(時々)
時〳〵　[94]70ウ1
ときよ(時世)
時世　[82]60オ6
とく(解)
［とかしとそ　[37]28ウ9
［とくな　[37]28ウ5
うちとけて　[23]23オ10
［とけなくに　[111]80オ7
［とけむを　[111]80オ11
とく(徳)→もんとくてんわう
とぐち(戸口)

とくちに [6]6オ6
とこ（床）
とこはなれて [16]15オ10
ところ（所）→ありどころ・おほみやすんどころ・すみどころ・とこ
ろどころ・みやすんどころ
ところ [81]59ウ5
所 [66]47ウ3
いきかよふ所 [23]22ウ5
所とも [6]6オ2
所なむ [10]11ウ6
ところなれは [19]17ウ6
所なれは [5]4ウ8
ところに [82]61オ7
所に [9]8ウ2、[24]25オ3、[27]26オ4、[58]38ウ10、[65]44ウ4、[69]50オ1、[81]59ウ4、[82]60オ2、[84]64オ1、[106]77ウ6
所にて [115]81ウ2
所にもあらさりけれは [4]4オ4
ところへ [16]15ウ2
所も [96]72ウ9
所を [82]61オ6
ところどころ（所々）
所〻 [81]59ウ2
とし（年）
年 [89]68ウ10
[年 [39]30オ6
年ことの [82]60オ2
[年たにも [16]16オ5
[年に [17]16ウ8
[年の [24]24ウ3、[80]58ウ1、[86]65ウ8
としを [6]5ウ4
[年を [24]24ウ6、[123]83ウ9
とし（疾）
とく [83]62ウ6
ゝ（と）く [69]50ウ7
[とく [120]83オ1
としごろ（年頃）
としころ [16]15オ9
としころ [78]56オ7
年ころ [17]16ウ4、[23]22ウ1、[32]27オ9、[62]41オ10、[86]65ウ4
としつき（年月）
[年月 [62]42オ4
[年月を [21]19ウ6
としゆき（敏行）→ふぢはらのとしゆ
き
とせ（年）→ひととせ・みとせ・もも
とせ
どち（同士）

とち [67]48オ1

とどむ(止)

［と、めかね [24]25オ6

と、めて [6]7オ5、[44]34オ7

と、むる [40]30ウ8、[40]31オ3

となり(隣)

となりなりける [39]29ウ2、[58]39オ1

となりの [23]22オ2、[72]52ウ3

とねり(舎人)

とねりして [78]57オ5

との(殿)→おほとのごもる・そめどの

との、 [81]59オ3

とのもづかさ(殿守司)

とのもつかさの [65]45オ5

とは(永久)

［とはに [108]79オ7

とひごと(問事)

、(と)ひことしける [36]28オ9

とふ(問)

［とはぬも [13]13オ7

［とはねは [13]13オ10

［事とはむ [9]11オ5

［とひかたみ [107]79オ1

とひける [6]5ウ9

とひけれは [9]11オ2

［とひし [6]6ウ4

［、(と)ひし [38]29オ7

［とふとなるへし」と [77]55オ9

［とふへかりけり [48]36オ9

［とふも [13]13オ7

［とへは [13]13オ10

とぶ(飛)

とひあかる [45]34ウ10

とぶらふ(訪)

ゆきとふらひけるを [4]4オ1

とふらふ [111]80オ2

とほし(遠)

とをくて [87]67ウ6

とをくも [69]49ウ4

とをくも [9]10ウ3

とみ(頓)

とみの [84]64オ6

とむ(止)

［とりとめぬ [64]44オ7

とも(友)

友 [46]35オ6

ともとする [8]7ウ9

友とする [9]8オ9

とも(共)→もろとも

ともに [12]12ウ9、[83]62ウ3

［ともにこそ [94]71オ5

とも(伴)→おほんとも

とも〈助詞〉

「かさぬとも 〔50〕36ウ7
「風にはありとも 〔64〕44オ7
「かるとも 〔46〕35ウ5
「きえすはありとも 〔17〕17オ2
「さりとも 〔65〕47オ3
「ちらすとも 〔50〕37オ3
「なせりとも 〔22〕21ウ1
「なりぬとも 〔11〕12オ7
「花にはありとも 〔37〕28ウ6
「ふるとも」と 〔23〕23ウ6

ども〈助詞〉

あはすれとも 〔23〕22オ1
いけとも 〔5〕5オ4
なかせとも 〔40〕31オ3
なけとも 〔6〕6ウ3
「あかねとも 〔78〕57ウ4
「庵にあらねとも 〔56〕38ウ3
「おもへとも 〔85〕65オ7
「かさなる山にあらねとも 〔74〕53オ3
「せしかとも 〔29〕26ウ7
「おしめとも 〔91〕69ウ4
「かたらはねとも」と 〔75〕53オ8

ども（等）〈接尾語〉

おほやけこと〻も 〔83〕63ウ4
こと〻もなと 〔22〕21オ7
こと〻もや 〔1〕2オ8
子とも 〔23〕21ウ5
ともたちとも 〔88〕68ウ5
友たちともに 〔11〕12オ6
ふねともの 〔66〕47ウ6
めのことも 〔87〕68オ5
物ともを 〔119〕82ウ4
ゐうのすけとも 〔87〕66ウ1
女とも 〔58〕39ウ3
女ともの 〔58〕39オ2

ともし（燈火）

ともし 〔39〕30オ3
「ともし 〔39〕30オ5、〔39〕30オ8

ともす（燈）

ともす 〔39〕30オ3

ともだち（友達）

ともたち 〔16〕16オ3
友たち 〔66〕47ウ4
ともたちとも 〔88〕68ウ4
友たちともに 〔11〕12オ5
ともたちの 〔16〕15ウ7、〔109〕79ウ2

とらふ（捕）

とらへて 〔101〕75ウ2

とり（鳥）→みやこどり

とりなれは 〔9〕11オ1
とりの 〔9〕10ウ8
鳥の 〔53〕38オ2

[鳥の [53]38オ3
[鳥のこを [50]36ウ7
[とりや [22]21ウ2
とる(取)
とらせけれと [62]42オ5
とらせよ [60]40ウ3
[とられぬ [73]52ウ10
[とりあへて [107]79オ4
とりかへしたまうてけり [6]7オ5
とりて [12]12ウ8、[23]23ウ1、[39]30オ1、[43]33ウ2、[60]40ウ5、[60]40ウ6、[63]43オ1、[65]45オ6、[69]51オ7
[とりとめぬ [64]44オ7
とりに [78]57オ5
とわたる
[とわたる [59]40オ5

とを(十)
[とをつゝ [50]36ウ7
[とおと [16]16オ2
[とおとて [16]16オ5
[とをは [50]36ウ7
とをか(十日)
十日はかりの [4]4オ2
とをを
[とをゝに [18]17オ8

な

な(名)↓おほんな・みな
名 [82]60オ7
[な [89]69オ2
[なにこそ [17]16ウ7
[名にこそ [47]36オ4
[名にし [9]11オ5、[61]41オ8
[名のみ [43]33ウ3
な(魚)↓さかな
な(汝)
[なか [43]33オ10
な(勿)
[なかくしそ [23]23ウ6
なせそと [65]44ウ6
[なとかめそ [114]81オ3
[なやきそ [12]12ウ6
な〈助詞〉(禁止)
[とくな [37]28ウ5
[わするなよ [11]12オ7
な〈助詞〉(感動)↓しがな・ともがな・
もがな
[しらすな] [39]30オ9
[すきにけらしな [23]22オ5
ない(内)↓くないきやう
ないき(内記)

内記に ［107］77ウ10
なか（中）→なかなか・よのなか
なか ［22］20ウ7
かみなかしも ［82］60ウ5
なかなりけれは ［42］32ウ8、［94］70オ9
なかに ［12］12ウ3、［67］48オ8、［79］57ウ7、［101］75オ7
あるかなかに ［44］34オ6
それかなかに ［88］68ウ6
中に ［9］10オ10、［23］22ウ9、［81］59ウ4
ながし（長）
なかさ ［87］66ウ8
［なか丶らぬ ［113］80ウ5
［なかく ［30］27オ1
ながす（流）
なかしつかはしてけれは ［65］46オ10

なかせと ［69］51オ4
なかせとも ［40］31オ3
なかぞら（中空）
［中そらに ［21］20ウ2
ながつき（長月）
なか月許に ［98］73ウ6
なかなか（中々）
［中〱に ［14］13ウ7
ながむ（詠）
［なかむれは ［45］35オ4
［なかめくらさん］ ［99］74オ8
［なかめくらしつ］ ［2］3オ7
うちなかめて ［23］23オ3
なかめをり ［21］19ウ8
ながめ（眺）
［なかめに ［107］78オ8
ながら（助詞）
いやしなから ［84］63ウ9

心なから ［16］15オ8
こもりなから ［65］46ウ10
たかひなから ［77］55オ6
［うきなから ［22］20ウ9
［春なから ［20］18ウ3
［いひしなからもあらなくに ［96］72ウ4
ながる（流）
［なかると ［107］78ウ2
［なかれて ［22］21オ5
［流ても ［47］36オ4
ながをか（長岡）
なかをかと ［58］38ウ10、［84］64オ1
なぎさ（渚）
なきさの ［82］60ウ2
なきさを ［66］47ウ5
なく（泣）
［なかめ ［65］46ウ5

なきけり [65]46オ5
なきになきけり [41]32オ6
なきける [65]46オ8
なきて [21]19ウ2、[69]50ウ2
うちなきて [4]4オ9、[39]29ウ5
〻（う）ちなきて [84]64ウ1
なきにけり [9]11オ7
なきになきけり [41]32オ5
[なきぬ [75]53オ8
なきをれは [65]46ウ6
なく [6]7オ4、[39]30オ6、[65]46ウ3
[なくそ [39]30オ8
なく〳〵 [4]4ウ4、[40]31オ4、[45]34ウ4、[83]63ウ8
なけとも [6]6ウ3

なく（鳴）
なきけれは [53]38オ2
[なきて [14]14オ3、[68]48ウ7
[なきなん] [22]21ウ2
[なきをらん [123]84オ3
[なく [43]33オ10、[43]33ウ3、[108]79オ11
[なく] [27]26オ10
[なくなる [10]12オ1
[なくなる] [10]11ウ9、[114]81オ4
[なく覽 [53]38オ3

なくに
[あかなくに [82]62オ7
[いひしなからもあらなくに [96]72ウ4
[おもはなくに] [36]28ウ2
[おもほえなくに [46]35ウ5
[つらくもあらなくに [72]52ウ5
[とけなくに [111]80オ7
[みちならなくに] [71]52ウ1
[たのまれなくに]と [83]63オ1
[我ならなくに]と [1]2オ10

なぐ（投）
なけいれて [65]45オ6

なぐ（凪）→あさなぎ

なげき（嘆）
[なけきは [29]26ウ7

なげく（嘆）
なけきて [63]43ウ2
なけく [91]69ウ2
[なけく [34]28オ4

なごん（納言）→くにつねのだいなごん・ちゆうなごん

なさけ（情）
なさけ [101]75オ6
心なさけ [63]42オ9
なさけなく [63]42ウ3

なさけなし　[63]42ウ7
なし(無)→あぢきなし・あやなし・いふかひなし・うらなし・えうなし・おもなし・かぎりなし・かひなし・かむなづき・こころもとなし・こともなし・さがなし・すべなし・たななしをぶね・たよりなさ・つれなし・なさけなし・なでふことなし・にげなし・になし・はかなし・はしたなし・みなせ・やむごとなし・よしなし・わりなし
「なからん」　[61]41オ6
なかりけり　[16]15ウ5、[21]19オ1、[81]59ウ5、[103]76ウ2
なかりけれ　[16]15ウ3
なかりければ　[40]30ウ8

「なかりせば　[82]60ウ7
「なかるらし　[20]18ウ8
「なき　[21]19ウ6、[25]25ウ5、[31]27オ6、[51]37ウ4、[89]69オ2、[122]83ウ4
「なき」と　[62]42オ4、[108]79オ8
なきにしもあらず　[9]10ウ7
なく　[19]17ウ5、[23]22ウ1、[123]84オ6
「なく　[21]20ウ2、[44]34オ5、[93]70オ4
「こと丶なく　[45]35オ5
なくて　[9]8オ10、[23]22ウ7、[41]32オ5、[69]50オ9、[104]76ウ10
なくて　[78]57オ6
なくなりにけるを　[111]80オ1
なくなるまゝに　[23]22ウ2

「なくは　[82]62ウ1、[119]82ウ5
「まなくも　[87]67ウ3
「なくも哉　[84]64ウ2
「なければ　[46]35ウ6
「なければ」　[124]84ウ1
「なければ」となむ　[78]57ウ5
なし　[6]6ウ2、[39]30ウ2、[40]30ウ9、[40]30ウ10、[69]51オ9、[118]82オ10
なし｜　[96]72オ3
「なし」　[29]26ウ8、[107]78オ9、[118]82ウ2
「ありやなしやと」と　[9]11オ6
「なみ」　[92]69ウ9
「いとまなみ　[87]66オ5
なす(爲)
「なさば　[64]44オ4
思なして　[9]8オ6

［なす　[32]27ウ1
［なせりとも　[22]21ウ1
なずらふ（準）
［なすらへて　[22]21オ8
なぞふ（準）
［なそへ　[93]70オ4
なだ（灘）
あしやのなたとは　[87]66オ8
［なたの　[87]66オ5
なつ（夏）
［夏の　[45]35オ4
［夏冬　[79]58オ2
なでふことなし
なてうことなき　[15]14ウ1
など（何）
など　[62]41ウ10、[101]75ウ8
［など　[49]36ウ4
［なとて　[28]26ウ2

など〈助詞〉
［あくへき］なと　[23]22オ9
くはせなとしけり　[62]41ウ4
ことなと　[83]63ウ2
こと丶もなと　[22]21オ7
そ丶きなとして　[59]40オ2
はしらせなとして　[78]56オ6
物かたりなとして　[95]71ウ3
物かたりなとする　[53]38オ2
なななぬか（七七日）
な丶七日の　[78]55ウ7
なに（何）→なでふことなし
［なにか　[82]61オ2、[99]74オ10
［なにそと　[6]6ウ4
なにそとなん　[6]5ウ9
なにとも　[32]27ウ2
なにの　[31]27オ3、[65]45オ3
なにの　[96]72オ3

なに丶よりてか　[21]19ウ1
［なにをかも　[38]29オ6
なにごと（何事）
なにことも　[69]50オ3
なにことも　[16]15ウ8、[116]81ウ10
なには（難波）
なにはの　[66]47ウ5
なにはづ（難波津）
［なにはつを　[66]47ウ7
なぬか（七日）→なななぬか
なぶ（竝）
［をしなへて　[82]62オ10
なべ（鍋）
［なへの　[120]83オ2
なほ（猶）
なを　[42]32ウ7
猶　[4]4オ5、[9]10オ9、[10]12オ3、[16]15オ7、

[42]32ウ5、[65]45ウ2、[86]65ウ5
猶| [40]31オ8、[94]70ウ7
[猶 [43]33ウ1、[43]33ウ6
猶そ [39]30オ10
[猶そ [22]21オ1
猶や [22]20ウ7
なをやはあるへき [78]56ウ5
なほひと(直人)
なおひとにて [10]11ウ3
なまごころ(生心)
なま心 [18]17オ3
なまみやづかへ(生宮仕)
なまみやつかへしけれは [87]66オ9
なまめく(艶)
なまめいたる [1]1ウ4
なまめきて [43]33オ7
なまめく [39]29ウ9

なみ(浪)→おきつしらなみ・しらなみ
浪 [87]68オ4
[浪 [108]79オ7
[なみ哉] [72]52ウ6
[なみかな]となむ [7]7ウ5
なみに [87]68オ6
浪の [7]7ウ2
[浪の [61]41オ9
なみだ(涙)
なみた [9]9オ6
[なみたにそ [75]53ウ6
なみたの| [62]42オ1
[なみたの [87]67オ9
[涙の [16]16ウ3
ちのなみたを [40]31オ3、[69]51オ3
なみだがは(涙川)
[涙河 [107]78オ8、[107]78ウ1
なみま(浪間)
[浪まより [116]81ウ8
なむ〈助詞〉(體言ヲ受クルモノ)
子なん [63]42ウ4
心なん [2]2ウ9、[14]13ウ5、[63]43ウ9
ことなん [10]12オ4
所なむ [10]11ウ6
は丶なん [10]11ウ1、[10]11ウ3、[84]63ウ10
これなん| [9]11オ3
なむ〈助詞〉(副詞ヲ受クルモノ)
かくなん [23]22オ3、[42]32ウ9、[101]75ウ5
かう〱なむ| [63]43オ2
なむ〈助詞〉(助詞ヲ受クルモノ)
あはれにてなむ [22]21ウ3

あらてなん [65]47オ2
ありとなん [107]78ウ5
いぬの時はかりになん [40]31ウ3
いひてなん [65]46オ1
いふをなむ [101]75オ4
うたをなん [21]19オ5、[24]24ウ1
うちてなむ [96]73オ2
思ひつゝなん [4]4オ5
かへり給にけりとなん [104]77オ9
かりきぬをなむ [1]2オ3
きかてなんありける [23]22オ1
きしをなむ [52]37ウ10
きつきてなん [20]18ウ6
「君を見むとは」とてなむ [83]63ウ8
京へなん [14]14オ5
くしてなむ [65]45ウ5

こゝをなむ [87]66オ8
子となん [79]58オ4
さてなん [10]11ウ4
されはなむ [81]59ウ5
三尺六寸はかりなむ [101]75オ9
「しつくか」となむ [59]40オ5
「しられす」となむ [1]2オ6
「すたくなりけり」とてなむ [58]39ウ2
「なけれは」となむ [78]57ウ5
なにそとなん [6]5ウ9
「なみかな」となむ [7]7ウ6
「なりまさる哉」となん [103]76ウ8
なりにけりとなん [116]82オ1
「なるてふ」となん [102]76オ11
「のとけからまし」となむ [82]60ウ9
人となん [19]18オ5

人のをなむ [78]57ウ1
ふか草のみかとになむ [103]76ウ3
ほたされてとてなん [65]46オ8
「まさるらん」となん [94]71オ3
見てなむ [13]13オ8
宮つかへになん [86]66オ1
宮へなむ [82]60オ4
物思ひをなん [40]31ウ5
やうになん [77]54ウ9
よめるとなん [101]76オ1
「よらなん」となむ [81]59ウ1
わたせるによりてなむ [9]8ウ5
「わすれん」となむ [10]12オ2
女になん [75]53ウ8
ふりぬへきになん [107]78ウ7
ゆめになん [110]79ウ7
秋になんありける [94]70ウ10
さ月になんありける [43]33ウ5

まうてけるになん有ける　[85]64ウ9
やうになむありける　[87]67オ1
やうになんありける　[9]10オ7
物になんありけるとて　[94]70ウ8
めにてなむあると　[60]40ウ2
みやひをなんしける　[1]2ウ2
思ひわひてなむ侍　[46]35ウ2

なむ〈助詞〉（用言ノ未然形ヲ受クルモノ）
[いれすもあらなん]　[82]62オ8
[けなゝん　[105]77ウ1
[しらなん　[111]80オ11
[せなん　[120]83オ1
[なりなゝむ　[82]62オ10
[うちもねなゝん]と　[5]5オ7
[よらなん]となむ　[81]59オ9

なめし（無禮）
いとなめしと　[105]77ウ3

なら（奈良）
ならの京　[1]1ウ2、[2]2ウ5

ならふ（習）
[思ならひぬ　[38]29オ3
[ならはねは　[38]29オ6
ならはさりけれは　[41]32オ3

なり（姿）
なりは　[9]10オ6

なり〈助動詞〉（體言ヲ受クルモノ）
（なら）
[きみならすして　[23]22オ8
[我ならて　[37]28ウ5
[みちならなくに]　[71]52ウ1
[我ならなくに]と　[1]2オ10
[はるならぬ　[4]4ウ2
[きく物ならは　[21]20オ6
[人ならは　[14]14オ6
（なり）
おほち也　[39]30ウ1
心はへなり　[1]2ウ1
こと也　[3]3ウ5、[87]66ウ8
そめとのゝ后也　[65]47ウ1
はらなり　[79]58オ6
宮也　[102]76オ11
きみ也　[78]57オ3
[しのふなり　[100]74ウ9
いとこなりけり　[65]44ウ1
事なりけり　[107]78ウ6
つこもりなりけり　[83]63オ2
ひとなりけり　[9]9ウ4
ゐふのかみなりけり　[87]66ウ3
[やとりなりけり]　[56]38ウ4
[世なりけり　[21]19ウ6
[わかれなりけり]　[115]81ウ4
[よなりけり]と　[122]83ウ4
在原なりける　[65]44ウ2

伊勢のくになりける 〔72〕52ウ2
いろこのみなりける 〔28〕26ウ1
色このみなりける 〔37〕28ウ3
うまのかみなりける 〔82〕60ウ6
御おほちかたなりける 〔79〕57ウ9
くるまなりける 〔39〕30オ2
こたちなりける 〔19〕17ウ4
五條わたりなりける 〔26〕25ウ7
齋宮なりける 〔69〕49オ3
さかなゝりける 〔60〕40ウ6
さふらうなりける 〔63〕42ウ4
左兵衞督なりける 〔101〕74ウ10
そこなりける 〔24〕25オ4
中將なりける 〔97〕73オ9、〔99〕74オ5
となりなりける 〔39〕29ウ2、〔58〕39オ1
人のくになりける 〔62〕41ウ2

ふちはらなりける 〔10〕11ウ4
みきのむまのかみなりける 〔78〕57ウ1
右のむまのかみなりける 〔77〕55オ5、〔82〕60オ5
宮なりける 〔84〕63ウ10
みよしのゝさとなりける 〔10〕11ウ7
もとなりける 〔107〕77ウ10
おかしけなりけるを 〔49〕36オ11
〔しるへなりけれ〕 〔99〕74ウ1
ことなりけれは 〔69〕49オ6
しそくなりけれは 〔102〕76オ8
なかなりけれは 〔42〕32ウ8、〔94〕70オ9
ぬす人なりけれは 〔12〕12ウ1
人なりけれは 〔18〕17オ5、〔20〕18オ8、〔94〕70ウ2

ゐなかなりけれは 〔58〕39オ2
〔はやみ也〕と 〔19〕18オ3

（なる）

あるしなる 〔107〕78オ5
色このみなる 〔25〕25ウ4、〔58〕38ウ9
うちなる 〔61〕41オ3
うまのかみなる 〔83〕62ウ4
おほきさなる 〔9〕10ウ10
御ともなる 〔82〕61オ4
京なる 〔13〕13オ1
五丈許なる 〔87〕66ウ9
せんしなる（禪師） 〔85〕65オ1
そくなる 〔85〕64ウ10
そこなる 〔14〕13ウ3、〔87〕67オ6
はらからなる 〔101〕75ウ1
武藏なる 〔13〕13オ1
〔近江なる 〔120〕83オ1

[あまつそらなる [54]38オ7
[しなのなる [8]8オ3
[するかなる [9]9ウ6
[野なる [41]32ウ1
[心なる]と [85]65オ8
御時なるへし [65]47オ10
心なるへし [41]32ウ2
ことなるへし [50]37ウ1
[かきりなるへみ [39]30オ5
[心なるらん] [113]80ウ6

（なれ）

[物なれと [102]76オ9
くもてなれは [9]8ウ4
けしきなれは [33]27ウ5
事なれは [114]80ウ10
ところなれは [19]17ウ6
所なれは [5]4ウ8
とりなれは [9]11オ1
人なれは [69]49ウ3
人のこなれは [40]30ウ7
ふもとなれは [83]63オ8
む月なれは [85]65オ2
[いはなれや [108]79オ7
[やとなれや [58]39オ7
わするゝ物なれや [94]71オ1

なり〈助動詞〉（形容動詞ノ語幹ヲ受クルモノ）

（なら）

まめならさりける [60]40オ8
まことならぬ [63]42ウ1

（なり）

かたはなり [65]44ウ6
いつくなりけん [64]44オ2
いかなりける [124]84オ7
はつかなりける [30]26ウ9
さすかなりけるか [25]25オ10
あたなりと [47]35ウ8
[あたなりと [17]16ウ7

（なる）

あたなる [103]76ウ2、[119]82ウ3
あてなる [10]11ウ2、[10]11ウ4、[41]31ウ9、[41]32オ6、[102]76オ5、[107]77ウ9
あてはかなる [16]15オ5
あはらなる [4]4オ10、[6]6オ4
いかなる [21]19オ2
いさゝかなる [21]19オ2
おほきなる [9]10オ10、[9]10ウ9
きよらなる [41]32オ8
ことなる [104]76ウ10
すゝろなる [9]9ウ1

はるかなる　[102]76オ7
みそかなる　[5]4ウ8
いさゝかなる　[16]15ウ9
[まれなる]　[17]16ウ8
おほろなるに　[69]49ウ9
さかりなるに　[81]58ウ10
すゝろなるへしとて　[78]57オ9
（なれ）
[あたなれ]　[119]82ウ5

なり〈助動詞〉（用言ノ連體形ヲ受クルモノ・終止形ト同形ナルモノヲモ含ム）
（な）
わすれぬるなめりと　[36]28オ9
（なら）
[あるならん]　[110]79ウ9
（なり）
[いふなり]　[61]41オ9
いふなりけり　[6]7オ6
よめるなりけり　[42]33オ2
[あはぬなりけり]　[9]9ウ7
[思ふなりけり]　[50]37オ7
[すたくなりけり]とてなむ　[58]39ウ2
（なる）
いふなる　[96]73オ5、[107]78ウ5
のろひをるなる　[96]73オ2
[いふなる]　[97]73ウ2
[をくなる]　[59]40オ4
[なくなる]　[10]12オ1
[なくなる]　[10]11ウ9、[114]81オ4
[いふなる]と　[31]27オ7
いへるなるへし　[34]28オ5

なり〈助動詞〉（用言ノ終止形ヲ受クルモノ）
あなりとて　[12]12ウ4
いなむすなりとて　[96]72オ8
あなるとは　[65]47オ1

なり〈助動詞〉（助詞ヲ受クルモノ）
[うしとなりけり]　[67]48ウ1
[もちはかりなりけれは]　[96]72オ1
[とふとなるへし]と　[77]55オ9

なる（成）
[ならは]　[123]84オ3
ならん　[31]27オ4
なりたる　[16]15ウ1
なりて　[16]15ウ1、[45]34ウ2、[60]40ウ10、[102]76オ5
[なりて]　[123]84オ3
なりての　[55]38オ9
[なりなゝむ]　[82]62オ10
[なりなん]　[123]84オ1
[なりにけん]　[28]26ウ2
なりにけり　[21]20ウ5、

［23］23オ7、［23］23ウ3、
［23］24オ2、［24］25オ8、
［68］48ウ9、［69］50オ5、
［94］70オ8、［101］76オ2、
［123］84オ6
なりにけりとなん　［116］81ウ10
［なりにけれ　［109］79ウ4
なりにける　［26］25ウ8（△ず〜）
［なりにける哉］　［91］69ウ5
［なりにけるかな］と
［65］45ウ10（△ずも〜）
［なりにける哉］と　［62］41ウ8
［なりにける哉］とは　［21］20ウ3
なくなりにけるを　［111］80オ2
なりにけれは　［13］13オ5、
［21］20ウ4、［23］21ウ6、
［82］60オ7、［112］80ウ1
なりにけれは　［27］26オ3（△ず〜）

なりぬ　［82］61オ4
［なりぬ　［116］81ウ9、［117］82オ4
［なりぬとも　［11］12オ7
［なりぬへきかな］　［44］34オ5
なりぬへけれは　［65］45オ8
［なりぬれは　［47］36オ1、［118］82ウ1
［なりまさる哉］となん　［103］76ウ7
［なりゆくか　［19］17ウ9
［なるてふ　［61］41オ6
［なるてふ］となん　［102］76オ10
［なるへかりける　［14］13ウ8
なくなるまゝに　［23］22ウ2
［なる物］　［88］68ウ8
［なるらん］　［42］33オ1
なれる　［104］77オ1
なる（鳴）
なり　［6］6オ3
なる　［6］6オ10

なる（馴）
あひなれたる　［16］15オ9
［なれにし　［9］9オ3

に

に（二）→になし
に〈助動詞〉→ず・ぬ
に〈助詞〉（體言ヲ受クルモノ）
あさまのたけに　［8］8オ2
あしやのさとに　［87］66オ3
あつまに　［7］7ウ1
あなたに　［82］60オ1
あひたに　［39］29ウ6、
［39］29ウ10、［40］30ウ10
あまに　［16］15オ10、［60］40ウ9、
［102］76オ5、［104］76ウ10
雨に　［121］83オ3

あやしさに [64]44オ3
あるかなかに [44]34オ6
あるしに [62]41ウ5
伊勢の斎宮に [71]52オ3
伊勢のくに、 [69]49オ2、[75]53オ5
いたしきに [4]4オ10
いつかたに [21]19ウ2
いはに [24]25オ4
家に [63]43オ4、[63]43オ10、[80]58オ7、[87]68オ3、[101]75オ2
うたに [87]66オ4、[95]71ウ6
哥に [87]67ウ5
右大将に [77]54ウ9
内に [87]68オ6
氏神に [76]53ウ10
うつの山に [9]9オ8

うつわ物に [23]23ウ2
うはかきに [13]13オ3
うへに [6]5ウ8、[9]9オ6、[9]10ウ10、[87]67オ4、[101]75オ2
えたに [77]54ウ6
おくに [6]6オ5、[16]15ウ10、[58]39オ6、[65]45オ6
おとなに [23]21ウ6
おほよとのわたりに [70]51ウ8
御うふやに [79]57ウ8
御心に [65]46オ3
御ともに [82]61ウ9
御もとに [6]6ウ7、[120]82ウ8
おもてに [59]40オ2
おもひのほかに [83]63オ5
かけに [9]8ウ6、[27]26オ5
かさしに [82]60ウ5

かしはに [87]68オ9
かすかのさとに [1]1ウ2
かたに [78]57ウ2、[94]70ウ2
方に [8]7ウ8、[19]17ウ3、[66]47ウ5
かたはに [65]45オ7
かたゐなかに [24]24オ3
かとに [21]19ウ3
かへさに [78]56オ2
返ことに [26]25ウ9
返事に [52]37ウ7
かみに [87]67オ2
かめに [101]75オ6
かよひ地に [5]5オ3
かりに [1]1ウ3、[69]49オ7、[69]50ウ5
かりの使に [69]49オ2
京に [7]7オ9、[9]10ウ7、

〔20〕18ウ6、〔84〕64オ2、〔116〕81ウ6
くにゝ 〔10〕11オ9
くにのかみに 〔12〕12ウ1
くらに 〔6〕6オ4、〔65〕46ウ1、〔65〕46ウ2、〔65〕46ウ10
くるまに 〔39〕30オ1、〔99〕74オ3、〔104〕77オ8
こゝに 〔9〕10オ3
心に 〔23〕23オ9
こそに 〔4〕4オ8
五条に 〔4〕3ウ6
五条わたりに 〔5〕4ウ7
事に 〔62〕41ウ1
ことにつけて 〔21〕19オ3
ことくさに 〔108〕79オ9
ことさまに 〔112〕80オ12
こと人に 〔10〕11オ10

このゐつかさに 〔76〕54オ1
こひしさに 〔92〕69ウ6
ころをひに 〔45〕34ウ7、〔96〕72オ7
さうしに 〔65〕44ウ10
さきに 〔69〕49ウ10
さくらに 〔90〕69オ8
さとに 〔1〕1ウ4
さはに 〔9〕8ウ7
さらに 〔69〕51オ6、〔69〕51オ10、〔77〕54ウ7、〔81〕59ウ6
さはきに 〔6〕6オ10
したに 〔81〕59オ6
しほかまに 〔81〕59ウ7
しらきぬに 〔87〕66ウ9
しりに 〔24〕25オ2
住吉に 〔117〕82オ2
するかのくにゝ 〔9〕9オ7

すゐに 〔67〕48オ7
せしやうに 〔63〕43ウ1
せんさいに 〔51〕37ウ2
せり河に 〔114〕80ウ7
そこに 〔24〕25オ8、〔69〕49オ8、〔81〕59オ5
それかなかに 〔88〕68ウ6
たかつきに 〔87〕68オ8
たかやすに 〔23〕23オ8
たかやすのこほりに 〔23〕22ウ4
たもとに 〔114〕81オ2
たよりなさに 〔63〕42オ10
ちくさに 〔81〕58ウ10
ついてに 〔76〕54オ3
使に 〔98〕74オ1
つきに 〔87〕67ウ1
つくりえたに 〔98〕73ウ6
つこもりに 〔9〕9ウ9、

[41]32オ1、[80]58オ9
つこもりかたに　[91]69ウ3
つのくに、　[66]47ウ3
殿上に　[65]44ウ1
時に　[2]2ウ7、[16]15オ2、
[45]34ウ2
とくちに　[6]6オ6
ところに　[82]61オ8
所に　[9]8ウ2、[24]25オ3、
[27]26オ4、[58]38ウ10、
[65]44ウ4、[69]50オ1、
[81]59ウ4、[82]60オ2、
[84]64オ1、[106]77ウ6
友たちともに　[11]12オ6
内記に　[107]77ウ10
なかに　[12]12ウ3、[67]48オ8、
[79]57ウ7、[101]75オ7
中に　[9]10オ10、[23]22ウ9、
[81]59ウ4
なみに　[87]68オ6
、(に)しの京に　[2]2ウ8
にしのたいに　[4]3ウ8
二条のきさきに　[5]5オ10
二條の后に　[95]71オ6
野に　[69]50ウ5
花さかりに　[4]4オ7
花の賀に　[29]26ウ6
はらに　[44]34オ7
日くれに　[82]61オ4
人に　[10]11ウ2、[24]24オ7、
[44]33ウ8、[60]40オ10、
[62]41ウ2、[81]59オ6、
[87]67オ6、[116]81ウ7、
[122]83ウ2
ひとくちに　[6]6オ8
人のくに、　[65]47オ6
人〱に　[78]57オ9
ひむかし山に　[59]39ウ8
深草に　[123]83ウ6
ふはこに　[107]78ウ4
ふみに　[46]35オ10
ふるさとに　[1]1ウ7
ほとに　[4]4オ2、[23]22ウ1、
[53]38オ2、[65]46オ8、
[69]51オ5、[77]55オ2、
[81]59オ3
ほとりに　[9]10ウ2、
[81]58ウ6、[87]66ウ4
まへに　[62]41ウ3、[77]54ウ7、
[77]54ウ8
まへのみそに　[78]57オ2
身に　[96]72オ1
みかとに　[16]15オ2
みこに　[82]61オ8、[82]62オ9

みちに　[20]18オ9
みちのくに、　[14]13ウ2、[81]59ウ1
みなせに　[83]62ウ2
宮に　[58]39オ9、[71]52オ5、[78]56オ5、[82]62オ2、[83]62ウ5
宮はらに　[58]39オ1
みむろに　[83]63オ9
みわさに　[78]56オ2
むかひに　[99]74オ3
むこかねに　[10]11ウ5
む月に　[4]4オ6、[83]63オ6
むはらからたちに　[63]43オ9
むはらのこほりに　[33]27ウ3
めに　[15]14ウ2
もとに　[3]3オ9、[13]13オ1、[16]15ウ7、[20]18ウ2、[23]21ウ5、[25]25オ10、[27]26オ2、[30]26ウ9、[34]28オ2、[35]28オ6、[36]28オ10、[57]38ウ6、[69]49ウ6、[82]60ウ4、[86]65ウ5、[109]79ウ3、[111]80オ1
物に　[9]8オ6、[21]19オ5
ものうたかはしさに　[42]33オ2
ものこしに　[44]34オ3、[95]71ウ3
物やみに　[45]34ウ2
山に　[60]40ウ10
山さとに　[102]76オ7
やまとに　[20]18オ6
やまとうたに　[82]60ウ1
雪に　[85]65オ5
ゆくほとに　[12]12オ10
ゆふくれに　[83]63ウ5
世に　[55]38オ9、[75]53ウ8
よみはてかたに　[101]75オ10
世ゝに　[21]20ウ4
よろこひに　[16]16ウ1
六條わたりに　[81]58ウ7
わたしもりに　[9]11オ2
わらはへに　[70]51ウ9
おとこに　[6]5ウ9、[45]34オ10、[63]42オ9
小野に　[83]63オ7
女に　[32]27オ9、[37]28ウ3、[53]38オ1、[54]38オ5、[92]69ウ7、[107]78オ10、[107]78ウ9
女かたに　[94]70ウ2
女くるまに　[39]29ウ3
方に　[9]8オ7

かみに [9]9オ1、[87]66ウ5
きみに [65]46オ5
京に [9]9ウ4
こゝに [78]56オ9
在五中将に [63]42ウ8
千里のはまに [78]56ウ7
はしめに [78]56ウ4
ふねに [9]10ウ5
ほとりに [82]61ウ1
身に [96]72オ3
物こしに [95]71オ9
おとこに [65]46オ7
をんなあるしに [60]40ウ3
[あさなきに [81]59オ8
[あさまのたけに [8]8オ3
[あまのかはらに [82]61ウ6
[あはおに [35]28オ7
[今に [32]27ウ1

[色に [61]41オ6
[うき世に [82]61オ2
[うたかひに [21]20オ9
[内に [80]58ウ1
[うへに [59]40オ4
[うみへに [68]48ウ8
[おもかけに [46]35ウ6、[63]43オ8
[かさしに [87]68オ10
[かす〱に [107]79オ1
[かすみに [94]71オ2
[かのこまたらに [9]10オ2
[風に [50]37オ3、[64]44オ4
[方に [10]12オ1、[112]80ウ3
[かたみに(筺) [28]26ウ2(△互)
[ゝ(か)とに [79]58オ1
[神に [89]69オ2
[からくれなゐに [106]77ウ8

[かりに [45]35オ3
[きつに [14]14オ2
[きみに [24]24ウ10、[116]81ウ9
[君に [33]27ウ7、[38]29オ3
[雲ゐに [11]12オ7
[紅に [18]17オ7、[18]17ウ1
[けふに [77]55オ8
[こゝに [81]59オ9
[心に [21]20オ4
[心ひとつに [34]28オ4
[戀に [14]13ウ7
[こもりえに [33]27ウ9
[こよひに [29]26ウ8
[さきに [109]79ウ5
[さとに [43]33ウ7
[さむしろに [63]43ウ3
[したに [101]75ウ6
[しほかまに [81]59オ8

に

[袖に [26]25ウ10
[田つらに [58]39ウ6
[たなはたつめに [82]61ウ5
[たまに [105]77ウ2
[つとに [14]14オ7
[てに [122]83ウ3
[年に [17]16ウ8
[中そらに [21]20ウ2
[なかめに [107]78オ8
[ねよけに [49]36ウ1
[ゝ(の)に [25]25ウ2
[野に [52]37ウ9
[花に [29]26ウ7
[はまに [75]53オ7
[春に [94]71オ4
[ひこほしに [95]71ウ4
[人に [9]9ウ7、[36]28ウ2、[63]43ウ4、[121]83オ6

[ひとゝせに [82]61ウ10
[ひとよに [22]21オ8、[22]21ウ1
[ほとに [113]80ウ5
[まに [20]18ウ7
[まに] [23]22オ5
[またきに [14]14オ3
[みたらし河に [65]45ウ9
[水に [50]37オ6
[みなくちに [27]26オ9
[見まくほしさに [65]47オ9
[見まくほしさに] [71]52オ8
[むねに [34]28オ3
[もに [57]38ウ7、[65]46ウ4
[もゝとせに [63]43オ7
[もろこゐに [27]26オ10
[やとに [3]3ウ1
[山さとに [59]39ウ9
[やみに [69]50ウ3

[よそに [102]76オ10
[世中に [82]60ウ7、[84]64ウ2
[世の人ことに [38]29オ6
[我に [62]42オ3、[70]52オ2
[ゐつゝに [23]22オ4
[庵にあらねとも [56]38ウ3
[かさなる山にあらねとも [74]53オ3
あたにか [31]27オ4
おりにか [124]84オ8
[えにこそありけれ]と [96]72ウ5
物にこそ [46]35ウ3
[なにこそ [17]16ウ7
[名にこそ [47]36オ4
[ゆふくれにさへ [91]69ウ5
ひとつこにさへありけれは [84]64オ4
[名にし [9]11オ5、[61]41オ8

人にしあらさりけれは [44]33ウ9
いは木にしあらねは [96]71ウ8
「身にして」と [4]4ウ3
それにそ [65]47オ1
「あたにそ [61]41オ8
「いはにそ [78]57ウ4
「うへにそ [31]27オ7
「ゝ(か)たにそ [10]11ウ9
「くはこにそ [14]13ウ7
「なみたにそ [75]53ウ6
「ぬまにそ [52]37ウ8
「ゝ(き)みにそありける」 [73]53オ1
「物にそ有ける」と [98]73ウ9
「かりにたにやは [123]84オ4(△假二)
安祥寺にて [77]54ウ2、[78]55ウ8

家にて [97]73オ8
内にて [31]27オ2
おほきさにて [87]67オ5
御つかひにて [71]52オ4
かほにて [23]23オ1
下らうにて [6]7オ3
さやうにて [15]14ウ3
しちようにて [103]76ウ2
たいにて [85]65オ6、[101]75オ10
題にて [77]55オ3、[82]61ウ2
たかゝひにて [114]80ウ10
たゝ人にて [3]3ウ4
たよりにて [87]66ウ1
使にて [60]40ウ1
所にて [115]81ウ2
なおひとにて [10]11ウ3
人にて [101]75オ6
ほとりにて [106]77ウ6

まらうとさねにて [101]75オ4
みちにて [63]43オ1
みちのくにゝて [15]14ウ1、[115]81オ8
やうにて [6]6ウ7、[111]80オ2
やもめにて [113]80ウ4
わたくしことにて [71]52オ6
「したにて [27]26オ10
めにてなむあると [60]40ウ2
うたにては [39]30オ10、[87]68ウ2
事にては [33]28オ1
人のくにゝても [10]12オ3
ものこしにてもと [90]69オ5
人にと [10]11ウ4
「ためにと [44]34オ4、[98]73ウ8
御もとにとて [9]9ウ5
女になん [75]53ウ8

ふか草のみかとになむ [103]76ウ3
宮つかへになん [86]66オ1
やうになん [77]54ウ8
ゆめになん [110]79ウ7
さ月になんありける [43]33ウ5
秋になんありける [94]70ウ10
やうになむありける [87]67オ1
やうになんありける [9]10オ7
物になんありけるとて [94]70ウ8
［おもかけにのみ [21]19ウ10
［よそにのみして [19]18オ2
あしたには [69]49オ7
京には [9]11オ1
そこには [73]52ウ7
花さかりには [82]60オ3
みさうしには [65]45オ1
む月には [85]64ウ6
めには [19]17ウ6

世人には [2]2ウ8
京には [9]8オ6
よそには [78]56オ8
［雲には [102]76オ9
［さとには [20]18ウ8
［たには [108]79オ11
［ためには [87]68ウ1
［たもとには [54]38オ6
［ゝ（て）には [73]52ウ10
［ひしきものには [3]3ウ2
［めには [19]17ウ10、[73]52ウ10
［ほいにはあらて [4]3ウ9
［風にはありとも [64]44オ7
［花にはありとも］ [37]28ウ6
心にも [76]54オ7
こと人にも [16]15オ6
ほとけ神にも [65]45ウ1
みかとにも [3]3ウ3

［うつゝにも [9]9ウ6
［したにも [27]26オ7
［ゆめにも [9]9ウ7
［世にも [86]65ウ7
［よそにも [19]17ウ9
所にもあらさりけれは [4]4オ4
京にもあらす [102]76オ6
心にもあらて [35]28オ6
あきかたにや [123]83ウ7
火にや [39]30オ3
［夜はにや [23]23オ5
［おりにや [13]13ウ1
物にやあらむ [96]73オ3
物にやあらん [96]73オ4
ことはりにやありけん [93]70オ6
さまにやありけん [93]70オ2
なにゝよりてか [21]19ウ1

に〈助詞〉（形容動詞ノ語幹ヲ受クルモノ）

あはれに　[65]46ウ9
いたつらに　[24]25オ8、[65]45オ8
かたみに　[50]37オ11
けに　[21]20オ8、[65]45ウ7
いさゝかなることにつけて　[21]19オ3
ことに(殊)　[82]60ウ3、[101]75ウ10
さかりに　[17]16ウ5、[101]75ウ9
さすかに　[14]13ウ10
しとゝに　[107]79オ4
しんしちに　[40]31オ10
すゝろに　[14]13ウ2、[116]81ウ5
せちに　[14]13ウ5
たゝに　[6]7オ7
つねに　[82]60オ5、[95]71オ7
つゐに　[16]15オ10、[23]22オ9、[65]45オ9、[96]72ウ8
ともに　[12]12ウ9、[83]62ウ3
にはかに　[40]31オ2、[96]72オ9
ねむころに　[16]15ウ6、[24]24オ7、[69]49オ6、[69]49オ9、[112]80オ12
ねんころに　[47]35ウ7
のちに　[94]70オ9
ひねもすに　[85]65オ4
ほかに　[4]4オ2
ほのかに　[99]74オ4
まことに　[16]15ウ2
まさに　[40]31ウ6
まめに　[60]40オ9、[103]76ウ1
みそかに　[64]44オ1、[110]79ウ6
もろともに　[23]22ウ2
たゝに　[78]57オ8
「あたに　[21]19ウ7、[109]79ウ4

「あまたに　[47]36オ1、[118]82ウ1
「いかに　[113]80ウ6
「いたつらに　[65]47オ8
「かたみに　[28]26ウ2(△筐ニ)
「けに　[21]20オ10
「さすかに　[13]13オ6、[19]17ウ10
「たゝに　[124]84オ9
「たひらに　[82]62オ10
「つゐに　[47]36オ5、[125]84ウ4
「とはに　[108]79オ7
「とをゝに　[18]17オ8
「中〳〵に　[14]13ウ7
「ひたふるに　[10]11ウ8
「ともにこそ　[94]71オ5
こまかにこそあらねと　[94]70ウ1
いかにせん　[65]45オ10
「かりにたにやは　[123]84オ4(△假ニ)

そらにて [69]50ウ6
あはれにてなむ [22]21ウ3
つねには [85]64ウ8
ねむころにも [82]60オ8
[かりにも [58]39ウ2
[さらにも [111]80オ10
[はかなにも [103]76ウ7
ことにや [87]67ウ5
めつらかにや [14]13ウ4

に〈助詞〉〈動詞ノ連用形ヲ受クルモノ〉

かきに(書) [94]70ウ3
かりしに [83]62ウ3
せうえうしに [67]48オ1
見に [17]16ウ5、[104]77オ3
むかへに [96]72ウ1
とりに [78]57オ5
見に [87]66ウ6
[いやましに [33]27ウ6

宮つかへしにとて [24]24オ4
もとめにとて [9]8オ8
なきになきけり [41]32オ5
いやまさりにのみ [65]45ウ2
まさりにまさる [40]31オ1
しらすよみによみける [18]17オ9

に〈助詞〉〈用言ノ連體形ヲ受クルモノ〉

あくるに [4]4ウ4
あけゆくに [6]6ウ1
あはするに [63]42ウ5
ありけるに [66]47ウ4
ありわたるに [65]45オ8
あるに [69]50オ2
いきけるに [7]7ウ1、[60]40ウ1、[69]49オ2
いきたりけるに [61]41オ2、[81]59ウ2
いきたるに [38]28ウ10

いたしたりけるに [60]40ウ5
いふに [9]10ウ5
いへるに [14]14オ5
うへけるに [51]37ウ3
おほろなるに [69]49ウ9
おもふに [40]31オ9、[83]62ウ6
思ふに [9]9ウ1
思に [69]50ウ8
かたらはぬに [69]50オ3
かへりきけるに [70]51ウ8
かへるに [82]61オ3
かよひけるに [15]14ウ2
かりしありきけるに [63]42ウ9
きけるに(來) [38]29オ1
くらきに [6]5ウ6
くるに [87]67ウ7
さかりなるに [81]58ウ10
さるに [78]56ウ3、[84]64オ5

しはしあるに ［69］50オ8
そほふるに ［80］58オ9
そをふるに ［2］3オ5
ちきりたりけるに ［24］24オ8
つくられたるに ［78］56オ7
ふせるに ［69］49ウ8
ほそきに ［9］9オ9
まうて給けるに ［76］54オ1
まうてたるに ［83］63オ7
まちけるに ［48］36オ7
まちわひたりけるに ［24］24オ6
まつに ［23］23ウ9
まいりたまふに ［6］7オ3
見いたすに ［23］23ウ7
見ゆるに ［87］67ウ9
見るに ［65］45オ6、［87］66ウ7
めしあつけられたりけるに ［29］26ウ6

もとめゆくに ［82］61オ7
ゝ（も）の見るに ［39］29ウ8
ゆきけるに ［11］12オ5
ゆきにけるまゝに ［24］24オ5
ゆくに ［7］7ウ2、［68］48ウ4
よめりけるに ［123］84オ5
わたせるに ［9］8ウ4
わたらんとするに ［9］10ウ6
わたりけるに ［31］27オ3
わひあへるに ［9］10ウ4
ゐたりけるに ［6］6オ8
をかみたてまつるに ［83］63オ9
こほるゝに ［62］42オ1
［ありしに ［40］31オ6、［101］75ウ7
［こひしきに ［7］7ウ4
［はるに ［41］32オ10（△春二）
［よふかきに］ ［53］38オ4
［あふにし ［65］44ウ9

やるへきにしあらねは ［69］50オ6
なきにしもあらす ［9］10ウ7
いひけるにそ ［60］40ウ9
［ふるにそ ［16］16ウ3
［あふにて ［75］53ウ1
［せはきに］と ［87］67ウ3
ふりぬへきになん ［107］78ウ7
まうてけるになん有ける ［85］64ウ9
［思ふには ［65］44ウ8
［たのむには ［13］13オ6
わかきにはあらぬ ［88］68ウ4
［あるにもあらぬ ［65］47オ4
かゝるにやあらむと ［23］22ウ8

に〈助詞〉（助詞ヲ受クルモノ）

いりあひ許に ［40］31ウ2
きさらき許に ［67］48オ3
しはすはかりに ［84］64オ6

なか月許に [98]73ウ6
ねひとつ許に [69]49ウ6
なくなるまゝに [23]22ウ2
はらへけるまゝに [65]45ウ6
やよひはかりに [20]18オ9
ゆきにけるまゝに [24]24オ5
夜ことに [5]5オ3、[65]46ウ7
[あかなくに [82]62オ7
[いひしなからもあらなくに [96]72ウ4
[今までに [86]65ウ7
[うらことに [66]47ウ7
[おもはなくに] [36]28ウ2
[おもほえなくに [46]35ウ5
[たれゆへに [1]2オ9
[つらくもあらなくに [72]52ウ5
[とけなくに [111]80オ7
[見るからに [75]53オ7、[104]77オ5
[物ゆへに [65]47オ8
[夜ことに [23]23ウ10
[夜ゐことに [108]79オ11
[よひ〳〵ことに [5]5オ7
[よりし許に [26]26オ1
[をりふしことに [55]38オ11
[たのまれなくに]と [83]63オ1
[我ならなくに]と [1]2オ10
いぬの時はかりになん [40]31ウ2
あひ見るへきにも [65]47オ2
ねむしわひてにやありけん [21]20オ2

にぐ(逃)
にけて [58]39オ6
[にけて [82]62オ8
にけにけり [12]12ウ3、[62]42オ6

にくし(憎)
にくゝ [42]32ウ4

にげなし
にけなく [114]80ウ9

にし(西)
ゝ(に)しの京に [2]2ウ7
にしのたいに [4]3ウ7

にじふぢやう(二十丈)
二十丈 [87]66ウ8

にち(日)→じふいちにち

にでう(二條)
二条のきさきに [5]5オ10
二條の后に [95]71オ6
二條のきさきの [3]3ウ3
二条のきさきの [6]6ウ6
二條の后の [76]53ウ9

になし(似無)
になき [93]69ウ10

にはか(俄)

にはかに　〔40〕31オ1、〔96〕72オ9

にひまくら（新枕）

〔にゐまくらすれ〕と　〔24〕24ウ4

にほふ（匂）

〔にほひは　〔62〕41ウ7
〔ゝ（に）ほふ　〔18〕17ウ1
〔にほふとも　〔90〕69オ9
〔ゝ（に）ほふは　〔18〕17オ7

にようご（女御）

女御　〔77〕54オ10、〔78〕55ウ6
女御の　〔6〕6ウ6、〔29〕26ウ5

にる（似）→にげなし

にす　〔16〕15オ6
にたる　〔81〕59ウ4
〔ゝ（に）る　〔29〕26ウ8
にるへくもあらす　〔4〕4オ9

にんな（仁和）

仁和のみかと　〔114〕80ウ7

ぬ

ぬ（寝）→ねや・ねよげ

ぬとて　〔63〕43ウ2
〔ぬる　〔25〕25ウ3、〔69〕50オ1
ねす　〔69〕50オ4
〔ねてかさめてか　〔69〕50ウ1
〔うちもねなゝん〕と　〔5〕5オ7
ねにけり　〔14〕14オ1、〔63〕43オ3、〔63〕43ウ6
〔ねぬる　〔103〕76ウ6
〔ねはや　〔22〕21オ9
〔ねむ〕と　〔63〕43ウ4
〔ねもしなん　〔3〕3ウ1
〔ねもせて　〔2〕3オ6
ねられさりけれは　〔69〕49ウ7

ぬ〈助動詞〉

（な）

〔かれなて　〔25〕25ウ6
〔はめなて　〔14〕14オ2
〔けなゝん　〔105〕77ウ1
〔なりなゝむ　〔82〕62オ10
〔うちもねなゝん〕と　〔5〕5オ7
〔けなは　〔105〕77ウ1
〔しりもしなまし〕　〔21〕20オ7
〔ふりなまし　〔17〕17オ1
〔きえなましものを〕　〔6〕6ウ5
ふきたちなん　〔96〕72オ5
ほろひなん　〔65〕44ウ6
〔ありなん　〔75〕53ウ4
〔なきなん〕　〔22〕21ウ2
〔なりなん　〔123〕84オ1
〔ねもしなん　〔3〕3ウ1
あけなんと　〔6〕6オ7
いりたまひなむとす　〔82〕62オ4

あけなむとする　〔69〕51オ5
かくれなむとすれは　〔82〕62オ5
たちなむとすれは　〔69〕51オ2
「こえなん」とて　〔69〕51ウ2
けちなむするとて　〔39〕30オ4

（に）

「まとひにき」　〔69〕50ウ3
うせにし　〔87〕67ウ6
「いてにし」　〔110〕79ウ9
「なれにし」　〔9〕9オ3
「よりにし物を」と　〔24〕24ウ10
「きにけむ」　〔81〕59オ8
「なりにけん」　〔28〕26ウ2
わすれやし給にけんと　〔46〕35ウ1
「きにけむ」と　〔81〕59ウ7
「すきにけらしな」　〔23〕22オ5
あつまりきにけり　〔87〕66ウ2
あひにけり　〔20〕18オ7、〔23〕22オ9、〔95〕71ウ3、〔95〕71ウ6
あはてにけり　〔40〕31オ8
いてきにけり　〔23〕22ウ5、〔96〕72オ2、〔96〕72オ9
かくれにけり　〔4〕4オ3
かへりにけり　〔4〕4ウ5、〔24〕25オ1、〔66〕47ウ9、〔69〕50オ4
からめられにけり　〔12〕12ウ2
かれにけり　〔19〕17ウ5
こえにけり　〔69〕51ウ3
しりにけり　〔99〕74ウ2
たえいりにけり　〔40〕31オ7
なきにけり　〔9〕11オ7
なくなりにけり　〔123〕84オ6
なりにけり　〔21〕20ウ5、〔23〕23オ8、〔23〕23ウ3、〔23〕24オ2、〔24〕25オ8、〔68〕48ウ9、〔69〕50オ5、〔94〕70オ8、〔101〕76オ2
にけにけり　〔12〕12ウ3、〔62〕42オ6
ねにけり　〔14〕14オ1、〔63〕43オ3、〔63〕43ウ6
ふしにけり　〔24〕25オ4
へにけり　〔96〕71ウ8
ほとひにけり　〔9〕9オ6
まとひにけり　〔1〕1ウ8
まとひきにけり　〔107〕79オ5
めてまとひにけり　〔107〕78オ6
やみにけり　〔86〕65ウ4、〔86〕65ウ9、〔87〕67ウ5
ゆきいたりにけり　〔14〕13ウ3
わかれにけり　〔46〕35オ9
わすれにけり　〔82〕60オ8

「あれにけり　〔58〕39オ7
「きにけり　〔82〕61ウ6
「たなひきにけり」　〔112〕80ウ3
「へにけり」　〔16〕16オ2
「きにけり」と　〔87〕66オ6
かへり給にけりとなん　〔104〕77オ9
なりにけりとなん　〔116〕81ウ10
いてにける　〔86〕66オ1
きにける　〔83〕63ウ8
たえにける　〔22〕20ウ6
つきにける　〔114〕80ウ9
なりにける　〔26〕25ウ8
へにける　〔46〕35オ10
「まけにける　〔65〕44ウ8
「なりにける哉」　〔91〕69ウ5
きにけるかなと　〔9〕10ウ3
「なりにけるかな」と　〔65〕45ウ10
「なりにける哉」と　〔62〕41ウ8

「なりにける哉」とは　〔21〕20ウ3
ゆきにけるまゝに　〔24〕24オ5
なくなりにけるを　〔111〕80オ2
「へにけるを　〔16〕16オ5
「なりにけれ　〔109〕79ウ4
「もみちしにけれ」とて　〔20〕18ウ4
いてにければ　〔14〕14オ1
かくれにければ　〔58〕39オ6
たえいりにければ　〔40〕31オ10
時うつりにければ　〔16〕15オ3
なりにければ　〔13〕13オ5、〔21〕20ウ5、〔23〕21ウ6、〔27〕26オ3、〔82〕60オ7、〔112〕80ウ1
ふけにければ　〔6〕6オ1
「みたれそめにし　〔1〕2オ10

（ぬ）

いたりぬ　〔9〕8ウ2、〔9〕9オ7、〔82〕61オ8

いてぬ　〔69〕50ウ5
いらせ給ぬ　〔82〕62オ2
かへりきぬ　〔87〕68オ3
くれぬ　〔87〕67ウ8
なりぬ　〔82〕61オ4
のほりぬ　〔65〕45オ7
もてきぬ　〔87〕68オ7
やみぬ　〔63〕42ウ3
もてきぬ　〔78〕57オ7
「うとまれぬ　〔43〕33ウ1
「思ならひぬ　〔38〕29オ3
「こひわひぬ　〔57〕38ウ7
「すきぬ　〔23〕22オ7
「すみわひぬ　〔59〕39ウ9
「なきぬ　〔75〕53オ8
「なりぬ　〔116〕81ウ9、〔117〕82オ4
「ぬれぬ　〔69〕51オ8

［まさりぬ ［95］71ウ4
［わすれぬ ［86］65ウ7
くれぬと ［9］10ウ5
［なりぬとも ［11］12オ7
やみぬへかりける ［39］29ウ6
たのみぬへき ［93］70オ2
わすれぬへき ［46］35ウ3
［やみぬへき ［124］84オ9
［なりぬへきかな］ ［44］34オ5
ふりぬへきになん ［107］78ウ7
なりぬへけれは ［65］45オ8
［ありぬへし ［50］36ウ10
［こえぬへし ［71］52オ7
ほろひぬへしとて ［65］45オ9
［きえはてぬめる］と ［24］25オ7
［たのみきぬらん］ ［16］16オ6
［つきぬらん ［20］18ウ7
［へぬらん］ ［117］82オ5

［かれぬる（離） ［24］25オ6
［きぬる（着） ［9］9オ4
［きぬる（來） ［9］9オ4、［65］47オ8
［ねぬる ［103］76ウ6
［へぬるかと ［39］30オ6
わすれぬるなめりと ［36］28オ9
すきぬれは ［23］23ウ9
［うとまれぬれは］ ［43］33ウ4
［老ぬれは ［84］64オ8
［すきぬれは ［23］23ウ10
［なりぬれは ［47］36オ1、［118］82ウ1
［へぬれは］とて ［86］65ウ8
ぬきす（簀）
ぬきすを ［27］26オ4
ぬく（抜）
［ぬきみたる ［87］67ウ2

ぬく（貫）
［ぬくへき ［105］77ウ2
ぬぐ（脱）
［ぬきつれは ［44］34オ4
ぬきて ［85］65ウ1
ゝ（ぬ）きて ［62］42オ5
ぬさ（幣）→おほぬさ
ぬすびと（盗人）
ぬす人 ［12］12ウ4
ぬす人なりけれは ［12］12ウ1
ぬすむ（盗）
ぬすみいて、 ［6］5ウ5
ぬすみて ［6］6ウ9、［12］12オ10
ぬのびき（布引）
ぬのひきのたき ［87］66ウ6
ぬふ（縫）
［ぬふてふ ［121］83オ5、［121］83オ8
ぬま（沼）

［ぬまにそ　［52］37ウ8
ぬる（濡）
［ぬるめる　［121］83オ6
［ぬれつゝ　［75］53ウ6
［ぬれつゝそ　［80］58ウ1
ぬれて　［107］79オ4、［121］83オ3
［ぬれて　［75］53オ10
［ぬれぬ　［69］51オ8
ぬれぎぬ（濡衣）
［ぬれきぬ　［61］41オ9

ね

ね（根）↓いはね
［ねさへ　［51］37ウ5
ね（音）
［ねをこそ　［65］46ウ5
ね（嶺）
［ふしのね　［9］10オ1
ね（子）↓ねひとつ
ね（寝）↓ぬ
ねたむ（嫉）
ねたむ　［31］27オ8
ねひとつ（子一）
ねひとつ許に　［69］49ウ6
ねひとつより　［69］50オ2
ねむごろ（懇）
ねむころに　［16］15ウ6、［24］24オ7、［69］49オ6、［69］49オ9、［112］80オ12
ねんころに　［47］35ウ7
ねむころにも　［82］60オ8
ねむず（念）
ねむしわひてにやありけん　［21］20オ1
ねや（寝屋）
ねや　［69］49ウ4
ねよげ（寝良）
［ねよけに　［49］36ウ1

の

の（野）↓かすがの・かたの・しなの・のべ・みよしの・むさしの・を
の
［野と　［123］84オ3
［野とや　［123］84オ1
［野なる　［41］32ウ1
［ゝ（の）に　［25］25ウ2
野に　［69］50ウ5
［野に　［52］37ウ9
野は　［12］12ウ4
野より　［82］61オ5
の〈助詞〉（體言ヲ受クルモノ）↓あまのが

の
は・あまのかはら・あまのさかて・あまのはごろも・あめのした・いせのいつきのみや・いつきのみや・うへのきぬ・うまのかみ・うまのはなむけ・かの・かりのつかひ・くにのかみ・ことのは・この・このかみ・その・たまのを・な・ひだりのおほいまうちぎみ・またのとし・またのひ・みぎのむまのかみ・みちのく・みづのを・むまのかみ・むまのはなむけ・よのつね・よのなか・よのひと・よるのおまし・よるのもの
あさまのたけ [8]8オ2、[8]8オ3
あしやのさとに [87]66オ3
あしやのなたとは [87]66オ8
あつまの [8]7ウ8、[9]8オ7
あめのしたの [39]29ウ7、[39]30オ10
あにの [79]58オ4
あねの [16]15ウ1
あはひの [7]7ウ2
あまのいさり火 [87]67ウ8
在原のゆきひらと [101]74ウ10
あるしの [44]34オ2、[82]62オ3、[87]67ウ10、[101]75ウ1
いこまの山を [67]48オ4
いしの [87]66ウ9、[87]67オ4
伊勢の [69]49オ3
伊勢の齋宮に [71]52オ3
伊勢のくになりける [72]52ウ2
伊勢のくに、 [69]49オ2、[75]53オ5
いつきの宮の [70]51ウ9
いつきの宮のかみ [69]50ウ8
いつみのくにへ [67]48オ2、[68]48ウ2
いとこの [6]6ウ6、[65]46オ10
いにしへの [83]63ウ1
いにしへゆくさきの [22]21オ7
いぬの時はかりになん [40]31ウ2
いゐの [87]68オ6
家の [87]66ウ4、[87]67ウ7、[87]68オ5
いまの [40]31ウ5、[94]70ウ3
いもうとの [49]36オ10
いるまのこほり [10]11ウ6
色このみの [39]30オ10
うきみるの [87]68オ5
右近の [99]74オ2
宇佐の [60]40ウ1

うたの　［1］2ウ1、［69］51オ10、［101］75ウ3、［103］76ウ8
うちの（宮中）　［79］57ウ7
内の　［71］52オ3
うつの山に　［9］9オ8
うへのきぬの　［41］32オ4
海の　［87］66ウ4
ゑい花の　［101］75ウ9
おきなの　［79］57ウ10
おほきおとゝの　［101］75ウ9
おほきさいの宮　［4］3ウ7
おほたかの　［114］80ウ10
おほやけの　［85］64ウ7、［114］81オ5
おほよとのわたりに　［70］51ウ8
御方の　［29］26ウ5
おほんはふりの　［39］29ウ1
おもひのほかに　［83］63オ5

おやの　［23］21ウ9、［69］49オ5
およひの　［24］25オ5
かうの　［77］55オ1
かすかのさとに　［1］1ウ2
かたちの　［6］6ウ8
かたのゝ　［82］60ウ2
かも河の　［81］58ウ6
かたへの　［87］67ウ4
河の　［9］8ウ3、［9］10ウ1
かうちのくに　［23］22ウ4
河内のくに　［67］48オ3
かえての　［20］18ウ1、［96］72ウ1
かほの　［99］74オ4
［神のいかき　［71］52オ7
［神のいさむるみち　［71］52ウ1
［神世のこと　［76］54オ6
かものまつり　［104］77オ2
かやのみこと　［43］33オ3

かりきぬの　［1］2オ1
かれいひの　［9］9オ5
神な月の　［81］58ウ8
木の　［9］8ウ6、［67］48オ7、［77］54ウ6、［82］60ウ3、［82］61オ3
きのありつね　［82］61ウ8、［82］62オ9
きのありつねかり　［38］28ウ10
きのありつねと　［16］15オ1
きくの　［18］17オ5、［81］58ウ9
きさきの　［6］7オ7
京のひとは　［14］13ウ3
草の　［6］5ウ7
くさむらの　［12］12ウ2
九條の　［97］73オ8
くにの　［60］40ウ1
くにつねの大納言　［6］7オ2

くりの　[87]67オ5
けこの　[23]23ウ1
けふの　[40]31ウ1、[77]55オ3
けふりの　[8]8オ2
後涼殿の　[100]74ウ3
こたちの　[31]27オ2
五条の后とも　[65]47ウ1
こと人の　[96]73オ3
このたひ　[33]27ウ4
これたかのみこ　[83]62ウ2
これたかのみこと　[82]59ウ9
これたかのみこの　[69]51ウ5
齋宮の　[102]76オ11、[104]77オ7
西院のみかとゝ　[39]29オ8
さかつきの　[69]51オ6、[69]51オ10
さくらの　[17]16ウ5、[82]60オ3
さ月の　[9]9ウ8

さたかすのみこ　[79]58オ3
さはの　[9]8ウ5
しきの　[9]10ウ9
四十の賀　[97]73オ7
しそうの　[60]40ウ2
しなのゝくに　[8]8オ1
しのふすりの　[1]2オ3
しはすの　[41]31ウ10
十一日の　[82]62オ5
しほしりの　[9]10オ6
し水の　[24]25オ3
しもつふさのくにとの　[9]10オ10
すたれの　[61]41オ3
すみよしのこほり　[68]48ウ3
すみよしのさと　[68]48ウ3
すみ吉のはまを　[68]48ウ4
すりかりきぬの　[114]81オ2
するかのくにゝ　[9]9オ7

せうとたちの　[5]5ウ1
せんさいの　[23]22ウ9
せんしのみこ　[78]56オ4
そこの　[58]39オ1、[87]66オ7
そこはくの　[77]54ウ5
そのかみは　[77]55ウ1
そのころ　[96]71ウ10
そめとのゝ后也　[65]47ウ1
たいしきの　[81]59オ6
たかやすのこほりに　[23]22ウ4
たきの　[87]67オ2、[87]67オ6
たつた河の　[106]77ウ6
たうの　[77]54ウ6、[77]54ウ8
たむらのみかとゝ　[77]54オ9
たらひの　[27]26オ5
ちのなみたを　[40]31オ3、[69]51オ3
中將の　[79]58オ3

ついひちの　[5]4ウ10
ついまつの　[69]51オ10
官人の　[60]40ウ2
月の　[4]4オ10、[69]49ウ9
月日の　[91]69ウ2
つねの　[108]79オ9
つのくに　[33]27ウ3
津のくに　[87]66オ2
つほねの　[31]27オ2
との(外)　[69]49ウ8
春宮の　[29]26ウ5、[76]53ウ9
藤氏の　[101]75ウ10
時の　[3]3ウ5、[16]15オ8、[77]54オ10
時の人　[79]58オ3
年ことの　[82]60オ3
となりの　[23]22オ2、[72]52ウ3
との丶　[81]59オ3

の

とのもつかさの　[65]45オ5
とみの　[84]64オ6
ともたちの　[16]15ウ7、[109]79ウ2
とりの　[9]10ウ8
鳥の　[53]38オ2
十日はかりの　[4]4オ2
なきさの　[82]60ウ2
な丶七日の　[78]55ウ7
なにの　[31]27オ3、[65]45オ3
なにはの　[66]47ウ5
浪の　[7]7ウ3
ならの京　[1]1ウ2、[2]2ウ5
ならの京は　[2]2ウ5
丶(に)しの京に　[2]2ウ7
にしのたいに　[4]3ウ8
二条のきさきに　[5]5オ10
二條の后に　[95]71オ6
二條のきさきの　[3]3ウ3
二条のきさきの　[6]6ウ6
二條の后の　[76]53ウ9
女御の　[6]6ウ7、[29]26ウ5
仁和のみかと　[114]80ウ7
のちの　[107]78ウ6
花の　[18]17オ5、[101]75オ7、[101]75オ8
花の賀に　[29]26ウ5
馬場の　[99]74オ2
はらへの　[65]45ウ5
春の　[77]55オ4
ひえの山の　[83]63オ7
ひえの山を　[9]10オ3
ひとの　[108]79オ6
人の　[2]2ウ6、[4]4オ3、[9]8ウ9、[12]12オ9、[15]14ウ2、[17]16ウ4、

[23]21ウ5、[26]25ウ9、
[34]28オ2、[35]28オ6、
[45]34オ9、[51]37ウ2、
[52]37ウ6、[57]38ウ6、
[61]41オ3、[62]41ウ1、
[62]41ウ3、[65]45オ1、
[67]48オ8、[69]49オ3、
[80]58オ10、[82]60オ7、
[82]60ウ6、[82]60ウ9、
[100]74ウ4、[101]75オ1、
[120]82ウ8、[121]83オ4
人のくになりける [62]41ウ1
人のくにゝ [65]47オ6
人のくにゝても [10]12オ3
人のくにへ [46]35オ8、[60]40オ10
人のくにより [65]46ウ6
人のこなれは [40]30ウ7

人のこの [84]64ウ3
［ひとつの [94]71オ4
人〳〵の [76]54オ2
ひんかしの [4]3ウ6、[5]4ウ6
ひをりの [99]74オ2
ふか草のみかとになむ [103]76ウ2
ふしの山を [9]9ウ8
ふたりの [63]42ウ2
ふちの [80]58オ7、[101]75オ8
［ふちの [101]75ウ7
ふちはらのつねゆきと [77]54ウ10、[78]56オ1
ふちはらのとしゆきと [107]78オ1
ふちはらのまさちかと [101]75オ3
ふねともの [66]47ウ6
ほとの [60]40オ8
ほとけの [65]46オ3

ほとゝきすの [43]33オ9
ほとりの [9]8ウ6
ほりかはのおとゝ [6]7オ1
ほり河のおほいまうちきみと [97]73オ6
まきゐの [78]57ウ2
又のとしの [4]4オ6
又の日の [40]31ウ2
まへの [87]66ウ4
みかとの [39]29オ9
みかはのくに [9]8ウ1
みこの [39]30ウ1、[82]61オ9
みこたちの [103]76ウ4、[106]77ウ5
みちのくにゝ [14]13ウ2、[81]59ウ1
みちのくにゝて [15]14ウ1、[115]81オ8

みちのくにまて　[116]81ウ5
みつの　[9]10ウ10
水のおの　[65]47オ10、[69]51ウ4
みな月の　[45]34ウ6、[96]71ウ10
南の　[87]68オ4
源のいたると　[39]29ウ7
宮の　[31]27オ2、[39]29ウ2
み世の(三代)　[16]15オ2
みよしの丶さとなりける　[10]11ウ7
むかしの　[40]31ウ4、[87]66オ4
武蔵のくにと　[9]10オ9
武蔵のくにまて　[10]11オ8
むさしの丶　[41]32ウ2
むすめの　[45]34オ9、[79]58オ6
む月の　[4]4オ1
むはらのこほり　[87]66オ2
むはらのこほりに　[33]27ウ3

むまのかみの　[82]62オ6
むまのくちを　[63]43オ1
むめの　[4]4オ6、[98]73ウ6
めのことも　[87]68オ5
もとの　[23]22ウ6、[85]64ウ8
もみちの　[20]18ウ1、[81]58ウ10
文徳天皇の　[69]51ウ4
やとりの　[87]67ウ8
山さきの　[82]60オ1
山しなの　[78]56オ3、[78]56オ5
やまとの　[23]23ウ4
やよひの　[2]3オ4、[80]58オ8、[83]63オ2
ゆきひらの　[79]58オ4
夜の　[4]4ウ4
世の　[5]5ウ1、[93]70オ6
よのつねの　[16]15オ8
世のつねの人の　[16]15オ4

よるのおましの　[78]56ウ1
れいの　[65]44ウ10、[83]62ウ3、[107]78オ10、[107]78ウ9
ろうさうの　[41]32オ8
六十よこくの　[81]59ウ4
わらはへの　[5]4ウ9
わらうたの　[87]67オ2
井の　[23]21ウ5
ゐなか人の　[33]28オ1、[87]68ウ2
ゐんの　[82]60ウ2
ゑふのかみ　[87]67オ7
ゑふのかみなりけり　[87]66ウ3
ゑうのすけとも　[87]66ウ1
おとこの　[1]1ウ8、[18]17オ6、[23]22オ2、[39]30オ4、[41]31ウ8、[58]39オ3、[63]43オ4、

〔65〕44ウ2、〔69〕49ウ6、
〔87〕66ウ2、〔94〕70ウ4、
〔99〕74オ5、〔107〕77ウ10、
〔107〕78オ7、〔119〕82ウ3
おはりの　〔7〕7ウ2
おはりのくにへ
〔69〕51オ2、〔69〕51ウ3
女の　〔3〕3オ9、〔6〕5ウ3、
〔13〕13オ1、〔19〕17ウ3、
〔19〕17ウ6、〔20〕18ウ2、
〔22〕20ウ7、〔25〕25オ10、
〔27〕26オ2、〔27〕26オ3、
〔30〕26ウ9、〔36〕28オ10、
〔39〕30オ1、〔44〕34オ1、
〔50〕37オ11、〔55〕38オ8、
〔63〕43ウ1、〔65〕46オ10、
〔65〕44オ10、〔65〕44ウ4、
〔69〕49ウ4、〔69〕50オ8、

〔73〕52ウ9、〔86〕65ウ5、
〔95〕71オ7、〔96〕72オ9、
〔99〕74オ3、〔102〕76オ5、
〔111〕80オ1、〔112〕80オ12、
〔119〕82ウ3、〔120〕82ウ7
女ともの　〔58〕39オ2
あつまの　〔8〕7ウ8、〔9〕8オ7
あまの河の　〔82〕61ウ1
あめの　〔107〕78ウ6
いみしの　〔58〕39オ4
おほみゆきの　〔78〕56ウ8
きのくにの　〔78〕56ウ6
くの　〔9〕9オ1
三條の　〔78〕56ウ5
すき物の　〔58〕39オ4
すみよしのはまと　〔68〕48ウ6
千里のはまに　〔78〕56ウ7
その　〔9〕9ウ4、〔96〕72オ7

たひの　〔9〕9オ2
月日の　〔46〕35オ10
つねの　〔69〕49オ4
なにの　〔96〕72オ3
なみたの　〔62〕42オ1
ぬのひきのたき　〔87〕66ウ6
人の　〔9〕9ウ4、〔46〕35ウ2、
〔78〕57オ2、〔96〕72オ7
ほたるの　〔39〕30オ2
まへの　〔78〕57オ2
みさうしの　〔78〕57オ2
みやつかへの　〔78〕56ウ4
山の　〔87〕66ウ5
世中の　〔46〕35ウ2、〔63〕43ウ6
〔秋の　〔20〕18ウ4、〔22〕21オ8、
〔22〕21ウ1、〔25〕25ウ2、
〔83〕63オ1、〔94〕71オ1
〔あさの　〔25〕25ウ2

あさかほの　[37]28ウ5
あさまのたけに　[8]8オ3
あしのやの　[87]66オ5
あすの　[90]69オ10
あふさかの　[69]51ウ2
あまの(天)　[16]16オ8(△尼)
あまの(海士)　[25]25ウ6、[57]38ウ7、[65]46ウ4、[70]52オ2、[75]53オ10、[87]68オ2、[112]80ウ2
あまくもの　[19]18オ2
あま雲の　[19]17ウ9
あらたまの　[24]24ウ3
あれはの　[14]14オ6
いく世の　[58]39オ7
いつの　[20]18ウ7
いつれの　[89]69オ2
いにしへの　[32]27オ10、[62]41ウ7
いのちの　[113]80ウ5
色の　[20]18ウ7
うくひすの　[121]83オ5、[121]83オ8
うちの(内)　[73]52ウ10
うつの山への　[9]9ウ6
うみの(海)　[104]77オ5(△倦)
うみの(倦)　[104]77オ5(△海)
おいらくの　[97]73ウ1
をきの　[115]81ウ3
おにの　[58]39ウ2
おほぬさの　[47]36オ1
大宮人の　[71]52オ8
おほよとの　[72]52ウ5、[75]53オ7
かいの　[59]40オ5
かうへの　[18]17ウ1
かきりの　[91]69ウ4
かすかのゝ　[1]2オ5
かたの　[7]7ウ4、[87]68オ2
かち人の　[69]51オ8
かはしまの(川島・交し間)　[22]21オ4
かはつの　[108]79オ11
河邊の　[87]68オ1
かひの(效)　[87]67オ8
ゝ(か)よひちの　[5]5オ6
菊の　[68]48ウ7
きしの　[117]82オ5
草の　[21]20オ3、[56]38ウ3
くたかけの　[14]14オ3
くもの　[21]20ウ2、[67]48オ10
雲の　[45]35オ2
くりはらの　[14]14オ6
けふの　[29]26ウ8、[91]69ウ4

の

「心の　〔15〕14ウ6、〔21〕20オ9、〔30〕27オ1、〔69〕50ウ3、〔118〕82ウ2
「こしまの　〔116〕81ウ8
「こその　〔50〕37オ3
「ことの　〔61〕41オ6
「この　〔50〕37オ1
「事のはの　〔55〕38オ10
「この葉　〔96〕72ウ5
「これそこの　〔88〕68ウ7
「これやこの　〔16〕16オ8、〔62〕42オ3、〔66〕47ウ8
「衣手の　〔108〕79オ8
「さくらの　〔82〕60ウ7
「さとの　〔43〕33オ10
「さほの　〔33〕27ウ10
「したひもの　〔111〕80オ7、〔111〕80オ10

「しつのをたまき　〔32〕27オ10
「してのたおさは　〔43〕33ウ3
「してのたをさは　〔43〕33ウ6
「しのふの　〔1〕2オ6
「しほの　〔33〕27ウ6
「白玉の　〔87〕67ウ2
「白雪の　〔18〕17オ7
「すまの　〔112〕80ウ2
「すみよしの　〔68〕48ウ8（△住吉）
「住吉の　〔117〕82オ4
「すみよしのはま」と　〔68〕48ウ8（△住ミ良シ）
「その　〔45〕35オ5
「そての　〔60〕40ウ8、〔75〕53ウ7、〔87〕67ウ3
「たのむの（田ノ面・頼ム）　〔10〕11ウ8、〔10〕12オ2
「たまの　〔110〕79ウ9

「千ゝの　〔94〕71オ4
「月の　〔11〕12オ8、〔73〕52ウ10、〔82〕62オ7
「つくまの　〔120〕83オ1
「つけの（黄楊）　〔87〕66オ6
「つゝゐつの　〔23〕22オ4
「つゆの　〔56〕38ウ4
「つれ〳〵の　〔107〕78オ8
「時の　〔22〕21オ9
「年の　〔24〕24ウ3、〔80〕58ウ1、〔86〕65ウ8
「鳥の　〔53〕38オ3
「鳥のこを　〔50〕36ウ7
「なたの　〔87〕66オ5
「夏の　〔45〕35オ4
「なへの　〔120〕83オ2
「浪の　〔61〕41オ9
「なみたの　〔87〕67オ9

[涙の　〔16〕16ウ3
[はつ草の　〔49〕36ウ4
[花の　〔67〕48ウ1、〔101〕75ウ6
[花たちはなの　〔60〕40ウ7
[はるの　〔77〕55オ9、〔82〕60ウ8
[春の　〔2〕3オ7、〔68〕48ウ8、〔91〕69ウ4
[日の　〔91〕69ウ4
[ひとの　〔21〕20オ4、〔49〕36ウ2、〔58〕39オ8
[人の　〔6〕6ウ4、〔15〕14ウ6、〔18〕17ウ2、〔19〕17ウ9、〔50〕37オ4、〔60〕40ウ8、〔61〕41オ5、〔88〕68ウ8、〔99〕74オ7、〔120〕83オ2
[人のこの　〔84〕64ウ3
[ふしのね　〔9〕10オ1
[ふねの　〔59〕40オ5

[松の　〔14〕14オ6
[身の　〔21〕20ウ3
[みちのくの　〔1〕2オ9
[みつの　〔66〕47ウ7（△見ツ）
[水の　〔22〕21オ5、〔27〕26オ7、〔27〕26オ10
[みつかきの　〔117〕82オ7
[みなとの　〔26〕25ウ10
[みやこの　〔14〕14オ7
[みよしのゝ　〔10〕11ウ8、〔10〕12オ1
[むかしの　〔60〕40ウ8
[昔の　〔4〕4ウ2
[むくらの　〔3〕3ウ1
[ゝ(む)しの　〔65〕46ウ4
[むらさきの　〔41〕32オ10
[もとの　〔4〕4ウ3
[物の　〔23〕24オ1

[もろこし舟の　〔26〕26オ1
[やとの　〔58〕39ウ1
[山の　〔19〕18オ3、〔77〕55オ8
[山のは　〔82〕62オ8、〔82〕62ウ1
[山しろの　〔122〕83ウ3
[ゆきの　〔9〕10オ2、〔85〕65オ8
[よの　〔90〕69オ10
[夜の　〔22〕21オ8、〔22〕21ウ1、〔87〕68オ1、〔103〕76ウ6
[世の　〔21〕19オ7、〔102〕76オ10
[世中の　〔38〕29オ3
[世の人の　〔75〕53ウ6
[よしの　〔78〕57ウ5
[わかくさの　〔12〕12ウ6
[わかむらさきの　〔1〕2オ5
[わかれの　〔84〕64オ8、〔84〕64ウ2
[別の　〔40〕31オ5
[わたつうみの　〔75〕53オ10

［渡つ海の　［87］68オ10
［ゐての　［122］83ウ3
［をしほの山も　［76］54オ5
［をちこち人の　［8］8オ4
［かつらのことき　［73］53オ1
ほいのことく　［23］22オ9
人のをなむ　［78］57ウ1

の〈助詞〉〈助詞及ビソノ他ヲ受クルモノ〉
しもつふさのくにとの　［9］10オ10
なりての　［55］38オ9
［たえての　［35］28オ8
［たのむの（頼ム・田ノ面）　［10］11ウ8、［10］12オ2
［みつの（見ツ・三津）　［66］47ウ7
［宮こしまへの　［115］81ウ4

のがる（逃）
［のかれつゝ　［62］42オ3

のこる（殘）
［のこりて　［22］21ウ2
［きえのこりても　［50］36ウ10

のたまふ（宣）
のたまうけれは　［82］61ウ3
ゝ（の）たまひける　［82］61オ9
のたまひて　［78］57オ4

のどけし（長閑）
［のとけからまし］となむ　［82］60ウ8

のち（後）
のち　［13］13オ4、［63］43オ3、［96］72ウ7、［120］82ウ9
のち　［78］57オ1
のちに　［94］70オ9
のちの　［107］78ウ6
のちは　［16］15オ3、［99］74ウ2
［のちも　［100］74ウ9
［ゝ（の）ちも　［35］28オ8

のべ（野邊）
［のへとは　［100］74ウ8

のぼる（上）
のほらんと　［87］66ウ6
のほりて　［87］66ウ7
のほりぬ　［65］45オ7
のほりゐけれは　［65］45オ2

のみ〈助詞〉
いやまさりにのみ　［65］45ウ2
つれなさのみ　［47］35ウ9
［あはてのみ　［63］43ウ4
［おもかけにのみ　［21］19ウ10
［そてのみ　［107］78オ9
［名のみ　［43］33ウ3
［おもひのみこそ　［99］74ウ1
［よそにのみして　［19］18オ2
我のみと　［43］33オ7
ひとりのみも　［2］3オ1
［うらみてのみも　［72］52ウ6

こひしうのみ　［65］45ウ3
こひしくのみ　［65］45ウ7

のむ（飲）
のましと　［60］40ウ4
のませて　［115］81ウ2
のみ　［82］60オ9、［82］62オ3
さけのみしあそひて　［81］59オ2
さけのみしけれは　［69］50ウ10
のみつゝ　［82］60オ9
のみてむとて　［82］61オ6

のる（乗）
［のらぬ　［102］76オ9
のりて　［9］10ウ5
あひのりて　［39］29ウ4
のれ　［9］10ウ5
のれる　［39］30オ4

のろひごと（呪事）
ゝ（の）ろひことは　［96］73オ3

のろふ（呪）
のろひをるなる　［96］73オ2

は

は（端）
山のは　［82］62オ8、［82］62ウ1

は（葉）→くさば・ことのは・ことば・
このは

は（羽）→あれは

は〈助詞〉（體言ヲ受クルモノ）
ありところは　［4］4オ3
いたるは（至〈人名〉）　［39］30ウ1
齋宮は　［69］51ウ4
うたは　［44］34オ6、［102］76オ3、［107］78オ4
御こゑは　［65］46オ4
おもひは　［40］31オ1
返事は　［20］18ウ5
かりは　［82］60オ8
京は　［2］2ウ6
京のひとは　［14］13ウ4
くつは　［65］45オ6
こは（子）　［63］42ウ3
こは（此）　［84］64オ2
心は　［69］50ウ6
心さしは　［41］32オ2、［105］77ウ4
ことは　［93］70オ6、［101］75ウ3
ことはゝ　［69］50オ9
こと人は　［63］42ウ6
これは　［6］6ウ6、［79］58オ3、［104］77オ7
こゑは　［65］46ウ8
すゑは　［69］51オ9
そのかみは　［77］55ウ1
ちゝは　［10］11オ10、［10］11ウ2

つたかえては　[9]9オ10
時は　[2]3オ4、[43]33ウ5、[45]34ウ6、[83]63オ2、[94]70ウ9
ならの京は　[2]2ウ5
なりは　[9]10オ6
野は　[12]12ウ4
のちは　[16]15オ3、[99]74ウ2
ゝ(の)ろひことは　[96]73オ3
日は　[101]75オ5
人は　[63]43ウ8、[114]81オ7
人からは　[16]15オ5
ひとりは　[41]31ウ8、[41]31ウ9
身は　[84]63ウ9、[93]69ウ10
みかとは　[65]46オ2
みちは　[9]9オ9
水は　[87]67オ4
むかし人は　[1]2ウ2

めは　[77]55オ6
もとは　[82]61オ3
山は　[9]10オ3
ゆふさりは　[69]49オ8
夜は　[63]43ウ6
世人には　[2]2ウ8
夜ゐは　[45]34ウ8
わか人は　[40]31ウ4
おとこは　[19]17ウ7、[23]21ウ7、[65]47オ5、[96]73オ1
女は　[23]21ウ8、[65]46オ5、[65]46ウ10
あめは　[107]78ウ8
かれは　[6]5ウ8
心は　[46]35ウ2
こよひは　[78]56オ9
これは　[61]41オ2

さか月は　[82]61ウ3
みちは　[9]9ウ2
〔あさつゆは　[50]36ウ10
〔あすは　[17]17オ1
〔雨は　[23]23ウ6、[107]79オ2、[108]79ウ1
〔いにしへは　[111]80オ4
〔枝は　[20]18ウ3
〔おほかたは　[88]68ウ7
〔かさは　[121]83オ8
〔神は　[65]45ウ10
〔かりにたにやは　[123]84オ4
〔君は　[52]37ウ8、[117]82オ7、[123]84オ4
〔けふは　[12]12ウ6、[40]31オ6
〔こは　[100]74ウ9
〔心は　[24]24ウ10、[53]38オ4、[75]53オ8、[75]53ウ7、

〔82〕60ウ8
〔心は〕 〔50〕37オ4
〔ことは 〔19〕18オ2、〔30〕26ウ10
〔事は 〔77〕55オ8
〔こひは 〔95〕71ウ4
〔さくらは 〔82〕61オ1
〔櫻は 〔50〕37オ3
〔してのたをさは 〔43〕33ウ6
〔してのたおさは 〔43〕33ウ3
〔しらきくは 〔18〕17ウ1
〔白露は 〔105〕77ウ1
〔せは 〔47〕36オ5
〔せきは 〔69〕51ウ2
〔せきもりは 〔5〕5オ6
〔そては 〔56〕38ウ3
〔ゝ（そ）ては 〔107〕78ウ1
〔時は 〔29〕26ウ8、〔41〕32オ10
〔とをは 〔50〕36ウ7

〔なけきは 〔29〕26ウ7
〔にほひは 〔62〕41ウ7
〔花は 〔98〕73ウ8
〔はるは 〔80〕58ウ2
〔ひとは 〔13〕13ウ1
〔人は 〔9〕11オ6、〔21〕19オ7、
〔21〕19ウ9、〔27〕26オ6、
〔38〕29オ4、〔86〕65ウ7、
〔111〕80オ11
〔ひとつは 〔4〕4ウ3
〔ふねは 〔81〕59オ9
〔ほとは 〔11〕12オ7
〔松は 〔72〕52ウ5
〔身は 〔24〕25オ7
〔むさしのは 〔12〕12ウ6
〔山は 〔9〕10オ1
〔山のはなくは 〔82〕62ウ1
〔夜は 〔94〕71オ1

〔よつは 〔16〕16オ2、〔16〕16オ5
〔我は 〔39〕30オ9、〔52〕37ウ9、
〔82〕61ウ6
〔秋はあれと 〔68〕48ウ7

は〈助詞〉（副詞ヲ受クルモノ）

いまは 〔23〕23オ10、〔114〕80ウ8
又は 〔33〕27ウ4
今は 〔96〕72オ3
〔いまは 〔95〕71ウ5
〔今は 〔42〕33オ1、〔59〕39ウ9、
〔119〕82ウ5
いかゝはせんは 〔15〕14ウ9
いまはと 〔16〕15ウ3
いまはとて 〔16〕15ウ8
〔今はとて 〔21〕20オ3

は〈助詞〉（用言ノ連體形ヲ受クルモノ）

いひけるは 〔9〕8ウ3
よみけるは 〔81〕59ウ1

よめりけるは [19]18オ4
見るは [78]57オ7
[あるは [16]16ウ3
[うれたきは [58]39ウ1
[かくろふは [67]48オ10
[かなしきは [115]81ウ3
[ゝ(に)ほふは [18]17オ7
[はかなきは [50]37オ6
[わするゝは [113]80ウ5

は〈助詞〉（用言ノ連用形ヲ受クルモノ）

ちかくは [78]56オ8
[こひしくは [71]52オ10、[99]74オ7
[つれなくは [75]53ウ3
これなくは [119]82ウ5
[けしうはあらぬ [40]30ウ3
[思ひはすへし [93]70オ4

は〈助詞〉（助詞ヲ受クルモノ）

あしたには [69]49オ7
あしやのなたとは [87]66オ8
あなるとは [65]47オ1
いきては [33]27ウ4
いまこそは [96]73オ5
うたにては [39]30オ10、[87]68ウ2
おにとは [6]7オ6
おもはぬをは [63]43ウ7
おもふをは [63]43ウ7
かくては [105]77オ10
かたちよりは [2]2ウ9
京には [9]11オ1
事にては [33]28オ1
そこには [73]52ウ7
つねには [85]64ウ8
[なりにける哉]とは [21]20ウ4
花さかりには [82]60オ3
みさうしには [65]45オ1
見ては [15]14ウ9
む月には [85]64ウ6
めには [19]17ウ6
我よりは [89]68ウ9
おとこをは [65]46オ9
女をは [6]6オ5、[12]12ウ2、[12]12ウ8、[65]46ウ1
きゝしよりは [78]57オ7
京には [9]8オ6
事をは [94]70ウ6
さらすは [60]40ウ4
つかひよりは [69]49オ4
人をは [94]70ウ7
よそには [78]56オ8
我をは [62]41ウ6
[あかしては [2]3オ6
[あひ見ては [22]21オ4

「あひ見るまては [37]28ウ9
「いかてかは [33]27ウ9、[53]38オ3、[61]41オ5
「いぬへくは [45]35オ2
「おもはすは [55]38オ10
「思けりとは [21]20オ7
「思ふには [65]44ウ8
「思」とは [22]21オ6
「かたるかことは [111]80オ8
「きのふけふとは [125]84ウ5
「くゝるとは [106]77ウ8
「雲には [102]76オ9
「けふこそは [76]54オ5
「こすは [17]17オ1
「戀とは [38]29オ7
「こひしとは [111]80オ10
「さとには [20]18ウ8
「さとをは [48]36オ9

「しなすは [14]13ウ7
「たえすは [43]33ウ7
「たには [108]79オ11
「たのむには [13]13オ6
「たもとには [54]38オ6
「ためには [87]68ウ1
「ゝ(て)には [73]52ウ10
「のへとは [100]74ウ8
「ひしきものには [3]3ウ2
「人をは [22]20ウ9
「みちとは [125]84ウ4
「見やは [8]8オ4
「めには [19]17ウ10、[73]52ウ10
「ものとは」 [111]80オ5
「行ては [65]47オ8
「ゆめうつゝとは [69]50ウ4
「世をは [65]46ウ5、[87]67オ8
「わすれては [83]63ウ6

ほいにはあらて [4]3ウ9
わかきにはあらぬ [88]68ウ4
「風にはありとも [64]44オ7
「きえすはありとも [17]17オ2
「花にはありとも」 [37]28ウ6
なをやはあるへき [78]56ウ5
「おもふものかは」と [50]36ウ8
あらんやはとて [23]22ウ3
「みむとは」とてなむ [83]63ウ7

は〈終助詞〉

いかゝはせんは [15]14ウ9

ば(場)→ばば

ば〈助詞〉(動詞ノ未然形ヲ受クルモノ)

あらは [107]78ウ8
さらは [90]69オ4
たてまつらは [78]57オ8
「あけは [14]14オ2
「あらは [3]3ウ1

[いなは [21]19オ6、[39]30オ5、
[40]31オ5、[123]83ウ9
[おは丶 [9]11オ5、[61]41オ8
[きかは [107]78ウ2
[きかませは [58]39ウ5
[けなは [105]77ウ1
[なかりせは [82]60ウ7
[なさは [64]44オ4
[ならは [123]84オ3
[人ならは [14]14オ6
[見えは [110]79ウ10
[ゆるさはか [64]44オ8
[ねはや [22]21オ9

ば〈助詞〉（用言ノ已然形ヲ受クルモノ）

あくれは [69]51ウ3
あけは [69]51オ1
あはねは [65]47オ6
ありけれは [1]1ウ8、[5]5ウ1、[58]39オ10、
[69]49ウ5、[83]63ウ4、
[86]65ウ3
いきかよひけれは [65]45オ4
いきけれは [6]5ウ7
いたさせたまへりけれは [100]74ウ7
いたしやりけれは [23]22ウ7
いてにけれは [14]14オ1
いなむとしけれは [24]24ウ8
いにけれは [28]26ウ1
いは木にしあらねは [96]71ウ8
いひいたしたりけれは [24]24ウ5
いひけれは [9]9オ2、
[58]39ウ4、[60]40ウ4、
[62]41ウ5、[63]43オ2、
[65]44ウ7、[75]53オ6、
[95]71ウ2、[101]75ウ8

いひやりたりけれは
[16]16オ7、[105]77オ11
いひやれりけれは [69]49オ5
いへは [62]42オ1
いへりけれは [14]14オ8、
[22]21オ2、[46]35ウ4、
[50]36ウ9、[105]77ウ3、
[107]78ウ3、[107]78ウ9、
[110]79ウ8、[118]82オ10
いやしけれは [40]30ウ9
いりきけれは [58]39オ5
うたかはしかりけれは [90]69オ7
丶（う）らみけれは [72]52ウ4
おはしけれは [6]6ウ9
おはしましけれは [83]63オ10
おほえけれは [65]45ウ3、
[65]45ウ8、[125]84ウ3
おほえさりけれは [21]19ウ5

おもしろけれは [44]34オ7、[68]48ウ5
おもひやれは [9]10ウ2
思わたりけれは [90]69オ4
おりたまへれは [65]44ウ10
かゝれは [65]46ウ10
かくれなむとすれは [82]62オ5
かくれにけれは [58]39オ6
きこえたりけれは [104]77オ8
きたりけれは [17]16ウ5、[101]75ウ2
くもてなれは [9]8ウ4
けしきなれは [33]27ウ5
心くるしかりけれは [41]32オ7
こさりけれは [24]24オ6、[48]36オ7
ことなりけれは [69]49オ6
事なれは [114]80ウ10

さけのみしけれは [69]50ウ10
さりけれは [23]23ウ3、[96]72オ9
されは [65]45オ3、[96]72ウ1
しけゝれは [69]49ウ2
しそくなりけれは [102]76オ8
しにいりたりけれは [59]40オ1
しにけれは [45]34ウ5
しらさりけれは [101]75ウ4
しおりたまふけれは [65]46ウ2
すきぬれは [23]23ウ9
たえいりにけれは [40]31オ10
たちなむとすれは [69]51オ2
たてたれは [77]54ウ7
たとへは [9]10オ3
たてまつりたりけれは [98]73ウ10
たひかさなりけれは [5]5オ2
つけたりけれは [45]34ウ4

つれなかりけれは [75]53オ9
時うつりにけれは [16]15オ4
ところなれは [19]17ウ6
所なれは [5]4ウ8
所にもあらさりけれは [4]4オ5
とひけれは [9]11オ3
とりなれは [9]11オ1
なかしつかはしてけれは [65]46オ10
なかなりけれは [42]32ウ8、[94]70オ9
なかりけれは [40]30ウ8
なきけれは [53]38オ2
なきをれは [65]46ウ6
なまみやつかへしけれは [87]66オ9
ならはさりけれは [41]32オ3
なりにけれは [13]13オ5、

[21]20ウ5、[23]21ウ6、[27]26オ3、[82]60オ7、[112]80ウ1
なりぬへけれは [65]45オ8
ぬす人なりけれは [12]12ウ1
ねられさりけれは [69]49ウ7
のたまうけれは [82]61ウ3
のほりゐけれは [65]45オ2
ひとつこにさへありけれは [84]64オ4
人なりけれは [18]17オ5、[20]18オ8、[94]70ウ3
人なれは [69]49ウ4
人にしあらさりけれは [44]33ウ10
人のこなれは [40]30ウ7
ふけにけれは [6]6オ2
ふもとなれは [83]63オ8
ふりけれは [6]6オ4

まちをれは [69]50オ7
まつしけれは [16]15ウ5
まもらせけれは [5]5オ4
まいれりけれは [71]52オ4
見えけれは [15]14ウ4、[99]74オ5
見えさりけれは [63]43オ4
みやつかへしけれは [85]64ウ7
宮つかへしけれは [84]64オ2
見やれは [87]67ウ8
見れは [6]6ウ1、[9]9ウ3、[9]9ウ8、[23]23オ2、[23]23オ9、[63]43ウ2、[66]47ウ6、[67]48オ4、[69]51オ7、[77]55オ10、[84]64オ7
むかひをりけれは [65]44ウ5
む月なれは [85]65オ2

もちはかりなりけれは [96]72オ1
やりたりけれは [20]18ウ5
やるへきにしあらねは [69]50オ6
やれりけれは [107]79オ3
ゆるされたりけれは [65]44ウ4
よまさりけれは [107]78オ4
よませけれは [101]75ウ5
よめりけれは [5]5オ8、[9]9オ5、[9]11オ7、[19]18オ1、[68]48ウ9、[85]65オ9、[87]67ウ4
わかけれは [107]78オ2
わさもせさりけれは [64]44オ2
わたりけれは [100]74ウ4
ゐなかなりけれは [58]39オ2
をこせは [96]72ウ6
かるれは [46]35ウ3
きこえねは [13]13オ2

きこゆれは [13]13オ2
たてまつれりしかは [78]57オ1
たまはねは [94]70ウ7
［あれは ［9］9オ3、[43]33オ10
［いはねは [34]28オ3
［いへは [84]64オ8
［うけへは [31]27オ6
［うとまれぬれは］ [43]33ウ4
［うへしうへは [51]37ウ4
［うへつれは [79]58オ1
［えしもわすれねは [22]20ウ9
［老ぬれは [84]64オ8
［おもへは [27]26オ7
［おもへは］ [80]58ウ2
［かけは [60]40ウ7
［かそふれは [16]16オ1
［かへは [65]44ウ9
［きく物ならは [21]20オ6

［くるれは [56]38ウ4
［こひしなは [89]69オ1
［すきぬれは [23]23ウ10
［つもれは [88]68ウ8
［とはねは [13]13オ10
［とへは [13]13オ10
［なかむれは [45]35オ4
［なけれは [46]35ウ6
［なけれは］ [124]84ウ1
［ならはねは [38]29オ6
［なりぬれは [47]36オ1、[118]82ウ1
［ぬきつれは（脱） [44]34オ4
［ふけは [23]23オ4、[108]79オ7
［まては [82]61ウ10
［まとろめは [103]76ウ6
［むすへれは [35]28オ7
［わけねは [85]65オ7

［さもあらはあれ］と [65]44ウ9
［いへはえに [34]28オ3
［ちれはこそ [82]61オ1
［しらねは］と [21]19オ7
［へぬれは］とて [86]65ウ8
されはなむ [81]59ウ5
［えにしあれは］と [69]51オ8
［なけれは］となむ [78]57ウ5
されはよと [22]21オ2
［しらねはや [25]25ウ5

はかなし

［はかなにも [103]76ウ7
［はかなみ [103]76ウ6
はかなき [62]41ウ1
［はかなきは [50]37オ6
［はかなくて [22]20ウ6
［はかなくも [21]20ウ3

ばかり〈助詞〉

ちさゝけ許 [77]54ウ5
はたちはかり [9]10オ4
みか許 [42]32ウ8
[たまのをはかり] [14]13ウ8
[たまのを許 [30]26ウ10
[我許 [27]26オ6
[けふはかりとそ [114]81オ4
いつこをはかりとも [21]19ウ4
三尺六寸はかりなむ [101]75オ9
もちはかりなりけれは [96]71ウ10
五丈許なる [87]66ウ8
いりあひ許に [40]31ウ1
きさらき許に [67]48オ3
しはすはかりに [84]64オ6
なか月許に [98]73ウ6
ねひとつ許に [69]49ウ6
やよひはかりに [20]18オ9
[よりし許に] [26]26オ1

いぬの時はかりになん [40]31ウ2
十日はかりの [4]4オ2
はかる(計)→たばかる
はこ(箱)→ふばこ
はごろも(羽衣)→あまのはごろも
はさま(間)
はさまを [100]74ウ3
はし(啄)
はしと [9]10ウ9
はし(橋)→やつはし
はしを [9]8ウ4
はしたなし
はしたなくて [1]1ウ7
はじめ(始)
はしめこそ [23]23オ9
はしめに [78]56ウ4
はしる(走)
はしらせなとして [78]56オ5

はしりかゝる [87]67オ4
はた(將)
はた [42]32ウ4、[42]32ウ6、[42]32ウ7、[69]49ウ1、[69]49ウ7
はたす(果)
はたさむとや [86]65ウ5
はたち(二十)
はたちはかり [9]10オ4
はつ(果)→よみはてがた
[たのみはつへき] [50]37オ1
よませはてゝ [81]59オ7
[きえはてぬめる]と [24]25オ7
はづ(恥)
はちかはして [23]21ウ7
はつか(僅)
はつかなりける [30]26ウ9
はづかし(恥)

丶(は)つかし [13]13オ2
はつかしと [62]41ウ9
はつくさ(初草)
[はつ草の [49]36ウ4
はつもみぢ(初紅葉)
はつもみちを [96]72ウ2
はな(花)→さくらばな
花 [80]58オ7、[81]58ウ9、
[101]75オ8
[花 [68]48ウ7
[花こそ [51]37ウ5
[花と [17]17オ2、[50]37オ9
[花に [29]26ウ7
[花にはありとも] [37]28ウ6
花の [18]17オ5、[101]75オ7、
[101]75オ8
[花の [67]48ウ1、[101]75ウ6
花の賀に [29]26ウ5
[花は [98]73ウ8
[花も [94]71オ5
[花よりも [109]79ウ4
花を [101]75オ6
[花を [121]83オ5、[121]83オ8
はなざかり(花盛)
花さかりに [4]4オ7
花さかりには [82]60オ3
はなたちばな(花橘)
[花たちはなの [60]40ウ7
はなむけ(餞)→うまのはなむけ・む
まのはなむけ
はなる(離)
はなれ [2]2ウ6
あけはなれて [69]50オ8
あひはなれぬ [86]65ウ9
とこはなれて [16]15オ10
はは(母)
は丶 [84]63ウ10
は丶なん [10]11ウ1、[10]11ウ3、
[84]63ウ10
ばば(馬場)
馬場の [99]74オ2
はふ(這)
はひありきて [81]59オ6
[はふ [118]82ウ1
[はへる [36]28ウ1
はふ(延)→こころばへ
はふり(葬)→おほんはふり
はべり(侍)
思ひわひてなむ侍 [46]35ウ2
[見わつらひ侍 [107]78ウ7
はま(濱)
[はまに [75]53オ7
すみよしのはまと [68]48ウ6
[すみよしのはま]と [68]48ウ8

すみ吉のはまを　[68]48ウ4
千里のはまに　[78]56ウ7
はまびさし（濱庇）
［はまひさし　[116]81ウ8
はむ（嵌）
［はめなて　[14]14オ2
はや（早）
はや　[6]6オ8
はや　[6]6オ7、[9]10ウ4
はやし（林）
［はやしを　[67]48ウ1
はやし（早）→いちはやし
［はやみ也］と　[19]18オ3
はゆ（映）→こころばえ
はら（腹）→みやばら
はらなり　[79]58オ6
はらに　[44]34オ7
はら（原）→ありはら・おほはら・くりはら・ふぢはら
はらから（同胞）→をんなはらから
はらからなる　[101]75ウ1
はらふ（祓）
はらへけるまゝに　[65]45ウ5
はらへ（祓）
はらへの　[65]45ウ4
はる（春）
［春　[20]18ウ8
［春なから　[20]18ウ3
［はるならぬ　[4]4ウ2
［春に　[94]71オ4
春の　[77]55オ4
［はるの　[77]55オ9、[82]60ウ8
［春の　[2]3オ7、[68]48ウ8、[91]69ウ4
［はるは　[80]58ウ2
［春や　[4]4ウ2
はる（張）〈四段〉→をはり
はりけり　[41]32オ2
はりやりてけり　[41]32オ4
［はるに　[41]32オ10（△春ニ）
はる（晴）
［はるゝ　[87]68オ1
はれたり　[67]48オ6
くもりみはれみ　[67]48オ4
はるか（遙）
はるかなる　[102]76オ6
はるかす（霽）
はるかさんと　[95]71ウ1
はるばる（遙々）
［はる〱　[9]9オ4
はるび（春日）
［春ひ　[94]71オ1

ひ

ひ（日）→つきひ・ひぐらし・ひとひ・ひをり
日　[80]58オ9、[87]67ウ7、[97]73オ8、[99]74オ2
[日　[74]53オ4
又の日の　[40]31ウ2
[日の　[91]69ウ4
日は　[101]75オ5
日も|　[9]10ウ5
ひ（火）→いさりび
火　[12]12ウ5
[火か]と　[87]68オ2
[をきのゐて　[115]81ウ3
|火にや　[39]30オ3
ひえ（比叡）
ひえの山の　[83]63オ7
ひえの山を　[9]10オ3
ひく（引）→ぬのびき
[ひけとひかねと　[24]24ウ9
[ひきむすふ　[83]62ウ10
ひきゐて　[66]47ウ4
[ひく　[47]36オ1
[ひけとひかねと　[24]24ウ9
ひぐらし（日暮）
[ひくらし　[45]35オ4
ひぐれ（日暮）
日くれに　[82]61オ4
ひこぼし（彦星）
[ひこほしに　[95]71ウ4
ひごろ（日頃）
日ころ　[83]62ウ5
ひさし（庇）→はまびさし
ひさし（久）
ひさしう　[39]29ウ4
[ひさしかるへき]とて　[82]61オ2
[ひさしき　[117]82オ8
ひさしく　[21]20オ1、[82]60オ6、[83]63ウ1、[118]82オ9
[ひさしく　[116]81ウ9、[117]82オ4
ひじきも（鹿尾菜藻）
ひしきもと　[3]3オ9
ひじきもの
[ひしきものには　[3]3ウ2
ひたぶる（頓）
[ひたふるに　[10]11ウ8
ひだりのおほいまうちぎみ（左大臣）
左のおほいまうちきみ　[81]58ウ5
ひぢ（泥）→ついひぢ
ひづ（漬）
[ひちて　[107]78オ9
[ひちまさりける]　[25]25ウ3

［ひつらめ　［107］78ウ1

ひと（人・他）→いもうと・おほみやびと・かちびと・ことびと・せうと・ただびと・つかさびと・なほひと・ぬすびと・ひとびと・またひと・みなひと・みなひとびと・むかしびと・やまとびと・わかびと・ゐなかびと・をちこちびと

ひと　［4］4オ1、［5］5オ1、［12］12ウ4

人　［2］2ウ9、［4］3ウ8、［6］7オ4、［8］7ウ9、［9］8オ9、［9］10ウ7、［16］15オ1、［39］29ウ7、［39］30オ2、［43］33オ7、［43］33オ8、［68］48ウ5、［69］49ウ10、［69］50ウ7、［78］56オ2、［80］58オ8、［82］61オ4、［85］64ウ10、［87］67ウ4、［104］77オ1、［107］78オ1、［107］78オ5

　時の人　［79］58オ3

人｜　［62］41ウ4、［69］49オ4、［96］72ウ6

［人　［48］36オ8、［101］75ウ6、［114］81オ3

［人こそ　［87］67ウ2、［109］79ウ4

　［世の人ことに　［38］29オ6

［人し　［124］84ウ1

［ひとしれす　［89］69オ1

人しれす　［69］51オ3

［人しれす　［53］38オ3

人しれぬ　［57］38ウ5

［ひとしれぬ　［5］5オ6

人となん　［19］18オ4

［人ならは　［14］14オ6

ひとなりけり　［9］9ウ4

人なりけれは　［18］17オ4、［20］18オ8、［94］70ウ2

人なれは　［69］49ウ3

人に　［10］11ウ2、［24］24オ7、［44］33ウ8、［60］40オ9、［62］41ウ2、［81］59オ6、［87］67オ6、［116］81ウ7、［122］83ウ2

［人に　［9］9ウ7、［36］28ウ2、［63］43ウ4、［121］83オ6

人にしあらさりけれは　［44］33ウ9

人にて　［101］75オ6

人にと　［10］11ウ4

　世人には　［2］2ウ8

ひとの　［108］79オ6

人の　［2］2ウ6、［4］4オ3、

[9]8ウ9、[12]12オ9、[15]14ウ2、[17]16ウ4、[23]21ウ4、[26]25ウ9、[34]28オ2、[35]28オ6、[45]34オ9、[51]37ウ2、[52]37ウ6、[57]38ウ6、[61]41オ3、[62]41ウ1、[62]41ウ3、[65]45オ1、[67]48オ8、[69]49オ3、[80]58オ10、[82]60オ7、[82]60ウ6、[82]60ウ9、[100]74ウ4、[101]75オ1、[120]82ウ8、[121]83オ4

世のつねの人の [16]15オ4

［ひとの [21]20オ4、[49]36ウ2、[58]39オ8

人の [9]9ウ4、[46]35ウ2、[78]57オ1、[96]72オ7

［人の [6]6ウ4、[15]14ウ6、[18]17ウ2、[19]17ウ9、[50]37オ4、[60]40ウ8、[61]41オ5、[88]68ウ8、[99]74オ7、[120]83オ2

［世の人の [75]53ウ6

人のくになりける [62]41ウ1

人のくにゝ [65]47オ6

人のくにゝても [10]12オ3

人のくにへ [46]35オ8、[60]40オ10

人のくにより [65]46ウ6

人のこなれは [40]30ウ7

［人のこの [84]64ウ3

人のをなむ [78]57ウ1

京のひとは [14]13ウ4

人は [63]43ウ8、[114]81オ7

［ひとは [13]13ウ1

［人は [9]11オ6、[21]19オ7、[21]19ウ9、[27]26オ6、[38]29オ4、[86]65ウ7、[111]80オ11

人も [9]8オ10

［人も [17]16ウ8、[82]62オ1、[92]69ウ9、[105]77ウ2

ひとを [69]49ウ5

人を [5]5オ3、[19]17ウ4、[48]36オ7、[50]36ウ6、[69]50オ6、[82]60オ5、[89]68ウ10、[90]69オ3、[93]70オ1、[103]76ウ5、[107]77ウ10、[109]79ウ2

［人を [24]25オ6、[31]27オ6、[50]36ウ8、[50]37オ7、[104]77オ5、[111]80オ5

人をは [94]70ウ7

［人をは [22]20ウ9

ひとがら（人柄）
人からは　［16］15オ5
ひとくち（一口）
ひとくちに　［6］6オ8
ひとし（等）
［ひとしき　［124］84ウ1
ひとたび（一度）
［ひとたひ　［82］61ウ10
ひとつ（一）
［心ひとつに　［34］28オ4
［ひとつの　［94］71オ4
［心ひとつを　［22］21オ4
［ひとつは　［4］4ウ3
ねひとつ許に　［69］49ウ6
ひとつふたつ　［96］72オ1、［96］72オ4
ねひとつより　［69］50オ2
ひとつご（一子）
ひとつこにさへありけれは　［84］64オ4
ひととせ（一年）
［ひとゝせ　［63］43オ7
［ひとゝせに　［82］61ウ10
ひとひ（一日）
ひとひふつか　［94］70ウ4
ひとびと（人々）→みなひとびと
ひと〳〵　［79］57ウ8
人〳〵　［66］47ウ9、［77］54ウ3
人〳〵に　［78］57オ9
人〳〵の　［76］54オ2
人〳〵を　［77］55オ2
ひとめ（人目）
人め　［69］49ウ2
ひとよ（一夜）
ひと夜　［27］26オ2
夜ひとよ　［69］50ウ10、［81］59オ2
［ひとよに　［22］21オ8、［22］21ウ1
ひとり（一人・獨）
ひとり　［67］48オ9、［88］68ウ6
［ひとり　［23］23オ5
［ひとりして　［37］28ウ8
ひとりのみも　［2］3オ1
ひとりは　［41］31ウ8、［41］31ウ9
ひとりふたりして　［8］7ウ9、［9］8オ9
ひなぶ（鄙）
ひなひたりける　［14］13ウ9
ひねもす（終日）
ひねもすに　［85］65オ4
ひま（隙）
［ひま　［64］44オ5、［64］44オ8
ひむがし（東）
ひんかしの　［4］3ウ6、［5］4ウ6
ひむがしやま（東山）

ひむかし山に [59]39ウ7
ひめまつ(姫松)
[ひめ松 [117]82オ5
ひも(紐)→したひも
[ひもを [37]28ウ8
ひら(平)→ありはらのゆきひら・ゆきひら
ひる(晝)
ひる [67]48オ6
ひやうゑ(兵衞)→さひやうゑのかみ
ひる(干)
[しほひしほみち [75]53ウ4
ひろ(尋)→ちひろ
ひろし(廣)
ひろさ [87]66ウ8
ひろふ(拾)
ひろはせて [96]72ウ2
ひろはむと [58]39ウ4
ひろひて [87]68オ6
[ひろふと [58]39ウ5
ひをり(日折)
ひをりの [99]74オ2

ふ

ふ(府)→ゐふ
ふ(經)
ふる [23]22ウ1
[ふる]と [23]24オ1
[ふれと [62]42オ4
へける [89]68ウ10
へすと [120]82ウ7
へて [6]5ウ4、[46]35オ9、[82]60オ6、[83]62ウ5、[86]65ウ4、[120]82ウ9
ほとへて [20]18オ8
[へて [24]24ウ6、[123]83ウ9
へても [16]15オ7
へにけり [96]71ウ8
[へにけり] [16]16オ2
へにける [46]35オ10
[へにけるを [16]16オ5
[へぬらん] [117]82オ5
[へぬるかと [39]30オ6
[へぬれは]とて [86]65ウ8
ふえ(笛)
ふえを [65]46ウ7
ふかくさ(深草)
[深草 [123]84オ1
深草に [123]83ウ6
ふか草のみかとになむ [103]76ウ2
ふかし(深)
ふかゝりける [4]3ウ9
[よふかきに [53]38オ4

夜ふかく　[14]14オ1

[夜ふかく　[110]79ウ10

ふく（吹）

ふきけり　[45]34ウ9

ふきたちなん　[96]72オ5

ふきて　[65]46ウ8、[87]68オ4

[吹　[50]37オ3、[64]44オ4

[ふくと　[45]35オ3

[ふけは　[23]23オ4、[108]79オ7

ふく（更）

ふくるまて　[82]62オ2

夜ふけて　[45]34ウ8

ふけにけれは　[6]6オ1

ふさ（總）↓しもつふさ

ふし（節）↓をりふし

ふじ（富士）

ふしの山を　[9]9ウ8

[ふしのね　[9]10オ1

ふす（臥）

ふして　[56]38ウ1、[93]70オ2

ふしにけり　[24]25オ3

うちふせり　[63]43オ10

ふせる（臥）

ふせりて　[4]4ウ1

見ふせりて　[45]35オ1

ふせるに　[69]49ウ8

ふたつ（二）

ひとつふたつ　[96]72オ1、[96]72オ4

ふたり（二人）

ふたり　[41]31ウ7

ひとりふたりして　[8]8オ1、[9]8オ9

[ふたりして　[37]28ウ8

ふたりの　[63]42ウ2

ふぢ（藤）

ふちの　[80]58オ7、[101]75オ8

[ふちの　[101]75ウ7

ふぢはら（藤原）

ふちはらなりける　[10]11ウ3

ふちはらのつねゆきと　[77]54ウ10、[78]56オ1

ふちはらのとしゆきと　[107]78オ1

ふちはらのまさちかと　[101]75オ3

ふつか（二日）

ふつか　[42]32ウ8

ひとひふつか　[94]70ウ4

二日と　[69]49オ10

ふね（舟）↓たななしをぶね・つりぶね・もろこしぶね

舟　[9]11オ7

[ふね]　[66]47ウ8

[舟さす　[33]27ウ10

ふねともの　[66]47ウ6

ふねに 〔9〕10ウ4
〔ふねの 〔59〕40オ5
〔ふねは 〔81〕59オ9

ふばこ（文箱）
ふはこに 〔107〕78ウ4

ふみ（文）→おほんふみ
ふみ 〔9〕9ウ5、〔43〕33オ8、〔107〕78ウ5
ふみに 〔46〕35オ10
ふみも 〔107〕78オ2

ふむ（踏）
〔ふみ 〔74〕53オ3
ふみあけたる 〔5〕4ウ9
〔ふみわけて 〔83〕63ウ7

ふもと（麓）
ふもとなれは 〔83〕63オ7

ふゆ（冬）
〔夏冬〕 〔79〕58オ2

ふりわけがみ（振分髪）
〔ふりわけかみも 〔23〕22オ7

ふる（降）→そほふる
ふらしと 〔107〕78ウ8
〔ふらねと 〔108〕79ウ1
ふりけれは 〔6〕6オ4
ふりこめられたりと 〔85〕65オ5
〔ふりしく 〔96〕72ウ5
〔ふりそまされる〕と 〔107〕79オ2
ふりたり 〔67〕48オ7
ふりて 〔85〕65オ3
〔ふりなまし 〔17〕17オ1
ふりぬへきになん 〔107〕78ウ6
〔ふる 〔19〕18オ2（△古）
〔ふるかとも 〔18〕17オ8
〔ふるとも〕と 〔23〕23ウ6
〔ふるにそ 〔16〕16ウ3
〔ふるらん〕 〔9〕10オ2
ふれり 〔9〕9ウ9

ふる（古）
〔ふる 〔19〕18オ2（△降ル）

ふる（經）→ふ

ふるさと（故郷）
ふるさとに 〔1〕1ウ6

ふれ（經）→へ

へ

へ（重）→ちへ

へ（邊）→あしべ・うつのやまべ・うみべ・かはべ・のべ

へ（經）→ふ

へ〈助詞〉
あかたへ 〔44〕33ウ8
あつまへ 〔11〕12オ5
いつみのくにへ

[67]48オ2、[68]48ウ2
内へ [6]7オ3
かうちへ [23]23オ1
くにへ [72]52ウ3
さとへ [65]45オ3
ところへ [16]15ウ2
人のくにへ
[46]35オ8、[60]40オ10
ほかへ [40]30ウ6
宮こへ [115]81オ9
むさしのへ [12]12オ10
もとへ [18]17オ6、[80]58オ10
おはりのくにへ
[69]51オ2、[69]51ウ3
もとへ [96]72オ8
京へなん [14]14オ5
宮へなむ [82]60オ4
「宮こしまへの [115]81ウ4

河内へも [23]23オ7

べ（部）→わらはべ

べし〈助動詞〉

（べかり）
「とふへかりけり [48]36オ9
やみぬへかりける [39]29ウ6
「なるへかりける [14]13ウ8

（べき）
あるへき [15]14ウ3
いきかよふへき [4]4オ4
心をくへき [21]19オ10
しぬへき [45]34ウ2
たのみぬへき [93]70オ2
うらみつへき [94]70ウ8
すむへき [9]8オ7
なをやはあるへき [78]56ウ5
わすれぬへき [46]35ウ3
「あるへき [61]41オ8
「かくすへき [59]39ウ10
「ゝ（か）くれさるへき」 [79]58オ2
「こひすそあるへき」 [111]80オ8
「しるへき」 [33]27ウ10
「たのみはつへき」 [50]37オ1
「ぬくへき [105]77ウ2
「もとむへき」 [64]44オ8
「やみぬへき [124]84オ9
「なりぬへきかな」 [44]34オ5
「ひさしかるへき」とて [82]61オ2
「あくへき」なと [23]22オ8
やるへきにしあらねは [69]50オ6
ふりぬへきになん [107]78ウ7
あひ見るへきにも [65]47オ2
「いるへきものを」 [64]44オ5

（べく）
しぬへく [125]84ウ3
「見るへく」 [15]14ウ6

［いぬへくは ［45］35オ2
にるへくもあらす ［4］4オ9
いふへくもあらぬ ［73］52ウ8
（べけれ）
なりぬへけれは ［65］45オ8
（べし）
あるへし ［90］69ウ1
いへるなるへし ［34］28オ5
御時なるへし ［65］47オ10
心なるへし ［41］32ウ2
ことなるへし ［50］37ウ1
［ありぬへし ［50］36ウ10
［思ひはすへし ［93］70オ4
［こえぬへし ［71］52オ7
しぬへしと ［105］77オ10
［とふとなるへし］と ［77］55オ9
ほろひぬへしとて ［65］45オ9
すゝろなるへしとて ［78］57オ9

（べみ）
［かきりなるへみ ［39］30オ5
へだつ（隔）
［へたつる ［95］71ウ5
べん（辨）→さちゅうべん

ほ

ほ（穂）→おちぼ
ほ ［58］39ウ3
ほい（本意）
ほい ［39］30ウ2
ほいにはあらて ［4］3ウ9
ほいのことく ［23］22オ9
ほか（外）
ほかに ［4］4オ2
おもひのほかに ［83］63オ5
ほかへ ［40］30ウ5

ほし（星）→ひこぼし
［ほしか ［87］68オ1
ほし（欲）
［ほしき ［84］64オ9
［見まくほしさに ［65］47オ9
［見まくほしさに］ ［71］52オ8
ほす（干）
［ほして ［121］83オ9
［かりほす ［75］53オ10
ほそし（細）→ものごころぼそし
ほそきに ［9］9オ9
ほだす（絆）
ほたされてとてなん ［65］46オ7
ほたる（螢）
ほたる ［45］34ウ9
［ほたる ［45］35オ2
［螢かも ［87］68オ1
ほたるの ［39］30オ2

ほたるを　[39]29ウ10
ほど（程）
ほと　[120]82ウ9
ほとして　[9]10オ6
ほとに　[4]4オ2、[23]22ウ1、[53]38オ2、[65]46オ8、[69]51オ5、[77]55オ2、[81]59オ3
ゆくほとに　[12]12オ10
[ほとに　[113]80ウ5
ほとの　[60]40オ8
[ほとは　[11]12オ7
ほとへて　[20]18オ8
ほとも　[19]17ウ5
ほとけ（佛）
ほとけ神にも　[65]45ウ1
ほとけの　[65]46オ3
ほととぎす（杜鵑）
[ほとゝきす　[43]33オ10
ほとゝきすの　[43]33オ9
ほとぶ（濡）
ほとひにけり　[9]9オ6
ほとり（邊）
ほとりに　[9]10ウ2、[81]58ウ6、[87]66ウ4
ほとりに　[82]61ウ1
ほとりにて　[106]77ウ6
ほとりの　[9]8ウ6
ほのか（仄）
ほのかに　[63]43オ5、[99]74オ4
ほのぼの（仄）
ほの〱と　[4]4ウ4
ほむ（譽）
ほむる　[81]59オ4
ほろぶ（亡）
ほろひなん　[65]44ウ6
ほろひぬへしとて　[65]45オ9
ほりかは（堀河）
ほりかはのおと、　[6]7オ1
ほりかはのおほいまうちぎみ（堀河大臣）
ほり河のおほいまうちきみと　[97]73オ6

ま

ま（間）→いはま・いるま・かいまみる・かはしま・なみま
[まなくも　[87]67ウ3
[まに　[20]18ウ7
[まに]　[23]22オ5
まうけ（設）→あるしまうけ
まうけせさせ給　[78]56ウ1
まうす（申）

申ける　[76]53ウ10
申けれと（ど）　[65]45ウ1
申たまふ　[78]56オ10
申たまふを　[65]46オ4
申す　[39]29オ8、[39]29オ10、[43]33オ3、[77]54オ9、[77]54ウ1、[77]55オ1、[78]55ウ6、[82]59ウ9、[97]73オ7
まうちぎみ（臣）→おほきおほいまうちぎみ・左のおほいまうちぎみ・ほりかはのおほいまうちぎみ
まうづ（詣）
まうつとしけれと　[84]64オ2
まうてけり　[85]64ウ6
まうてけるになん有ける　[85]64ウ9
えまうてす　[84]64オ3、[85]64ウ8
まうてたまうて　[78]56オ7
まうて給けるに　[76]54オ1
まうてたまひて　[78]56オ2
まうてたるに　[83]63オ7
まうてつかうまつりけるを　[83]63オ4
まうてヽ　[83]63オ9、[106]77ウ6
まかす（任）
［まかせすも哉］　[21]20オ4
まかづ（罷出）
まかてさせて　[65]46ウ1
まがふ（紛）
［まかふかに］　[97]73ウ2
［まかふと］　[16]16ウ2
まかる（罷）
まかりいつるを　[121]83オ4
まかるとて　[14]14オ5
まかるを　[16]15ウ8
まきゑ（蒔繪）
まきゑの　[78]57ウ2
まく（巻）
まきて　[107]78ウ4
まく（負）
［まけにける］　[65]44ウ8
まく〈助動詞〉→む
まくら（枕）→にひまくら
まくらとて　[83]62ウ10
まこと（實）
まことならぬ　[63]42ウ1
まことに　[16]15ウ2
まさ（正）
まさに　[40]31ウ6
まさちか
ふちはらのまさちかと　[101]75オ3
まさりがほ（勝顔）
［まさりかほ］　[62]42オ4

まさる（勝）
まさりけむ　［77］55ウ2
まさりけり　［105］77ウ4
［ひちまさりける］　［25］25ウ3
まさりたりける　［2］3オ1
まさりたる　［89］68ウ10
まさりつゝ　［47］35ウ9
かすまさりて　［65］45ウ6
いやまさりにのみ　［65］45ウ1
まさりにまさる　［40］31オ1
［まさりぬ　［95］71ウ4
［まさる　［40］31オ6、［101］75ウ7、［107］78オ8
まさりにまさる　［40］31オ1
［なりまさる哉］となん　［103］76ウ7
［まさるらん］となん　［94］71オ2
［まされ　［108］79ウ1
まされり　［78］57オ8
まされりけり　［2］2ウ8
［ふりそまされる］と　［107］79オ2

まし（座）→よるのおまし

まし〈助動詞〉
［しりもしなまし　［21］20オ7
［ふりなまし　［17］17オ1
［のとけからまし］となむ　［82］60ウ8
［あらましものを］　［119］82ウ6
［きえなましものを］　［6］6ウ5
［ゆかましものを］　［58］39ウ6
［見ましや］　［17］17オ2
［いはましを］　［14］14オ7
［きかませは　［58］39ウ5

まじ〈助動詞〉
えうましう　［55］38オ8
えあるましかりけり　［42］32ウ7
えうましかりけるを　［6］5ウ3

ます（増）
まして　［75］53オ9
［いやましに　［33］27ウ6
［思ます哉］　［33］27ウ7

ます（在）→おはします
きます　［82］61ウ10

また（又）→またまた
又　［16］16ウ1、［19］18オ4、［43］33オ8、［50］37オ2、［50］37オ5、［50］37オ8、［72］52ウ3、［75］53ウ5、［82］60ウ9、［90］69オ6、［111］80オ9
［又　［69］51ウ2
又は　［33］27ウ4
又も　［27］26オ3
［又もあらしと　［27］26オ6

まだ（未）

また ［2］2ウ6、［3］3ウ3、［6］7オ2、［6］7オ7、［40］30ウ6、［40］30ウ7、［65］44ウ2、［69］50オ3、［76］53ウ9、［120］82ウ7
［また ［53］38オ4、［111］80オ5

まだき
［またきに ［14］14オ3
［またきも ［82］62オ7

またのとし（又の年）
又のとしの ［4］4オ6

またのひ（又の日）
又の日の ［40］31ウ2

またまた（又々）
又〱 ［21］20オ8

まだら（斑）→かのこまだら

まつ（松）→ついまつ・ひめまつ
［松の ［14］14オ6
［松は ［72］52ウ5

まつ（待）
［またぬ ［37］28ウ6
［またむ ［48］36オ8
［まちけり］ ［17］16ウ8
まちけるに ［48］36オ7
まちわひたりけるに ［24］24オ6
［まちわひて ［24］24ウ3
まちをれは ［69］50オ7
まつ ［96］72オ6
［まつ ［60］40ウ7、［87］67オ8
まつに ［23］23ウ8
［まて丶ふ ［50］37オ10
［まては ［82］61ウ10

まづ（先）
まつ ［87］67オ7

まづし（貧）
まつしき ［41］31ウ8
まつしく ［16］15オ7
まつしけれは ［16］15ウ4

まつり（祭）
かものまつり ［104］77オ2
［まつり ［120］83オ1

まつる（奉）→つかうまつる

まで〈助詞〉（體言ヲ受クルモノ）
いま丶て ［107］78ウ4
うしみつまて ［69］50オ2
けふまて ［96］72ウ8
つくしまて ［61］41オ1
みちのくにまて ［116］81ウ6
武蔵のくにまて ［10］11オ8
よるの物まて ［16］16オ4
いま丶て ［94］70ウ6
［うへまて ［45］35オ2
［峯まて ［36］28ウ1
［今まてに ［86］65ウ7

まで〈助詞〉（用言ヲ受クルモノ）

かたふくまで [4]4オ10
ふくるまで [82]62オ2
[おもふまで [16]16ウ2
[めくりあふまで] [11]12オ8
[あひ見るまては [37]28ウ9

まどふ（惑）

まとひありきけり [10]11オ8
まとひいきけり [9]8ウ1
まとひいにけり [116]81ウ6
まとひきたりけれと [45]34ウ5
まとひきにけり [107]79オ4
[まとひける [52]37ウ8
[まとひて [40]31オ10
[まとひにき [69]50ウ3
まとひにけり [1]1ウ8
めてまとひにけり [107]78オ6

まどろむ（微睡）

[まとろめは [103]76ウ6

まふ（舞）

[たちまひ [67]48オ10

まへ（前）

まへ [87]67ウ7
まへに [62]41ウ3、[77]54ウ7、[77]54ウ8
まへの [87]66ウ4
まへの [78]57オ2
まへを [31]27オ3

ままに

なくなるまゝに [23]22ウ2
はらへけるまゝに [65]45ウ6
ゆきにけるまゝに [24]24オ5

まめ（忠實）

まめならさりける [60]40オ8
まめに [60]40オ9、[103]76ウ1

まめをとこ（忠實男）

まめをとこ [2]3オ2

まもる（守）

まもらせけれは [5]5オ4
まもらせたまひけるとそ [5]5ウ2

まゆみ（眞弓）

[ま弓 [24]24ウ6

まらうどざね（客人實）

まらうとさねにて [101]75オ4

まれ（稀）

[まれなる [17]16ウ8

まれまれ（稀々）

まれ〱 [23]23オ8

まろ（麿）

[まろか [23]22オ4

まゐる（參）

まいりあつまりて [85]65オ1
まいりけるを [5]5オ10
まいりこむと [118]82オ10

まいりたまふに　[6]7オ3
まいる　[82]61オ9
まいれりけれは　[71]52オ4

み

み(身)
み|　[107]78ウ7
[身　[4]4ウ3
[身さへ　[107]78ウ2
身に　[96]72オ1
身に|　[96]72オ3
[身にして]と　[4]4ウ3
[身の　[21]20ウ3
身は　[84]63ウ9、[93]69ウ10
[身は　[24]25オ7
身も　[65]45オ8
身も|　[65]44ウ6
身を　[9]8オ5
[みを　[62]42オ3
[身を　[25]25ウ5、[59]39ウ10、[64]44オ4、[65]47オ4、[107]79オ2、[115]81ウ3
[身をし　[85]65オ7
[身をも　[57]38ウ8
み(御)→おほみき・おほみやすんどころ・おほみゆき・おほん
み〈接尾語〉(形容詞ノ語幹ヲ受クルモノ)
[いたみ　[112]80ウ2
[いとまなみ　[87]66オ5
[うらわかみ　[49]36ウ1
[をほみ　[101]75ウ6
[かきりなるへみ　[39]30オ5
[せはみ　[36]28ウ1
[とひかたみ　[107]79オ1
[なみ　[92]69ウ9
[はかなみ　[103]76ウ6
[あさみこそ　[107]78ウ1
[かたみこそ　[119]82ウ5(△堅ミ)
[うるはしみせよ]　[24]24ウ7
[はやみ也]と　[19]18オ3
み〈接尾語〉(動詞ノ連用形ヲ受クルモノ)
くもりみはれみ　[67]48オ4
みか(三日)
みか許　[42]32ウ8
みかど(帝)
みかと　[39]29オ8、[65]46オ8、[77]54オ9、[81]59ウ3、[117]82オ2
仁和のみかと　[114]80ウ7
たむらのみかと、　[77]54オ9
西院のみかと、　[39]29オ8
みかとに　[16]15オ2
ふか草のみかとになむ　[103]76ウ3

みかとにも [3]3ウ3
みかとの [39]29オ9
みかとは [65]46オ2
みかは(三河)
みかはのくに [9]8ウ1
みき(神酒)→おほみき
みぎのむまのかみ(右馬頭)
みきのむまのかみなりける [78]57オ10
右のむまのかみなりける [77]55オ5、[82]60オ5
みぐし(御髪)
御くし [83]63オ5、[85]64ウ5
みけし(御衣)
[みけしと [16]16オ9
みけしき(御氣色)
御けしき [114]81オ5
みこ(皇子)
みこ [39]29オ9、[39]29ウ1、[43]33オ5、[43]33オ3、[78]56オ10、[79]57ウ7、[82]59ウ9、[82]61ウ7、[82]62オ4、[83]63オ3、[85]65オ9
これたかのみこ [83]62ウ3
さたかすのみこ [79]58オ3
せんしのみこ [78]56オ4
みこたち [81]59オ1
みこたちの [103]76ウ4、[106]77ウ5
かやのみこと [43]33オ3
これたかのみこと [82]59ウ9
これたかのみこの [69]51ウ5
みこに [82]61オ8、[82]62オ9
みこの [39]30ウ1、[82]61オ9
みざうし(御曹司)
みさうしには [65]45オ1
みさうしの [78]57オ2
みじかし(短)
[みしかき [113]80ウ6
みしる(見知)
見しらす [9]11オ2
みす(見)
見せぬ [63]43ウ9
[見せむ [78]57ウ5
みずいじん(御随身)
みすいしん [78]57オ5
みぞ(溝)
みそに [78]57オ2
みそか(微)
みそかなる [5]4ウ8
みそかに [64]44オ1、[110]79ウ6
みそぎ(禊)
[せしみそぎ [65]45ウ9
みたらしがは(御手洗川)

[みたらし河に　[65]45ウ9
みたり(三人)
三人を　[63]42ウ1
みだる(亂)
ぬきみたる　[87]67ウ2
[みたれそめにし　[1]2オ10
みだれ(亂)
[みたれ　[1]2オ6
みち(道)
みち　[9]8オ10、[12]12ウ3、[87]67ウ6
[みち　[97]73ウ2
[みちとは　[125]84ウ4
[みちならなくに]　[71]52ウ1
みちに　[20]18オ9
みちにて　[63]43オ1
みちは　[9]9オ9
みちは　[9]9ウ2
みちより　[11]12オ6、[20]18ウ2
[道も哉　[15]14ウ5
みち(陸奥)
みちのくに、　[14]13ウ2、[81]59ウ1
みちのくに、て　[15]14ウ1、[115]81オ8
みちのくにまて　[116]81ウ5
みちのく(陸奥)
[みちのくの　[1]2オ9
みつ(三津)
[みつの　[66]47ウ7(△見ツ)
みつ(三)→うしみつ
みつ(満)
しほひしほみち　[75]53ウ4
[みちくる　[33]27ウ6
みづ(水)
水　[9]8ウ3、[59]40オ2、
[水　[78]56オ5、[106]77ウ8
[水こそ　[28]26ウ3、[108]79ウ1
[みつと　[50]37オ9
[水に　[50]37オ6
みつの　[9]10ウ10
[水の　[22]21オ5、[27]26オ7、[27]26オ10
水は　[87]67オ4
みづがき(瑞籬)
[みつかきの　[117]82オ7
みづから(自)
みつから　[27]26オ5
みづのを(水尾)
水のおの　[65]47オ10、[69]51ウ4
みとせ(三年)
三とせ　[24]24オ5
[三とせを　[24]24ウ3

みな（皆）

みな ［81］59オ7、［82］60ウ5、［87］67オ6

みな ［116］81ウ10

［みな ［77］55オ8

みなぐち（水口）

［みなくちに ［27］26オ9

みなせ（水無瀬）

みなせと ［82］60オ2

みなせに ［83］62ウ2

みなづき（水無月）

みな月の ［45］34ウ6、［96］71ウ10

みなと（湊）

［みなとの ［26］25ウ10

みなひと（皆人）

みなひと ［101］76オ1

みな人 ［9］9オ5、［9］10ウ6、［9］11オ2、［65］45オ4、［85］65オ4

みなひとびと（皆人々）

みな人〱 ［68］48ウ9

みなみ（南）

南の ［87］68オ4

みなもと（源）

源のいたると ［39］29ウ7

みね（岑）

［峯まて ［36］28ウ1

［峯も ［82］62オ10

みの（蓑）

みのも ［107］79オ3

みまそがり（在）

みまそかりけり ［77］54ウ1

みまそかりて ［101］75ウ9

みむろ（御室）

みむろに ［83］63オ9

みや（宮）↓いせのいつきのみや・いつきのみや・おほみやびと

宮 ［82］60オ2

宮也 ［102］76オ11

宮なりける ［84］63ウ10

宮に ［58］39オ9、［71］52オ5、［78］56オ5、［82］62オ2、［83］62ウ5

宮の ［31］27オ2、［39］29ウ2

宮へなむ ［82］60オ4

みやこ（都）

［みやこの ［14］14オ7

宮こへ ［115］81オ9

みやこじま（都島）

みやこしまと ［115］81ウ1

［宮こしまへの ［115］81ウ4

みやこどり（都鳥）

［宮こ鳥 ［9］11オ5

宮ことりと ［9］11オ3

みやすんどころ（御息所）
みやすんところ　[65]46オ10
みやすん所と　[76]53ウ10
みやづかへ（宮仕）→なまみやづかへ
宮つかへ　[60]40オ7
宮つかへしける　[19]17ウ3
みやつかへしければ　[85]64ウ7
宮つかへしければ　[84]64オ2
宮つかへしにとて　[24]24オ4
宮つかへする　[20]18オ8
宮つかへになん　[86]66オ1
みやつかへの　[78]56ウ4
みやばら（宮腹）
宮はらに　[58]39オ1
みやび（雅）
みやひをなんしける　[1]2ウ2
みゆ（見）
見えける　[77]54ウ9
見えけるを　[27]26オ5
見えければ　[15]14ウ4、[99]74オ4
見えさりければ　[63]43オ3
見えず　[62]42オ1
見えたまひつると　[110]79ウ8
[見えつゝ]　[21]19ウ10
見えぬ　[9]11オ1
[見えぬ　[78]57ウ4
[見えは　[110]79ウ10
[見ゆ]　[18]17オ8、[18]17ウ2
[見ゆ]とて　[63]43オ8
見ゆらん　[39]30オ3
[見ゆらん　[27]26オ9
[見ゆらん]　[30]27オ1
見ゆる　[81]58ウ10
[見ゆる　[49]36ウ1、[116]81ウ8
見ゆるに　[87]67ウ9
見ゆる物から　[19]17ウ6
[見ゆる物から]と　[19]17ウ10
みゆき（御幸）→ぎやうがう
行幸したまひけり　[117]82オ2
みよ（三代）
み世の　[16]15オ2
みよしの（み吉野）
[みよしのゝ　[10]11ウ8、[10]12オ1
みよしのゝさとなりける　[10]11ウ7
みる（海松）→うきみる
[みる　[75]53オ7（△見ル）
みるを　[87]68オ7
みる（見）→かいまみる・みしる
たちて見ゐて見　[4]4オ8
と見かう見　[21]19ウ3
見いたして　[69]49ウ8
見いたすに　[23]23ウ7
見いてゝ　[41]32オ9
見かはして　[95]71オ8

ゝ(見)けれと　[21]19ウ3
見さして　[104]77オ8
[見さる　[23]22オ5
見し　[9]9ウ3、[62]41ウ3
　[あひ見し　[16]16オ1
[見し]　[109]79ウ5
[見すもあらす　[99]74オ7
見たまひける　[104]77オ7
[みつ　[66]47ウ7(△三津)
[見つゝを　[23]23ウ5
見て　[7]7ウ3、[8]8オ2、[9]8ウ9、[16]16オ3、[20]18オ7、[23]23ウ2、[39]29ウ9、[58]39オ3、[63]43オ6、[63]43オ9、[66]47ウ6、[67]48オ8、[88]68ウ5、[119]82ウ4、[121]83オ4

[見て　[73]52ウ10
　[あひ見て　[116]81ウ9
見てなむ　[13]13オ8
見ては　[15]14ウ8
　[あひ見ては　[22]21オ4
[見ても　[117]82オ4
見に　[17]16ウ5、[104]77オ3
｜見に　[87]66ウ6
[見ぬ　[111]80オ5
見ふせりて　[45]34ウ10
[見まく　[84]64オ9
[見まくほしさに　[65]47オ9
[見まくほしさに]　[71]52オ8
[見ましや]　[17]17オ2
[見む]　[120]83オ2
見むと　[31]27オ5
見むとて　[39]29ウ3
　心見むとて　[18]17オ5

[見むとは]とてなむ　[83]63ウ7
見めとそ　[96]73オ5
[見もせぬ　[99]74オ7
[見やは　[8]8オ4
見やりて　[23]23ウ4
見やれは　[87]67ウ8
[見よかし　[71]52オ10
見る　[9]9ウ1
[見るからに　[75]53オ7(△海松)
見るからに　[104]77オ5
見るに　[65]45オ5、[87]66ウ7
ゝ(も)の見るに　[39]29ウ8
見るは　[78]57オ7
あひ見るへきにも　[65]47オ2
[見るへく]　[15]14ウ6
　[あひ見るまては　[37]28ウ9
[見るめ　[25]25ウ5、[70]52オ1(△海松藻)

［見るらめと　［100］74ウ8
［見るを　［75］53ウ1（△海松ヲ）
見るをも　［65］45オ1
ゝ（見）れと（ど）　［4］4オ8
見れは　［6］6ウ1、［9］9ウ3、［9］9ウ8、［23］23オ2、［23］23オ9、［63］43ウ2、［66］47ウ6、［67］48オ4、［77］55オ10、［84］64オ7
みれは　［69］51オ7
見わつらひ侍　［107］78ウ7
たちて見ゐて見　［4］4オ8
見をりて　［49］36オ11

みるめ（海松藻）
［見るめ　［25］25ウ5、［70］52オ1（△見ル目）
［見るめし　［75］53ウ3

みわざ（御業）
みわさ　［78］55ウ8
みわさしけり　［77］54ウ2
みわさに　［78］56オ2
みわさを　［77］55オ3

む

む（面）→たのむ
［むの　［10］12オ2

む〈助動詞〉→むず
（まく）
［見まく　［84］64オ9
［見まくほしさに　［65］47オ9
［見まくほしさに］　［71］52オ8
（む・ん）
あらむ　［63］42オ9
うちいてむ　［45］34ウ1
かさねあけたらん　［9］10オ4
つゝめらん　［87］67オ1
物にやあらむ　［96］73オ4
物にやあらん　［96］73オ4
いかにせん　［65］45オ10
ふきたちなん　［96］72オ5
ほろひなん　［65］44ウ6
［あらん］　［22］21オ9
ありなん　［75］53ウ4
［あるならん　［110］79ウ9
［いはん　［99］74オ10
［いひやせん　［21］19オ6
［おほせん］　［89］69オ2
［かたからん　［40］31オ5
［かへさん］　［121］83オ6、［121］83オ9
［からむ］　［82］61ウ5
［事とはむ　［9］11オ5
［さかさらん　［51］37ウ4

[たかけん] [87]67オ9
[たのまん] [100]74ウ9
[なかめくらさん] [99]74オ8
[なからん] [61]41オ6
[なきなん] [22]21ウ2
[なきをらん [123]84オ3
[ならん] [31]27オ4
[なりなん] [123]84オ1
[ねもしなん [3]3ウ1
[またむ [48]36オ8
[見む] [120]83オ2
[見せむ [78]57ウ5
[むすはむ [49]36ウ2
[もとめてん] [59]39ウ10
[わたらむ [61]41オ5
[ゝ(を)らん [23]23ウ5
よくてやあらむあしくてやあらん [96]72ウ9

せむ方も [41]32オ5
あはむと [24]24オ8、[69]50ウ7
あはせむと [10]11ウ1
あらむと [75]53オ6
いなんと [21]19オ4、[83]62ウ6、[115]81オ9
いはむと [45]34オ10
おもはむと [60]40オ9
かゝらむと [21]19ウ1
かゝるにやあらむと [23]22ウ9
こむと [23]23ウ8
すまむと [59]39ウ8
ひろはむと [58]39ウ4
まいりこむと [118]82オ10
もとめゆかむと [21]19ウ2
ゆかむと [123]84オ5
あけなんと [6]6オ7
あはむと [69]49ウ1、[96]72オ6

いてこむと [63]42ウ5
さふらはむと [78]56オ10
のほらんと [87]66ウ6
はるかさんと [95]71ウ1
たてまつらんと [78]57オ4
[こむと [23]23ウ10、[97]73ウ2
[こさらむ]と [123]84オ4
[たのまむ]と [107]78ウ2
[たえむと [36]28ウ2
[ねむ]と [63]43ウ4
見むと [31]27オ5
[こひんとか [109]79ウ5
いなむとしけれは [24]24ウ8
いりたまひなむとす [82]62オ4
をひやらむとす [40]30ウ6
かつけんとす [44]34オ1
つけむとす [12]12ウ5
あけなむとする [69]51オ5

いらむとする [9]9オ8
わたらんとするに [9]10ウ6
かくれなむとすれは [82]62オ5
たちなむとすれは [69]51オ2
[あはむとそ [35]28オ8
うまのはなむけをたにせむとて [115]81ウ1
からんとて(刈) [58]39オ3
たまはむとて [83]62ウ7
見むとて [39]29ウ3
むまのはなむけせむとて [44]33ウ9
むまのはなむけせんとて [48]36オ7
おかみたてまつらむとて [83]63オ6
[こえなん]とて [69]51ウ2
心見むとて [18]17オ5
のみてむとて [82]61オ6
[わすれん]となむ [10]12オ2
[見むとは]となむ [83]63ウ7
はたさむとや [86]65ウ5
[やまむとやする] [75]53ウ1
いかゝはせんは [15]14ウ9
いひいてむも [63]42オ10
[こんものならなくに
いはむや [107]78オ4
しなむや [40]31ウ6
あらんやはとて [23]22ウ3
[とけむを [111]80オ11

(め)

[ちらめ [51]37ウ5
[なかめ [65]46ウ5
えめと [23]21ウ8
見めとそ [96]73オ5
[かれめや] [51]37ウ5
[むかはめや [94]71オ4

むかし(昔)

むかし [1]1ウ1、[2]2ウ5、[3]3オ8、[4]3ウ6、[5]4ウ6、[6]5ウ3、[7]7オ9、[8]7ウ7、[9]8オ5、[10]11オ8、[12]12オ9、[14]13ウ2、[15]14ウ1、[16]15オ1、[16]15オ7、[18]17オ3、[20]18オ6、[21]18ウ9、[22]20ウ6、[23]21ウ4、[24]24オ3、[25]25オ9、[26]25ウ7、[29]26ウ5、[30]26ウ9、[32]27オ9、[33]27ウ3、[34]28オ2、[35]28オ6、[38]28ウ10、[39]29オ8、[43]33オ3、

［44］33ウ8、［45］34オ9、［46］35オ6、［47］35ウ7、［49］36オ10、［52］37ウ6、［53］38オ1、［55］38オ8、［56］38ウ1、［58］38ウ9、［59］39ウ7、［60］40オ7、［62］41オ10、［63］42オ8、［65］44オ9、［66］47ウ3、［67］48オ1、［69］49オ1、［70］51ウ7、［72］52ウ2、［73］52ウ7、［74］53オ2、［76］53ウ9、［77］54オ9、［78］55ウ6、［79］57ウ7、［81］58ウ5、［82］59ウ9、［83］62ウ2、［84］63ウ9、［85］64ウ10、［87］66オ2、［89］68ウ9、［90］69オ3、［91］69ウ2、［92］69ウ6、［93］69ウ10、［94］70オ7、［95］71オ6、［96］71ウ7、［97］73オ6、［99］74オ2、［100］74ウ3、［101］74ウ10、［102］76オ3、［103］76ウ1、［104］76ウ10、［105］77オ10、［107］77ウ9、［108］79オ6、［109］79ウ2、［110］79ウ6、［112］80オ12、［114］80ウ7、［115］81オ8、［116］81ウ5、［117］82オ2、［119］82ウ3、［121］83オ3、［122］83ウ1、［123］83ウ6、［124］84オ7、［125］84ウ2

昔

［11］12オ5、［13］13オ1、［19］17ウ3、［27］26オ2、［28］26ウ1、［31］27オ2、［36］28オ9、［37］28ウ3、［40］30ウ3、［41］31ウ7、［42］32ウ3、［48］36オ6、［50］36ウ6、［51］37ウ2、［54］38オ5、［57］38ウ5、［61］41オ1、［64］44オ1、［68］48ウ2、［71］52オ3、［75］53オ5、［80］58オ7、［85］64ウ4、［86］65ウ2、［88］68ウ4、［98］73ウ4、［106］77ウ5、［111］80オ1、［113］80ウ4、［118］82オ9、［120］82ウ7

むかしの

［40］31ウ4、［87］66オ4

［むかしの

［60］40ウ8

［昔の

［4］4ウ2

むかしも

［93］70オ6

［昔より

［24］24ウ9

［むかしを

［32］27ウ1

むかしびと〈昔人〉
むかし人は　［1］2ウ1
むかひ〈向〉
むかひに　［99］74オ3
むかふ〈向〉〈四段〉
［むかはめや　［94］71オ4
むかひをりければ　［65］44ウ5
むかふ〈迎〉〈下二段〉
むかへに　［96］72ウ1
むく〈向〉→むまのはなむけ
むくつけし
むくつけき　［96］73オ2
むくら〈葎〉
［むくら　［58］39ウ1
［むくらの　［3］3ウ1
むこがね〈婿がね〉
むこかね　［10］11ウ10
むこかねに　［10］11ウ5

むさし〈武蔵〉
武蔵なる　［13］13オ1
武蔵のくにと　［9］10オ9
武蔵のくにまて　［10］11オ8
むさしあぶみ〈武蔵鐙〉
［むさしあふみ　［13］13オ6
［ゝ（む）さしあふみ　［13］13オ10
むさしあふみと　［13］13オ3
むさしの〈武蔵野〉
むさしのゝ　［41］32ウ2
［むさしのは　［12］12ウ6
むさしのへ　［12］12オ10
むし〈蟲〉
［ゝ（む）しの　［65］46ウ4
むしろ→さむしろ
むず〈助動詞〉
いなむすなりとて　［96］72オ8
けちなむするとて　［39］30オ4

むすぶ〈結・掬〉→たまむすび
［むすはむ　［49］36ウ2
［むすひ　［122］83ウ3（△結ヒ）
［むすひし　［37］28ウ8
［むすひしものを　［28］26ウ3
　［ひきむすふ　［83］62ウ10
［むすへれは　［35］28オ7
むすめ〈女〉→おほんむすめ
むすめの　［45］34オ9、［79］58オ6
むすめを　［12］12オ9
むつき〈正月〉
む月なれは　［85］65オ2
む月に　［4］4オ6、［83］63オ6
む月には　［85］64ウ6
む月の　［4］4オ1
むつまし〈睦〉
［むつましと　［117］82オ7
むつましき　［16］15ウ2

むね（胸）
［むねに　［34］28オ3
むばら（棘）
むはらからたちに　［63］43オ9
むはらのこほり　［87］66オ2
むはらのこほりに　［33］27ウ3
むべ（宜）
［むへしこそ　［16］16オ8
むま（馬）
むまのくちを　［63］43オ1
むまのかみ（馬頭）→うまのかみ・みぎのむまのかみ
むまのかみ　［82］61オ8、［82］61ウ3、［83］62ウ8
むまのかみの　［82］62オ6
むまのはなむけ（餞）→うまのはなむけ
むまのはなむけせむとて　［44］33ウ8
むまのはなむけせんとて　［48］36オ6
むめ（梅）
むめの　［4］4オ6、［98］73ウ6
むめつぼ（梅壺）
梅壺より　［121］83オ3
むら（叢）→くさむら
むらさき（紫）→わかむらさき
［むらさきの　［41］32オ10
むろ（室）→みむろ
むる（群）
むれゐて　［9］10ウ2

め

め（目）→ひとめ・めかれ
め|　［46］35ウ3
［め　［46］35ウ5（△藻）
［みるめ　［25］25ウ5
めには　［19］17ウ6
［めには　［19］17ウ10、［73］52ウ10
めは　［77］55オ6
め|も　［62］42オ1
［めも　［41］32オ10（△芽モ）
めを　［9］9ウ1
め（女）→たなばたつめ
め（妻）
め　［16］15オ9
めに　［15］14ウ2
めにてなむあると　［60］40ウ2
めのことも　［87］68オ5
め（藻）→みるめ
めかれ（目離）
［めかれせぬ　［85］65オ7
めくはす（眴）
めくはせよ　［104］77オ6
めぐむ（恵）

めくみつかうたまひけるを　[43] 33オ6

めぐる（廻）

［めくりあふまて］　[11] 12オ8

めす（召）

めしあつけられたりけるに　[29] 26ウ6

めしあつめて　[77] 55オ2

めづ（愛）

［めてし　[88] 68ウ7

めて、　[81] 59ウ6、[87] 67ウ5、[95] 71ウ6、[107] 78ウ3、[123] 84オ5

めてまとひにけり　[107] 78オ6

めづらか

めつらかにや　[14] 13ウ4

めづらし

［めつらしき　[49] 36ウ4

めでたし

めてたく　[6] 6ウ8

［めてたけれ　[82] 61オ1

めてたしと　[15] 14ウ7

めり〈助動詞〉

わすれぬるなめりと　[36] 28オ9

［ぬるめる　[121] 83オ6

［きえはてぬめる］と　[24] 25オ7

あめれと　[46] 35ウ4

めん（面）→たいめん

も

も（藻）→ひじきも

［もに　[57] 38ウ7、[65] 46ウ4

［も、　[87] 68オ10

も〈助詞〉→とも・ども・ともがな・も

がな

も〈助詞〉〈體言ヲ受クルモノ〉

あひこともえせて　[69] 51オ1

あめも　[6] 6オ3

おほみやすん所も　[65] 47オ10

かさも　[107] 79オ4

けしきも　[23] 22ウ7

心も　[60] 40オ8、[118] 82オ10

心はへも　[90] 69ウ1

ことも　[16] 15オ8、[21] 19オ10

ことはも　[107] 78オ3

このかみも　[87] 66ウ3

これも　[39] 29ウ8

せむ方も　[41] 32オ5

月も　[82] 62オ5

所も　[96] 72ウ9

なにことも　[69] 50オ3

人も　[9] 8オ10

ふみも　[107] 78オ2

も

ほとも 〔19〕17ウ5
又も 〔27〕26オ3
身も 〔65〕45オ8
みのも 〔107〕79オ3
むかしも 〔93〕70オ6
山も 〔77〕54ウ7
夜も 〔6〕6オ1、〔6〕6ウ1
わさも 〔16〕15ウ5、〔41〕32オ3
をとこも 〔69〕51オ3
おとこも 〔23〕21ウ7、〔86〕65ウ9
女も 〔6〕6ウ2、〔23〕21ウ7、
〔31〕27オ8、〔40〕30ウ9、
〔69〕49ウ1、〔86〕65ウ9
かさも 〔96〕72オ3
心も 〔96〕72オ3
ことも 〔16〕15ウ9
時も 〔96〕72オ4
なにことも
〔16〕15ウ8、〔116〕81ウ10
日も 〔9〕10ウ5
身も 〔65〕44ウ6
めも 〔62〕42オ1
ものも 〔62〕42オ2
夜も 〔6〕6オ7
〔あとも 〔21〕20ウ2
〔いかきも 〔71〕52オ7
〔いくかも 〔80〕58ウ2
〔いつも 〔29〕26ウ7
〔うれしけも 〔118〕82ウ2
〔枝も 〔18〕17オ8
〔おくも 〔15〕14ウ6
〔かひも(貝) 〔75〕53ウ4(△效ヒ)
〔かひも(效)
〔75〕53ウ4、〔122〕83ウ4(△貝モ)
〔神世も 〔106〕77ウ7
〔かりも 〔10〕11ウ8
〔ことも 〔76〕54オ6
〔たつも(鶴) 〔114〕81オ4
〔月も 〔82〕62ウ1
〔つまも 〔12〕12ウ7
〔つみも 〔31〕27オ6
〔時も 〔119〕82ウ6
〔のちも 〔100〕74ウ9
〔ゝ(の)ちも 〔35〕28オ8
〔花も 〔94〕71オ5
〔人も 〔17〕16ウ8、〔82〕62オ1、
〔92〕69ウ9、〔105〕77ウ2
〔ふりわけかみも 〔23〕22オ7
〔またきも 〔82〕62オ7
〔峯も 〔82〕62オ10
〔めも(目) 〔41〕32オ10(△芽モ)
〔もゝ 〔87〕68オ10
〔もみちも 〔94〕71オ5
〔夜も 〔14〕14オ2

「よしも　[107]78オ9
「われも　[12]12ウ7
「我も　[58]39ウ6
「をくしも　[87]66オ6
「をしほの山も　[76]54オ5
「又もあらしと　[27]26オ6
こともあらす　[16]15オ4
「さもあらはあれ」と　[65]44ウ9
わさもせさりけれは　[64]44オ1
「こともせし　[83]62ウ10
をともせす　[13]13オ4
「千よもと　[84]64ウ3
こともなき　[58]39オ2
「こよひもや　[63]43ウ3

も〈助詞〉〈用言ノ連用形ヲ受クルモノ〉

とをくも　[69]49ウ4
とをくも　[9]10ウ3
「うら山しくも　[7]7ウ5
「はかなくも　[21]20ウ3
「まなくも　[87]67ウ3
よくもあらさりけり　[77]55オ10
「つらくもあらなくに　[72]52ウ5
しけくもあらねと　[5]5オ1
「ありもすらめと　[55]38オ10
「しりもしなまし」　[21]20オ7
「ねもしなん　[3]3ウ1
いらへもせす　[122]83ウ5
「おきもせす　[2]3オ6
いらへもせて　[62]41ウ9
をともせて　[118]82オ9
「ねもせて　[2]3オ6
いらへもせぬと　[62]41ウ10
「をとつれもせぬ」と　[58]39オ8
「見もせぬ　[99]74オ7
思ひもそ　[40]30ウ5
「うちもねな〻ん」と　[5]5オ7
「ありもやしけん　[111]80オ4

も〈助詞〉〈副詞ヲ受クルモノ〉

さても　[83]63ウ2
いくはくも　[78]57オ6
「かくも　[90]69オ9

も〈助詞〉〈用言ノ連體形ヲ受クルモノ〉

いひいてむも　[63]42オ10
「しるしとするも　[111]80オ7
「とふも　[13]13オ7

も〈助詞〉〈助詞ヲ受クルモノ〉

あはしとも　[25]25オ9、[69]49ウ2
あひ見るへきにも　[65]47オ2
ある物かとも　[19]17ウ7
いつこをはかりとも　[21]19ウ4
いにしへよりも　[22]21ウ3
いぬらんとも　[62]42オ6
おもはぬをも　[63]43ウ9

おもふをも [63]43ウ8
かとよりも [5]4ウ8
河内へも [23]23オ7
心にも [76]54オ7
五条の后とも [65]47ウ1
こと人にも [16]15オ6
所とも [6]6オ2
なにとも [32]27ウ2
人のくに丶ても [10]12オ3
へても [16]15オ7
ほとけ神にも [65]45ウ1
みかとにも [3]3ウ3
見るをも [65]45オ1
ねむころにも [82]60オ9
ひとりのみも [2]3オ1
おりしも [9]10ウ8
かくしも [40]31オ9、[101]75ウ8
ものこしにてもと [90]69オ5

[うけすも [65]45ウ10
[うつ丶にも [9]9ウ6
[うらみてのみも [72]52ウ6
[えしもわすれねは [22]20ウ9
[かくよりも [50]37オ6
[かりにも [58]39ウ2
[きえのこりても [50]36ウ10
[きても [71]52オ10
[くはせよとも [104]77オ6
[こけるからとも [62]41ウ8
[さらにも [111]80オ10
[したにも [27]26オ7
[そてかとも [18]17ウ2
[袖よりも [25]25ウ2
[そてをしつ丶も [3]3ウ2
[月をも [88]68ウ7
[ときしもわかぬ [98]73ウ9
[年たにも [16]16オ5

[とはぬも [13]13オ7
[流ても [47]36オ4
[なにをかも [38]29オ6
[にほふとも [90]69オ9
[はかなにも [103]76ウ7
[花よりも [109]79ウ4
[ふるかとも [18]17オ8
[螢かも [87]68オ1
[見ても [117]82オ4
[身をも [57]38ウ8
[物とも [39]30オ9
[やくよりも [115]81ウ3
[ゆめにも [9]9ウ7
[よそにも [19]17ウ9
[世にも [86]65ウ7
[我さへも [44]34オ5
[我しも] [38]29オ7
所にもあらさりけれは [4]4オ4

京にもあらす [102]76オ6
なきにしもあらす [9]10ウ7
にるへくもあらす [4]4オ9
女ともあらす [15]14ウ3
[みすもあらす [99]74オ7
心にもあらて [35]28オ6
[いひしなからもあらなくに [96]72ウ4
[いれすもあらなん] [82]62オ8
いふへくもあらぬ [73]52ウ8
[あるにもあらぬ [65]47オ4
も〈助詞〉（用言ノ終止形ヲ受クルモノ）
[かなしも]と [40]31オ6
もがな〈助詞〉
かさも哉 [121]83オ5
[なくも哉 [84]64ウ2
[まかせすも哉] [21]20オ4
[道も哉 [15]14ウ5
[よしも哉]と [32]27ウ1
もじ（文字）↓いつもじ
もたり（持）
もたりけり [41]31ウ9
もたる [41]31ウ10
もち（望）
もちはかりなりけれは [96]71ウ10
もぢずり（振摺）↓しのぶもぢずり
もちよし
もちよしか [87]67ウ7
もつ（持）↓もたり・もてく
もたせて [82]61オ5
もて
あけもてゆく [81]59オ3
もてく（持來）
もてきたりける [20]18ウ6
もてきぬ [78]57オ6、[87]68オ7
もと（故）
もと [62]41ウ2、[102]76オ7、[114]80ウ9
もとの [23]22ウ6、[85]64ウ8
[もとの [4]4ウ3
もとより [9]8オ8、[101]75ウ3
もと（許）↓おほんもと・こころもと
ながる・こころもとなし
もとなりける [107]77ウ10
もとに [3]3オ9、[13]13オ1、[16]15ウ7、[20]18ウ2、[23]21ウ5、[25]25オ10、[27]26オ2、[30]26ウ9、[34]28オ2、[35]28オ6、[36]28オ10、[57]38ウ6、[69]49ウ6、[82]60ウ4、[86]65ウ5、[109]79ウ3、[111]80オ1
もとは [82]61オ3

もとへ [18]17オ6、[80]58オ10
もとへ [96]72オ8
もとより [22]20ウ8、[23]22オ2、[52]37ウ6、[69]50オ8、[110]79ウ7
もとむ（求）
もとむとて [8]7ウ9
「もとむへき」 [64]44オ8
「もとめつゝ」 [64]44オ5
「もとめてん」 [59]39ウ10
もとめにとて [9]8オ8
もとめゆかむと [21]19ウ2
もとめゆくに [82]61オ7
もの（物）→うつはもの・ささげもの・すきもの・ひじきもの
もの [94]70ウ1、[120]82ウ9
物 [45]34オ10、[57]38ウ5、[59]40オ1、[62]41ウ3、[77]54ウ5、[104]77オ7
「物そ」 [21]20オ10、[45]35オ5
「物と」 [48]36オ8
「物とて」 [2]3オ7
「ものとは」 [111]80オ5
「物とも」 [39]30オ9
物ともを [119]82ウ4
「物なれと」 [102]76オ9
物に [9]8オ6、[21]19オ5
物にこそ [46]35ウ3
「物にそ有ける」と [98]73ウ9
物になんありけるとて [94]70ウ8
物にやあらむ [96]73オ3
物にやあらん [96]73オ4
「物の [23]24オ1
よるの物まて [16]16オ4
ゝ（も）の見るに [39]29ウ8
ものも [62]42オ2
物や [104]77オ2
「物ゆへに」 [65]47オ8
物より [87]66ウ7
ものをやるとて [3]3オ10
「物を思ける哉」 [49]36ウ5
もの〈助詞的用法〉→ものを
「なる物」 [88]68ウ8
ある物かとも [19]17ウ7
「思ものから」と [43]33ウ1
見ゆる物から [19]17ウ6
「見ゆる物から」と [19]17ウ10
「おもふものかは」と [50]36ウ8
「きく物ならは」 [21]20オ6
「わするゝ物なれや」 [94]71オ1
ものいふ（言）
物いひける [32]27オ9
ものうたがはし（物疑）
ものうたかはしさに [42]33オ2

ものおもふ（物思）
物思ひをなん ［40］31ウ4
［物思 ［27］26オ6
ものがたらふ（物語）→うちものがたらふ
ものかたらひて ［2］3オ3
ものがたり（物語）
物かたりして ［82］62オ3
物かたりなとして ［95］71ウ3
物かたりなとする ［53］38オ2
ものがなし（物悲）
物かなしくて ［83］63オ10
ものこころぼそし（物心細）
物心ほそく ［9］9オ10
ものごし（物越）
ものこしに ［44］34オ2、［95］71ウ2
物こしに ［95］71オ9
ものこしにてもと ［90］69オ5
ものす（物）
物すとて ［94］70ウ4
ものやみ（物病）
物やみに ［45］34ウ2
ものわびし（物佗）
物わひしくて ［9］10ウ6
ものを（物）
おもはぬ物を ［63］43ウ8
［あらましものを］ ［119］82ウ6
［いふ物を］ ［47］36オ5
［いるへきものを］ ［64］44オ5
［きえなましものを］ ［6］6ウ5
［むすひしものを］ ［28］26ウ3
［ゆかましものを］ ［58］39ウ6
［よりにし物を ［16］16オ6
［よりにし物を］と ［24］24ウ10
もはら（専）
もはら ［69］51オ1
もみぢ（紅葉）→はつもみぢ
［もみちしにけれ］とて ［20］18ウ4
もみちの ［20］18ウ1、［81］58ウ10
［もみちも ［94］71オ5
ももとせ（百年）
［もゝとせに ［63］43オ7
もらす（漏）
［もらさしと ［28］26ウ3
もる（守）→せきもり・わたしもり
もる（盛）
もりけるを ［23］23ウ2
もりて ［87］68オ8
もろこしぶね（唐舟）
［もろこし舟の ［26］26オ1
もろごゑ（諸聲）
［もろこゑに ［27］26オ10
もろとも（諸共）
もろともに ［23］22ウ2

もんとくてんわう（文徳天皇）
文徳天皇の [69] 51ウ4

や

や〈屋〉→あしや・おほんうぶや・ね
や
「あしのやの [87] 66オ5
や〈助詞〉〈文中ニ在ルモノ・體言ヲ受クルモノ〉
京や [8] 7ウ7
心あやまりやしたりけむ [103] 76ウ4
こと丶もや [1] 2オ8
これや [77] 55ウ1
物や [104] 77オ2
「秋や [16] 16ウ2
「方や [70] 52オ1
「きみや [69] 50オ10
「きりや [94] 71オ2
「けふや [99] 74オ8
「月や [4] 4ウ2
「つゆや [16] 16ウ2、[54] 38オ7
「時や [51] 37ウ4
「とりや [22] 21ウ2
「春や [4] 4ウ2
「我や [21] 19ウ7、[27] 26オ9、[69] 50オ10
「これやこの [16] 16オ8、[62] 42オ3、[66] 47ウ8
や〈副詞ヲ受クルモノ〉
猶や [22] 20ウ7
なをやはあるへき [78] 56ウ5
や〈助詞〉〈用言ノ連用形ヲ受クルモノ〉
うしろめたくや [37] 28ウ4
かたくや [45] 34ウ1
かしこくやあらさりけん [62] 41オ10
わすれやし給にけんと [46] 35ウ1
「思ひやすらん [21] 19ウ9
「いひやせん [21] 19オ6
「見やは [8] 8オ4
や〈助詞〉〈用言ノ終止形ヲ受クルモノ〉
いはむや [107] 78オ4
しなむや [40] 31ウ6
「おもひきや [83] 63ウ6
「見ましや」 [17] 17オ2
よしやあしや [33] 28オ1
おもはすやありけん [32] 27ウ2
あまれりやたらすや [87] 68ウ2
「ありやなしやと」と [9] 11オ6
しらすやとて [62] 41ウ6
あらんやはとて [23] 22ウ3
や〈助詞〉〈用言ノ已然形ヲ受クルモノ〉

［いはなれや　[108] 79オ7
［かれめや　[51] 37ウ5
［むかはめや　[94] 71オ4
［やとなれや　[58] 39オ7
［わするゝ物なれや　[94] 71オ1

や〈助詞〉（助詞ヲ受クルモノ）
あきかたにや　[123] 83ウ7
あはれとや　[14] 13ウ10、[90] 69オ4
かなしとや　[76] 54オ7
きゝおひけりとや　[114] 81オ7
心くるしとや　[96] 71ウ9
ことゝもや　[1] 2オ8
ことにや　[87] 67ウ5
時とや　[6] 7オ8
はたさむとや　[86] 65ウ5
めつらかにや　[14] 13ウ4
しのふくさとや　[100] 74ウ6

火にや　[39] 30オ3
［こよひもや　[63] 43ウ3
［これをや　[38] 29オ4
［しらねはや　[25] 25ウ5
［野とや　[123] 84オ1
［ねはや　[22] 21オ9
［夜はにや　[23] 23オ5
［おりにや　[13] 13ウ1
物にやあらむ　[96] 73オ3
物にやあらん　[96] 73オ4
よくてやあらむあしくてやあらん　[96] 72ウ9
かゝるにやあらむと　[23] 22ウ8
さまにやありけん　[93] 70オ2
ことはりにやありけん　[93] 70オ6
ねむしわひてにやありけん　[21] 20オ1
［ありもやしけん　[111] 80オ4

［やまむとやする］　[75] 53ウ1
［かりにたにやは（狩・假）　[123] 84オ4

や〈助詞〉（感動ヲ表スモノ）
あなやと　[6] 6オ9
しわさやとて　[58] 39オ4
［大原や　[76] 54オ5
［よしや　[31] 27オ4

やう（様）→さやう
やう　[78] 56ウ4
やうにて　[6] 6ウ7、[111] 80オ2
やうになん　[77] 54ウ8
やうになむありける　[87] 67オ1
やうになんありける　[9] 10オ6

やう（陽）→おむやうじ

やうやう（漸）
やう〱　[6] 6ウ1、[16] 15オ9、[69] 51オ4、[96] 71ウ9、

[123]83ウ7
やがて（聽）
やかて [96]72ウ7
やく（燒）→しほやき
［なやきそ [12]12ウ6
［やく [112]80ウ2
［やくよりも [115]81ウ3
やすし（安）→たかやす
やすむ（休）→おほみやすんどころ・
みやすんどころ
やちよ（八千夜）
［やちよし [22]21オ9
やつ（八）
やつ [9]8ウ4
やつはし（八橋）
やつはしと [9]8ウ1、
[9]8ウ2、[9]8ウ5
やつす（窶）
やつしたれと [104]77オ1
やど（宿）
［やと [59]39ウ10、[82]61ウ5、
[82]62オ1
［やとなれや [58]39オ7
［やとに [3]3ウ1
［やとの [58]39ウ1
やどす（宿）
やとさす [69]49ウ4
やどり（宿）
［やとりなりけり］ [56]38ウ4
やとりの [87]67ウ8
やどる（宿）
やとりて [70]51ウ8
［やとるてふ [57]38ウ7
やなぐひ（胡簶）→ゆみやなぐひ
やなくひを [6]6オ6
やま（山）→いこまやま・しのぶやま・
たつたやま・ひむがしやま
山に [60]40ウ10
うつの山に [9]9オ8
［かさなる山にあらねとも
[74]53オ3
ひえの山の [83]63オ7
山の｜ [87]66ウ5
［山の [19]18オ3、[77]55オ8
山は [9]10オ3
［山は [9]10オ1
山も [77]54ウ7
［をしほの山も [76]54オ5
いこまの山を [67]48オ4
ひえの山を [9]10オ3
ふしの山を [9]9ウ8
やまざき（山崎）
山さきの [82]60オ1
やまざと（山里）

山さとに　[102]76オ7
［山さとに　[59]39ウ9
やましな（山科）
山しなの　[78]56オ3、[78]56オ4
やましろ（山城）
［山しろの　[122]83ウ3
やまと（大和）
やまとに　[20]18オ6
やまとの　[23]23ウ4
やまとうた（和歌）
やまとうたに　[82]60オ9
やまとびと（大和人）
やまと人　[23]23ウ8
やまのは（山の端）
［山のは　[82]62オ8、[82]62ウ1
やまべ（山邊）
［うつの山への　[9]9ウ6
やみ（闇）
［やみに　[69]50ウ3
やむ（止）〈四段〉
やまさりける　[10]12オ4
やます　[67]48オ5、[85]65オ4
［やまむとやする］　[75]53ウ1
心やみけり　[5]5オ8
やみにけり　[86]65ウ4、[86]65ウ9、[87]67ウ5
やみぬ　[63]42ウ3
やみぬへかりける　[39]29ウ6
［やみぬへき　[124]84オ9
やむ（痛）〈四段〉→ものやみ
やみて　[59]40オ1
やむ（止）〈下二段〉
やめたまへと　[65]45オ10
［やめてよ］　[95]71ウ5
やむごとなし
やむことなき　[100]74ウ4、[111]80オ1
やもめ（孀）
やもめにて　[113]80ウ4
やや（漸）
やゝ　[45]34ウ9、[83]63ウ1
やよひ（三月）
三月　[91]69ウ3
やよひの　[2]3オ4、[80]58オ8、[83]63オ2
やよひはかりに　[20]18オ9
やる（遣）
やらす　[107]78ウ10
をいやらす(ず)　[40]30ウ7
［行やらぬ　[54]38オ6
をひやらむとす　[40]30ウ6
やり　[69]49オ8
やりけり　[107]78オ6
やりける　[2]3オ5、[38]29オ2、

[52]37ウ10、[99]74オ6、
[102]76オ8、[103]76ウ8、
[109]79ウ3
いひやりける [1]2オ7、
[25]25ウ1、[54]38オ5、
[102]76オ11、[111]80オ3、
[116]82オ1
いたしやりければ [23]22ウ7
やりたりければ [20]18ウ5
いひやりたりければ
[16]16オ7、[105]77オ11
[やりつる]と [14]14オ4
やりて [69]50ウ5
うちやりて [27]26オ4
見やりて [23]23ウ4
やる [1]2オ2、[18]17オ6、
[43]33オ9、[46]35ウ4、
[104]77オ4

いひやる [20]18ウ2、[116]81ウ7
やるとて [3]3オ10、[41]32オ9
やるへきにしあらねは [69]50オ6
いひやれと(ど) [122]83ウ5
やれとて [96]72ウ7
おもひやれは [9]10ウ2
見やれは [87]67ウ8
やれりけり [86]65ウ6
やれりける [94]70ウ9
やれりけるを [94]70ウ3
やれりければ [107]79オ3
いひやれりければ [69]49オ5

やる(破)
はりやりてけり [41]32オ4

ゆ

ゆかし
ゆかしかりけむ [104]77オ2

ゆき(雪)→しらゆき
ゆき [67]48オ6、[85]65オ3
[ゆき [83]63ウ7
雪 [9]9ウ9、[83]63オ8
[雪とそ [17]17オ1
雪に [85]65オ5
[ゆきの [9]10オ2、[85]65オ8

ゆきひら(行平)
在原のゆきひらと [101]75オ1
ゆきひらの [79]58オ4

ゆく(行)→いく・おほみゆき・ふぢはらのとしゆき・ふぢはらのつねゆき・みゆき
[ゆかましものを] [58]39ウ6
ゆかむと [123]84オ5
もとめゆかむと [21]19ウ2
ゆきいたりにけり [14]13ウ3

［ゆきかへるらん ［92］69ウ9
ゆきけり ［8］8オ1、［9］8オ8
［ゆきけむ ［69］50オ10
ゆきけるに ［11］12オ5
ゆきて ［8］7ウ8
ゆき〱て ［9］9オ7、［9］10オ9
ゆきとふらひけるを ［4］4オ1
ゆきにけるまゝに ［24］24オ5
［行やらぬ ［54］38オ6
ゆき〱て ［9］9オ7、［9］10オ9
ゆく ［9］8ウ3、［44］33ウ8、
［65］45オ3、［67］48オ8、
［68］48ウ5
あけもてゆく ［81］59オ3
［ゆく ［11］12オ8、［44］34オ4、
［45］35オ2、［50］37オ6、
［50］37オ9、［125］84ウ4
［すきゆく ［7］7ウ4

［なりゆくか ［19］17ウ9
ゆくに ［7］7ウ2、［68］48ウ4
あけゆくに ［6］6ウ1
もとめゆくに ［82］61オ7
［行ては ［65］47オ8
ゆくほとに ［12］12オ10
ゆくを ［16］15ウ2、［16］15ウ4
ゆくをさへ ［91］69ウ2
をひゆけと ［24］25オ2
ゆくさき（行先）
ゆくさき ［6］6オ1
いにしへゆくさきの ［22］21オ7
ゆふ（結）
ゆひつけさす ［44］34オ3
ゆふかげ（夕影）
［ゆふかけ ［37］28ウ6
ゆふぐれ（夕暮）
ゆふくれに ［83］63ウ5

［ゆふくれにさへ ［91］69ウ5
ゆふさり（夕來）
ゆふさりは ［69］49オ8
ゆみ（弓）→あづさゆみ・つきゆみ・まゆみ
ゆみやなくひを ［6］6オ6
ゆめ（夢）
［ゆめうつゝとは ［69］50ウ4
［夢かうつゝか ［69］50ウ1
［夢かとそ ［83］63ウ6
ゆめになん ［110］79ウ7
［ゆめにも ［9］9ウ7
［夢を ［103］76ウ6
ゆめがたり（夢語）
夢かたりをす ［63］42ウ1
ゆめぢ（夢路）
［夢地を ［54］38オ6
ゆるす（許）

［ゆるさはか　［64］44オ8
ゆるされたりけれは　［65］44ウ4
ゆるされたる　［65］44オ10
ゆるしてけり　［5］5オ9
ゆゑ（故）
［たれゆへに　［1］2オ9
［物ゆへに　［65］47オ8

よ

よ（夜）→ちよ・ひとよ・やちよ・よさり・よひ・よひとよ・よぶかし
よ　［81］59オ3
夜　［22］21オ6、［39］29ウ2、［69］49オ10、［69］51オ4、［82］62オ2、［87］68オ3
夜ことに　［5］5オ3、［65］46ウ7
［夜ことに　［23］23ウ10
［夜そ　［25］25ウ3
［夜とたに　［83］63オ1
夜の　［4］4ウ4
［よの　［90］69オ10
［夜の　［22］21オ8、［22］21ウ1、［87］68オ1、［103］76ウ6
夜は　［63］43ウ6
［夜は　［94］71オ1
夜ひとよ　［69］50ウ10、［81］59オ2
夜ふけて　［45］34ウ8
夜も　［6］6オ1、［6］6ウ1
夜も　［6］6オ7
［夜も　［14］14オ2
よ（世）→いくよ・かみよ・ちよ・ときよ・みよ・よごころ・よのつね・よのなか・よのひと・よよ
世　［120］82ウ7
世かはり　［16］15オ3
［世なりけり　［21］19ウ6
［よなりけり］と　［122］83ウ4
世に　［55］38オ9、［75］53ウ8
　［うき世に　［82］61オ2
［世にも　［86］65ウ7
世の　［5］5ウ1、［93］70オ6
［世の　［21］19オ7、［102］76オ10
［世より　［117］82オ8
世を　［66］47ウ8
［世を　［50］37オ1、［104］77オ5
［世をは　［65］46ウ5、［87］67オ8
よ（餘）→ろくじふよこく
よ〈助詞〉
きたなけさよ　［103］76ウ9
［くさ葉よ　［31］27オ4
［わするなよ　［11］12オ7
されはよと　［22］21オ2

よう（用）→じちよう
よごころ（世心）
世こゝろ ［63］42オ8
よさり（夜さり）
よさり ［62］41ウ4
よし（由）
よしゝて ［1］1ウ3、［87］66オ3
［よしの ［78］57ウ5
［よしも ［107］78オ9
［よしも哉］と ［32］27ウ1
よし（良）→すみよし・ねよげ・みよしの・もちよし
よう ［23］23オ2
よかりし ［16］15オ7
よき ［65］45オ3、［82］61オ6、［101］75オ2
よき ［63］42ウ4
よく ［65］46オ2
よく ［69］49オ4、［116］81ウ10
よくてやあらむあしくてやあらん ［96］72ウ8
よくもあらさりけり ［77］55オ10
よし ［63］42ウ6
よしやあしや ［33］28オ1
よしなし
よしなし ［40］31オ4
よしや〈感動詞〉
［よしや ［31］27オ4
よす（寄）
よせられたる ［87］68オ6
よそ（餘所）
［よそに ［102］76オ10
［よそにのみして ［19］18オ2
よそには ［78］56オ7
［よそにも ［19］17ウ9
よつ（四）
［よつは ［16］16オ2、［16］16オ5
よど（淀）→おほよど
よのつね（尋常）
よのつねの ［16］15オ8
世のつねの人の ［16］15オ4
よのなか（世間）
［世中に ［82］60ウ7、［84］64ウ2
世中の ［46］35ウ2、［63］43ウ6
［世中の ［38］29オ3
世中を ［21］19オ3、［102］76オ4、［102］76オ5
よのひと（世人）
［世の人ことに ［38］29オ6
世人には ［2］2ウ8
［世の人の ［75］53ウ6
よは（夜）
［夜はにや ［23］23オ5
よはひ（齢）

［よはひと　［50］37オ9
よはひを　［114］81オ6
よばふ
よはひけり　［10］11オ10、［107］78オ2
よはひて　［20］18オ7
よはひわたりけり　［95］71オ8
よはひわたりけるを　［6］5ウ4
よひ（宵）→こよひ・よひよひ
［夜ゐことに　［108］79オ11
夜ゐは　［45］34ウ8
よひとよ（夜一夜）→よ
よひよひ（宵々）
［よひ〳〵ことに　［5］5オ7
よぶ（呼）
よひて　［44］33ウ9、［63］42ウ2、［65］45ウ4
よぶかし（夜深）
夜ふかく　［14］14オ1
［夜ふかく　［110］79ウ10
［よふかきに］　［53］38オ4
よみはてがた（読果方）
よみはてかたに　［101］75オ10
よむ（読）→しらずよみ
よまさりけれと　［102］76オ3
よまさりけれは　［107］78オ4
よます　［87］67オ7
よます（ず）　［44］34オ7、［68］48ウ9
よませける　［101］75ウ3
よませけれは　［101］75ウ5
よませたまふ　［78］57オ9
よませはて丶　［81］59オ7
よみをきて　［21］19オ8
よみけり　［79］57ウ9、［82］60ウ5、［123］83ウ8
よみける　［18］17オ9、［67］48オ9、［77］55オ6、［83］63オ2、［87］66オ7、［87］66オ7
よみけるは　［81］59ウ1
よみけるを　［12］12ウ8、［23］23オ6、［63］43ウ5
よみたりける　［82］60ウ9
よみたりけるを　［77］55オ10
よみて　［4］4ウ4、［10］11ウ5、［21］19オ5、［24］24ウ2、［38］29オ1、［40］31オ7、［44］34オ2、［46］35ウ4、［69］50ウ5、［76］54オ4、［82］61ウ4、［86］65ウ6、［87］68オ3、［94］70ウ9、［96］72ウ3、［98］73ウ10、［99］74オ6、［102］76オ8、［103］76ウ8、［104］77オ3、［107］78ウ10、［107］79オ3
よみて｜　［82］61ウ2

よむ　[18]17オ4、[77]55オ2、[81]59オ4、[87]67オ7、[87]67ウ1、[87]67ウ10、[101]75オ10
よむと　[101]75ウ8
よむを　[27]26オ8
よめと　[9]9オ2、[68]48ウ6
よめりける　[7]7ウ6、[78]57ウ6、[81]59ウ8、[94]71オ3
よめりけるに　[123]84オ5
よめりけるは　[19]18オ4
よめりければ　[5]5オ8、[9]9オ5、[9]11オ7、[19]18オ1、[68]48ウ9、[85]65オ9、[87]67ウ4
よめる　[4]4ウ1、[5]5オ5、[9]9オ2、[16]16オ4、[39]30オ4、[40]31オ4、[64]44オ3、[69]50ウ2、[79]57ウ10、[80]58オ10、[81]59オ7、[82]60ウ6、[82]62オ6、[84]64ウ1、[92]69ウ7、[93]70オ3、[107]78オ7、[115]81ウ2、[124]84オ8
よめるとなん　[101]76オ1
よめるなりけり　[42]33オ2

よよ（世々）
世ゝに　[21]20ウ4

より〈助詞〉（體言ヲ受クルモノ）
あしたより　[67]48オ5
御くるまより　[76]54オ3
御つほねより　[100]74ウ5
狩の使より　[70]51ウ7
京より　[13]13オ5
くつれより　[5]4ウ10
こゝかしこより　[96]72オ7
したすたれより　[99]74オ4
ねひとつより　[69]50オ2
野より　[82]61オ5
人のくにより　[65]46ウ7
みちより　[11]12オ6、[20]18ウ2
梅壺より　[121]83オ3
もとより（故）　[9]8オ9、[101]75ウ3
もとより（許）　[22]20ウ8、[23]22オ2、[52]37ウ6、[69]50オ9、[110]79ウ7
物より　[87]66ウ7
わらはより　[85]64ウ4
女かたより　[69]51オ5、[87]68オ7
かしこより　[96]72ウ6

「あしへより [33]27ウ6
「いはまより [75]53ウ3
「浪まより [116]81ウ8
「昔より [24]24ウ9
「世より [117]82オ8
かたちよりは [2]2ウ9
我よりは [89]68ウ9
つかひよりは [69]49オ4
いにしへよりも [22]21ウ3
かとよりも [5]4ウ8
「袖よりも [25]25ウ2
「花よりも [109]79ウ4

より〈助詞〉〈用言ノ連體形ヲ受クルモノ〉
ありしより [21]20オ8、[65]45ウ7
「ありしより [21]20オ10
き丶しよりは [78]57オ7
「かくよりも [50]37オ6
「やくよりも [115]81ウ3

よる（夜）
「よるを [2]3オ6

よる（寄）
「よらなん」となむ [81]59オ9
「より [38]29オ3
よりきて [39]29ウ9
「よりし許に」 [26]26オ1
なに丶よりてか [21]19ウ1
よりてなむ（に―） [9]8ウ4
「よりにし物を」と [24]24ウ10
「よる [47]36オ5
「よると [10]11ウ9、[10]12オ1

よる（縒）
「よりて [35]28オ7

よるのおまし（夜御座）
よるのおましの [78]56ウ1

よるのもの（夜の物）
よるの物まて [16]16オ4

よろこぶ（喜）
よろこひたまふて [78]56オ10
よろこひて [23]23ウ8
よろこひに [16]16ウ1

よろこぼふ（喜）
よろこほひて [14]14オ8

ら

らう（涼）→こうらうでん
らう（郎）→さぶらう・たらう
らく〈語尾〉→く
「おいらくの [97]73ウ1

らし〈助動詞〉→けらし
「あるらし [87]67ウ2
「こふらし [63]43オ8
「なかるらし [20]18ウ8

らふ（藺）→げらふ

らむ〈助動詞〉

（らむ）

見ゆらん　[39] 30オ3
［いふらん］　[38] 29オ4
［をくらん］　[54] 38オ7
［思ひやすらん　[21] 19ウ9
［きくらん］　[50] 37オ10
［心なるらん］　[113] 80ウ6
［しぬらん］　[13] 13ウ1
［たのみきぬらん］　[16] 16オ6
［つきぬらん　[20] 18ウ7
［なく覧　[53] 38オ3
［なるらん　[42] 33オ1
［ふるらん］　[9] 10オ2
［へぬらん］　[117] 82オ5
［見ゆらん　[27] 26オ9
［見ゆらん］　[30] 27オ1
［ゆきかへるらん　[92] 69ウ9
［思覧こそ　[65] 47オ3
［こゆらん］と　[23] 23オ5
［わする覧と　[21] 20オ9
［まさるらん］となん　[94] 71オ2
いぬらんとも　[62] 42オ6

（らめ）

［ひつらめ　[107] 78ウ1
［ありもすらめと　[55] 38オ10
［見るらめと　[100] 74ウ8
［思いつらめ］とて　[76] 54オ6

らる〈接尾語〉（受身）

めしあつけられたりけるに　[29] 26ウ6
ふりこめられたりと　[85] 65オ5
よせられたる　[87] 68オ6
からめられにけり　[12] 12ウ2

らる〈接尾語〉（可能）

ねられさりけれは　[69] 49ウ7

らる〈接尾語〉（尊敬）

せられける　[97] 73オ8

り

り（里）→せんり

り〈助動詞〉

（ら）

おもへらす　[69] 49ウ2
つゝめらん　[87] 67オ1

（り）

いへり　[23] 23ウ8、[43] 33ウ2
うちふせり　[63] 43オ10
かけり　[87] 68オ9
させり　[101] 75オ7
たてり　[69] 49ウ10
つかうまつれり

り

[82]61ウ9、[83]62ウ4
ふれり　[9]9ウ9
まされり　[78]57オ8
[こもれり　[12]12ウ7
たてまつれりき　[78]56ウ8
たてまつれりしかは　[78]57オ1
あひいへりけり　[42]32ウ4、[86]65ウ3、[103]76ウ5
あへりけり　[37]28ウ4
いへりけり　[96]72オ6
うまれ給へりけり　[79]57ウ8
かゝれりけり　[82]60ウ1
たまへりけり　[85]65ウ1、[98]74オ1
まされりけり　[2]2ウ9
やれりけり　[86]65ウ6
やれりける　[94]70ウ9
よめりける　[7]7ウ6、[78]57ウ6、[81]59ウ8、[94]71オ3

よめりけるに　[123]84オ5
よめりけるは　[19]18オ4
いへりけるを　[90]69オ5
やれりけるを　[94]70ウ3
ゐたまへりけるを　[6]6ウ8
いへりけれと　[32]27ウ2
いたさせたまへりけれは　[100]74ウ6
いひやれりけれは　[69]49オ5
いへりけれは　[14]14オ8、[22]21オ2、[46]35ウ4、[50]36ウ9、[105]77ウ3、[107]78ウ3、[107]78ウ9、[110]79ウ8、[118]82オ10
まいれりけれは　[71]52オ4
やれりけれは　[107]79オ3

よめりけれは　[5]5オ8、[9]9オ5、[9]11オ7、[19]18オ1、[68]48ウ9、[85]65オ9、[87]67ウ4
たてりて　[63]43ウ2
[こもれり]と　[12]12ウ7
[なせりとも　[22]21ウ1
あまれりやたらすや　[87]68ウ2

（る）

あやまれる　[122]83ウ1
いへる　[47]35ウ9
おもへる　[14]13ウ5、[23]22ウ6、[33]27ウ5
しれる　[9]8オ10
すける　[40]31ウ4
ちきれる　[122]83ウ1
つける　[63]42オ8
なれる　[104]77オ1

のれる　[39]30オ4
よめる　[4]4ウ1、[5]5オ5、[9]9オ2、[16]16オ4、[39]30オ4、[40]31オ4、[64]44オ3、[69]50ウ2、[79]57ウ10、[80]58オ10、[81]59オ7、[82]60ウ6、[82]62オ6、[84]64ウ1、[92]69ウ7、[93]70オ3、[107]78オ7、[115]81ウ2、[124]84オ8
[たおれる(手折)　[20]18ウ3
[はへる　[36]28ウ1
うしなへるか　[109]79ウ3
[ふりそまされる]と　[107]79オ2
よめるとなん　[101]76オ1
よめるなりけり　[42]33オ2
いへるなるへし　[34]28オ5
いへるに　[14]14オ5
わたせるに　[9]8ウ4
わひあへるに　[9]10ウ4
うつろへるを　[18]17オ6
(れ)
[たてれ　[17]16ウ7、[47]36オ4
おりたまへれは　[65]44ウ10
[むすへれは　[35]28オ7

る

る〈接尾語〉(受身)
[さはかれて　[34]28オ3
ゆるされたりけれは　[65]44ウ4
ゆるされたる　[65]44オ10
つかはれて　[62]41ウ2
[いさなはれつゝ]　[65]47オ9
ほたされてとてなん　[65]46オ7
る〈接尾語〉(可能)
[わすらるゝ　[46]35ウ5
[たのまるゝ哉]　[55]38オ11、[104]77オ6
いはれすと　[62]42オ2
[しられす]となむ　[1]2オ6
[たのまれなくに]と　[83]63オ1
[うとまれぬ　[43]33ウ1
[とられぬ　[73]52ウ10
[うとまれぬれは]　[43]33ウ4
る〈接尾語〉(尊敬)
つくられたるに　[78]56オ6

れ

れい(例)
れいとして　[63]43ウ6
れいの　[65]44ウ10、[83]62ウ3、

[107]78オ10、[107]78ウ9

ろ

ろうさう（縁衫）
ろうさうの [41]32オ8
ろうす（弄）
ろうして [94]70ウ9
ろく（祿）
ろく [76]54オ2、[83]62ウ7、[98]74オ1
ろくすん（六寸）
三尺六寸はかり [101]75オ9
ろくじふよこく（六十餘國）
六十よこくの [81]59ウ3
ろくでう（六條）
六條わたりに [81]58ウ6

わ

わ（和）→にんな
わう（皇）→もんとくてんわう
わが（我）
わか [9]9オ8、[69]50オ1、[69]50オ6、[81]59ウ3、[85]65オ8
我 [89]69オ1
わか [65]45オ10
［わか [4]4ウ3、[5]5オ6、[9]11オ6、[10]12オ1、[19]18オ3、[24]24ウ7、[24]25オ7、[25]25ウ5、[36]28ウ2、[43]33ウ7、[56]38ウ3、[59]40オ4、[64]44オ4、[79]58オ1、[87]67オ8、[87]68オ2、[98]73ウ8、[108]79オ8
わかうど（若人）
わか人は [40]31ウ4
わかくさ（若草）
［わかくさの [12]12ウ6
［わか草を [49]36ウ1
わかし（若）→うらわかし
わかうて [6]7オ7
わか丶らぬ [114]81オ6
わか丶りけるを [65]44ウ2
わかき [40]30ウ3、[86]65ウ2、[86]65ウ2
わかきにはあらぬ [88]68ウ4
わかけれは [107]78オ2
わかむらさき（若紫）
［わかむらさきの [1]2オ5
わかる（別）

［わかれさりける］ ［41］32ウ1
わかれにけり ［46］35オ9
わかれ（別）
わかれおしみて ［24］24オ4
［わかれなりけり］ ［115］81ウ4
［わかれの ［84］64オ8、［84］64ウ2
［別の ［40］31オ5
［わかれを ［77］55オ9
わく（分）〈四段〉
［ときしもわかぬ ［98］73ウ9
［わきて ［99］74オ10
わく（分）〈下二段〉→ふりわけがみ
［わけし ［25］25ウ2
［ふみわけて ［83］63ウ7
［わけねは ［85］65オ7
わざ（業）→しわざ・みわざ
わさも ［16］15ウ5、［41］32オ3
わさもせさりければ ［64］44オ1

わする（忘）〈四段〉
［わすらる丶 ［46］35ウ5
わする（忘）〈下二段〉
［わするなよ ［11］12オ7
［わする覧と ［21］20オ9
わする丶 ［118］82オ9
［わする丶 ［21］20オ3、［119］82ウ6
［わする丶は ［113］80ウ5
［わする丶物なれや ［94］71オ1
わすれさりけん ［22］20ウ7
［わすれては ［83］63ウ6
わすれにけり ［82］60オ7
［わすれぬ ［86］65ウ7
わすれぬへき ［46］35ウ3
わすれぬるなめりと ［36］28オ9
［えしもわすれねは ［22］20ウ9
［わすれん］となむ ［10］12オ2
わすれやし給にけんと ［46］35ウ1

わすれぐさ（忘草）
［忘草 ［21］20オ6、［31］27オ6、［100］74ウ8
わすれくさを ［100］74ウ5
わたくしごと（私事）
わたくしことにて ［71］52オ5
わたしもり（渡守）
わたしもり ［9］10ウ4
わたしもりに ［9］11オ2
わたす（渡）
わたせるに ［9］8ウ4
わたつうみ（渡海）
［わたつうみの ［75］53オ10
［渡つ海の ［87］68オ10
わたらひ→ゐなかわたらひ
わたり
五條わたりなりける ［26］25ウ7
おほよとのわたりに ［70］51ウ8

五条わたりに　[5]4ウ7
六條わたりに　[81]58ウ7
わたる（渡）→とわたる
[わたらむ　[61]41オ5
わたらんとするに　[9]10ウ6
よはひわたりけり　[95]71オ8
わたりけるに　[31]27オ3
よはひわたりけるを　[6]5ウ4
わたりけれは　[100]74ウ3
思わたりけれは　[90]69オ3
[うみわたる　[66]47ウ8
[こひわたる哉　[74]53オ4
ありわたるに　[65]45オ7
[わたれと　[69]51オ8
わづらふ（煩）
わつらひて　[125]84ウ2
見わつらひ侍　[107]78ウ7
わぶ（侘）
わひあへるに　[9]10ウ4
わひたりける　[26]25ウ8
まちわひたりけるに　[24]24オ6
わひて　[12]12ウ5
ありわひて　[7]7オ9
おもひわひて　[16]15ウ6
思ひわひて　[65]45オ2
思わひて　[93]70オ3
[うちわひて　[58]39ウ5
[まちわひて　[24]24ウ3
思ひわひてなむ侍　[46]35ウ2
ねむしわひてにやありけん　[21]20オ2
[こひわひぬ　[57]38ウ7
[すみわひぬ　[59]39ウ9
わびし（侘）→ものわびし
[わひしき]とて　[52]37ウ9
わらは（童）
わらはより　[85]64ウ4
わらはを　[69]49ウ9
わらはべ（童部）
わらはへに　[70]51ウ9
わらはへの　[5]4ウ9
わらふ（笑）
わらひけり　[65]45オ4
わらふ　[87]67ウ4
わらふだ（蒲團）
わらうたの　[87]67オ2
わりなし
わりなく　[65]45ウ2
わる（破）
われて　[69]49オ10
われ（我）
[我　[89]69オ1、[117]82オ4
[我から　[57]38ウ8（△蟲ノ名）
[我からと　[65]46ウ4（△蟲ノ名）

［我さへも　［44］34オ5
［我しも］　［38］29オ7
［我と　［124］84ウ1
［我ならて　［37］28ウ5
［我ならなくに］と　［1］2オ10
［我に　［62］42オ3、［70］52オ2
我のみと　［43］33オ7
［我は　［39］30オ9、［52］37ウ9、［82］61ウ6
［我許　［27］26オ6
［われも　［12］12ウ7
［我も　［58］39ウ6
［我や　［21］19ウ7、［27］26オ9、［69］50オ10
我よりは　［89］68ウ9
［我を　［63］43オ8
我をは　［62］41ウ6
われから（蟲ノ名）
［我から　［57］38ウ8（△我から）
［我からと　［65］46ウ4（△我から）

ゐ

ゐ（井）→つつゐづ
井の　［23］21ウ5
ゐ（居）→くもゐ
ゐづつ（井筒）
［ゐつゝに　［23］22オ4
ゐて（井手）
［ゐての　［122］83ウ3
ゐなか（田舎）→かたゐなか
ゐなかなりければ　［58］39オ2
ゐなかびと（田舎人）
ゐなか人の　［33］28オ1、［87］68ウ2
ゐなかわたらひ（田舎渡）
ゐなかわたらひしける　［23］21ウ4
ゐる（居）
のほりゐければ　［65］45オ2
ゐたまへりけるを　［6］6ウ7
ゐたりけるに　［6］6オ8
ゐたるを　［62］41ウ10
おりゐつゝ　［68］48ウ5
ゐて　［39］29ウ5、［113］80ウ4
あつまりきゐて　［58］39オ9
おりゐて　［9］8ウ6、［82］60ウ4
かくれゐて　［23］23オ1
むれゐて　［9］10ウ2
たちて見ゐて見　［4］4オ8
たちゐる　［67］48オ5
［ゐる　［19］18オ3
［たちゐる　［21］20ウ2
ゐる（率）
ゐて　［6］5ウ7、［6］6ウ2、［12］12オ10、［12］12ウ9、

〔40〕31オ4、〔69〕50オ1、
〔75〕53オ5、〔82〕60オ6
ひきゐて 〔66〕47ウ4
ゐん（院）→さいゐん
ゐんの 〔82〕60ウ2

ゑ

ゑ（繪）→まきゑ
ゑ 〔94〕70ウ2
ゑ（衞）→このゑづかさ・さひやうゑ
のかみ
ゑいぐわ（榮花）
ゑい花の 〔101〕75ウ9
ゑふ（衞府）
ゑふのかみ 〔87〕67オ7
ゑふのかみなりけり 〔87〕66ウ3
ゑうのすけとも 〔87〕66ウ1
ゑふ（醉）
ゑひて 〔82〕62オ4、〔85〕65オ4

を

を（尾）→みづのを
を（緒）→あわを・たまのを
を〈助詞〉（體言ヲ受クルモノ）→ものを
あたりを 〔73〕52ウ9
あまのさかてを 〔96〕73オ1
あんを 〔107〕78オ5
いこまの山を 〔67〕48オ4
いはを 〔87〕67オ1
家を 〔81〕58ウ7
いを、 〔9〕11オ1
うたを 〔1〕2オ2、〔78〕57ウ2、
〔82〕61ウ7、〔86〕65ウ6、
〔96〕72ウ2、〔123〕83ウ8
哥を 〔69〕51オ6
うへのきぬを 〔41〕32オ1、〔41〕32オ8
うみつらを 〔7〕7ウ2
枝を 〔82〕60ウ4
えひすこゝろを 〔15〕14ウ8
かしはを 〔87〕68オ8
かたを（方） 〔69〕49ウ8
方を 〔23〕23ウ4、〔87〕67ウ8
かたを（肩） 〔41〕32オ4
かたを（形） 〔43〕33オ9
かたちを 〔104〕77オ1
河を 〔6〕5ウ7
きしを 〔98〕73ウ7
京を 〔59〕39ウ7
くるまを 〔39〕29ウ8
けしきを 〔43〕33ウ2、〔63〕43オ9
こけを 〔78〕57ウ2

こゝを ［81］59ウ6
心を ［108］79オ6
こそを（去年） ［4］4オ7、［4］4ウ1
ことを ［16］15オ6
事を ［124］84オ7
これを ［16］16オ3、［41］32オ6、［66］47ウ9
さけを ［82］60オ9、［82］61オ5
さゝけものを ［77］54ウ6
さとを ［87］66オ7
すそを ［1］2オ1
すみ吉のはまを ［68］48ウ4
すゑを ［69］51ウ1
そこを ［9］8ウ2
それを ［2］3オ2、［4］3ウ9、［6］7オ6、［9］8ウ8、［9］10ウ1、［67］48オ8、［77］54ウ9、［87］66ウ1、［101］75オ10
たちはなを ［60］40ウ6
月を ［88］68ウ5
ちのなみたを ［40］31オ3、［69］51オ3
つゆを ［6］5ウ8
所を ［82］61オ6
としを ［6］5ウ4
なきさを ［66］47ウ6
ぬきすを ［27］26オ4
はさまを ［100］74ウ3
はしを ［9］8ウ4
はつもみちを ［96］72ウ2
花を ［101］75オ6
ひえの山を ［9］10オ4
ひとを ［69］49ウ5
人を ［5］5オ3、［19］17ウ4、［48］36オ7、［50］36ウ6、［69］50オ6、［82］60オ5、［89］68ウ10、［90］69オ3、［93］70オ1、［103］76ウ5、［107］77ウ10、［109］79ウ2
ふえを ［65］46ウ7
ふしの山を ［9］9ウ8
ほたるを ［39］29ウ10
まへを ［31］27オ3
身を ［9］8オ5
三人を ［63］42ウ1
御名を ［65］46オ3
みるを ［87］68オ7
みわさを ［77］55オ3
むすめを ［12］12オ9
むまのくちを ［63］43オ1
めを ［9］9ウ1
ものを ［3］3オ10

物ともを [119]82ウ4
ゆみやなくひを [6]6オ6
世を [66]47ウ8
世中を [21]19オ3、[102]76オ4、[102]76オ5
よはひを [114]81オ6
わらはを [69]49ウ10
おとこを [47]35ウ8
女を [10]11オ9、[20]18オ6、[26]25ウ8、[40]30ウ4、[40]30ウ5、[40]31オ2、[42]32ウ3、[43]33オ5、[74]53オ2、[86]65ウ2、[96]71ウ7、[123]83ウ7
いつもしを [9]9オ1
かた野を [82]61ウ1
心を [9]9オ2
これを [78]57オ8、[96]72ウ7

さけを [82]61オ6
わすれくさを [100]74ウ5
いしを [78]57オ4
[ありさまを [21]19オ7
[いつれを [109]79ウ5
[いふ物を] [47]36オ5
[おもひを [121]83オ9
[かを [60]40ウ7
[影を [79]58オ1
[風を [112]80ウ2
[かりを [10]12オ2
[君を [83]63ウ7
[きみを [16]16オ6
[心を [33]27ウ7、[33]27ウ9、[78]57ウ5
[心ひとつを [22]21オ4
[ことを [50]37オ10
[事を [16]16オ1

[こゑを [39]30オ6
[さとを [123]83ウ9
[せきを [95]71ウ5
[せなを [14]14オ4
[そめ河を [61]41オ5
[玉のを、 [35]28オ7
[ちよを [22]21オ8、[22]21ウ1
[手を [16]16オ1
[年を [24]24ウ6、[123]83ウ9
[年月を [21]19ウ6
[鳥のこを [50]36ウ7
[なにはつを [66]47ウ7
[花を [121]83オ5、[121]83オ8
[はやしを [67]48ウ1
[人を [24]25オ6、[31]27オ6、[50]36ウ8、[50]37オ7、[104]77オ5、[111]80オ5
人〳〵を [77]55オ2

「ひもを　[37]28ウ8
「みを　[62]42オ3
「身を　[25]25ウ5、[59]39ウ10、[64]44オ4、[65]47オ4、[107]79オ2、[115]81ウ3
「三とせを　[24]24ウ3
「見るを（海松）　[75]53ウ1（△見ル）
「むかしを　[32]27ウ1
「物を　[49]36ウ5
「夢を　[103]76ウ6
「夢地を　[54]38オ6
「世を　[50]37オ1、[104]77オ5
「よるを　[2]3オ6
「わか草を　[49]36ウ1
「わかれを　[77]55オ9
「我を　[63]43オ8
おとこを　[23]21ウ9
「なにをかも　[38]29オ6

女をこそ　[23]21ウ8
「ねをこそ　[65]46ウ5
「身をし　[85]65オ7
「ことをしそ　[49]36ウ2
「たひをしそ　[9]9オ4
「そてをしつゝも　[3]3ウ2
あしすりをして　[6]6ウ3
夢かたりをす　[63]42ウ1
せうそこをたに　[73]52ウ8、[92]69ウ7
「たねをたに　[21]20オ3
うまのはなむけをたにせむとて　[115]81オ10
おとこをと　[23]21ウ9
かりきぬをなむ　[1]2オ3
こゝをなむ　[87]66オ8
きしをなむ　[52]37ウ10
物思ひをなん　[40]31ウ5

うたをなん　[21]19オ4、[24]24ウ1
みやひをなんしける　[1]2ウ2
事をは　[94]70ウ6
人をは　[94]70ウ7
我をは　[62]41ウ6
おとこをは　[65]46オ9
女をは　[6]6オ5、[12]12ウ2、[12]12ウ8、[65]46ウ1
「世をは　[65]46ウ5、[87]67オ8
「人をは　[22]20ウ9
「さとをは　[48]36オ9
いつこをはかりとも　[21]19ウ4
「月をも　[88]68ウ7
「身をも　[57]38ウ8
「これをや　[38]29オ4

を〈助詞〉（用言ノ連體形ヲ受クルモノ）

あそひけるを　[23]21ウ6

あひ思ひけるを　[46]35オ7
ありけるを　[43]33オ7
あるを　[6]7オ4、[13]13オ8、
[58]39オ3、[66]47ウ6
いきけるを　[46]35オ8
いてたりけるを
[6]7オ1、[104]77オ3
いひけるを　[10]11ウ1、
[45]34ウ3、[61]41オ3、
[108]79オ9
いふを　[9]9ウ3、[9]11オ3、
[31]27オ8、[62]41ウ9、
[85]65オ5
いへりけるを　[90]69オ5
いれたりけるを　[39]30オ2
うつろへるを　[18]17オ6
えうましかりけるを　[6]5ウ4
おほえぬを　[21]19オ10

おもしろきを
[20]18ウ2、[81]59オ4
思ひけるを　[43]33オ8
かいまみけるを　[63]43オ5
かきをきたるを　[21]19オ9
さかゆるを　[101]75ウ10
さるを　[21]19オ1
たつを　[7]7ウ3、[8]8オ2
つかうまつるを　[95]71オ7
なくなりにけるを　[111]80オ1
申たまふを　[65]46オ4
まかりいつるを　[121]83オ4
まいりけるを　[5]5オ10
まうてつかうまつりけるを
[83]63オ4
見えけるを　[27]26オ5
めくみつかうたまひけるを
[43]33オ7

もりけるを　[23]23ウ2
やれりけるを　[94]70ウ3
ゆきとふらひけるを　[4]4オ1
ゆくを　[16]15ウ2、[16]15ウ4
よはひわたりけるを　[6]5ウ5
よみけるを　[12]12ウ8、
[23]23オ6、[63]43ウ5
よみたりけるを　[77]55オ10
よむを　[27]26オ8
わかゝりけるを　[65]44ウ3
ゐたまへりけるを　[6]6ウ7
ゐたるを　[62]41ウ10
おかしけなりけるを　[49]36オ11
いたるを　[82]61ウ2
すへたりしを　[78]57オ2
まかるを　[16]15ウ8
［いらしを］　[82]62ウ1
［おもはさりしを］　[125]84ウ6

［かはらしを　［42］32ウ10
［とけむを　［111］80オ11
［へにけるを　［16］16オ5
ゆくをさへ　［91］69ウ2
［あらしを］と　［105］77ウ2
［いはましを］と　［14］14オ7
いふをなむ　［101］75オ4
人のをなむ　［78］57ウ1
おもはぬをは　［63］43ウ7
おもふをは　［63］43ウ7
おもはぬをも　［63］43ウ9
おもふをも　［63］43ウ8
見るをも　［65］45オ1
を〈助詞〉〈感動〉
［見つ、を　［23］23ウ5
をか（岡）→ながをか
をかし
おかしうてそ　［65］46ウ8
をかしがる
おかしかり給て　［98］74オ1
をかしげ
おかしけなりけるを　［49］36オ10
をがむ（拝）
おかみたてまつらむとて　［83］63オ6
おかみたてまつるに　［83］63オ9
をぐし（小櫛）
［をくしも　［87］66オ6
をさ（長）→しでのたをさ
をさをさし（長々）
おさ〳〵しからす　［107］78オ3
をしふ（教）
［をしへよ　［70］52オ2
をしほ
［をしほの山も　［76］54オ5
をしむ（惜）
［おしまさりけり］　［87］68ウ1
おしみて　［24］24オ4
［おしめとも　［91］69ウ4
をだまき（苧環）→しづのをだまき
をちこちびと（遠近人）
［をちこち人の　［8］8オ4
をとこ（男）→おほんをとこ・まめをとこ
おとこ　［1］1ウ1、［1］1ウ5、［1］2オ2、［2］2ウ5、［3］3オ8、［5］4ウ6、［6］5ウ3、［6］6オ5、［7］7オ9、［8］7ウ7、［9］8オ5、［9］8オ5、［10］11オ8、［11］12オ5、［12］12オ9、［13］13オ1、［14］13ウ2、［14］14オ5、［16］15ウ2、［18］17オ3、［18］17オ9、［19］17ウ3、

〔19〕18オ1、〔20〕18オ6、〔21〕18ウ9、〔21〕20オ8、〔22〕21オ3、〔23〕22ウ8、〔23〕24オ2、〔24〕24オ3、〔24〕24オ4、〔24〕24オ9、〔24〕25オ1、〔25〕25オ9、〔26〕25ウ7、〔27〕26オ2、〔27〕26オ8、〔30〕26ウ9、〔31〕27オ5、〔33〕27ウ3、〔33〕27ウ5、〔34〕28オ2、〔37〕28ウ3、〔39〕29ウ2、〔40〕30ウ3、〔40〕31オ2、〔40〕31オ4、〔41〕31ウ9、〔41〕31ウ10、〔41〕32オ6、〔42〕32ウ3、〔43〕33ウ5、〔44〕34オ2、〔45〕34オ9、〔45〕34ウ10、〔46〕35オ6、〔47〕35ウ7、〔47〕36オ3、

---

〔48〕36オ6、〔49〕36オ10、〔50〕36ウ6、〔50〕37オ2、〔50〕37オ8、〔50〕37オ11、〔51〕37ウ2、〔52〕37ウ6、〔53〕38オ1、〔54〕38オ5、〔55〕38オ8、〔56〕38ウ1、〔57〕38ウ5、〔58〕38ウ9、〔58〕39オ5、〔58〕39オ10、〔59〕39ウ7、〔60〕40オ7、〔60〕40オ10、〔61〕41オ1、〔62〕41ウ6、〔63〕43オ3、〔63〕43オ5、〔63〕43ウ1、〔63〕43ウ5、〔64〕44オ1、〔65〕44ウ3、〔65〕45オ9、〔65〕46ウ6、〔66〕47ウ3、〔67〕48オ1、〔68〕48ウ2、〔69〕49オ1、〔69〕49オ1、〔69〕49オ10、〔69〕49ウ7、

---

〔69〕49ウ10、〔69〕50オ4、〔69〕50ウ2、〔70〕51ウ7、〔71〕52オ3、〔71〕52オ9、〔72〕52ウ2、〔74〕53オ2、〔75〕53オ5、〔75〕53オ9、〔75〕53ウ5、〔84〕63ウ9、〔85〕64ウ4、〔86〕65ウ2、〔86〕65ウ6、〔87〕66オ2、〔87〕66オ9、〔87〕67ウ10、〔89〕68ウ9、〔91〕69ウ2、〔93〕69ウ10、〔94〕70オ7、〔94〕70オ8、〔94〕70ウ5、〔95〕71オ6、〔95〕71ウ3、〔96〕71ウ7、〔98〕73ウ5、〔100〕74ウ3、〔102〕76オ3、〔103〕76ウ1、〔104〕77オ3、〔105〕77オ10、〔106〕77ウ5、〔107〕77ウ9、〔107〕78オ10、

［107］78ウ3、［107］78ウ5、［107］78ウ9、［108］79オ10、［109］79ウ2、［110］79ウ6、［110］79ウ8、［111］80オ1、［112］80オ12、［113］80ウ4、［115］81オ8、［115］81オ9、［116］81ウ5、［118］82オ9、［120］82ウ7、［121］83オ3、［122］83ウ1、［123］83ウ6、［124］84オ7、［125］84ウ2

をとこ　［94］70オ9

おとこある　［19］18オ4

おとこに　［6］5ウ9、［45］34オ10、［63］42オ9

おとこに　［65］46オ7

おとこの　［1］1ウ8、［18］17オ6、［23］22オ2、［39］30オ4、［41］31ウ8、［58］39オ3、［63］43オ4、［65］44ウ2、［69］49ウ6、［87］66ウ2、［94］70ウ4、［99］74オ5、［107］77ウ10、［107］78オ7、［119］82ウ3

おとこは　［19］17ウ7、［23］21ウ7、［65］47オ5、［96］73オ1

おとこも　［23］21ウ7、［86］65ウ9

をとこも　［69］51オ3

おとこを　［47］35ウ8

おとこをと　［23］21ウ9

おとこをは　［65］46オ9

をの（小野）

小野に　［83］63オ7

をはり（尾張）

おはりの　［7］7ウ1

おはりのくにへ　［69］51オ2、［69］51ウ3

をはる（終）

をはる　［77］55オ1

をぶね（小舟）→たななしをぶね

をり（柵）→ひをり

をり（折）

おり　［81］59オ1

おりしも　［9］10ウ8

おりにか　［124］84オ8

［おりにや　［13］13ウ1

をり（居）

［丶（を）らん　［23］23ウ5

［なきをらん　［123］84オ3

をり　［6］6オ7

おもひをり　［65］47オ5

なかめをり　［21］19ウ8

をりけり　［58］38ウ10

こもりをりけり　［45］34ウ6

いひをりける　［14］14オ9

むかひをりければ [65]44ウ5
あそひをりて [45]34ウ8
見をりて [49]36オ11
のろひをるなる [96]73オ2
なきをれは [65]46ウ6
まちをれは [69]50オ7

をりふし（折節）

［をりふしことに [55]38オ11

をる（折）→たをる

［おりける [18]17ウ2
［おりつる [80]58ウ1
おりて [80]58オ10
ヽ（を）りて [18]17オ6、[20]18ウ2、[82]60ウ4
［ヽ（を）りて [16]16オ1
［おる [98]73ウ8

をんな（女）

女 [2]2ウ8、[2]2ウ8、[12]12ウ5、[13]13オ5、[14]13ウ3、[14]13ウ6、[14]14オ1、[15]14ウ7、[18]17オ3、[18]17オ4、[19]17ウ8、[21]18ウ9、[21]19オ9、[21]20オ1、[23]22オ6、[23]22ウ1、[23]22ウ6、[23]23オ2、[23]23ウ3、[24]24ウ8、[24]25オ1、[25]25ウ4、[28]26ウ1、[33]27ウ4、[43]33ウ2、[47]35ウ8、[50]37オ5、[58]39オ6、[61]41オ7、[62]41オ10、[63]42オ8、[63]42ウ6、[63]43オ4、[63]43ウ2、[65]44ウ3、[65]44ウ5、[65]45オ2、[69]49ウ5、[71]52オ5、[72]52ウ3、[72]52ウ4、[75]53オ6、[75]53ウ2、[94]70ウ2、[94]71オ3、[95]71ウ2、[96]72オ1、[96]72オ2、[96]72ウ1、[105]77オ11、[108]79オ6、[110]79ウ6、[115]81オ8、[115]81オ9、[123]84オ2
女し [65]47オ5
女とも [58]39ウ3
女ともあらす [15]14ウ3
女ともの [58]39オ2
女に [32]27オ9、[37]28ウ3、[53]38オ1、[54]38オ5、[92]69ウ7、[107]78オ10、[107]78ウ9
女になん [75]53ウ8

女の　[3]3オ9、[6]5ウ3、[13]13オ1、[19]17ウ3、[19]17ウ6、[20]18ウ2、[22]20ウ7、[25]25オ10、[27]26オ2、[27]26オ3、[30]26ウ9、[36]28オ10、[39]30オ1、[44]34オ1、[50]37オ11、[55]38オ8、[63]43ウ1、[65]44オ10、[65]44ウ4、[65]46オ10、[69]49ウ4、[69]50オ8、[73]52ウ9、[86]65ウ5、[95]71オ7、[96]72オ9、[99]74オ3、[102]76オ5、[111]80オ1、[112]80オ12、[119]82ウ3、[120]82ウ7

女は　[23]21ウ8、[65]46オ5、[65]46ウ10

女も　[6]6ウ2、[23]21ウ7、[31]27オ8、[40]30ウ9、[69]49ウ1、[86]65ウ9

女を　[10]11オ9、[20]18オ6、[26]25ウ8、[40]30ウ3、[40]30ウ5、[40]31オ2、[42]32ウ3、[43]33オ5、[74]53オ2、[86]65ウ2、[96]71ウ7、[123]83ウ7

女をこそ　[23]21ウ8

女をは　[6]6オ5、[12]12ウ2、[12]12ウ8、[65]46ウ1

をんなあるじ（女主人）

をんなあるしに　[60]40ウ3

をんながた（女方）

女かた　[65]44ウ4

女かたに（存疑）　[94]70ウ2

女かたより　[69]51オ5、[87]68オ7

をんなぐるま（女車）

女くるまと　[39]29ウ8

女くるまに　[39]29ウ3

をんなはらから（女同胞）

をんなはらから　[1]1ウ4

女はらから　[41]31ウ7

あとがき

本書は、現存する古寫本の中で、最も優れた本文を持つと認められる、學習院大學所藏本の影印・翻刻を掲載し、その本文によつて編纂した總索引を收錄したものである。格別の御高配によつて、貴重な文獻の翻刻を許された、學習院大學御當局關係各位の御厚意に對し、ここに甚深の感謝の意を表し奉る。

本索引の初稿の完成は、最早、半世紀を超える昔のこととなつた。個人的用件を滿すだけのものとして編纂したこともあり、諸事不統一、不整備の面が多いが、單語單位でなく文節單位で掲出したこと、會話文や和歌の文であることを一々注記して一般の文とは區別したことなど、若干の新味を添えることをも試みた。

本索引の作成に當つては、元汲古書院社員の石川力氏、竝びに現汲古書院の大江英夫氏より、多大の御盡力を戴いた。又、公刊については、大江氏より、格別の御配慮を辱うした。衷心より篤く御禮申し上げたい。又、家妻絢には、逆引を含め、原稿作成、校正に關し、長期に亙つて多大の助力を得た。併せて深い謝意を表したい。

二〇一〇年八月十八日　炎暑を凌ぎつ、

築島裕 識

古典籍索引叢書　第三巻（第十一回配本）

學習院大學藏本伊勢物語總索引

平成二十三年七月二十五日發行

監修者
編者　築島　裕

出版　古典研究會

發行者　石坂叡志

整版印刷　モリモト印刷株式会社
株式会社エニウェイ

發行　汲古書院
102-0072 東京都千代田區飯田橋二-五-四
電話〇三(三二六五)九七六四
FAX〇三(三二二二)一八四五

©二〇一一

ISBN978-4-7629-3332-5 C3381